LA QUINTA OLA

RBA MOLINO

LA QUINTA OLA

RICK YANCEY

Traducción de Pilar Ramírez Tello

RBA

Título original inglés: *The 5th Wave.*

© Rick Yancey, 2013.
© de la traducción: Pilar Ramírez Tello, 2013.
© de esta edición: RBA Libros, S.A., 2013.
Diagonal, 189 - 08018 Barcelona.
rbalibros.com

© imagen de Casiopea: A. Fuji (http://www.spacetelescope.org/images/opo0613c/)

Primera edición: septiembre de 2013.
Cuarta edición: noviembre de 2014.

REF.: MONLI26
ISBN: 978-84-272-0422-5
DEPÓSITO LEGAL: B-15.824-2013

ANGLOFORT, S.A. • PREIMPRESIÓN

PARA SANDY. TUS SUEÑOS ME INSPIRAN
Y TU AMOR PERDURA

Si los alienígenas nos visitaran alguna vez, creo que el resultado sería similar a lo que sucedió cuando Cristóbal Colón llegó a América: el asunto no acabó demasiado bien para los nativos.

STEPHEN HAWKING

La primera ola: Apagón

La segunda ola: Sube el oleaje

La tercera ola: Peste

La cuarta ola: Silenciador

LA QUINTA OLA

INTRUSIÓN: 1995

No habrá despertar.

A la mañana siguiente, la mujer dormida no sentirá nada, salvo una leve inquietud y la sensación constante de que la observan. Su ansiedad remitirá en menos de un día y pronto quedará olvidada.

El recuerdo del sueño permanecerá un poco más.

En él, un enorme búho está posado al otro lado de la ventana, observándola a través del cristal con unos ojos gigantescos ribeteados de blanco.

La mujer no despertará, ni tampoco su marido, que duerme junto a ella. La sombra que cae sobre la pareja no perturbará su sueño. Y lo que viene a buscar la sombra, el bebé que espera dentro de la mujer dormida, no sentirá nada.

La intrusión no rasga la piel ni viola célula alguna del niño o de la madre.

Acaba en menos de un minuto. La sombra se retira.

Ahora no hay nadie más que el hombre, la mujer, el bebé que lleva dentro, y el intruso que se ha instalado en el interior del bebé y que también duerme.

La mujer y el hombre se despertarán por la mañana; el bebé lo hará unos cuantos meses más tarde, al nacer.

El intruso que lleva dentro seguirá durmiendo y no despertará hasta varios años después, cuando la desazón de la madre del niño y el recuerdo de aquel sueño ya hayan desaparecido hace tiempo.

Cinco años después, en una visita al zoo con su hijo, la mujer ve un búho idéntico al de su sueño. La visión del búho la inquieta por motivos que no logra comprender.

No es la primera vez que sueña con búhos en la oscuridad.

Tampoco será la última.

I

LA ÚLTIMA HISTORIADORA

I

Los alienígenas son estúpidos.

No hablo de los alienígenas de verdad. Los Otros no son estúpidos. Los Otros nos sacan tanta ventaja que es como comparar al humano más tonto con el perro más listo. No hay color.

No, me refiero a los alienígenas que nos montamos en la cabeza.

Los que nos inventamos, los que llevamos inventándonos desde que nos dimos cuenta de que esas luces que brillaban en el cielo eran soles como el nuestro y probablemente tenían planetas como el nuestro girando a su alrededor. Ya sabes, los alienígenas que imaginamos, la clase de alienígenas que nos gustaría que nos atacaran: alienígenas humanos. Los has visto millones de veces. Bajan en picado desde el cielo en sus platillos volantes para arrasar Nueva York, Tokio y Londres, o recorren el campo en enormes máquinas parecidas a arañas mecánicas que escupen rayos láser; y la humanidad siempre, siempre deja a un lado sus diferencias y se une para derrotar a la horda alienígena. David mata a Goliat y todos (salvo Goliat) se van a casa contentos.

Qué mierda.

Es como si una cucaracha ideara un plan para derrotar al zapato que se dispone a aplastarla.

No hay forma de saberlo a ciencia cierta, pero apuesto lo que sea a que los Otros conocen a los alienígenas humanos que nos imaginábamos, y apuesto lo que sea a que les hicieron muchísima gracia.

Seguro que se partieron el culo de risa; si es que tienen sentido del humor... o culo. Seguro que se rieron como nos reímos nosotros cuando un perro hace una monería muy tonta: «¡Ay, pero qué monísimos que son estos humanos tan tontos! ¡Creen que pensamos como ellos! ¿No son adorables?».

Olvídate de platillos volantes, hombrecillos verdes y arañas mecánicas gigantes que escupen rayos mortíferos. Olvídate de batallas épicas con tanques y cazas, y de la victoria final de los indómitos e intrépidos luchadores humanos sobre el enjambre de ojos saltones. Está tan lejos de la realidad como su planeta moribundo del nuestro, lleno de vida.

Lo cierto es que, en cuanto nos encontraron, podríamos habernos dado por muertos.

2

A veces pienso que tal vez sea el último ser humano de la Tierra.

Lo que significa que soy el último ser humano del universo.

Sé que es una tontería: no pueden haberlos matado a todos... aún. Sin embargo, no me extrañaría nada que al final lo consiguieran. Entonces se me ocurre que eso es lo que los Otros quieren que piense.

¿Recuerdas a los dinosaurios? Pues eso.

Vale, probablemente no sea el último ser humano de la Tierra, pero sí uno de los últimos. Completamente sola (y con bastantes probabilidades de seguir así) hasta que la cuarta ola me barra y acabe conmigo.

Es una de esas cosas en las que pienso por las noches. Ya sabes, pensamientos típicos de las tres de la madrugada, en plan: «Estoy jodida». Cuando me hago un ovillito, tan asustada que no logro cerrar los ojos, y me ahoga un miedo intenso, tanto que tengo que recordarme respirar y pedir a mi corazón que siga latiendo. Cuando el cerebro se me declara en huelga y empieza a patinar como un CD rayado. «Sola, sola, sola, Cassie, estás sola».

Así me llamo: Cassie.

No Cassie por Cassandra, ni Cassie por Cassidy. Es Cassie por Casiopea, la constelación, la reina atada a su silla del cielo del norte; la que era bella, aunque vanidosa, de modo que el dios del mar, Poseidón, la subió a los cielos como castigo por presumir tanto. Su nombre significa «la de las palabras excelsas» en griego.

Mis padres no sabían nada de ese mito, pero les gustó el nombre.

Nadie me llamaba nunca Casiopea, ni siquiera cuando aún quedaba gente a mi alrededor que pudiera llamarme. Solo mi padre, cuando me tomaba el pelo, y siempre con un acento italiano pésimo: Casss-i-oo-peee-a. Me volvía loca. No me parecía ni gracioso ni mono, y lo único que conseguía era que acabara odiando mi nombre. «¡Me llamo Cassie! —le chillaba—. ¡Solo Cassie!». Ahora daría lo que fuera por oírselo decir una vez más.

Cuando iba a cumplir los doce (cuatro años antes de la Llegada), mi padre me regaló un telescopio por mi cumpleaños. Una fresca noche de otoño de cielo despejado, colocó el telescopio en el patio de atrás y me enseñó la constelación.

—¿Ves que parece una uve doble? —me preguntó.

—¿Por qué la llamaron así si tiene forma de uve doble? —repuse—. ¿Uve doble de qué?

—Bueno... No sé si se corresponderá con algún nombre —respondió con una sonrisa.

Mi madre siempre le decía que era su rasgo más atractivo, así que la usaba a menudo, sobre todo cuando empezó a quedarse calvo. Ya sabes, para desviar la atención de su interlocutor hacia su sonrisa.

—Total, ¡que la uve doble puede ser por lo que quieras! ¿Qué te parece «windsurf»? ¿Y «wow»? ¿«Wonder Woman»?

Me puso la mano en el hombro mientras yo miraba a través de la lente las cinco estrellas que ardían a más de cincuenta años luz del punto en que nos encontrábamos. Notaba el aliento de mi padre en la mejilla, cálido y húmedo comparado con el aire frío y seco del otoño. Su respiración tan cerca y las estrellas de Casiopea tan lejos.

Ahora las estrellas parecen mucho más próximas: no diría que están a más de los cuatrocientos ochenta y dos mil billones de kilómetros que nos separan. Se encuentran lo bastante cerca para que puedan tocarme y yo, a ellas. Tan cerca de mí como el aliento de mi padre aquel día.

Eso suena a locura. ¿Me he vuelto loca? ¿He perdido la cabeza? Solo podemos saber que alguien está loco si hay un cuerdo con quien compararlo. Como el bien y el mal: si todo fuera bueno, nada sería bueno.

Buf, eso suena... a locura.

Locura: la nueva normalidad.

Supongo que podría llamarme loca, porque solo hay una persona con quien puedo compararme: yo misma. No me refiero a la persona que soy ahora, la que tiembla dentro de una tienda de campaña en el bosque, demasiado asustada para sacar la cabeza del saco de dormir. No hablo de esta Cassie, sino de la Cassie que era antes de la Llegada, antes de que los Otros aparcaran sus traseros alienígenas en nuestra órbita. La persona que era a los doce años cuyos mayores problemas se reducían a tres: la diminuta lluvia de pecas que le cubría la nariz, un pelo rizado indomable y el chico guapo que, aun viéndola todos los días, ni siquiera se había percatado de su existencia. La Cassie que empezaba a hacerse a la idea de la dolorosa realidad de que era normalita. De aspecto normalito. De notas normalitas. Normalita en deportes como el kárate y el fútbol. De hecho, lo único excepcional en ella era su extraño nombre (Cassie por Casiopea, cosa que, de todos modos, tampoco sabía nadie) y el hecho de que podía tocarse la nariz con la punta de la lengua, habilidad que dejó de ser impresionante en cuanto llegó al instituto.

Es probable que esté loca desde el punto de vista de esa Cassie.

Y ella está loca desde mi punto de vista, lo tengo claro. A veces le grito, grito a esa Cassie de doce años que se deprime por su pelo, por su nombre raro o por ser normalita. «¿Qué estás haciendo? —le grito—. ¿Es que no sabes lo que se te viene encima?».

Sin embargo, eso no es justo. La verdad es que no lo sabía, no podía haberlo sabido, y esa fue su suerte y la razón por la que la echo tanto de menos, más que a nadie, si soy sincera. Cuando lloro, cuando me permito llorar, lloro por ella. No lloro por mí, sino por la Cassie que ha desaparecido.

Y me pregunto qué pensaría esa Cassie de mí.

De la Cassie que mata.

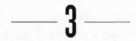

No debía de ser mucho mayor que yo, dieciocho, puede que diecinueve años. Aunque, bueno, por lo que sé, igual tenía setecientos diecinueve. Han pasado cinco meses y ni siquiera estoy segura de si la cuarta ola es humana, una especie de híbrido o los Otros en persona. De todos modos, la verdad es que no creo que los Otros tengan el mismo aspecto que nosotros, hablen como nosotros y sangren como nosotros. Me gusta pensar que los Otros son..., bueno, otros.

Fue en mi incursión semanal en busca de agua. Hay un arroyo cerca de mi campamento, pero me preocupaba que estuviera contaminado, ya fuera por algún producto químico, por aguas fecales o por algún cadáver río arriba. O que estuviera envenenado. Privarnos de agua potable sería una forma excelente de barrernos por completo.

Así que una vez a la semana me echo al hombro mi fiel M16 y salgo del bosque a pie camino de la interestatal. A dos kilómetros al sur, nada más tomar la salida 175, hay un par de gasolineras que tienen tienda. Cargo con todas las botellas de agua que puedo, lo que no es mucho, ya que el agua pesa, y, antes de que caiga la noche, regreso a toda prisa a la autovía y a la relativa seguridad de los árboles. El mejor momento para moverse es el anochecer. Nunca he visto a un teledirigido a esas horas. Tres o cuatro durante el día y muchos más por la noche, pero nunca al anochecer.

En cuanto entré por la puerta destrozada de la gasolinera supe que algo había cambiado. En realidad no vi nada distinto; la tienda parecía estar exactamente igual que la semana anterior: las paredes cubiertas de grafiti, los estantes volcados, el suelo lleno de cajas vacías y heces secas de rata, las cajas registradoras reventadas y las neveras saqueadas. Era el mismo revoltijo apestoso y desagradable por el que había tenido que pasar semana tras semana durante el último mes para llegar a la zona de almacenaje de detrás de las vitrinas refrigeradas. No lograba entender por qué la gente se había llevado las cervezas, los refrescos, el dinero de las cajas y los rollos de billetes de lotería y, sin embargo, había dejado allí los dos palés cargados de agua potable. ¿En qué estaban pensando? ¿«Es el Apocalipsis alienígena! ¡Corre, coge las cervezas!»?

El mismo caos de desperdicios, el mismo hedor a rata y a comida podrida, el mismo remolino de polvo que se movía caprichosamente bajo la luz turbia que entraba por las sucias ventanas, y el desorden seguía en orden, intacto, como siempre.

Sin embargo...

Había cambiado algo.

Estaba en el pequeño charco de cristales rotos de la entrada de la tienda. No lo vi, no lo oí, no lo olí ni lo sentí, pero lo sabía.

Algo había cambiado.

Hace mucho tiempo que los humanos no son presas, puede que unos cien mil años. Sin embargo, en lo más profundo de nuestros genes permanece el recuerdo: la gacela siempre alerta, el instinto del antílope. El viento que susurra entre la hierba. Una sombra que se mueve entre los árboles. Entonces aparece la vocecita que dice: «Shh, está cerca. Muy cerca».

No recuerdo haberme descolgado el M16 del hombro. De repente lo tenía en las manos con el cañón hacia abajo y el seguro quitado. «Cerca».

Hasta entonces, el blanco más grande al que había apuntado era un conejo, y en realidad había sido una especie de experimento para asegurarme de que era capaz de usar el arma sin acabar pegándome un tiro en alguna parte de mi anatomía. Una vez disparé por encima de la cabeza de unos perros salvajes que se habían interesado más de la cuenta por mi campamento. Y otra disparé casi al cielo, apuntando a un diminuto punto reluciente de luz verde: era su nave nodriza, que se deslizaba por el cielo con la Vía Láctea de fondo. Vale, reconozco que fue una estupidez. Como montar un cartel publicitario con una flecha enorme señalándome la cabeza junto a las palabras: «¡EEEH, ESTOY AQUÍ!».

Después del experimento del conejo (volé al pobre animalito en mil pedazos, convertí al Conejo Blanco en una masa irreconocible de tripas y huesos rotos), renuncié a la idea de usar el fusil para cazar. Ni siquiera hacía prácticas de tiro. En el silencio que se impuso en la Tierra tras la cuarta ola, las balas hacían más ruido que una bomba atómica.

De todos modos, el M16 era como mi amigo del alma. Siempre a mi lado, incluso de noche, metido en el saco de dormir conmigo, fiel y leal. En la cuarta ola no puedes confiar en que la gente siga siendo gente, pero sí en que tu arma siga siendo tu arma.

«Shh, Cassie, está cerca».

«Muy cerca».

Tendría que haber huido, tendría que haberle hecho caso a esa vocecita que me hablaba. Esa vocecita es más vieja que yo, más vieja que la persona más vieja que haya existido nunca.

Debería haberle hecho caso.

Sin embargo, en lugar de eso, me concentré en el silencio de la tienda abandonada, escuché atentamente. Algo estaba cerca. Me alejé un paso de la puerta y un pedazo de cristal roto crujió ligeramente al pisarlo.

Entonces, el Algo hizo un ruido, un sonido entre tos y gemido. Procedía de la habitación trasera, la de detrás de los refrigeradores, donde estaba mi agua.

Y entonces ya no me hizo falta la vocecilla para saber lo que tenía que hacer. Era obvio, no había vuelta de hoja: huir.

Sin embargo, no lo hice.

La primera regla para sobrevivir a la cuarta ola es no confiar en nadie, sea cual sea su aspecto. Los Otros han acertado en eso... Bueno, en realidad han acertado en todo. Da igual que alguien tenga el aspecto adecuado, diga las cosas adecuadas y actúe justo como esperas. ¿Acaso no fue la muerte de mi padre prueba de eso? Aunque el desconocido sea una ancianita tan dulce como tu tía abuela Tilly y lleve un gatito en brazos, no puedes estar seguro (nunca se sabe) de que no sea uno de ellos, de que detrás de ese gatito no haya un 45 cargado.

No es inconcebible. Cuanto más piensas en ello, más posible te parece. Hay que acabar con la ancianita.

Es la parte más difícil. Si me paro a pensarlo, me dan ganas de esconderme en el saco de dormir, cerrar la cremallera y morir de hambre poco a poco. Si no puedes confiar en nadie, no debes hacerlo. Mejor dar por sentado que la tía Tilly es uno de ellos en vez de arriesgarte a suponer que es otro superviviente como tú.

Es diabólico.

Nos divide. Hace que resulte más sencillo cazarnos y erradicarnos. La cuarta ola nos obliga a permanecer en soledad, a olvidarnos de que la unión hace la fuerza, hasta que, poco a poco, nos volvemos locos por culpa del aislamiento, el miedo y la terrible espera de lo inevitable.

Así que no hui, no podía. Ya fuera uno de ellos o una tía Tilly, tenía que defender mi territorio. La única forma de seguir viva es seguir sola. Esa es la segunda regla.

Me dejé guiar por esa tos entre sollozos o esos sollozos entre toses, como queramos llamarlo, hasta que llegué a la puerta que daba a la habitación de atrás sin apenas respirar, de puntillas.

La puerta estaba entreabierta, había el espacio justo para entrar de lado. Justo delante de mí, en la pared, había una estantería metálica; a la derecha, el largo pasillo estrecho que recorría la fila de refrigeradores. Allí no había ventanas. La única iluminación procedía del pálido brillo naranja del día que moría detrás de mí, aunque el resplandor bastaba para proyectar mi sombra sobre el suelo pegajoso. Me agaché, y mi sombra se agachó conmigo.

No podía ver el pasillo más allá del borde del refrigerador, pero oía a alguien (o a algo) al otro extremo. Tosía, gemía y dejaba escapar aquellos sollozos húmedos.

«O está malherido o finge estarlo —pensé—. O necesita ayuda o es una trampa».

A eso se ha reducido la vida en la Tierra desde la Llegada: o una cosa o la otra.

«O es uno de ellos y sabe que estás aquí o no es uno de ellos y necesita tu ayuda».

En cualquier caso, tenía que levantarme y doblar aquella esquina.

Así que me levanté.

Y doblé la esquina.

4

Estaba tirado en el suelo, con la espalda apoyada en la pared y las piernas estiradas, a unos seis metros de mí. Tenía las piernas largas y se agarraba el estómago con una mano. Llevaba uniforme militar y botas negras, e iba cubierto de porquería y de sangre reluciente. Había sangre por todas partes: en la pared que tenía detrás, en el charco que manchaba el frío hormigón sobre el que estaba sentado, en su uniforme, en su pelo, ya medio reseca... La sangre despedía un brillo oscuro, negra como el alquitrán en la penumbra.

En la otra mano llevaba una pistola, y el cañón me apuntaba a la cabeza.

Lo imité: su pistola contra mi fusil. Dedos doblados sobre los gatillos, el suyo y el mío.

Eso de que me apuntara con un arma no probaba nada. A lo mejor era un soldado herido que creía que yo era uno de los Otros.

O tal vez no.

—Suelta el arma —balbuceó.

«Ni de coña».

—¡Suelta el arma! —gritó, o intentó gritar.

Las palabras le salían débiles y decrépitas, derrotadas por la sangre que le subía desde la tripa. Le goteaba del labio inferior, que colgaba, tembloroso, sobre su barbilla sin afeitar. También tenía los dientes manchados de sangre.

Sacudí la cabeza. Yo estaba de espaldas a la luz y rezaba por que no viera lo mucho que tiritaba ni el miedo que me asomaba a los ojos. No era un puñetero conejo lo bastante estúpido para aparecer en mi campamento una mañana soleada. Se trataba de una persona o, al menos, lo parecía.

Lo curioso de matar es que no sabes si de verdad eres capaz de hacerlo hasta que lo haces.

Lo dijo por tercera vez, no tan alto como la segunda. Sonó a súplica.

—Suelta el arma.

La mano que sostenía la pistola vaciló y la boca bajó un poco hacia el suelo. No mucho, pero para entonces mis ojos ya se habían adaptado a la luz y distinguí una gota de sangre que se deslizaba por el cañón.

Entonces soltó el arma.

Le cayó entre las piernas con un fuerte ruido metálico. Después levantó la mano vacía y la sostuvo por encima del hombro, con la palma hacia fuera.

—Vale —dijo, esbozando media sonrisa ensangrentada—, te toca.

Sacudí la cabeza.

—La otra mano —respondí, esperando parecer más fuerte de lo que me sentía.

Me habían empezado a temblar las rodillas, me dolían los brazos y la cabeza me daba vueltas. También reprimía el impulso de salir corriendo. No sabes si eres capaz de hacerlo hasta que lo haces.

—No puedo —contestó.

—La otra mano.

—Si muevo esta mano, me temo que se me caerá el estómago.

Ajusté la posición de la culata del fusil contra mi hombro. Estaba sudando, temblando, intentando pensar. «O una cosa o la otra, Cassie. ¿Qué vas a hacer, una cosa o la otra?».

—Me muero —dijo sin más. A la distancia a la que estaba, sus ojos no eran más que dos alfileres que reflejaban la luz—. Así que puedes acabar conmigo o ayudarme. Sé que eres humana...

—¿Cómo lo sabes? —me apresuré a preguntar antes de que se muriera.

Si era un soldado de verdad, a lo mejor sabía cuál era la diferencia. Habría sido una información tremendamente útil.

—Porque, si no lo fueras, ya me habrías disparado —respondió, sonriendo de nuevo.

Con la sonrisa, le salieron hoyuelos en las mejillas, y me di cuenta de lo joven que era. No era más que un par de años mayor que yo.

—¿Ves? Y tú también lo sabes por eso —añadió en voz baja.

—¿Saber el qué? —pregunté mientras los ojos se me llenaban de lágrimas.

La visión de su cuerpo, hecho un ovillo, temblaba ante mí, como un reflejo en una casa de los espejos, pero no me atrevía a soltar el fusil para restregarme los ojos.

—Que soy humano. Si no lo fuera, te habría disparado.

Eso tenía sentido. O ¿tenía sentido porque yo quería que lo tuviera? A lo mejor había soltado el arma para persuadirme de que yo soltara la mía y, cuando lo hiciera, sacaría la segunda pistola que llevaba escondida bajo el uniforme para meterme una bala en el cerebro.

Eso es lo que han conseguido los Otros: no te puedes unir a los demás para luchar si no confías en ellos. Y sin confianza no hay esperanza.

¿Cómo se limpia la Tierra de humanos? Arrebatándoles su humanidad.

—Tengo que ver la otra mano —insistí.

—Te he dicho...

—¡Tengo que ver la otra mano! —grité, y ahí sí que se me rompió la voz, no pude evitarlo.

—¡Pues vas a tener que dispararme, zorra! —gritó él, perdiendo los nervios—. ¡Dispárame ya de una vez!

Dejó caer la cabeza sobre la pared, abrió la boca y se le escapó un aullido de angustia que rebotó de una pared a otra, del suelo al techo, hasta estrellarse al fin contra mis oídos. No supe si gritaba de dolor o de desesperación, consciente de que yo no iba a salvarlo. Había perdido la esperanza, y eso es lo que te mata, te mata antes de que mueras, mucho antes de que mueras.

—Si te la enseño —dijo, jadeando, meciéndose adelante y atrás sobre el hormigón ensangrentado—... Si te la enseño, ¿me ayudarás?

No respondí. No respondí porque no tenía respuesta. Funcionaba nanosegundo a nanosegundo.

Así que lo decidió por mí. No iba a dejarlos ganar, eso creo ahora. No iba a abandonar la esperanza. Si eso lo mataba, al menos moriría con una pizca de humanidad intacta.

Hizo una mueca y bajó despacio la mano izquierda. Ya casi había terminado el día, no había apenas luz y, la que quedaba, parecía alejarse de su origen, de él, pasar junto a mí y salir por la puerta entreabierta.

Tenía la mano cubierta de sangre medio seca; era como si llevara un guante carmesí.

La raquítica luz le besó la mano y se reflejó en algo largo, delgado y metálico, así que mi dedo retrocedió sobre el gatillo, el fusil me golpeó con fuerza el hombro y el cañón se me encabritó en la mano al vaciarse el cargador. Y oí a alguien gritar desde muy lejos, pero no era él, era yo, yo y todos los que quedábamos con vida, si es que quedaba alguien más; todos nosotros, estúpidos humanos indefensos e impotentes, todos gritando porque lo habíamos entendido mal, lo habíamos entendido todo mal: ningún enjambre alienígena descendía de los cielos en platillos volantes o grandes vehículos metálicos con patas, como salidos de *La Guerra de las Galaxias*, ni eran E. T. arrugaditos y supermonos que solo querían arrancar un par de hojas, comerse unos caramelos e irse a casa. No es así como acaba.

No acaba así, en absoluto.

Acaba con los humanos matándonos entre nosotros detrás de unos refrigeradores de cerveza vacíos, a la moribunda luz de un día de finales de verano.

Me acerqué a él antes de que desapareciera la luz. No para comprobar que estuviera muerto —sabía que lo estaba—, sino porque quería ver qué llevaba en la mano ensangrentada.

Era un crucifijo.

5

Esa fue la última persona que vi.

Las hojas ya caen por cientos y las noches se han vuelto frías. No puedo quedarme en este bosque, no hay follaje que me oculte de los teledirigidos y no puedo arriesgarme a encender una fogata... Tengo que salir de aquí.

Sé adónde debo ir, lo sé desde hace tiempo. Hice una promesa, una de esas promesas que no se rompen porque, si lo haces, se rompe una parte de ti, quizá la más importante.

Sin embargo, te dices cosas como: «Primero necesito preparar algo. No puedo entrar en la boca del lobo sin un plan». O: «Es inútil, ya no tiene sentido. Has esperado demasiado».

Por la razón que sea, no me he ido antes. Debería haberme marchado la noche que maté al soldado. No sé cómo acabó herido, no examiné el cadáver ni nada, cosa que tendría que haber hecho por muy asustada que estuviera. Es posible que se hiriera en un accidente, pero lo más probable era que alguien (o algo) le hubiera disparado. Y si alguien o algo le había disparado, ese alguien o ese algo seguía ahí fuera... A no ser que el soldado del crucifijo hubiese acabado con ella/él/ellos/ellas/ello. O el soldado era uno de ellos y el crucifijo era un truco.

Es otra de las formas en que juegan con nosotros: las inciertas circunstancias de una destrucción cierta. A lo mejor esa será la quinta ola, el momento en que nos ataquen desde dentro convirtiendo nuestras mentes en armas.

A lo mejor el último humano de la Tierra no morirá de hambre ni de exposición a las condiciones climáticas, ni devorado por animales salvajes.

A lo mejor el último en morir lo hará a manos del último superviviente.

«Vale, mejor no sigas por ahí, Cassie».

Sinceramente, aunque quedarse aquí es un suicidio y tengo que cumplir mi promesa, no quiero irme. Este bosque ha sido mi hogar durante mucho tiempo. Conozco todos los senderos, todos los árboles, todas las enredaderas y todos los arbustos. Viví dieciséis años en la misma casa y, a pesar de que no sé decir exactamente qué aspecto tenía mi patio trasero, puedo describir con todo lujo de detalles cada hoja y cada rama de esta parte del bosque. No tengo ni idea de qué hay más allá de esos árboles, ni tampoco de los tres kilómetros de interestatal que recorro cada semana para abastecerme de provisiones. Supongo que mucho más de lo mismo: ciudades abandonadas que apestan a aguas residuales y a cadáveres podridos, casas calcinadas reducidas a los cimientos, perros y gatos salvajes, y colisiones múltiples que cubren kilómetros y kilómetros de autopista. Y cadáveres. Montones de cadáveres.

Preparo la mochila. Esta tienda de campaña ha sido mi hogar durante mucho tiempo, pero es demasiado grande y tengo que viajar ligera. Solo lo básico: la Luger, el M16, la munición y mi fiel cuchillo Bowie son los primeros de la lista. Saco de dormir, botiquín de primeros auxilios, cinco botellas de agua, tres cajas de *snacks* de cecina Slim Jim y algunas latas de sardinas. Odiaba las sardinas antes de la Llegada. Ahora han empezado a gustarme de verdad. ¿Lo primero que busco cuando entro en una tienda de alimentación? Sardinas.

¿Libros? Pesan y ocupan mucho espacio, y la mochila ya está a reventar. Pero los libros me pueden. Igual que a mi padre. Después de que la tercera ola acabara con más de 3.500 millones de personas, llenó nuestra casa de montones de libros. Mientras los demás rebuscábamos agua potable y comida, y almacenábamos armas para la última batalla que estábamos seguros que se produciría, papá salía con la carretilla de mi hermano pequeño para traerse libros a casa.

Ni se inmutaba con las apabullantes cifras. El hecho de que hubiésemos pasado de siete mil millones de personas a un par de cientos de miles en cuestión de cuatro meses no minaba su confianza en que la raza humana sobreviviría.

—Hay que pensar en el futuro —insistía—. Cuando esto acabe tendremos que reconstruir casi todos los aspectos de la civilización.

Linterna solar.

Cepillo y pasta de dientes. Cuando llegue el momento, estoy decidida a morir con los dientes limpios. Qué menos.

Guantes. Dos pares de calcetines, ropa interior, caja tamaño viaje de detergente Tide, desodorante y champú (moriré limpia, véase más arriba).

Tampones. Siempre estoy preocupada por mis reservas y por si seré capaz de encontrar más.

Mi bolsa de plástico repleta de fotos: papá; mamá; mi hermano pequeño, Sammy; mis abuelos; Lizbeth, mi mejor amiga; y una de Ben Parish (alias el tío más impresionante del mundo) que recorté de mi anuario escolar porque Ben iba a ser mi futuro novio y/o/puede que marido, aunque él no lo supiera. Ben apenas era consciente de mi existencia. Conocía a algunas de las personas que él conocía, pero estaba al final del todo, y ni siquiera había grados de separación que nos separaran ni nos unieran. La única pega de Ben era su altura: me llevaba más de quince centímetros. Bueno, en realidad ahora tiene dos pegas: su altura y el hecho de que esté muerto.

Mi móvil. Se quedó frito en la primera ola y no hay manera de cargarlo. Además, las antenas no funcionan y, aunque funcionaran, no hay nadie a quien llamar. Pero, ya sabes, es mi móvil.

Cortaúñas.

Cerillas. No enciendo fogatas, pero quizá tenga que quemar o volar lo que sea en algún momento.

Dos cuadernos de espiral con rayas, uno de tapa morada y otro de tapa roja. Son mis colores favoritos, y además se trata de mis diarios. Es por eso que decía de mantener la esperanza. Sin embargo, si finalmente soy la única que queda y no hay nadie para leerlos, puede que algún alienígena los lea y sepa lo que pienso de ellos. Por si eres un alienígena y estás leyendo esto:

QUE TE DEN.

Mis Sugus, tras descartar los de naranja. Tres paquetes de chicles de menta. Mis últimos dos chupa-chups Tootsie Pops.

La alianza de mamá.

El viejo y raído oso de peluche de Sammy. No es que ahora sea mío; no lo abrazo por la noche ni nada de eso.

Eso es todo lo que me cabe en la mochila. Qué raro, parece a la vez mucho y poco.

Todavía queda espacio para un par de libros de bolsillo, aunque apenas. ¿*Huckleberry Finn* o *Las uvas de la ira*? ¿Los poemas de Sylvia Plath o el libro de Shel Silverstein que pertenecía a Sammy? Es probable que llevarse a Plath no sea buena idea: es deprimente. Silverstein es para críos, pero todavía me hace sonreír. Me decido por *Huckleberry* (parece apropiado) y por *Donde el camino se corta*. Allí nos vemos, Shel. Sube a bordo, Jim.

Me echo la mochila a un hombro, el fusil al otro y bajo por el sendero que lleva a la autopista. No miro atrás.

Me detengo al llegar al final de los árboles. Un terraplén de seis metros baja hasta los carriles que van en dirección sur; está cubierto de coches abandonados, ropa, bolsas de basura rotas y los restos quemados de tráileres que llevaban de todo, desde gasolina a leche. Hay coches accidentados por todas partes: algunos no se dieron más que golpes pequeños, mientras que otros se vieron involucrados en choques en cadena que abarcan kilómetros y más kilómetros de la interestatal. El sol de la mañana se refleja en los cristales rotos.

No hay cadáveres. Estos coches llevan aquí desde la primera ola, hace tiempo que sus dueños los abandonaron.

No murió mucha gente en la primera ola, el gigantesco pulso electromagnético que atravesó la atmósfera justo a las once de la mañana del décimo día. Solo medio millón, más o menos, según mi padre. Vale, medio millón parece mucha gente, pero en realidad no es más que una gota en el vaso de la población mundial. El número de muertos en la Segunda Guerra Mundial fue cien veces mayor.

Y tuvimos algún tiempo para prepararnos, aunque no supiéramos exactamente para qué nos estábamos preparando. Diez días desde que uno de los satélites mandó las primeras fotos de la nave nodriza pasando por delante de Marte hasta que lanzaron la primera ola. Diez días de caos. La ley marcial, sentadas en las Naciones Unidas, desfiles, fiestas en tejados, interminable parloteo en internet y cobertura veinticuatro horas al día de la Llegada en todos los medios de comunicación. El presidente se dirigió a la nación... y después desapareció en su búnker. El Consejo de Seguridad convocó una sesión de emergencia a puerta cerrada.

Un montón de gente se marchó, como nuestros vecinos, los Majewski. El sexto día llenaron hasta arriba su autocaravana y se pusieron en camino, se unieron a un éxodo en masa hacia otra parte, porque, por algún motivo, cualquier otra parte parecía más segura. Miles de personas se fueron a las montañas, al desierto o a los pantanos. Ya sabes, a otra parte.

La otra parte de los Majewski era Disney World. No fueron los únicos, Disney batió todos los récords de asistencia durante esos diez días anteriores al pulso.

Papá le preguntó al señor Majewski: «¿Por qué Disney World?». Y el señor Majewski respondió: «Bueno, porque los niños no han estado nunca». Sus «niños» ya iban a la universidad.

Catherine, que había llegado a casa de su primer año en Baylor el día anterior, me preguntó: «¿Adónde vais vosotros?».

«A ninguna parte», respondí yo, y además no quería ir a ninguna parte. Seguía negándome a aceptarlo: fingía que toda esa locura de los alienígenas saldría bien, aunque no sabía cómo; tal vez firmando un tratado de paz intergaláctico. O a lo mejor se habían pasado a recoger un par de muestras de tierra y después se irían a casa. O quizás estaban de vacaciones, como los Majewski, que se iban a Disney World.

—Tenéis que iros —me dijo ella—. Primero atacarán las ciudades.

—Supongo. Jamás se les ocurriría arrasar el Reino Mágico.

—¿Cómo preferirías morir? —me soltó Catherine—. ¿Escondida bajo la cama o montada en la montaña rusa?

Buena pregunta.

Mi padre dijo que el mundo se estaba dividiendo en dos bandos: los que huyen y los que resisten. Los que huían se dirigieron a las colinas... o a la montaña rusa de Disney World. Los que resistían cegaron las ventanas con tablas, se aprovisionaron de latas de comida y munición, y dejaron la tele puesta en el canal de la CNN 24 horas.

Durante esos primeros diez días, no hubo mensajes de nuestros aguafiestas galácticos. Ni espectáculos de luces, ni aterrizajes frente a la Casa Blanca, ni tipos de ojos saltones, cabezas de culo y monos plateados que exigían ser llevados ante nuestro líder. Ni una sola cúpula reluciente dando vueltas mientras emite a todo volumen el idioma universal de la música. Y no obtuvimos ninguna respuesta cuando enviamos nuestro mensaje, que era algo así como: «Hola, bienvenidos a la Tierra. Esperamos que disfruten de su estancia. No nos maten, por favor».

Nadie sabía qué hacer. Supusimos que el Gobierno tendría alguna idea, siempre tenían un plan para todo, así que imaginamos que habría uno por si E. T. aparecía sin invitación ni previo aviso, como el primo rarito del que nadie quiere hablar en la familia.

Hubo gente que se quedó en casa. Otra que huyó. Algunas personas se casaron. Otras se divorciaron. Unos cuantos se pusieron a fabricar bebés. Otros tantos se suicidaron. Caminábamos de un lado a otro como zombis, sin expresión alguna en el rostro, mecánicamente, incapaces de comprender la magnitud de lo que sucedía.

Ahora cuesta creerlo, pero mi familia, como la gran mayoría, siguió con su vida como si el acontecimiento más increíblemente alucinante de la historia de la humanidad no estuviera ocurriendo justo sobre nuestras cabezas. Mis padres iban a trabajar, Sammy iba a la guardería y yo iba a clase y a jugar al fútbol. Era todo tan normal que daba escalofríos. Al final del primer día, todos los habitantes de más de dos años habían visto la nave nodriza de cerca unas mil veces: ese enorme casco que emitía una luz verde grisáceo, tenía el tamaño de Manhattan y daba vueltas en círculo sobre la Tierra, a unos 400 kilómetros de distancia. La NASA anunció su plan: quitarle las bolas de alcanfor a una de las lanzaderas espaciales que tenían almacenadas y enviarla para intentar establecer contacto.

«Vaya, suena bien —pensamos—. Este silencio es ensordecedor. ¿Por qué han viajado miles de millones de kilómetros para quedársenos mirando? Es una grosería».

El tercer día salí por ahí con un chico que se llamaba Mitchell Phelps. Bueno, en realidad simplemente salimos. La cita fue en mi patio de atrás por culpa del toque de queda. Mitchell pasó por el Starbucks de camino a casa, así que nos sentamos en el patio a beber lo que había comprado y fingimos no ver la sombra de mi padre paseándose por el salón. Mitchell se había mudado a la ciudad unos días antes de la Llegada. Se sentaba detrás de mí en literatura universal, y yo cometí el error de prestarle mi rotulador fluorescente. Así que, antes de darme cuenta, ya me estaba pidiendo salir, porque, naturalmente, una chica que te presta un rotulador debe de creer que estás bueno. No sé por qué salí con él, no era tan guapo y tampoco resultaba tan interesante una vez traspasado el halo de chico nuevo. Además, obviamente, no era Ben Parish. Nadie lo era (excepto Ben Parish), de ahí el problema.

Al tercer día, o te pasabas el día hablando de los Otros o procurabas no tocar el tema en absoluto. Yo era de los del segundo grupo.

Mitchell, de los del primero.

—¿Y si son como nosotros? —me preguntó.

Poco después de la Llegada, todos los *conspiranoicos* empezaron a chismorrear sobre proyectos clasificados del Gobierno o sobre el plan secreto para crear una crisis alienígena falsa y poder así arrebatarnos nuestras libertades. Como supuse que Mitchell iba por ahí, gruñí.

—¿Qué? —preguntó—. No me refería a nosotros, nosotros. ¿Y si son nosotros en el futuro?

—Y es como en *Terminator*, ¿no? —pregunté, poniendo los ojos en blanco—. Han venido para detener la rebelión de las máquinas. O puede que ellos sean las máquinas. A lo mejor es Skynet.

—No creo —respondió él, como si yo lo hubiese dicho en serio—. Es la paradoja del abuelo.

—¿El qué? Y ¿qué demonios es eso de la paradoja del abuelo?

Lo había dicho dando por sentado que yo sabía lo que era, porque solo un idiota no lo sabría. Odio cuando la gente hace eso.

—Ellos, quiero decir, nosotros, no podemos viajar hacia atrás en el tiempo y cambiar algo. Si vas hacia atrás en el tiempo y matas a tu abuelo antes de que nazcas tú, no podrías volver atrás en el tiempo para matar a tu abuelo.

—Y ¿por qué ibas a querer matar a tu abuelo? —pregunté mientras retorcía la pajita de mi Frapuccino de fresa para producir ese ruido único que hacen las pajitas dentro de las tapas de plástico.

—El tema es que cambias la historia solo con aparecer —respondió, como si hubiese sido yo la que había sacado el asunto de los viajes en el tiempo.

—¿Tenemos que hablar de esto?

—¿De qué otra cosa vamos a hablar? —preguntó a su vez, arqueando las cejas casi hasta la raíz del pelo.

Mitchell tenía unas cejas muy pobladas, era una de las primeras cosas de él en las que me había fijado. También se mordía las uñas. Eso fue lo segundo en lo que me fijé. El cuidado de las cutículas dice mucho sobre una persona.

Saqué el móvil y envié un mensaje a Lizbeth: «AYUDA».

—¿Tienes miedo? —me preguntó Mitchell, intentando llamar mi atención o buscando consuelo.

Me miraba fijamente.

—No, simplemente estoy aburrida —mentí.

Claro que tenía miedo. Sabía que estaba siendo mala con él, pero no podía evitarlo. Por algún motivo que no podía explicar, me cabreaba. A lo mejor estaba cabreada conmigo misma por aceptar salir con un chico que en realidad no me interesaba. O tal vez estaba cabreada con él por no ser Ben Parish, y eso no era culpa suya. Pero daba igual.

«¿K T AYUDE CON K?», respondió Lizbeth.

—Me da igual de qué hablemos —dijo Mitchell.

El chico miraba hacia el macizo de rosas mientras le daba vueltas a los posos del café y su rodilla se agitaba arriba y abajo bajo la mesa con tanta fuerza que me temblaba la taza.

«CON MITCHELL», le dije a Lizbeth, pensando que no hacía falta añadir nada más.

—¿Con quién hablas? —me preguntó él.

«T DIJE K NO SALIERAS CON EL».

—Con nadie que conozcas —respondí.

«NO SE PK DIJE K SI».

—Podemos ir a alguna parte —propuso Mitchell—. ¿Quieres ver una peli?

—Hay toque de queda —le recordé.

Nadie podía estar en la calle después de las nueve, salvo vehículos militares y de emergencia.

«:D PARA PONER A BEN CELOSO».

—¿Estás mosqueada o algo?

—No, ya te he dicho lo que era.

Él frunció los labios, frustrado. No sabía qué decir.

—Solo intentaba averiguar quiénes son —explicó.

—Tú y todos los demás habitantes del planeta —respondí—. Nadie lo sabe de verdad, y ellos no nos lo dicen, así que todo el mundo se pone a inventarse teorías, y eso no sirve de nada. Puede que sean hombres ratón del espacio que vienen del Planeta Queso y buscan nuestro provolone.

«BP NO SABE K EXISTO», le escribí a Lizbeth.

—No sé si lo sabrás, pero es de mala educación escribir mensajes mientras intento mantener una conversación contigo —comentó Mitchell.

Tenía razón, así que me guardé el móvil en el bolsillo y me pregunté qué me estaría pasando. La vieja Cassie nunca lo habría hecho. Los Otros ya me estaban cambiando; me estaban convirtiendo en algo distinto, pero yo quería fingir que no había cambiado nada, y menos yo.

—¿Te has enterado? —me preguntó, volviendo al tema que ya le había dicho que me aburría—. Están construyendo una zona de aterrizaje.

Me había enterado. La construían en Death Valley. Sí, señor, eso es: en el valle de la Muerte.

—Yo creo que no es muy buena idea —dijo—. Eso de darles así la bienvenida.

—¿Por qué no?

—Ya han pasado tres días. Tres días, y se han negado a establecer contacto. Si son amistosos, ¿por qué no han saludado todavía?

—A lo mejor son tímidos —respondí, y empecé a retorcerme un mechón de pelo, tirando de él suavemente para sentir ese dolor casi agradable.

—Como los chicos nuevos —dijo el chico nuevo.

No debe de ser fácil ser el chico nuevo. Pensé que tenía que disculparme por haber sido tan maleducada.

—Antes no me he portado bien —reconocí—. Lo siento.

Puso cara de desconcierto. Él estaba hablando de alienígenas, no de sí mismo, y entonces voy y digo algo sobre mí, lo que no tenía nada que ver con ninguna de las dos cosas.

—No pasa nada, ya había oído que no sales mucho con chicos.

Ay.

—¿Qué más has oído? —pregunté, consciente de que era una de esas cosas que no quieres saber, pero que debes preguntar de todos modos.

Él le dio un trago al café con leche por el agujerito de la tapa de plástico.

—No mucho, tampoco es que haya investigado.

—Preguntaste y te dijeron que yo no salía mucho con chicos.

—Solo comenté que estaba pensando en pedirte una cita, y me contaron que eras bastante guay. Después pregunté que cómo eras y me contestaron que eras simpática, pero que no me emocionara demasiado porque estabas colada por Ben Parish...

41

—¿Que te dijeron qué? ¿Quién te dijo eso?

—No recuerdo el nombre de la chica —respondió, encogiéndose de hombros.

—¿Fue Lizbeth Morgan? —insistí mientras pensaba en matarla.

—No sé cómo se llama.

—¿Cómo era?

—Pelo largo, castaño. Gafas. Creo que se llama Carly o algo así.

—No conozco a ninguna...

Dios mío, una tal Carly a la que ni siquiera conocía sabía lo mío con Ben Parish... o más bien que no tenía nada con Ben Parish. Y si esa «Carly o algo así» lo sabía, seguro que lo sabía todo el mundo.

—Pues se equivocan —balbuceé—. No estoy colada por Ben Parish.

—A mí me da igual.

—Pero a mí no.

—Me parece que esto no funciona. Cada vez que digo algo o te aburro o te cabreo.

—No estoy cabreada —respondí de mala manera.

—Vale, error mío.

Sin embargo, no lo era, y el error fue mío por no explicarle que la Cassie que conocía no era la Cassie de antes, la Cassie anterior a la Llegada, la que no le haría daño ni a una mosca. No estaba preparada para reconocer la verdad: que el mundo no era lo único que había cambiado con la aparición de los Otros; que nosotros también habíamos cambiado; que yo había cambiado. En cuanto vi la nave nodriza emprendí un camino que me llevaría a la parte de atrás de una tienda de comestibles, detrás de unos refrigeradores de cerveza vacíos. Esa noche con Mitchell no fue más que el principio de mi evolución.

Mitchell tenía razón al decir que los Otros no se habían pasado a saludar. La víspera de la primera ola, el físico teórico más importante del mundo, uno de los tíos más listos del planeta (eso es lo que pusieron en pantalla bajo su cabeza parlante: «UNO DE LOS TÍOS MÁS

LISTOS DEL PLANETA»), salió en la CNN y dijo: «Este silencio no me da muchos ánimos. No se me ocurre ninguna razón positiva que lo explique. Me temo que nos espera algo más parecido a lo sucedido cuando Cristóbal Colón llegó por primera vez a América que a una escena de *Encuentros en la tercera fase*, y todos sabemos cómo les fue a los nativos americanos».

Me volví hacia mi padre y le dije:

—Deberíamos lanzarles un misil nuclear.

Tuve que alzar la voz para hacerme oír por encima de la tele. Cuando daban las noticias, mi padre siempre subía el volumen al máximo para que no le molestara el televisor que mi madre tenía encendido en la cocina. A ella le gustaba ver la TLC mientras cocinaba. Yo lo llamaba la guerra de los mandos.

—¡Cassie! —exclamó.

Estaba tan sorprendido que apretó los dedos de los pies dentro de sus calcetines blancos de deporte. Él había crecido viendo *Encuentros en la tercera fase*, *E. T.* y *Star Trek*, así que se tragaba la idea de que los Otros habían llegado para liberarnos de nosotros mismos. Acabarían con el hambre y las guerras, erradicarían las enfermedades, nos desvelarían los secretos del universo.

—Podría ser el siguiente paso de la evolución, ¿es que no lo entiendes? Un gran paso adelante. Un paso enorme —me aseguró, y me dio un abrazo para consolarme—. Tenemos mucha suerte de estar aquí para verlo.

Después añadió como si nada, como si hablara de cómo arreglar una tostadora:

—Además, un dispositivo nuclear no sirve de mucho en el vacío del espacio. No hay nada que transmita la onda expansiva.

—Entonces, ¿ese cerebrito de la tele es un mentiroso de mierda?

—Cuidado con esa boca, Cassie —me reprendió—. Tiene derecho a expresar su opinión, pero no es más que eso, una opinión.

—Pero ¿y si acierta? ¿Qué pasa si esa cosa de ahí arriba es su versión de la Estrella de la Muerte?

43

—¿Van a cruzar medio universo para hacernos volar en mil pedazos? —repuso mientras me daba palmaditas en la pierna y sonreía.

Mi madre subió el volumen de la tele de la cocina, así que él subió el doble el sonido de la del salón.

—Vale, pero ¿qué me dices de una horda mongola intergaláctica, como decía él? —insistí—. A lo mejor han venido para conquistarnos, meternos en reservas, esclavizarnos...

—Cassie, que algo pueda pasar no quiere decir que vaya a pasar. De todos modos, son especulaciones. Las de este tipo, las mías... Nadie sabe por qué están aquí. ¿No es igual de probable que hayan venido desde tan lejos para salvarnos?

Cuatro meses después de decir eso, mi padre estaba muerto.

Se equivocaba con respecto a los Otros. Y yo también. Del mismo modo que «uno de los tíos más listos del planeta».

No querían salvarnos, ni tampoco esclavizarnos ni meternos en reservas.

Solo querían matarnos.

A todos.

6

Estuve bastante tiempo dudando sobre si viajar de día o de noche. La oscuridad es lo mejor si te preocupan ellos, pero la luz del día es preferible si quieres detener a un teledirigido antes de que te detecte.

Los teledirigidos aparecieron al final de la tercera ola. Tienen forma de puro, son de color gris mate, y se deslizan a toda velocidad y en silencio por el aire, a cientos de metros de altura. A veces surcan el cielo sin pararse. Otras dan vueltas en círculo, como águilas ratoneras. Pueden cambiar de dirección en un instante y detenerse de golpe, pasar de Mach 2 a cero en menos de un segundo. Por eso supimos que los teledirigidos no eran nuestros.

Averiguamos que no llevaban a nadie dentro (ni persona ni Otro) porque uno de ellos se estrelló a unos tres kilómetros de nuestro campo de refugiados. Se oyó un estallido cuando rompió la barrera del sonido, soltó un chillido ensordecedor cuando descendió hacia la tierra, y el suelo tembló cuando se estrelló en un maizal en barbecho. Un equipo de reconocimiento se dirigió a la zona del accidente para echar un vistazo. Vale, en realidad no era un equipo, sino papá y Hutchfield, el tío al mando del campo. Al volver informaron de que el cacharro estaba vacío. ¿Seguro? A lo mejor el piloto había huido antes del impacto. Mi padre dijo que el artefacto estaba lleno de instrumentos, que no había sitio para un piloto. «A no ser que midan cinco centímetros de altura», añadió, lo que hizo reír a todo el mundo. De algún modo, pensar que los Otros eran unas criaturas de cinco centímetros, estilo Borrowers, hacía el horror menos horrible.

Decidí viajar de día, así podía vigilar el cielo con un ojo y el suelo con el otro. Lo que acabé haciendo fue mover la cabeza arriba y abajo, arriba y abajo, de izquierda a derecha, y de nuevo arriba, como si fuera una *groupie* en un concierto de rock, hasta que me mareé y se me revolvió un poco el estómago.

Además, por la noche no solo hay que preocuparse de los teledirigidos. También están los perros salvajes, los osos y los lobos que bajan desde Canadá, e incluso puede que algún león o algún tigre que se haya escapado de un zoo. Lo sé, lo sé, suena a chiste de *El mago de Oz*: ¿y qué?

Aunque no creo que la cosa saliera demasiado bien, imagino que tendría más posibilidades contra uno de ellos a la luz del día. O incluso si tuviera que vérmelas con uno de los míos, en caso de que no sea la última. ¿Qué pasa si me tropiezo con otro superviviente que decide que lo más sensato es ir en modo soldado del crucifijo contra todo aquel que se encuentre?

Eso me hace pensar en lo que debería considerar yo más sensato. Me pregunto (y no es la primera vez) por qué narices no nos inventamos un código, un apretón de manos secreto o algo así antes de que aparecieran los Otros, algo que nos identificara como los buenos. No había forma de saber que aparecerían ellos, pero estábamos bastante seguros de que tarde o temprano algo lo haría.

Cuesta hacer planes para lo que ocurrirá cuando se trata de algo que no planeabas.

Decidí que lo mejor era verlos primero, ocultarme, nada de confrontaciones. ¡Se acabaron los soldados con crucifijos!

Hace un día soleado y sin viento, pero frío. Cielo despejado. Caminar, mover la cabeza arriba y abajo, a un lado y a otro, con la mochila golpeándome uno de los omóplatos y el fusil, el otro; caminar por el borde exterior de la mediana que separa el carril que va al sur del que va al norte, detenerme cada cuatro pasos para mirar atrás y examinar el terreno. Una hora. Dos. Y no he recorrido ni un par de kilómetros.

Lo más espeluznante, más que los coches abandonados, el crujido del metal aplastado y el brillo de los cristales rotos al sol de octubre, más que la basura y la porquería tirada por la mediana, prácticamente oculta por la hierba que llega hasta las rodillas, de modo que al andar parece llena de bultos, de verrugas, lo más espeluznante, decía, es el silencio.

Ya no se oye el zumbido.

Seguro que recuerdas el zumbido.

A no ser que hayas crecido en lo alto de una montaña o vivido en una cueva toda la vida, el zumbido siempre ha estado a tu alrededor. Eso era la vida. Era el mar en el que nadábamos. El ruido constante de todas las cosas fabricadas para hacernos la vida más fácil y un poco menos aburrida. La canción mecánica. La sinfonía electrónica. El zumbido de todas las cosas y de todas las personas. Ya no está.

Este es el sonido de la Tierra antes de que la conquistáramos.

A veces, cuando estoy en mi tienda, por la noche, me parece oír a las estrellas arañar el cielo. Tanto silencio hay. Al cabo de un rato me resulta casi insoportable. Quiero gritar a todo pulmón, quiero cantar, chillar, patear el suelo, dar palmas, lo que sea con tal de proclamar mi presencia. Las palabras que intercambié con el soldado fueron las primeras que había pronunciado en semanas.

El zumbido murió el décimo día de la Llegada. Estaba sentada en la tercera hora de clase enviándole a Lizbeth el último mensaje que enviaría con el móvil. No recuerdo exactamente lo que decía.

Once de la mañana. Un cálido y soleado día de principios de primavera. Un día para garabatear, soñar y desear estar en cualquier parte que no fuera la clase de cálculo de la señorita Paulson.

La primera ola se desplegó sin mucha fanfarria. No fue espectacular. No causó sorpresa ni conmoción.

Simplemente, las luces se apagaron.

El proyector de la señorita Paulson murió.

La pantalla de mi móvil se quedó en blanco.

Alguien chilló en la parte de atrás del aula. Típico, da igual a qué hora del día suceda: si se van las luces, alguien grita como si el edificio se derrumbara.

La señorita Paulson nos pidió que nos quedásemos sentados. Esa es otra de las cosas que hace la gente cuando se va la luz: se levanta de un salto para... ¿qué? Es raro. Estamos tan acostumbrados a la electricidad que, cuando se va, no sabemos qué hacer. Así que nos levantamos de un salto, chillamos o empezamos a balbucear como idiotas. Nos entra el pánico. Es como si alguien nos quitara el oxígeno. Sin embargo, con la Llegada la reacción fue aún peor. Después de pasar diez días con el alma en vilo, a la espera de que suceda algo sin que suceda nada, estás con los nervios de punta.

Así que cuando nos desenchufaron, nos descontrolamos un poco más de lo normal.

Todos empezaron a hablar a la vez. Anuncié que mi móvil estaba frito, y los demás sacaron sus móviles fritos. Neal Croskey, que estaba sentado al fondo del aula escuchando su iPod mientras la señorita Paulson daba la clase, se sacó los auriculares de las orejas y preguntó en voz alta por qué se había parado la música.

Lo siguiente que haces cuando te desenchufan, después del momento de pánico, es correr a la ventana más cercana. No sabes exactamente por qué. Es ese impulso de averiguar lo que está pasando. El mundo funciona de fuera hacia dentro, así que si las luces se apagan, mira fuera.

Y la señorita Paulson se movía sin rumbo fijo entre los alumnos apiñados junto a las ventanas.

—¡Silencio! Volved a vuestro sitio. Estoy segura de que habrá un anuncio...

Y lo hubo, más o menos un minuto después. Aunque no por el intercomunicador, ni emitido por el señor Faulks, el subdirector, sino procedente del cielo, de ellos. En forma de un 727 que se precipitó dando tumbos hacia la Tierra desde una altura de tres mil metros hasta que desapareció detrás de unos árboles y estalló, produciendo una bola de fuego que me recordó a la nube en forma de champiñón de una explosión nuclear.

«¡Eh, terrícolas, que empiece la fiesta!».

Lo normal habría sido que, después de ver algo así, corriéramos todos a escondernos bajo los pupitres. No lo hicimos. Nos arremolinamos frente a la ventana y examinamos el cielo despejado en busca del platillo volante que tenía que haber derribado el avión. Tenía que ser un platillo volante, ¿no? Sabíamos cómo funcionaba una invasión alienígena de calidad: platillos volantes navegando a toda velocidad por la atmósfera, con pelotones de F-16 en los talones, misiles tierra-aire y balas trazadoras saliendo de los búnkeres. De una manera irreal y enfermiza, queríamos ver algo así, habría sido una invasión alienígena absolutamente normal.

Durante media hora esperamos junto a las ventanas. Nadie decía gran cosa. La señorita Paulson nos pidió que volviéramos a los asientos, pero no le hicimos caso. No habían transcurrido ni treinta minutos desde el inicio de la primera ola y el orden social ya empezaba a resquebrajarse. La gente seguía mirando sus móviles. No éramos capaces de relacionar la caída del avión con las luces que se apagaban, los móviles que morían y el reloj de la pared, cuya manecilla grande se había quedado paralizada en las doce y la pequeña, en las once.

Entonces se abrió la puerta de golpe, y el señor Faulks nos pidió que fuésemos al gimnasio. A mí me pareció lo más inteligente del mundo: meternos a todos en el mismo sitio para que los alienígenas no tuvieran que gastar mucha munición.

Así que salimos en tropel hacia el gimnasio y nos sentamos en las gradas, casi a oscuras, mientras el director se paseaba de un lado a otro, deteniéndose de vez en cuando para gritarnos que nos estuviésemos quietos y esperásemos a que llegaran nuestros padres.

¿Qué pasaba con los alumnos que tenían el coche en el instituto? ¿No se podían ir?

«Vuestros coches no funcionan», respondió.

¿Qué coño...? ¿Qué quiere decir con que nuestros coches no funcionan?

Pasó una hora. Después, dos. Estaba sentada al lado de Lizbeth. No hablamos mucho y, cuando lo hicimos, susurramos. No teníamos miedo; estábamos escuchando por si oíamos algo. No sé bien qué pretendíamos oír, pero era como ese silencio antes de que las nubes se abran y empiece la tormenta.

—A lo mejor es esto —susurró Lizbeth.

Se restregó la nariz con aire nervioso y se metió las uñas, que llevaba pintadas, en el pelo teñido de rubio. Daba golpecitos con el pie en el suelo. Después se pasó la yema del dedo por el párpado, porque hacía nada que llevaba lentillas y le molestaban mucho.

—Algo es —susurré.

—Quiero decir, que a lo mejor esto es todo; ya sabes, el fin.

No dejaba de sacar la batería del móvil y volverla a meter. Supongo que era mejor que no hacer nada.

Empezó a llorar, así que le quité el móvil y le di la mano. Miré a mi alrededor y vi que no era la única que lloraba. Había algunos chicos que rezaban. Y otros hacían ambas cosas: llorar y rezar. Los profesores estaban reunidos junto a las puertas del gimnasio formando un escudo humano por si las criaturas del espacio exterior decidían atacar el gimnasio.

—Quería hacer tantas cosas... —dijo Lizbeth—. Ni siquiera lo he... —empezó, pero tuvo que ahogar un sollozo—. Ya sabes.

—Me da la impresión de que ahora mismo hay un montón de «ya sabes». Seguramente debajo de estas gradas.

—¿Tú crees? —preguntó, secándose las mejillas con la palma de la mano—. ¿Y tú?

—¿Sobre el «ya sabes»? —pregunté a mi vez.

No me importaba hablar de sexo; mi problema era hablar de sexo cuando tenía que ver conmigo.

—Venga, sé que no has llegado al «ya sabes». ¡Dios! No pienso hablar de eso.

—Creía que lo estábamos haciendo.

—¡Estoy hablando de nuestras vidas, Cassie! Dios mío, ¡podría ser el fin del mundo y tú solo quieres hablar de sexo!

Me quitó el móvil y se puso a toquetear la tapa de la batería.

—Y por eso deberías decírselo ya —añadió mientras se tiraba de los cordones de la capucha de la sudadera.

—¿Decirle el qué a quién? —pregunté, a pesar de saber muy bien a qué se refería; intentaba ganar tiempo.

—¡A Ben! Deberías decirle lo que sientes. Lo que sientes desde tercero.

—Es una broma, ¿no? —respondí, ruborizada.

—Y después deberías acostarte con él.

—Cállate, Lizbeth.

—Es la verdad.

—No he vuelto a querer acostarme con Ben Parish desde tercero —susurré.

¿Tercero? Miré hacia ella para ver si de verdad estaba escuchándome. Al parecer, no lo estaba.

—Yo en tu lugar iría directa hacia él y diría: «Creo que esto es el fin, es el fin y no pienso morir en el gimnasio del instituto sin haberme acostado antes contigo». Y ¿sabes lo que haría después?

—¿El qué? —pregunté mientras reprimía una carcajada al imaginarme la cara de Ben.

—Me lo llevaría fuera, al jardín de flores, y me acostaría con él.

—¿En el jardín?

—O en el vestuario —sugirió mientras agitaba la mano como loca para abarcar todo el instituto... o puede que todo el mundo—. El sitio da igual.

—El vestuario apesta —respondí, y me quedé mirando la silueta de la maravillosa cabeza de Ben Parish, que estaba sentado dos filas más abajo—. Esas cosas solo pasan en las pelis.

—Sí, no es nada realista, no como lo que está pasando ahora.

Tenía razón, no era nada realista. Ninguno de los escenarios: ni la invasión alienígena de la Tierra ni que Ben Parish me invadiera a mí.

—Por lo menos podrías decirle lo que sientes —añadió, leyéndome la mente.

¿Podría? Sí. ¿Lo haría alguna vez? Bueno...

Y nunca lo hice. Esa fue la última vez que vi a Ben Parish, sentado a oscuras en el sofocante gimnasio (¡Sede de los Hawks!), dos filas más abajo, y estaba de espaldas a mí. Seguramente moriría en la tercera ola, como casi todo el mundo; y nunca le dije lo que sentía. Podría haberlo hecho. Él me conocía, se sentaba detrás de mí en un par de clases.

Es probable que no se acuerde, pero cuando éramos un poco más pequeños íbamos a clase en el mismo autobús, y una tarde lo oí comentar que su hermana pequeña había nacido el día anterior, así que me volví y le dije: «¡Mi hermano nació la semana pasada!». Y él respondió: «¿En serio?». No en tono sarcástico, sino como si pensara que la coincidencia molara, y durante un mes, más o menos, pensé que teníamos una conexión especial gracias a los bebés. Después llegamos al instituto, él se convirtió en el receptor estrella del equipo, y yo, en otra chica más de las que lo observaban desde las gradas. Lo veía en clase o en el pasillo y, a veces, tenía que reprimir el impulso de correr hacia él y decirle: «Hola, soy Cassie, la chica del autobús. ¿Te acuerdas de los bebés?».

Lo más gracioso es que probablemente se hubiera acordado. Ben Parish no se contentaba con ser el tío más bueno del instituto, sino que, para atormentarme con su perfección, también insistía en ser uno de los más listos. ¿He mencionado ya que era amable con los animalitos y los niños? Su hermana pequeña estaba en las bandas durante todos sus partidos y, cuando ganamos el título de la región, Ben corrió directamente hacia la banda, se subió a la cría en hombros y abrió el desfile por las pistas con ella encima, saludando a la multitud como si fuera la reina del baile.

Ah, y otra cosa más: tenía una sonrisa de infarto. No me tires de la lengua.

Después de pasar otra hora en aquel gimnasio oscuro y sofocante, vi aparecer por la puerta a mi padre. Me saludó brevemente con la mano, como si viniese todos los días al instituto para llevarme a casa después de un ataque alienígena. Abracé a Lizbeth y le dije que la llamaría en cuanto los teléfonos volvieran a funcionar. Todavía practicaba el pensamiento preinvasión. Ya sabes, se va la electricidad, pero siempre vuelve. Así que me limité a darle un abrazo y no recuerdo haberle dicho que la quería.

Salimos fuera y pregunté: «¿Dónde está el coche?».

Y mi padre dijo que el coche no funcionaba, que no funcionaba ningún coche. Las calles estaban abarrotadas de coches parados, además de autobuses, motos y camiones. En todas las manzanas nos encontramos con choques y accidentes múltiples, con coches estampados contra las farolas o sobresaliendo de los edificios. Mucha gente se quedó atrapada cuando nos golpeó el pulso electromagnético; los cierres automáticos de las puertas no funcionaban, así que tuvieron que romper las ventanillas de sus coches o quedarse allí sentados a la espera de que alguien los rescatara. La gente herida que todavía podía moverse se arrastró hasta las cunetas y las aceras para esperar a los sanitarios, pero no llegó ninguno porque las ambulancias, los camiones de bomberos y los coches de policía tampoco funcionaban. Todo lo que necesitaba baterías o electricidad, o tenía motor murió a las once de la mañana.

Mi padre hablaba mientras caminaba aferrado a mi muñeca, como si temiera que algo bajara en picado del cielo y se me llevara.

—No funciona nada. No hay electricidad, ni teléfonos, ni agua corriente...

—Hemos visto estrellarse un avión.

—Seguro que han caído todos —respondió, asintiendo con la cabeza—. Cualquier cosa que estuviera en el cielo cuando lo lanzaron: reactores caza, helicópteros, transportes de tropas...

—¿Cuando lanzaron el qué?

—El pulso electromagnético. Si generas uno lo bastante grande acabas con toda la red. Electricidad, comunicaciones, transporte, cualquier cosa que vuele o se conduzca se queda frita.

Había dos kilómetros y medio del instituto a casa. Los dos kilómetros y medio más largos de mi vida. Era como si un telón hubiese caído sobre el mundo, un telón pintado para parecerse a lo que escondía. Sin embargo, se podía atisbar algo: en el telón había pequeños resquicios que te permitían ver que debajo algo iba muy mal. Como que toda la gente estuviera en sus porches, sosteniendo los móviles muertos en las manos, mirando el cielo, o inclinada sobre los capós abiertos de los coches, toqueteando los cables, porque eso es lo que haces cuando se te para el coche: toquetear los cables.

—Pero no pasa nada —me dijo mi padre mientras me apretaba la muñeca—. No pasa nada. Es muy probable que nuestros sistemas de respaldo sigan funcionando, y estoy seguro de que el Gobierno tiene un plan de contingencia, bases protegidas, esas cosas.

—Y ¿cómo encaja lo de dejarnos sin electricidad en el plan de los alienígenas para ayudarnos con el siguiente paso de nuestra evolución, papá?

Me arrepentí nada más haberlo dicho, pero estaba de los nervios. Él no se lo tomó mal; me miró y sonrió para tranquilizarme antes de decir: «Todo saldrá bien». Porque eso es lo que yo quería que dijera y lo que él quería decir, y eso es lo que haces cuando cae el telón: pronuncias la frase que el público quiere escuchar.

7

Alrededor de las doce del mediodía, todavía en plena misión de cumplir mi promesa, me detuve para beber agua y comerme un paquete de cecina Slim Jim. Cada vez que me como un Slim Jim, una lata de sardinas o cualquier cosa precocinada, pienso: «Bueno, uno menos en el mundo». Mordisco a mordisco van desapareciendo las pruebas de nuestro paso por la Tierra.

He decidido que uno de estos días reuniré el valor suficiente para atrapar un pollo y retorcerle el delicioso pescuezo. Mataría por una hamburguesa con queso. En serio. Si me tropezara con alguien que se estuviera comiendo una, lo mataría para quitársela.

Hay muchas vacas por aquí. Podría pegarle un tiro a una y trincharla con mi Bowie. Estoy bastante segura de que no me costaría matar a una vaca. Lo difícil sería cocinarla. Encender una fogata, aunque sea a plena luz del día, es la forma más segura de invitar a los Otros a la barbacoa.

Una sombra sale disparada por la hierba a unos once metros de mí. Echo la cabeza atrás y me la golpeo con fuerza contra el lateral del Honda Civic en el que me había apoyado para disfrutar del aperitivo. No ha sido un teledirigido, sino un pájaro, una gaviota, para más señas, que volaba bajo sin apenas batir las alas extendidas. Me estremezco de asco: odio los pájaros. No los odiaba antes de la Llegada, ni después de la primera ola, ni tampoco tras la segunda, que, en realidad, tampoco me afectó tanto.

Pero después de la tercera empecé a odiarlos. No era culpa de ellos, lo sabía. Es como si un hombre que está frente al pelotón de fusilamiento odiara las balas. De todos modos, no puedo evitarlo.

Los pájaros son una mierda.

8

Después de tres días por la carretera ya tengo claro que los coches son como animales gregarios.

Vagan en grupo. Mueren en grupo. Hay aglomeraciones de coches destrozados, aglomeraciones de atascos. De lejos brillan como gemas. Y, de repente, el grupo termina. La carretera permanece vacía durante varios kilómetros. Solo estamos el río de asfalto que atraviesa un desfiladero de árboles medio desnudos, cuyas hojas arrugadas se aferran desesperadamente a las oscuras ramas, y yo. Estamos la carretera, el cielo desnudo, la alta hierba marrón y yo.

Estos tramos vacíos son los peores. Los coches sirven de protección y de refugio. Duermo en los que siguen indemnes (todavía no he encontrado ninguno cerrado con llave), si a eso se le puede llamar dormir. Aire rancio y sofocante; no se pueden bajar las ventanillas, y dejar la puerta abierta queda descartado. Las punzadas del hambre y los pensamientos nocturnos. «Sola, sola, sola».

Y los peores de entre todos los pensamientos nocturnos.

No soy diseñadora de teledirigidos alienígenas, pero, si hiciera uno, me aseguraría de ponerle un dispositivo de detección lo bastante sensible como para distinguir el calor corporal de un cuerpo a través del techo de un coche. Nunca falla, en cuanto empiezo a dormirme, me imagino que las cuatro puertas se abren de golpe y decenas de manos van a por mí, manos unidas a brazos que a su vez están unidos a lo que sea que tengan ellos. Entonces me despierto, busco mi M16, me asomo por encima del asiento de atrás, y examino todo lo que me rodea sintiéndome atrapada y bastante ciega detrás de las ventanas empañadas.

Llega el alba. Espero a que se disipe la niebla de la mañana, bebo un poco de agua, me lavo los dientes, compruebo mis armas, hago inventario de suministros y vuelvo a la carretera. Miro arriba, miro abajo, miro alrededor. No me detengo en las salidas: por ahora tengo agua. Ni de cachondeo pienso acercarme a una ciudad a no ser que no me quede más remedio.

Por un montón de razones.

¿Sabes cómo te das cuenta de que te acercas a una? Por el olor. Las ciudades se huelen a kilómetros de distancia.

Huelen a humo, a aguas residuales y a muerte.

En la ciudad cuesta dar dos pasos sin topar con un cadáver. Es curioso: la gente también muere en grupos.

Empiezo a oler Cincinnati más o menos kilómetro y medio antes de ver la señal de salida. Una gruesa columna de humo sube perezosamente hacia el cielo sin nubes.

Cincinnati arde.

No me sorprende. Tras la tercera ola, lo que más abunda en las ciudades, después de los cadáveres, son los incendios. Un solo rayo puede cargarse diez manzanas. No queda nadie para apagar el fuego.

Me lagrimean los ojos y el hedor de Cincinnati me provoca arcadas. Me detengo lo suficiente para atarme un trapo alrededor de la boca y la nariz; después, acelero el paso. Me quito el fusil del hombro y lo sostengo entre los brazos mientras avanzo a paso ligero. Tengo un mal presentimiento con Cincinnati. Se ha despertado la vieja voz de mi cabeza: «Deprisa, Cassie, deprisa». Entonces, en algún punto entre la salida 17 y la 18, encuentro los cadáveres.

9

Hay tres. No están en grupo, como la gente de las ciudades, sino repartidos por la mediana. El primero es un hombre mayor, diría que más o menos de la edad de mi padre. Lleva vaqueros y una sudadera de los Bengals. Está bocabajo, con los brazos extendidos. Le dispararon por detrás, en la cabeza.

El segundo, a unos cuatro metros del primero, es una joven, un poco mayor que yo, vestida con pantalones de pijama de hombre y camiseta de Victoria's Secret. Lleva el pelo corto y un mechón morado. Le veo un anillo de calavera en el índice. Esmalte de uñas negro muy descascarillado. Y un agujero de bala en la nuca.

Otros tantos metros por delante está el tercero. Un niño de once o doce años. Zapatillas de baloncesto blancas de caña alta recién compradas. Sudadera negra. Cuesta saber cómo era su cara.

Dejo al niño y vuelvo con la mujer. Me arrodillo a su lado, entre la alta hierba marrón, y le toco el pálido cuello. Sigue caliente.

«Oh, no. No, no, no».

Corro de vuelta al primer tío y me arrodillo junto a él. Le toco la palma de la mano extendida y examino el agujero ensangrentado que tiene entre las orejas. Brilla. Todavía está mojado.

Me quedo paralizada. Detrás de mí, la carretera. Delante, más carretera. A la derecha, árboles. A la izquierda, más árboles. Grupos de coches en el carril en dirección sur, el más cercano a unos treinta metros. Algo me dice que levante la mirada al frente.

Una mota gris mate sobre el fondo de un azul otoñal reluciente.

Inmóvil.

«Hola, Cassie. Me llamo señor Teledirigido, ¡encantado de conocerte!».

Me levanto y, al levantarme (en cuanto me levanto; si me hubiese quedado quieta un milisegundo más, tendría un agujero como el del señor Bengals), algo se estrella contra mi pierna, un puñetazo caliente justo por encima de la rodilla que me desequilibra y me arroja de culo contra el suelo.

No he oído el disparo, solo el viento frío soplando entre la hierba, mi cálida respiración bajo el trapo que me cubre la cara y la sangre golpeándome los oídos. Eso era todo lo que había antes de que llegara la bala.

«Silenciador».

Tiene sentido. Por supuesto que usarían silenciadores. Ya tengo el nombre perfecto para ellos: Silenciadores. Un nombre muy apropiado para el trabajo que desempeñan.

Algo se apodera de ti cuando te enfrentas a la muerte. La parte frontal de tu cerebro se deja llevar, le cede el control a tu parte más vieja, la que se encarga del latido del corazón, la respiración y el parpadeo. La parte que la naturaleza creó primero para mantenerte con vida. La parte que alarga el tiempo como si fuera un gigantesco trozo de *toffee* y consigue que cada segundo parezca una hora y que un minuto dure más que una tarde de verano.

Me lanzo a por el fusil (he soltado el M16 al recibir el balazo), y el suelo estalla, de modo que me llueven encima fragmentos de tierra y gravilla, y briznas de hierba.

Vale, mejor me olvido del M16.

Me saco la Luger de la cintura del pantalón, me levanto y salto corriendo (o corro saltando) hacia el coche más cercano. No me duele mucho, aunque supongo que el dolor y yo intimaremos dentro de poco, pero, al llegar al coche, un modelo antiguo de Buick, noto que la sangre me empapa los vaqueros.

El parabrisas trasero estalla en pedazos cuando me agacho. Me arrastro de espaldas hasta quedar bajo el coche. No soy de complexión grande, ni de lejos, pero casi no quepo ahí abajo: no tengo espacio para girar; no tendré forma de volverme si aparece por la izquierda.

Acorralada.

«Lista, Cassie, muy lista. ¿Todo sobresalientes el semestre pasado? ¿En el cuadro de honor? Ya, ya. Tendrías que haberte quedado en tu trocito de bosque dentro de tu tiendecita con tus libritos y tus lindos recuerdos. Al menos así habrías podido huir cuando llegaran».

Los minutos se alargan. Me quedo tumbada de espaldas y me desangro sobre el frío hormigón. Vuelvo la cabeza a la derecha, a la izquierda, la levanto un centímetro para ver lo que hay más allá de mis pies, en la parte de atrás del coche. ¿Dónde se ha metido? ¿Por qué tarda tanto? Entonces lo entiendo.

Está usando un fusil de francotirador con mucha potencia. Seguro. Eso quiere decir que puede haberme disparado desde un kilómetro de distancia.

Lo que también significa que tengo más tiempo de lo que creía. Tiempo para pensar en algo que no sea balbucear una plegaria desesperada e inconexa: «Por favor, aléjalo de mí. Que sea rápido. Que me deje vivir. Que termine de una vez...».

Tiemblo sin control; sudo. Estoy helada.

«Estás entrando en estado de *shock*. Piensa, Cassie».

Pensar.

Para eso estamos hechos, eso nos trajo hasta aquí. Es la razón por la que dispongo de este coche para esconderme. Somos humanos.

Y los humanos piensan. Planean. Sueñan y después hacen realidad los sueños.

«Hazlo realidad, Cassie».

A no ser que se tire al suelo, no podrá llegar hasta mí. Y cuando se tire, cuando asome la cabeza para mirarme, cuando meta la mano para cogerme del tobillo y sacarme a rastras...

No, es demasiado listo para eso. Supondrá que estoy armada, así que no se arriesgará. Tampoco es que a los Silenciadores les importe si viven o mueren... ¿O sí? ¿Tienen miedo los Silenciadores? No aman la vida, he visto lo suficiente para saberlo. Pero ¿a qué conceden más importancia? ¿A sus vidas o a quitarles la vida a los demás?

El tiempo se alarga. Un minuto dura más que una estación. ¿Por qué tarda tanto?

En este mundo hay que tomar decisiones. O viene a matarme o no viene. Sin embargo, tiene que matarme, ¿no? ¿No está aquí por eso? ¿No es esa su misión de mierda?

Decisiones, o una cosa o la otra: o corro (o salto o me arrastro o ruedo) o me quedo debajo de este coche y muero desangrada. Si me arriesgo a escapar, soy un blanco fácil, no recorreré ni un metro. Si me quedo, mismo resultado, solo que más doloroso, más terrible y mucho más lento.

Unas estrellas negras surgen ante mis ojos y se ponen a bailar. No consigo introducir suficiente oxígeno en los pulmones.

Levanto la mano izquierda y me arranco el trapo de la cara.

El trapo.

«Cassie, eres idiota».

Dejo la pistola a mi lado. Es lo que más me cuesta, soltar la pistola.

Levanto la pierna y meto el trapo debajo. Como no puedo incorporar la cabeza para ver lo que hago, miro más allá de las estrellas negras, hacia las mugrientas entrañas del Buick mientras tiro de los dos extremos de la tela y los junto, apretándolos con todas mis fuerzas para hacer el nudo. Bajo la mano y exploro la herida con la punta de los dedos. Sigue sangrando, pero la sangre ya no es más que un hilito comparado con el manantial que salía antes de apretar el torniquete.

Recojo la pistola. Mejor. Se me aclara un poco la visión y ya no tengo tanto frío. Me muevo cinco centímetros a la izquierda; no me gusta estar tumbada sobre mi propia sangre.

¿Dónde está? Ha tenido tiempo de sobra para acabar conmigo...

«A no ser que ya haya acabado».

Eso hace que me detenga en seco. Durante unos segundos me olvido por completo de respirar.

«No vendrá. No vendrá porque no necesita hacerlo. Sabe que no te atreverás a salir, y si no sales y corres, no lo conseguirás. Sabe que te morirás de hambre, desangrada o deshidratada. Sabe lo que tú sabes: si huyes, mueres; si te quedas, mueres. Ha llegado el momento de que el Silenciador pase a la siguiente víctima».

Si la hay.

Si no soy la última.

«¡Venga, Cassie! ¿De siete mil millones de personas a una sola en cinco meses? No eres la última y, aunque fueras el último ser humano de la Tierra (sobre todo si lo fueras), no puedes dejar que acabe así. Atrapada bajo un maldito Buick, desangrándote hasta que no quede nada... ¿Así es como se despide la humanidad?».

Claro que no, joder.

10

La primera ola acabó con medio millón de personas.

La segunda dejó a la primera a la altura del betún.

Por si no lo sabes, vivimos en un planeta inquieto. Los continentes se asientan en bloques de roca llamados placas tectónicas, y esas placas flotan en un mar de lava fundida. No dejan de rozarse, restregarse y empujarse entre ellas, lo que genera una presión enorme. Con el tiempo, la presión crece cada vez más hasta que las placas se desplazan y liberan enormes cantidades de energía en forma de terremotos. Si uno de esos terremotos se produce en las fallas que rodean cada continente, la onda expansiva da lugar a una superola llamada tsunami.

Más del cuarenta por ciento de la población mundial vive a menos de cien kilómetros de la costa. Eso supone tres mil millones de personas.

Lo único que tuvieron que hacer los Otros fue crear lluvia.

Se toma una barra de metal dos veces más alta que el Empire State y tres veces más pesada, se coloca sobre una de estas fallas y se deja caer desde la atmósfera superior. No se necesita propulsión ni sistema de teledirección: solo hay que dejarla caer. Gracias a la gravedad, llega a la superficie a veinte kilómetros por segundo, veinte veces más deprisa que una bala.

Golpea la corteza terrestre con una fuerza mil millones de veces mayor que la bomba que cayó en Hiroshima.

Adiós, Nueva York. Adiós, Sidney. Adiós, California, Washington, Oregón, Alaska, Columbia Británica. Hasta la vista, litoral oriental de Estados Unidos.

Japón, Hong Kong, Londres, Roma, Río.

Encantados de haberos conocido, ¡esperamos que hayáis disfrutado de la estancia!

La primera ola acabó en pocos segundos.

La segunda duró un poco más, aproximadamente un día.

¿La tercera ola? Esa fue más larga: doce semanas. Doce semanas para matar a... Bueno, según los cálculos de mi padre, al noventa y siete por ciento de los que tuvimos la suerte de sobrevivir a las dos primeras.

¿El noventa y siete por ciento de cuatro mil millones? Haz la cuenta.

Y entonces debió de ser cuando el Imperio Alienígena descendió en sus platillos volantes y empezó a lanzar bombazos, ¿no? Cuando las gentes de la Tierra se unieron bajo una misma bandera para jugar a David contra Goliat. Nuestros tanques contra vuestras pistolas de rayos. ¡Adelante!

No tuvimos esa suerte.

Y ellos no eran tan estúpidos.

¿Cómo se acaba con casi cuatro mil millones de personas en tres meses? Pájaros.

¿Cuántos pájaros hay en el mundo? ¿Lo adivinas? ¿Un millón? ¿Mil millones? ¿Qué me dices de más de trescientos mil millones? Eso suponía, más o menos, setenta y cinco pájaros por cada hombre, mujer y niño que hubiera sobrevivido a las dos primeras olas.

Hay miles de especies de aves en todos los continentes, y los pájaros no saben de fronteras. Además, cagan mucho. Cagan unas cinco o seis veces al día, lo cual significa un billón de pequeños misiles lloviendo a diario.

No se podría inventar un sistema de distribución más eficaz para un virus con una tasa de mortalidad del noventa y siete por ciento.

Mi padre creía que se habían hecho con algo como el ébola Zaire y lo habían alterado genéticamente. El ébola no se propaga por el aire, pero solo con cambiar una proteína se puede conseguir que lo haga, que actúe como la gripe. El virus se instala en los pulmones. Empiezas con un resfriado fuerte. Fiebre. Te duele la cabeza. Mucho. Escupes gotitas de sangre cargadas de virus. El bicho pasa al hígado, a los riñones, al cerebro. Ya tienes dentro mil millones de ellos. Te conviertes en una bomba viral y, cuando estallas, repartes el virus a todos los que te rodean. Lo llaman desangrarse. Como ratas que abandonan un barco que se hunde, el virus sale a chorros por todas las aberturas: la boca, la nariz, las orejas, el culo e incluso los ojos. Lloras lágrimas de sangre, literalmente.

Le dábamos distintos nombres: la Muerte Roja o la Plaga de la Sangre; la Peste, el Tsunami Rojo, el Cuarto Caballo del Apocalipsis. Lo llamaras como lo llamaras, al cabo de tres meses, noventa y siete de cada cien personas estaban muertas.

Eso son muchas lágrimas de sangre.

Era como si estuviéramos retrocediendo en el tiempo. La primera ola nos devolvió al siglo XVIII y la siguiente nos llevó directos al Neolítico.

Éramos cazadores y recolectores de nuevo. Nómadas. Lo más bajo de la pirámide.

Sin embargo, no habíamos renunciado a la esperanza. Todavía.

Aún quedábamos los suficientes para luchar.

No podíamos atacarlos directamente, pero sí como una guerrilla. Podíamos entablar una guerra asimétrica y patearles el culo a los alienígenas. Teníamos armas y munición suficiente, e incluso algunas formas de transporte que habían sobrevivido a la primera ola. Aunque nuestros militares estaban diezmados, seguía habiendo unidades funcionales en todos los continentes. Quedaban búnkeres, cuevas y bases subterráneas en las que podíamos escondernos varios años. «Vosotros, invasores alienígenas, seréis Estados Unidos y nosotros, Vietnam».

Y los Otros van y dicen: «Sí, claro, lo que tú digas».

Creíamos que ya nos habían atacado con todo lo que tenían; o, al menos, con lo peor, porque cuesta imaginar algo más fuerte que la Muerte Roja. Los que sobrevivimos a la tercera ola (los que éramos naturalmente inmunes a esa enfermedad) buscamos refugio, nos preparamos y esperamos a que la Gente al Mando nos explicara qué debíamos hacer. Sabíamos que tenía que haber alguien al mando, porque, de vez en cuando, un caza cruzaba el cielo y, a lo lejos, se oía algo parecido a una batalla con armas y el rugido de los transportes de tropas al otro lado del horizonte.

Supongo que mi familia tuvo más suerte que la mayoría. El cuarto jinete del Apocalipsis se llevó a mi madre, pero mi padre, Sammy y yo sobrevivimos. Mi padre presumía de nuestros genes superiores. No es algo que se suela hacer, eso de presumir desde lo alto de un monte Everest de casi siete mil millones de cadáveres. Mi padre, sin embargo, no podía dejar de ser él mismo, e intentaba encontrarle el ángulo más positivo a la extinción humana.

La mayoría de los pueblos y ciudades se abandonaron después del Tsunami Rojo. No había electricidad ni agua corriente y hacía tiempo que habían saqueado las tiendas, así que no quedaba nada de valor. En algunas calles había ríos de aguas negras de más de dos centímetros de profundidad. No era raro ver incendios provocados por las tormentas de verano.

También estaba el problema de los cadáveres.

Es decir, que estaban por todas partes: en las casas, en los refugios, en los hospitales, en los pisos, en los edificios de oficinas, en los colegios, en las iglesias y sinagogas, y en los almacenes.

Llega un punto en el que la proporción de la muerte te abruma. No puedes enterrar ni quemar a los cadáveres lo bastante deprisa. Aquel verano de la Peste hizo un calor brutal, y el hedor a carne podrida flotaba en el aire como una nociva niebla invisible. Empapábamos trozos de tela en perfume y nos los sujetábamos sobre la boca y la nariz, pero, al final del día, el tufo había penetrado en la tela y no había más remedio que soportarlo y contener las arcadas.

Hasta que, curiosamente, te acostumbrabas.

Esperamos la tercera ola atrincherados en casa. En parte porque había cuarentena, en parte porque rondaba por las calles mucho pirado que se dedicaba a irrumpir a la fuerza en las casas y prenderles fuego, con el paquete completo: asesinar, violar y saquear. Y en parte porque estábamos muertos de miedo, a la espera de lo siguiente.

Sin embargo, sobre todo fue porque mi padre no quería abandonar a mi madre. Estaba demasiado enferma para viajar, y él no era capaz de dejarla atrás.

Ella le pidió que lo hiciera, que se fuera. Iba a morir de todos modos. Ella ya no importaba: lo importante éramos Sammy y yo, mantenernos a salvo; lo importante era el futuro y la esperanza de que el mañana fuese mejor.

Papá no le llevaba la contraria, pero tampoco la abandonaba. Esperaba lo inevitable y trataba que estuviera lo más cómoda posible mientras se dedicaba a examinar mapas, preparar listas y reunir suministros. Fue más o menos entonces cuando empezaron sus ansias por recopilar libros para reconstruir la civilización. Las noches en que el cielo no estaba completamente cubierto de humo salíamos al patio de atrás y nos turnábamos para contemplar a través de mi viejo telescopio el majestuoso paso de la nave nodriza por el cielo, con la Vía Láctea de fondo. Al no haber luces humanas que les hicieran sombra, las estrellas brillaban más que nunca.

—¿A qué esperan? —le pregunté a mi padre. Como todo el mundo, yo seguía suponiendo que al final llegarían los platillos volantes, los vehículos metálicos con patas y los cañones láser—. ¿Por qué no terminan de una vez?

Y mi padre sacudió la cabeza y dijo:

—No lo sé, calabacita. A lo mejor se ha terminado ya. A lo mejor su objetivo no era matarnos a todos, sino reducirnos a un número de personas manejable.

—Y ¿después qué? ¿Qué quieren?

—Creo que la pregunta es qué necesitan —me corrigió amablemente, como si me estuviera dando una mala noticia—. Están teniendo mucho cuidado, ¿sabes?

—¿Cuidado?

—Procuran no dañar nada más que lo absolutamente necesario. Por eso están aquí, Cassie: necesitan la Tierra.

—Pero no a nosotros —susurré yo, a punto de volver a perder los nervios por enésima vez.

Él me puso la mano en el hombro (por enésima vez) y añadió:

—Bueno, tuvimos nuestra oportunidad y no supimos hacernos cargo de nuestra herencia. Seguro que si volviéramos al pasado y entrevistáramos a los dinosaurios antes de que cayera el asteroide...

Entonces le pegué un puñetazo con todas mis fuerzas y corrí al interior de la casa.

No sé qué era peor, si estar dentro o fuera. Fuera te sentías completamente expuesta, observada bajo el cielo despejado. Pero dentro se vivía en una penumbra eterna: durante el día, ventanas tapadas que no dejaban entrar la luz del sol; y, de noche, velas, aunque, como nos quedaban pocas, no podíamos permitirnos el lujo de gastar más de una por habitación, así que profundas sombras acechaban en los rincones que antes nos resultaban familiares.

—¿Qué pasa, Cassie? —me preguntó Sammy.

Cinco años. Adorable. Grandes ojos castaños de osito de peluche, agarrado al otro miembro de la familia que también tenía ojos castaños: el de trapo que ahora llevo metido en el fondo de la mochila.

—¿Por qué lloras? —quiso saber.

Verme llorar lo hacía llorar a él.

Pasé junto a Sammy sin pararme, derecha al dormitorio de la dinosauria humana de dieciséis años *Cassiopeia Sullivanus extinctus*. Después volví a por él, no podía dejarlo llorando de ese modo. Nos habíamos unido mucho desde el inicio de la enfermedad de mamá. Casi todas las noches, Sammy sufría pesadillas que lo obligaban a huir a mi cuarto, así que se metía conmigo en la cama, ocultaba la cara en mi pecho y, a veces, se le olvidaba y me llamaba mamá.

—¿Los has visto, Cassie? —me preguntó—. ¿Ya vienen?

—No, chaval, no viene nadie —respondí, secándole las lágrimas.

Todavía no.

Mi madre murió un martes.

Mi padre la enterró en el patio de atrás, en el macizo de rosas. Ella se lo pidió antes de morir. En el punto culminante de la Peste, cuando morían cientos de personas todos los días, casi todos los cadáveres se llevaban a las afueras y se quemaban. Los pueblos moribundos estaban rodeados de las incombustibles piras de los muertos.

Mi padre me pidió que me quedara con Sammy. Con Sammy, que se había convertido en zombi y caminaba arrastrando los pies, con la boca abierta o chupándose el pulgar, como si volviera a tener dos años, y en sus ojos de osito de peluche había una mirada vacía. Hacía solo unos meses, mi madre lo empujaba en un columpio, lo llevaba a clases de kárate, le lavaba el pelo y bailaba con él su canción favorita. Y, de repente, la misma madre estaba envuelta en una sábana blanca y nuestro padre se la echaba al hombro para llevarla al patio.

Por la ventana de la cocina vi a mi padre arrodillado junto a su tumba. Tenía la cabeza gacha y le temblaban los hombros. Nunca lo había visto perder la compostura, ni una vez desde la Llegada. Las cosas habían ido empeorando día a día y, justo cuando creías que no podían ponerse peor, lo hacían. Sin embargo, mi padre nunca perdió los nervios, ni siquiera cuando mi madre empezó a notar los primeros síntomas de la infección. Mantuvo la calma, sobre todo cuando ella estaba presente. No hablaba de lo que pasaba al otro lado de las barricadas de puertas y ventanas. Le ponía paños húmedos en la frente, la bañaba, la cambiaba y le daba de comer. Ni una vez lo vi llorar delante de ella. Mientras otros se liaban a tiros, se colgaban, tragaban puñados de pastillas o se tiraban de los sitios más altos, mi padre luchaba contra la oscuridad.

Le cantaba, le contaba chistes estúpidos que mi madre había oído mil veces y le mentía. Mentía como miente un padre, con mentiras piadosas que te ayudan a dormir.

«Hoy he oído otro avión, sonaba como un caza. Eso significa que parte de nuestras cosas siguen funcionando».

O: «Te ha bajado un poco la fiebre y se te ven los ojos más despejados. A lo mejor ya ha pasado. Puede que solo sea una gripe común».

En sus últimas horas, le limpiaba las lágrimas de sangre.

La sostuvo mientras ella vomitaba el negro estofado vírico en que se había convertido su estómago.

Nos llevó a Sammy y a mí a su cuarto para que nos despidiéramos de ella.

«No pasa nada —le dijo mi madre a Sammy—. Todo irá bien».

Y a mí me dijo: «Ahora te necesita, Cassie, cuida de él. Y cuida de tu padre».

Le respondí que se mejoraría, que eso pasaba con alguna gente: enfermaban y, de repente, el virus desaparecía. Nadie entendía la razón. A lo mejor se daba cuenta de que no le gustaba tu sabor. No le dije que se pondría bien para apaciguar sus miedos, sino que lo creía de verdad, tenía que creerlo.

«Eres todo lo que tienen», me dijo ella. Fueron las últimas palabras que me dirigió.

La mente es lo último que se pierde, arrastrada por las agujas rojas del Tsunami. El virus se hace por completo con el control. Algunas personas caen víctimas de la histeria cuando empieza a hervirles el cerebro. Dan puñetazos, arañazos, patadas, mordiscos. Como si ese virus que nos necesitaba también nos odiara y estuviera deseando librarse de nosotros.

Mi madre miró a mi padre y no lo reconoció. No sabía dónde estaba, quién era ni qué le ocurría. Sus labios cuarteados esbozaban una espeluznante sonrisa perenne, enseñando los dientes manchados de la sangre que le salía de las encías. Dejaba escapar sonidos que no eran palabras. El lugar de su cerebro que controlaba el lenguaje estaba infestado por el virus, y el virus no conocía lenguas: lo único que sabía era replicarse.

Después, mi madre murió entre sacudidas y gritos borboteantes, y sus indeseables huéspedes salieron disparados por todos sus orificios porque ya habían acabado con ella, la habían consumido, y llegaba el momento de apagar la luz y buscar un nuevo hogar.

Mi padre la bañó por última vez, la peinó, y le quitó los restos de sangre seca de los dientes. Cuando vino a avisarme de que ya nos había abandonado, lo hizo con mucha calma, no perdió los nervios y me abrazó cuando los perdí yo.

Después lo observé a través de la ventana de la cocina, arrodillado junto a ella en el macizo de rosas, seguro de que nadie lo veía. Ahí fue cuando mi padre soltó la cuerda a la que se aferraba, la que lo había mantenido firme mientras todos caían en picado a su alrededor.

Me aseguré de que Sammy estuviera bien y salí para sentarme a su lado. Le puse una mano en el hombro. La última vez que toqué a mi padre fue mucho más difícil y lo hice con el puño. Allí, en el jardín, ninguno de los dos dijo nada durante un buen rato.

Entonces me puso algo en la mano, la alianza de mamá, y me explicó que ella habría deseado que me la quedara yo.

—Nos vamos, Cassie, mañana por la mañana.

Asentí con la cabeza, sabía que ella era la única razón por la que no habíamos huido todavía. Los delicados tallos de las rosas se balanceaban de un lado a otro, como si me imitasen.

—¿Adónde iremos?

—Lejos —respondió mirando a su alrededor con los ojos muy abiertos y cara de susto—. Aquí ya no estamos a salvo.

A lo que yo pensé: «¡Menuda novedad!».

—La base Wright-Patterson, de las fuerzas aéreas, está a poco más de ciento sesenta kilómetros de aquí. Si nos damos prisa y el tiempo acompaña, estaremos allí en cinco o seis días.

—Y después ¿qué?

Los Otros nos habían acostumbrado a pensar así: «De acuerdo, hagamos esto. Pero y después ¿qué?». Miré a mi padre esperando su respuesta. Él era el hombre más inteligente que conocía: si él no tenía respuesta, nadie la tenía. Y yo aún menos. Así que deseaba que la tuviera, lo necesitaba.

Sacudió la cabeza como si no comprendiera la pregunta.

—¿Qué hay en Wright-Patterson? —pregunté.

—No sé si habrá algo —respondió intentando sonreír, aunque le salió una mueca rara, como si sonreír le doliese.

—Entonces, ¿para qué vamos?

—Porque no podemos quedarnos aquí —dijo entre dientes—. Y si no podemos quedarnos aquí, tendremos que ir a alguna parte. Si queda algo parecido a un Gobierno...

Sacudió la cabeza. No había salido al jardín para eso, había ido a enterrar a su mujer.

—Entra en casa, Cassie.

—Te ayudaré.

—No necesito tu ayuda.

—Es mi madre. Yo también la quería. Por favor, déjame ayudar.

Estaba llorando de nuevo, pero él no se dio cuenta. No me miraba, y tampoco miraba a mi madre. En realidad, no miraba nada: era como si hubiera un agujero negro donde antes estuviera el mundo y los dos nos precipitáramos hacia él. ¿A qué podíamos agarrarnos? Le aparté la mano del cadáver de mamá, me la llevé a la mejilla, y le dije que lo quería, que mi madre lo había querido y que todo iría bien, y así el agujero negro perdió un poquito de fuerza.

—Entra en casa, Cassie —me dijo con voz amable—. Sammy te necesita más que ella.

Entré. Sammy estaba sentado en el suelo de su cuarto y jugaba a destruir la Estrella de la Muerte con su X-wing.

—Ruuun, ruuun. ¡Estoy entrando, Rojo Uno!

Y fuera, mi padre se arrodilló sobre la tierra recién removida. Tierra marrón, rosa roja, cielo gris y sábana blanca.

12

Supongo que ahora debería hablar de Sammy.

No sé otra forma de llegar hasta allí.

Y por «allí» me refiero a esos primeros centímetros al descubierto en los que la luz del sol me besó la mejilla arañada cuando salí a rastras de debajo del Buick. Esos primeros centímetros fueron los más difíciles. Los centímetros más largos del universo. Centímetros que me parecieron mil kilómetros.

Por «allí» me refiero a ese punto de la autopista en que me volví para enfrentarme a un enemigo al que no podía ver.

Por «allí» me refiero a lo único que ha evitado que me vuelva completamente loca, lo único que los Otros no han sido capaces de quitarme después de habérmelo arrebatado todo.

Sammy es la razón por la que no me rindo. La razón por la que no me quedé esperando el final debajo del coche.

La última vez que lo vi fue a través de la ventana de atrás de un autobús escolar. Tenía la frente apoyada en el cristal y me decía adiós con la mano. Sonreía. Como si fuera de excursión: emocionado, nervioso, sin miedo. Estar con todos aquellos niños ayudaba, y también el autobús escolar, por ser tan normal. ¿Acaso hay algo más cotidiano que un gran autobús escolar amarillo? De hecho, es tan corriente que al verlos aparecer en el campo de refugiados después de cuatro meses de horror nos quedamos pasmados. Fue como ver un McDonald's en la Luna: un acontecimiento extraño y demencial, algo que, sencillamente, no debería estar ahí.

Solo llevábamos un par de semanas en el campo. Del grupo de aproximadamente cincuenta personas que estábamos allí, nosotros éramos la única familia. Todos los demás eran viudos o huérfanos, los últimos supervivientes de sus familias, y ninguno se conocía antes de llegar al campo. El mayor tendría unos sesenta años. Sammy era el más pequeño, pero había otros siete niños, todos menores de catorce años, salvo yo.

El campo de refugiados se encontraba a unos treinta kilómetros al este de donde vivíamos. Durante la tercera ola, se había abierto allí un claro en el bosque para construir un hospital de campo en cuanto los de la ciudad quedaron saturados. Los edificios, pegados unos a otros, estaban hechos de madera cortada a mano y hojalata recuperada. Había una sala principal para los infectados y una cabaña más pequeña para los dos médicos que, antes de ser también víctimas del Tsunami Rojo, atendían a los moribundos. Había un huerto y un sistema que recogía agua de lluvia para lavar, bañarse y beber.

Comíamos y dormíamos en el edificio grande. Allí se habían desangrado entre quinientas y seiscientas personas, pero blanquearon el suelo y las paredes, y quemaron los catres en los que habían muerto. Todavía olía ligeramente a la Peste (algo parecido a la leche agria), y la cal no había eliminado todas las manchas de sangre. Diminutos puntitos formaban patrones en las paredes, y se veían largas manchas con forma de hoz en el suelo. Era como vivir en un cuadro abstracto en 3D.

La cabaña era una mezcla de almacén y arsenal. Verduras en lata, carne empaquetada, carne procesada, telas y alimentos básicos, como la sal. Escopetas, pistolas, semiautomáticas e incluso un par de pistolas de bengalas. Todos los hombres iban armados hasta los dientes: era como volver al Salvaje Oeste.

A unos cientos de metros del campo, en el bosque, detrás del complejo, habían excavado un pozo poco profundo que se usaba para quemar cadáveres. No estaba permitido acercarse allí, así que, obviamente, algunos de los chicos mayores y yo lo hacíamos. Había un muchacho muy desagradable al que llamaban Pringoso, supongo que porque llevaba el pelo largo y engominado. Pringoso tenía trece años y se dedicaba a la búsqueda de trofeos. Se llegaba a sumergir en las cenizas para rescatar joyas, monedas y cualquier otra cosa que le pareciera valiosa o «interesante». Juraba que no lo hacía porque estaba mal de la olla.

«Esto es lo que marca ahora la diferencia», decía entre risas de satisfacción mientras clasificaba su último botín con aquellas uñas sucias, con aquellas manos cubiertas del polvo gris de los restos humanos.

¿La diferencia entre qué?

«Entre ser importante y no serlo. ¡El trueque ha vuelto, nena! —exclamaba, sosteniendo en alto un collar de diamantes—. Y cuando acabe todo, salvo los gritos, la gente con el mejor material será la que dirija el cotarro».

La idea de que querían matarnos a todos todavía no se le había ocurrido a nadie, ni siquiera a los adultos. Pringoso se veía como uno de los nativos americanos que vendieron Manhattan por un puñado de cuentas de colores, no como un dodo, una comparación mucho más acertada.

Mi padre había oído hablar del campo unas semanas antes, cuando mi madre había empezado a mostrar los primeros síntomas de la Peste. Intentó convencerla de que fuéramos, pero ella sabía que nadie podía ayudarla. Si iba a morir, quería hacerlo en su casa, no en un hospital de pega en medio del bosque. Después, en sus últimas horas, nos llegó el rumor de que el hospital se había convertido en un punto de encuentro, una especie de refugio para supervivientes lo bastante alejado de la ciudad para encontrarse razonablemente a salvo ante la siguiente ola, fuera lo que fuese (aunque casi todos apostaban por alguna especie de bombardeo aéreo), y lo bastante cerca para que nos encontrara la Gente al Mando cuando viniera al rescate... Si es que había Gente al Mando y si es que venía.

El jefe extraoficial del campo era un marine jubilado llamado Hutchfield. Era un LEGO humano: manos cuadradas, cabeza cuadrada, mandíbula cuadrada. Llevaba la misma camiseta sin mangas todos los días, siempre manchada de algo que podría haber sido sangre; las botas negras, en cambio, brillaban como un espejo. Se afeitaba la cabeza (aunque no el pecho ni la espalda, cosa que debería haberse planteado seriamente). Tenía tatuajes por todas partes y le gustaban las armas. Llevaba dos a la cadera, una a la espalda y otra colgada del hombro. Nadie llevaba más armas de fuego que Hutchfield. Puede que eso tuviera algo que ver con que fuera el jefe extraoficial.

Los centinelas nos habían visto venir y, cuando llegamos a la carretera de tierra que se introducía en el bosque para ir a morir al campo, Hutchfield estaba esperándonos con otro tío llamado Brogden. Estoy bastante segura de que pretendían que nos fijáramos en todo el armamento que llevaban encima. Hutchfield nos ordenó que nos separáramos. Iba a hablar con mi padre; Brogden se quedaría conmigo y con Sams. Le dije a Hutchfield lo que me parecía su idea. Ya sabes, en qué punto exacto de su trasero tatuado podía metérsela.

Acababa de perder a uno de mis padres, así que no me apetecía mucho la idea de perder al otro.

—No pasa nada, Cassie —me dijo mi padre.

—No conocemos a estos tíos —repliqué—. Podrían ser otro grupo de cabras, papá.

«Cabras» era el nombre que se empleaba en la calle para referirse a los «cabrones con armas», los asesinos, los violadores, los del mercado negro, los secuestradores y, en general, los vándalos que aparecieron en plena tercera ola. Ellos eran la razón por la que la gente se encerraba en casa tras barricadas, y almacenaba comida y armas. Los primeros que consiguieron que nos preparásemos para la guerra no fueron los alienígenas, sino nuestros congéneres humanos.

—Solo lo hacen por precaución —repuso mi padre—. Yo haría lo mismo en su lugar —añadió, dándome una palmadita con aire de condescendencia, mientras yo pensaba: «Joder, viejo, como me vuelvas a dar una de esas palmaditas...»—. No pasa nada, Cassie.

Se alejó con Hutchfield para que no los oyéramos, pero los seguíamos viendo. Eso me hizo sentir un poco mejor. Cogí en brazos a Sammy y me lo apoyé en la cadera mientras hacía todo lo que podía por responder las preguntas de Brogden sin reventarle la cara con la mano libre.

¿Cómo nos llamábamos?

¿De dónde veníamos?

¿Alguien del grupo estaba enfermo?

¿Podíamos contarle algo sobre lo que estaba pasando?

¿Qué habíamos visto?

¿Qué habíamos oído?

¿Por qué estábamos allí?

—¿Te refieres al campo o es una pregunta existencial? —pregunté yo.

El tío juntó las cejas en una sola y repuso:

—¿Eh?

—Si me hubieses preguntado eso antes de que empezara toda esta mierda, te habría contestado simplemente: «Estamos aquí para servir a nuestros congéneres o contribuir a la sociedad». Si me hubiese puesto en plan listilla, habría dicho: «Porque si no estuviéramos aquí, estaríamos en otra parte». Pero como ha pasado toda esta mierda, voy a decir que estamos aquí porque hemos tenido una suerte que te cagas.

—Eres una listilla —concluyó en tono mordaz después de observarme un segundo con los ojos entornados.

No sé cómo respondería mi padre a aquella pregunta, pero, al parecer, pasó el examen, ya que nos permitieron entrar en el campo con todos los privilegios, lo que significaba que mi padre (pero yo no) podía elegir armas del alijo. Mi padre tenía un problema con las armas: nunca le habían gustado. Decía que aunque no eran las armas las que mataban a la gente, sin duda facilitaban la tarea. Ahora más que considerarlas peligrosas le parecían una estupidez inútil.

«¿De qué van a servir nuestras pistolas contra una tecnología que está miles o puede que millones de años por delante de la nuestra? —le preguntó a Hutchfield—. Es como usar una porra y piedras contra un misil táctico».

Su argumento no hizo mella en Hutchfield. ¡Era un marine, por amor de Dios! Su fusil era su mejor amigo, su compañero más fiel, la respuesta a cualquier pregunta posible.

Entonces, yo no entendía ese sentimiento. Ahora, sí.

13

Cuando hacía buen tiempo, todos se quedaban fuera hasta la hora de acostarse. Aquel edificio destartalado tenía malas vibraciones. Por el motivo de su construcción. Por el motivo de su existencia. Por lo que lo había llevado (a él y a nosotros) al bosque. Algunas noches había buen ambiente, casi como en un campamento de verano en el que, milagrosamente, todos se llevan bien. Alguien decía que aquella tarde había oído un helicóptero, y eso activaba una ronda de especulaciones esperanzadas sobre la posibilidad de que la Gente al Mando estuviera recuperándose por fin y preparándose para el contragolpe.

Otras veces, los ánimos estaban más decaídos y la angustia se palpaba en el aire del crepúsculo. Nosotros éramos los afortunados. Habíamos sobrevivido al ataque del pulso electromagnético, a la aniquilación de las costas, a la plaga que había acabado con toda la gente a la que conocíamos y amábamos. Habíamos mirado a la Muerte a la cara, y ella había parpadeado primero. Eso debería habernos hecho sentir valientes e invencibles, pero no.

Éramos como los japoneses que sobrevivieron al estallido inicial de la bomba de Hiroshima. No entendíamos por qué seguíamos allí y no estábamos del todo convencidos de querer estarlo.

Nos contábamos las historias de nuestras vidas antes de la Llegada. Llorábamos abiertamente por las personas que habíamos perdido. Llorábamos en secreto por nuestros móviles inteligentes, nuestros coches, nuestros microondas e internet.

Contemplábamos el cielo nocturno. La nave nodriza nos devolvía la mirada, aquel malévolo ojo verde pálido.

Se abrían debates sobre el lugar al que debíamos ir. En general, todos estaban de acuerdo en que no podíamos permanecer escondidos en el bosque para siempre. Aun en el caso de que los Otros no aparecieran pronto, el invierno sin duda lo haría, así que necesitábamos refugio. Nos quedaban suministros para varios meses... o puede que menos, según el número de refugiados que siguiera llegando al campamento. ¿Debíamos esperar a que vinieran a rescatarnos o salir a la carretera a buscar ayuda? Mi padre votaba por lo segundo: todavía quería echar un vistazo a Wright-Patterson. Si había Gente al Mando, era mucho más probable encontrarla allí.

Me cansé de todo al cabo de un tiempo. En vez de hacer algo al respecto, nos dedicábamos a hablar del problema. Estaba dispuesta a decirle a mi padre que teníamos que mandar a la porra a aquellos cretinos, largarnos a Wright-Patterson con quien quisiera venirse y que les dieran a los demás.

Pensaba que, a veces, eso de que la unión hace la fuerza está muy sobrevalorado.

Metí a Sammy dentro y lo acosté. Recé su oración con él: «Ángel de la guarda, dulce compañía...». Para mí no era más que ruido, tonterías. En lo que respecta a Dios, me daba la impresión de que, en algún momento, había roto una promesa, pero no tenía claro cuál.

Hacía una noche despejada, de luna llena. Me sentía lo bastante cómoda para dar un paseo por el bosque.

En el campo, alguien tocaba una guitarra, y la melodía avanzaba a saltitos por el sendero, me seguía al interior del bosque. Era la primera vez que oía música desde la primera ola: «*And, in the end, we lie awake, and we dream of making our escape*».[1]

De repente solo quería hacerme un ovillo y llorar. Quería alejarme por el bosque y seguir corriendo hasta que se me cayeran las piernas. Quería potar. Quería gritar hasta que se me sangrara la garganta. Quería volver a ver a mi madre, a Lizbeth y a todos mis amigos, incluso a los que no me gustaban, y a Ben Parish, solo para decirle que lo quería y que deseaba tener un hijo suyo más que seguir viva.

---

1. «Y, al final, desvelados, soñamos con escapar». *Death and All His Friends*, Coldplay. *(N. de la T.)*

La canción se perdió, ahogada por el canto, mucho menos melódico, de los grillos.

Y el ruido de una rama al partirse.

Y una voz que procedía del bosque, detrás de mí.

—¡Cassie! ¡Espera!

Seguí caminando porque había reconocido la voz. A lo mejor me había gafado al pensar en Ben, como cuando tienes antojo de chocolate y lo único que llevas en la mochila es una bolsa medio aplastada de caramelos masticables.

—¡Cassie!

El dueño de la voz había echado a correr. A mí no me apetecía, así que dejé que me alcanzara.

Esa era una de las cosas que no habían cambiado: bastaba con querer estar sola para que no te dejaran estarlo.

—¿Qué haces? —me preguntó Pringoso.

Le costaba respirar y tenía las mejillas muy rojas y las sienes, relucientes, probablemente por culpa de tanta gomina.

—¿No es obvio? —respondí—. Estoy fabricando un dispositivo nuclear para derribar a la nave nodriza.

—Los misiles nucleares no valen —repuso él poniéndose firme—. Deberíamos construir un cañón de vapor Fermi.

—¿Fermi?

—El tío que inventó la bomba.

—Creía que era Oppenheimer.

Él pareció quedarse impresionado de que supiera algo de historia.

—Bueno, a lo mejor no la inventó, pero fue el padrino.

—Pringoso, qué rarito eres —le dije, pero me sonó muy fuerte, así que añadí—: Claro que no te conocí antes de la invasión.

—Se excava un buen hoyo. Se mete en el fondo una ojiva. Se llena el agujero de agua y se tapa con unas cuantas toneladas de acero. El estallido convierte el agua en vapor al instante, y el vapor dispara el acero hacia el espacio a seis veces la velocidad del sonido.

—Sí, estaría bien que lo hiciera alguien. ¿Por eso me acosas? ¿Quieres que te ayude a construir un cañón de vapor nuclear?

—¿Te puedo preguntar una cosa?

—No.

—Lo digo en serio.

—Y yo.

—Si solo te quedaran veinte minutos de vida, ¿qué harías?

—No lo sé —respondí—, pero seguramente nada que tuviera que ver contigo.

—¿Y eso? —preguntó, pero no esperó a la respuesta: supongo que se imaginó que no le gustaría escucharla—. ¿Y si yo fuera la última persona de la Tierra?

—Si fueras la última persona de la Tierra, yo no estaría allí para hacer nada contigo.

—Vale, ¿y si fuéramos las dos últimas personas de la Tierra?

—Entonces acabarías siendo la última, porque me suicidaría.

—No te gusto.

—¿No me digas? ¿Qué te ha dado la primera pista?

—Imagina que los vemos aquí mismo, ahora mismo, bajando a matarnos. ¿Qué harías?

—No lo sé, pedirles que te maten a ti primero. ¿A qué viene esto, Pringoso?

—¿Eres virgen? —me preguntó de repente.

Me quedé mirándolo fijamente. Lo decía completamente en serio. Claro que la mayoría de los chicos de trece años se toman siempre así los asuntos hormonales.

—Que te den —respondí, y le di con el hombro al dirigirme de vuelta al campo.

Mala elección de palabras. Salió corriendo detrás de mí y no se le movió ni un mechón del repegado cabello. Era como si llevara un reluciente casco negro.

—Lo digo en serio, Cassie —insistió, jadeando—. En estos tiempos, cualquier noche puede ser la última.

—Igual que antes de que vinieran, idiota.

Me agarró por la muñeca y tiró de mí. Acercó su ancha cara grasienta a la mía. Yo medía dos centímetros y medio más que él, pero él pesaba diez kilos más que yo.

—¿De verdad quieres morir sin saber cómo es?

—¿Cómo sabes que no lo sé? —pregunté mientras me soltaba de un tirón—. No vuelvas a tocarme —añadí, cambiando de tema.

—Nadie se va a enterar —insistió—. No se lo contaré a nadie.

Intentó agarrarme otra vez, pero levanté la mano izquierda y le aparté el brazo de un tortazo mientras le pegaba un buen golpe en la nariz con la palma abierta de la mano derecha. El porrazo abrió un grifo de brillante sangre roja que se le metió en la boca y le provocó arcadas.

—Puta —jadeó—. Tú por lo menos tienes a alguien. Por lo menos no se han muerto todas las personas que conocías, joder.

Se echó a llorar. Se sentó en el suelo y se dejó llevar por la enormidad del asunto, por el gran Buick que hay aparcado encima de ti, por la horrible sensación de que, por mal que vayan las cosas, empeorarán.

«Mierda», pensé, y me senté en el camino, a su lado. Le dije que echara la cabeza atrás, y él se quejó de que así le bajaría la sangre por la garganta.

—No se lo cuentes a nadie —me suplicó—. Perdería mi reputación.

Me reí, no pude evitarlo.

—¿Dónde aprendiste a hacer eso? —me preguntó.

—En las *girl scouts*.

—¿Tienen chapas para eso?

—Tienen chapas para todo.

En realidad habían sido siete años de clases de kárate. Las había dejado el año anterior, ya no recuerdo por qué razones. En aquel momento, sin embargo, me parecieron buenas.

—Yo también lo soy —me dijo.

—¿El qué?

—Virgen —respondió tras arrojar un escupitajo de sangre y mocos en el suelo.

Qué sorpresa.

—¿Qué te hace pensar que soy virgen? —le pregunté.

—Si no lo fueras, no me habrías pegado.

14

Vi un teledirigido por primera vez cuando llevábamos seis días en el campo.

Gris reluciente contra el brillante cielo de la tarde.

Hubo muchos gritos, carreras, gente cogiendo armas, agitando las gorras y las camisetas o volviéndose medio tonto, en general: llorando, saltando, abrazándose, haciendo chocar las palmas... Creían que los iban a rescatar. Hutchfield y Brogden intentaron calmarlos, pero no tuvieron éxito. El teledirigido pasó zumbando por el cielo, desapareció detrás de los árboles y después volvió, algo más despacio. Desde tierra parecía un dirigible. Hutchfield y mi padre se pusieron en cuclillas en la entrada de los barracones y se fueron pasando unos prismáticos para observarlo.

—No tiene alas ni marcas. Y ¿te has fijado en el primer pase? Mach 2, por lo menos. A no ser que hayamos sacado algún tipo de aeronave clasificada, esto no puede ser de origen terrestre —dijo Hutchfield, estrellando el puño contra la tierra al ritmo de sus palabras.

Mi padre estaba de acuerdo. Nos condujeron a los barracones, y papá y Hutchfield se quedaron un momento en la puerta, todavía pasándose los prismáticos.

—¿Son los extraterrestres? —preguntó Sammy—. ¿Ya vienen, Cassie?

—Shh.

Miré por encima de él y vi que Pringoso me estaba observando. Movió los labios para decir en silencio las palabras: «Veinte minutos».

—Si vienen, los venceré —susurró Sammy—. ¡Voy a darles patadas de kárate y después los mataré a todos!

—Muy bien —respondí mientras le acariciaba el pelo, nerviosa.

—No huiré —dijo él—. Voy a matarlos por haber matado a mamá.

El teledirigido desapareció y, según me contó mi padre, subió en vertical hacia el cielo. De haber parpadeado, ni lo habría visto marcharse.

Reaccionamos ante aquel artefacto como habría hecho cualquiera: con histeria.

Algunos huyeron, recogieron lo que podían cargar con ellos y corrieron al bosque. Otros se largaron con la ropa que llevaban puesta y el miedo que les atenazaba el estómago. Hutchfield no logró convencerlos de lo contrario.

El resto nos acurrucamos en los barracones hasta que llegó la noche, y entonces la fiesta de la histeria pasó al siguiente nivel. ¿Nos habían visto? ¿Vendrían después los soldados imperiales, el ejército de los clones o los vehículos de patas largas? ¿Nos freirían con cañones láser? Estaba oscuro como la noche. No veíamos lo que teníamos delante de las narices porque no nos atrevíamos a encender las lámparas de querosén. Susurros frenéticos. Lloros ahogados. Aguardábamos acurrucados en los catres, dando un respingo cada vez que oíamos un ruido. Hutchfield asignó la guardia nocturna a los mejores tiradores. Si se mueve, dispara. Nadie podía salir sin permiso. Y Hutchfield no concedía ninguno.

Aquella noche duró mil años.

Mi padre se acercó a mí a oscuras y me puso algo en las manos.

Una Luger semiautomática cargada.

—Pero tú no crees en las armas —le susurré.

—Antes no creía en muchas cosas.

Una señora se puso a recitar el Padre Nuestro. La llamábamos Madre Teresa. Grandes piernas, brazos escuálidos, vestido azul desteñido, pelo gris y ralo. En algún momento del camino había perdido la dentadura postiza. Siempre estaba con las cuentas del rosario y hablando con Jesús. Unos pocos se unieron a ella, después otros más.

—Perdona nuestras ofensas como también nosotros perdonamos a los que nos ofenden.

Llegados a ese punto, su archienemigo, el único ateo de la trinchera del Campo Pozo de Ceniza, un profesor universitario llamado Dawkins, gritó:

—¡Sobre todo a los de origen extraterrestre!

—¡Vas a ir al infierno! —le chilló una voz desde la oscuridad.

—Y ¿cómo voy a notar la diferencia? —respondió Dawkins a gritos.

—¡Silencio! —les ordenó Hutchfield en voz baja desde su puesto en la entrada—. ¡Reservaos las plegarias!

—La hora de su juicio ha llegado —gimió la Madre Teresa.

Sammy se acercó más a mí dentro del catre, y yo me metí la pistola entre las piernas. Me daba miedo que me la quitara y acabase volándome la tapa de los sesos por accidente.

—¡Callaos todos! —ordené—. Estáis asustando a mi hermano.

—No tengo miedo —respondió Sammy; su puñito se retorcía contra mi camiseta—. ¿Tienes miedo, Cassie?

—Sí —respondí, y le besé la coronilla.

El pelo le olía a rancio, así que decidí lavárselo por la mañana.

Si seguíamos allí por la mañana.

—No es verdad —me dijo—. Tú nunca tienes miedo.

—Ahora mismo tengo tanto miedo que me podría hacer pipí en los pantalones.

Él soltó una risita. Noté el calor de su cara en el hueco de mi brazo. ¿Tendría fiebre? Así empezaba. Me dije que estaba paranoica, que mi hermano había estado expuesto al virus cientos de veces y que el

Tsunami Rojo te barre con furia en cuanto te expones a él. A no ser que tengas inmunidad. Y seguro que Sammy la tenía. Si no, ya estaría muerto.

—Ponte un pañal —comentó para tomarme el pelo.

—Puede que lo haga.

—Aunque ande en valle de sombra de muerte... —seguía la Madre Teresa, que no tenía intención de parar.

Oía cómo entrechocaban las cuentas del rosario. Mientras tanto, Dawkins canturreaba la rima de la *Gallinita Ciega* para ahogar sus palabras. No acababa de decidirme sobre cuál de los dos era más molesto: la fanática o el cínico.

—Mamá decía que a lo mejor eran ángeles —dijo Sammy de repente.

—¿Quiénes?

—Los extraterrestres. Cuando llegaron, pregunté si habían venido a matarnos, y ella me dijo que a lo mejor ni siquiera eran extraterrestres, que a lo mejor eran ángeles del cielo, como en la Biblia, cuando los ángeles hablan con Abraham, y con María y con Jesús, y con todo el mundo.

—Está claro que antes nos hablaban más —respondí.

—Pero después nos mataron. Mataron a mami —concluyó, y se echó a llorar.

—Aderezas mesa delante de mí, en presencia de mis angustiadores.

Besé la coronilla de Sammy y le restregué los brazos.

—Unges mi cabeza con aceite.

—Cassie, ¿Dios nos odia?

—No. No lo sé.

—¿Odia a mamá?

—Claro que no. Mamá era una buena persona.

—Entonces ¿por qué la dejó morir?

Sacudí la cabeza. Me pesaba todo el cuerpo, como si llevara veinte mil toneladas encima.

—Mi copa está rebosando.

—¿Por qué dejó que vinieran los extraterrestres a matarnos? ¿Por qué Dios,no los para?

—A lo mejor... —susurré en voz baja; me pesaba hasta la lengua—. A lo mejor lo hace.

—Ciertamente, el bien y la misericordia me seguirán todos los días de mi vida.

—No dejes que me atrapen, Cassie. No me dejes morir.

—No vas a morir, Sams.

—¿Lo prometes?

—Lo prometo.

15

El teledirigido regresó al día siguiente.

O un teledirigido distinto, idéntico al primero. Seguramente, los Otros no han recorrido medio universo con un solo teledirigido en la bodega.

Se movía despacio por el cielo, en silencio, sin el gruñido de un motor, sin producir ningún zumbido, simplemente se deslizaba sin hacer ruido, como un cebo de pesca arrastrado por aguas tranquilas. Nos apresuramos a entrar en los barracones sin que nadie tuviera que ordenárnoslo. Me encontré sentada en un catre al lado de Pringoso.

—Sé lo que van a hacer —susurró.

—No hables —le susurré.

Él asintió y dijo:

—Bombas sónicas. ¿Sabes lo que pasa cuando te bombardean con doscientos decibelios? Se te hacen pedazos los tímpanos. Los pulmones te estallan, el aire te entra en el torrente sanguíneo y te falla el corazón.

—¿De dónde sacas esa mierda, Pringoso?

Mi padre y Hutchfield volvían a estar agachados junto a la puerta abierta. Se quedaron mirando el mismo punto durante varios minutos. Al parecer, el teledirigido se había quedado inmóvil en el cielo.

—Toma, te he traído una cosa —dijo Pringoso.

Era un collar de diamantes, parte del botín que había obtenido de los cadáveres del pozo de ceniza.

—Qué asco —respondí.

—¿Por qué? Ni que lo hubiera robado —añadió, haciendo un mohín—. Sé lo que te pasa, no soy estúpido. No es por el collar, es por mí. Lo aceptarías sin pensarlo si yo estuviera bueno.

Me pregunté si estaba en lo cierto. Si Ben Parish me hubiese regalado un collar del pozo, ¿lo habría aceptado?

—Como si tú lo estuvieras... —añadió Pringoso.

¡Qué chasco! Pringoso, el ladrón de tumbas, no creía que estuviera buena.

—Entonces, ¿por qué me lo quieres dar?

—Aquella noche, en el bosque, me comporté como un imbécil. No quiero que me odies, ni que pienses que soy un raro.

Un poco tarde para eso.

—No quiero joyas de gente muerta —respondí.

—Ni ellos —contestó él, refiriéndose a la gente muerta.

No pensaba dejarme en paz, así que me largué en silencio para sentarme detrás de mi padre. Por encima de su hombro vi un diminuto punto gris, una peca plateada en la impoluta piel del cielo.

—¿Qué está pasando? —susurré.

Justo cuando lo decía, el punto desapareció. Se movió tan deprisa que pareció esfumarse en un abrir y cerrar de ojos.

—Vuelos de reconocimiento —dijo Hutchfield entre dientes—. No se me ocurre qué otra cosa puede ser.

—Nosotros teníamos satélites que podían ver qué hora marcaba el reloj de cualquiera desde el cielo —repuso mi padre en voz baja—. Si podíamos hacer eso con nuestra tecnología primitiva, ¿por qué iban a tener ellos que abandonar su nave para espiarnos?

—¿Tienes una teoría mejor? —preguntó Hutchfield, que no soportaba que cuestionaran sus decisiones.

—Puede que no tengan nada que ver con nosotros —sugirió mi padre—. Puede que esas cosas sean sondas atmosféricas o dispositivos para medir algo que no pueden calibrar desde el espacio. O quizás estén buscando algo que no puedan detectar hasta tenernos prácticamente neutralizados.

Entonces, mi padre suspiró. Yo conocía aquel suspiro: significaba que creía que algo era cierto, pero deseaba que no lo fuera.

—Todo se reduce a una pregunta muy simple, Hutchfield: ¿por qué están aquí? No han venido para expoliar los recursos de nuestro planeta: hay muchos por todo el universo, así que no hace falta viajar cientos de años luz para obtenerlos. Tampoco para matarnos, aunque puede que matarnos a todos (o a casi todos) sea necesario. Son como esos propietarios que echan a unos inquilinos descuidados para poder limpiar la casa y meter a un inquilino nuevo; creo que lo que pretenden es dejar la casa preparada.

—¿Preparada? ¿Preparada para qué?

—Para la mudanza —dijo mi padre, con una sonrisa triste.

16

Una hora antes del amanecer. Nuestro último día en el Campo Pozo de Ceniza. Domingo.

Sammy durmiendo a mi lado: un niño pequeño, calentito, con una mano encima del oso de peluche y la otra sobre mi pecho, una mano regordeta cerrada en un puño.

La mejor parte del día.

Esos pocos segundos en los que estás despierta, pero vacía. Se te olvida dónde te encuentras, lo que eres ahora, lo que eras antes. Solo hay aliento, latidos y sangre en movimiento. Es como estar de nuevo en el vientre de tu madre. La paz del vacío.

Al principio, creí que el ruido era el latido de mi corazón.

Pum, pum, pum. Primero bajo, luego más alto, después muy alto, lo bastante como para sentir el golpeteo en la piel. Una luz iluminó la sala, cada vez con mayor intensidad. La gente iba de un lado a otro tropezándose, poniéndose la ropa, buscando sus armas. La luz brillante se apagó y regresó. Las sombras saltaban por el suelo y corrían hacia el techo. Hutchfield nos gritaba que mantuviéramos la calma, pero nadie le hacía caso. Todos reconocían el sonido y sabían lo que significaba.

¡Rescate!

Hutchfield intentó bloquear la puerta con su cuerpo.

—¡Quedaos dentro! —aulló—. No queremos...

Lo apartaron de un empujón. ¡Oh, sí que queremos! Salimos por la puerta en manada, nos detuvimos en el patio e hicimos señas al helicóptero, un Black Hawk que realizaba otra pasada sobre el complejo, negro sobre la penumbra del cielo antes del alba. El foco apuñalaba el suelo, nos cegaba, aunque a la mayoría ya nos habían cegado las lágrimas. Saltábamos, nos abrazábamos. Dos personas agitaban banderitas de Estados Unidos, y recuerdo haberme preguntado de dónde narices las habrían sacado.

Hutchfield estaba furioso y nos gritaba que volviésemos dentro. Nadie le hizo caso, ya no era nuestro jefe, la Gente al Mando había llegado.

Justo entonces, el helicóptero viró por última vez y se alejó con un gran estruendo. El ruido de los rotores se desvaneció y dio paso a un silencio aplastante. Estábamos desconcertados, perplejos, asustados. Tenían que habernos visto: ¿por qué no habían aterrizado?

Esperamos a que el helicóptero regresara. Esperamos toda la mañana. La gente hizo las maletas y empezó a especular sobre el lugar al que nos llevarían, cómo sería, cuántas personas habría. ¡Un helicóptero Black Hawk! ¿Qué más habría sobrevivido a la primera ola? Soñábamos con luces eléctricas y duchas de agua caliente.

Nadie dudaba de que la Gente al Mando nos rescataría ahora que sabía de nuestra existencia. La ayuda ya estaba de camino.

Sin embargo, mi padre, por ser como era, no estaba tan seguro.

—Puede que no vuelvan —dijo.

—No nos dejarían aquí sin más, papá —respondí. A veces había que hablar con él como si tuviera la edad de Sammy—. ¿Qué sentido tendría?

—Puede que no fuera una operación de búsqueda y rescate. Puede que estuvieran buscando otra cosa.

—¿El teledirigido?

El que se había estrellado una semana antes. Él asintió.

—De todos modos, ahora saben que estamos aquí —insistí—. Harán algo.

Él asintió de nuevo, ausente, como si estuviera pensando en otra cosa.

—Sí —respondió, y me miró—. ¿Todavía tienes la pistola?

Me di una palmadita en el bolsillo de atrás. Él me echó un brazo por encima y me condujo al almacén. Apartó una vieja lona que había en una esquina y desveló el fusil de asalto semiautomático M16, el que iba a convertirse en mi mejor amigo cuando ya no quedara nadie.

Lo recogió y le dio la vuelta para examinarlo con la misma expresión de profesor despistado.

—¿Qué te parece? —susurró.

—¿Eso? Está de puta madre.

No me regañó por el lenguaje; al contrario, soltó una carcajada.

Después me enseñó cómo funcionaba, cómo sostenerlo, cómo apuntar, cómo cambiar el cargador.

—Toma, ahora prueba tú —me dijo, ofreciéndomelo.

Creo que le sorprendió agradablemente comprobar lo rápido que aprendía su hija. Y mi coordinación era bastante buena gracias a las clases de kárate. Las clases de baile no pueden compararse con el kárate en lo que respecta a moverse con elegancia.

—Quédatelo —me dijo cuando intenté devolvérselo—. Te lo esconderé aquí.

—¿Por qué? —pregunté.

No me importaba tenerlo, pero me estaba empezando a poner nerviosa. Mientras todos los demás lo celebraban, mi padre me enseñaba a usar armas de fuego.

—¿Sabes cómo averiguar quién es tu enemigo en tiempos de guerra, Cassie? —preguntó mientras examinaba la cabaña. ¿Por qué no era capaz de mirarme a mí?—. Es el tío que te dispara. Así lo sabes. Que no se te olvide. —Y, señalando el arma con la cabeza, añadió—: No vayas por ahí con él; mantenlo cerca, pero escondido. Ni aquí ni en los barracones, ¿vale?

Una palmadita en el hombro. Una palmadita no bastaba. Un gran abrazo.

—A partir de ahora no pierdas nunca de vista a Sammy. ¿Lo entiendes, Cassie? Nunca. Ahora ve a buscarlo. Tengo que charlar con Hutchfield. Y ¿Cassie? Si alguien intenta quitarte ese fusil, dile que primero hable conmigo. Y si siguen intentándolo, dispárales.

Sus labios sonrieron, pero sus ojos no: parecían tan fríos y duros como los de un tiburón.

Mi padre había tenido suerte. Todos la habíamos tenido. Gracias a la suerte habíamos sobrevivido a las tres primeras olas. Sin embargo, hasta el mejor jugador te dirá que la suerte tiene un límite. Creo que eso es lo que mi padre notó aquel día: no que se nos había acabado la suerte (eso no podría haberlo sabido nadie), sino que los que quedaran en pie no serían los afortunados.

Serían los duros. Los que le dijeran a la suerte que se fuera a la mierda. Los que tuvieran el corazón de piedra. Los que pudieran dejar morir a cien con tal de salvar a uno. Los que comprendieran que era inteligente quemar un pueblo para poder salvarlo.

El mundo está tan jodido que apenas lo reconozco.

Y si no te parece bien, no eres más que un cadáver en potencia.

Cogí el M16 y lo escondí detrás de uno de los árboles que bordeaban el camino que conducía al pozo de ceniza.

17

Los últimos restos del mundo que conocía quedaron hechos trizas una tarde de domingo cálida y soleada.

El heraldo de aquella desgracia fue el gruñido de motores diésel, los chirridos y crujidos de los ejes, y el gemido de los frenos. Nuestros centinelas habían avistado el convoy mucho antes de que llegara al complejo. Vieron los cegadores reflejos de la luz del sol en las ventanas y las columnas de polvo que dejaban atrás los neumáticos, como si fuera una estela. No corrimos a recibirlos con flores y besos: nos quedamos atrás mientras Hutchfield, mi padre y los cuatro mejores tiradores que teníamos iban a buscarlos. Todos tenían los nervios de punta y habían perdido gran parte del entusiasmo de hacía unas horas.

Nada de lo que habíamos esperado que sucediera después de la Llegada había sucedido. Había pasado justo lo que nunca nos habríamos esperado. No nos dimos cuenta de que la gripe mortífera formaba parte de su plan hasta que transcurrieron dos semanas enteras desde la tercera ola. Aun así, tiendes a creer lo que siempre has creído, a pensar lo que siempre has pensado, a esperar lo que siempre has esperado. Así que nunca nos preguntamos si nos rescatarían, sino cuándo.

Y cuando vimos justo lo que queríamos ver, lo que habíamos esperado ver (el gran camión de plataforma cargado de soldados, los Humvees repletos de torretas de ametralladoras y lanzamisiles tierra-aire), seguimos desconfiando.

Entonces aparecieron los autobuses escolares.

Eran tres, parachoques contra parachoques. Llenos de niños.

Nadie se lo esperaba. Como dije, era tan normal que pasmaba, resultaba sorprendentemente surrealista. Algunos, de hecho, nos reímos. ¡Un autobús escolar amarillo! ¿Dónde narices está la escuela?

Al cabo de unos cuantos minutos de tensión en los que lo único que oímos fue el gutural gruñido de los motores, y las risas y los gritos lejanos de los niños de los autobuses, mi padre dejó a Hutchfield hablando con el comandante, y se nos acercó a Sammy y a mí. Un grupo de gente se arremolinó a nuestro alrededor para escucharlo.

—Vienen de Wright-Patterson —dijo mi padre, como si le faltara el aliento—. Y, al parecer, han sobrevivido muchos más militares de lo que creíamos.

—¿Por qué llevan máscaras antigás? —pregunté.

—Por precaución —respondió—. Llevan en cuarentena desde que llegó la plaga. Todos hemos estado expuestos y podríamos ser portadores.

Miró a Sammy, que estaba apretujado contra mí, abrazado a mi pierna.

—Han venido a por los niños —dijo mi padre.

—¿Por qué? —pregunté.

—¿Y nosotros? —quiso saber la Madre Teresa—. ¿No nos van a llevar con ellos?

—Dicen que volverán a por nosotros. Ahora mismo solo tienen sitio para los niños.

Lo dijo mirando a Sammy.

—No nos van a separar —le aseguré a mi padre.

—Claro que no —respondió, volviéndose para dirigirse brusca-mente a los barracones. Al salir, llevaba mi mochila y el oso de Sammy—. Tú te vas con él.

Mi padre no lo había pillado.

—No pienso irme sin ti —afirmé.

¿Qué les pasaba a los tíos como mi padre? De repente aparecía alguien con autoridad y se dejaban el cerebro en el armario.

—¡Ya has oído lo que ha dicho! —chilló la Madre Teresa, sacu-diendo sus cuentas—. ¡Solo los niños! Si va alguien más, debería ser yo... Deberían ser las mujeres. Así es como se hace. ¡Las mujeres y los niños primero! Las mujeres y los niños.

Mi padre no le hizo caso y me puso otra vez la mano en el hom-bro, pero me la sacudí de encima.

—Cassie, primero tienen que poner a salvo a los más vulnerables. Solo tardaré unas horas más que tú...

—¡No! O nos quedamos todos o nos vamos todos, papá. Diles que estaremos bien aquí hasta que regresen. Puedo cuidar de él. Lo he estado haciendo hasta ahora.

—Y seguirás haciéndolo, Cassie, porque tú también te vas.

—No sin ti. No te voy a dejar aquí, papá.

Sonrió como si yo fuese una niña que hubiese dicho una mo-nería.

—Puedo cuidarme solo.

No sabía cómo expresar lo que sentía: era como si tuviera un car-bón al rojo vivo en las tripas, me abrumaba la sensación de que, si se separaba lo que quedaba de nuestra familia, sería nuestro final. Que si lo dejaba atrás, nunca volvería a verlo. A lo mejor no estaba siendo racional, aunque el mundo en el que vivía tampoco lo era.

Mi padre me despegó a Sammy de la pierna, lo levantó y se lo apoyó en la cadera. Luego me cogió por el codo con la mano libre y nos llevó a los dos hacia los autobuses. Los soldados parecían insec-tos con aquellas máscaras antigás que les ocultaban el rostro. No les veíamos la cara, pero llevaban sus nombres bordados en los trajes verdes de camuflaje.

Greene.

Walters.

Parker.

Nombres estadounidenses decentes y rotundos, y la bandera de Estados Unidos en la manga.

Y su forma de moverse, erguidos, pero relajados. Como muelles comprimidos. Como se supone que son los soldados.

Llegamos al último autobús de la fila. Los niños que había en el interior gritaban y nos saludaban con la mano. Para ellos era una gran aventura.

El corpulento soldado de la puerta levantó una mano. En su traje ponía: «Branch».

—Solo los niños —dijo con la voz algo ahogada por la máscara.

—Lo entiendo, cabo —respondió mi padre.

—Cassie, ¿por qué lloras? —preguntó Sammy mientras me tocaba la cara con su manita.

Papá lo bajó al suelo y se arrodilló para acercar su cara a la de Sammy.

—Te vas de excursión, Sammy —le dijo—. Estos militares tan simpáticos te llevan a un lugar en el que estarás a salvo.

—¿Tú no vienes, papá? —preguntó él tirándole de la camiseta con sus manitas diminutas.

—Sí, sí, papá también va, pero todavía no. Pronto, muy pronto.

Abrazó a Sammy. El último abrazo.

—Ahora sé bueno. Haz todo lo que te digan estos chicos del ejército, ¿vale?

Sammy asintió con la cabeza y me dio la mano.

—Venga, Cassie, ¡nos vamos en autobús!

El hombre de la máscara negra se volvió y levantó una de sus manos enguantadas.

—Solo el chico —nos dijo.

Empecé a decirle que se fuera a la mierda. No me hacía ninguna gracia la idea de dejar a mi padre atrás, pero Sammy no se iba a ninguna parte sin mí.

El cabo me cortó antes de que dijera nada y repitió: «Solo el chico».

—Es su hermana —intentó convencerlo mi padre; estaba siendo razonable—. Y ella también es una niña, solo tiene dieciséis años.

—Tendrá que quedarse aquí —insistió el cabo.

—Entonces él no se va —respondí mientras abrazaba a Sammy.

Tendrían que arrancarme los brazos para llevarse a mi hermano pequeño.

El cabo guardó silencio durante unos aterradores instantes. Me entraron ganas de tirarle de la máscara y escupirle en la cara. El sol se le reflejaba en el cristal, una odiosa bola de luz.

—¿Quieres que se quede?

—Lo quiero conmigo —lo corregí—. En el autobús o fuera del autobús: me da igual. Conmigo.

—No, Cassie —dijo mi padre.

Sammy empezó a llorar. Mi hermano lo había entendido enseguida: eran papá y el soldado contra él y contra mí, y no había forma de ganar la batalla. Lo había entendido antes que yo.

—Puede quedarse —contestó el soldado—, pero no podemos garantizar su seguridad.

—¿De verdad? —le grité al cara de insecto—. ¿Tú crees? ¿Es que podéis garantizar la seguridad de alguien?

—Cassie... —empezó mi padre.

—¡No podéis garantizar una mierda! —le grité.

El cabo no me hizo caso y se dirigió a mi padre.

—Usted decide, señor.

—Papá, ya lo has oído, se puede quedar con nosotros.

Mi padre se mordió el labio inferior, levantó la cabeza, se rascó la barbilla y miró el cielo desnudo. Pensaba en los teledirigidos, en lo que sabía y en lo que no sabía. Recordaba lo que había aprendido.

Estaba sopesando los pros y los contras, calculando probabilidades y procurando no hacer caso de la vocecita que surgía de lo más profundo de su ser para decirle que no lo dejara marchar.

Así que, por supuesto, hizo lo más razonable.

Él era el adulto responsable, y eso es lo que hacen los adultos responsables.

Lo más razonable.

—Tienes razón, Cassie —dijo al fin—: no pueden garantizar nuestra seguridad, nadie puede. Pero algunos lugares son más seguros que otros —añadió y, tras coger a Sammy de la mano, añadió—: Vamos, campeón.

—¡No! —gritó Sammy mientras las lágrimas le rodaban por las relucientes mejillas rojas—. ¡No me voy sin Cassie!

—Cassie también va, iremos los dos, justo detrás de ti.

—Yo lo protegeré, lo vigilaré, no dejaré que le pase nada —supliqué—. Volverán a por los demás, ¿verdad? Solo tenemos que esperar a que vuelvan —insistí, tirándole de la camiseta mientras ponía mi mejor cara implorante, esa con la que solía conseguir lo que quería—. Por favor, papi, no lo hagas, no está bien. Tenemos que permanecer juntos, tenemos que hacerlo.

No iba a funcionar. Tenía aquella expresión dura de nuevo: ojos fríos, drásticos, crueles.

—Cassie, dile a tu hermano que no pasa nada.

Y lo hice. Después de decirme a mí misma que no pasaba nada, que debía confiar en mi padre, en la Gente al Mando, en que los Otros no incineraran los autobuses escolares llenos de niños, debía confiar en que la propia confianza no se hubiera evaporado igual que lo habían hecho los ordenadores, las palomitas de microondas y la peli de Hollywood en la que los humanos vencen a los asquerosos del Planeta Xercon en los diez minutos del final.

Y entonces me puse de rodillas en el suelo polvoriento, frente a mi hermano pequeño.

—Tienes que irte, Sams —le dije.

El regordete labio inferior le temblaba y aferraba al osito con fuerza, apretándolo contra su pecho.

—Pero, Cassie, ¿quién te va a abrazar cuando tengas miedo?

Lo decía completamente en serio, se parecía tanto a papá con aquel ceñito fruncido que estuve a punto de reírme.

—Ya no tengo miedo, y tú tampoco deberías tenerlo. Ahora están aquí los soldados, y ellos nos pondrán a salvo. —Miré al cabo Branch y añadí—: ¿A que sí?

—Sí.

—Se parece a Darth Vader —susurró Sammy—. Y también suena como él.

—Sí, y ¿recuerdas lo que pasa? Al final se vuelve bueno.

—Solo después de volar en pedazos un planeta entero y matar a un montón de gente.

No pude evitarlo: me reí. Dios mío, qué listo era. A veces creía que era más listo que mi padre y yo juntos.

—¿Vendrás después, Cassie?

—Claro que sí.

—¿Me lo prometes?

Se lo prometí, pasara lo que pasara. Pasara. Lo. Que. Pasara.

Era lo único que necesitaba escuchar. Empujó a su osito contra mi pecho.

—¿Sam?

—Para cuando tengas miedo, pero no lo abandones —me explicó, levantando un dedito para dejarlo muy claro—. Que no se te olvide.

Dicho lo cual, le ofreció la mano al cabo y le dijo:

—¡Tú primero, Vader!

La mano enguantada se tragó la mano regordeta. El primer escalón era demasiado alto para sus piernecitas. Los niños de dentro chillaron y dieron palmas cuando dobló la esquina y llegó al pasillo central.

Sammy fue el último en subir. La puerta se cerró. Mi padre intentó rodearme con el brazo, pero yo di un paso atrás. El motor aceleró y los frenos neumáticos silbaron.

Y allí apareció su cara, pegada al cristal manchado, y su sonrisa, mientras salía volando por una galaxia lejana, muy lejana, montado en su caza espacial X-wing, alcanzando la velocidad de curvatura, hasta que el polvo engulló la sucia nave espacial amarilla.

18

—Por aquí, señor —le dijo el cabo, y lo seguimos de vuelta.

Dos Humvees se habían marchado con los autobuses para escoltarlo hasta Wright-Patterson. Los que quedaban estaban aparcados mirando a los barracones y la cabaña del almacén, con los cañones de las ametralladoras apuntando al suelo, como si fueran las cabezas agachadas de unas criaturas metálicas en pleno sueño.

El complejo estaba vacío. Todos (incluidos los soldados) se habían metido en los barracones. Todos salvo uno.

Cuando nos acercamos, Hutchfield salió del almacén. No sé qué le brillaba más, si la cabeza afeitada o la sonrisa.

—¡Fantástico, Sullivan! —exclamó, sonriente, mirando a mi padre—. Y tú querías largarte después del primer teledirigido.

—Parece que me equivocaba —repuso mi padre, esbozando una sonrisa tensa.

—Reunión informativa del coronel Vosch dentro de cinco minutos. Pero primero necesito tu artillería.

—¿Mi qué?

—Tu arma. Órdenes del coronel.

Mi padre miró al soldado que teníamos al lado. Los ojos vacíos y negros de la máscara le devolvieron la mirada.

—¿Por qué? —quiso saber mi padre.

—¿Necesitas una explicación? —preguntó Hutchfield sin perder la sonrisa, aunque entornando un poco los ojos.

—Me gustaría, sí.

—Es procedimiento operativo estándar, Sullivan. En tiempo de guerra, no puede dejarse a un puñado de civiles sin entrenamiento armados —insistió Hutchfield, hablándole como si fuera tonto.

Alargó el brazo y mi padre se quitó el fusil del hombro muy despacio. Hutchfield se lo cogió y desapareció dentro del almacén.

Mi padre se volvió hacia el cabo y preguntó:

—¿Ha entrado alguien en contacto con los...? —empezó, intentando dar con la palabra adecuada—. ¿Con los Otros?

Una sola palabra ronca y sin entonación:

—No.

Hutchfield salió y saludó sin demora al cabo. Estaba en su elemento, de vuelta con sus compañeros de armas. Parecía que fuera a estallar de la emoción de un momento a otro, como si estuviera a punto de mearse de gusto.

—Todas las armas recogidas y guardadas, cabo.

«Todas salvo dos», pensé yo mirando a mi padre. Él no movió ni un músculo, excepto los que le rodeaban los ojos. Mirada rápida a la derecha y a la izquierda: no.

Solo se me ocurría una razón para que lo hiciera y, cuando lo pienso, cuando lo pienso demasiado, empiezo a odiar a mi padre. A odiarlo por no confiar en su instinto. A odiarlo por no hacer caso de la vocecita que debía de estar susurrándole: «Esto está mal, algo va mal».

Ahora mismo lo odio. Si estuviera aquí, le daría un puñetazo en la cara por ser un memo ignorante.

El cabo hizo un gesto hacia los barracones. Había llegado el momento de la reunión del coronel Vosch.

El momento de que acabara el mundo.

19

Enseguida supe quién era Vosch.

Estaba de pie justo a la entrada: era un tío muy alto, el único con traje de faena que no llevaba un fusil pegado al pecho.

Saludó con la cabeza a Hutchfield cuando entramos en el antiguo hospital/osario. Después, el cabo Branch saludó y ocupó su lugar en la apretujada fila de soldados que recorría las paredes.

Así fue: soldados de pie a lo largo de las cuatro paredes y refugiados en el centro.

La mano de mi padre buscó la mía. Yo tenía al osito de Sammy en una mano y a mi padre, en la otra.

¿Qué pasó, papá? ¿Acaso al ver a esos hombres armados en las paredes la vocecita gritó con más fuerza? ¿Por eso me diste la mano?

—De acuerdo, ¿nos van a dar ya alguna respuesta? —gritó alguien cuando entramos.

Todos se pusieron a hablar a la vez (todos menos los soldados) y a gritar preguntas.

—¿Han aterrizado?

—¿Cómo son?

—¿Qué son?

—¿Qué son esas naves grises que vemos en el cielo?

—¿Cuándo nos vamos los demás?

—¿A cuántos supervivientes han encontrado?

Vosch alzó una mano para pedir silencio, aunque solo funcionó a medias.

Hutchfield lo saludó al estilo militar y exclamó:

—¡Todos presentes, señor!

Yo los conté rápidamente y dije que no. Tuve que alzar la voz para que me oyeran a pesar del escándalo.

—¡No! —repetí, mirando a mi padre—. Pringoso no está.

—¿Quién es Pringoso? —preguntó Hutchfield, frunciendo el ceño.

—Es un rar... un crío...

—¿Un crío? Se habrá ido en los autobuses con los otros.

Los otros. Ahora que lo pienso, tiene su gracia. Es gracioso de una manera escalofriante.

—Necesitamos que todo el mundo esté dentro de este edificio —dijo Vosch desde el interior de su máscara.

Tenía una voz muy profunda, como un retumbar subterráneo.

—Seguramente se ha asustado —comenté—. Es un poco gallina.

—¿Adónde puede haber ido? —preguntó Vosch.

Sacudí la cabeza. No tenía ni idea. Hasta que la tuve o, mejor dicho, hasta que supe dónde estaba.

—Al pozo de ceniza.

—¿Dónde está el pozo de ceniza?

—Cassie —dijo mi padre, apretándome con fuerza la mano—. ¿Por qué no vas a buscar a Pringoso para que el coronel pueda empezar con la reunión?

—¿Yo?

No lo entendía. Ahora creo que la vocecita de mi padre ya estaba dándole voces, aunque yo no la oía y él no podía decírmelo. Solo podía intentar telegrafiármelo con los ojos. A lo mejor era esto: «¿Sabes cómo averiguar quién es tu enemigo, Cassie?».

No sé por qué no se presentó voluntario para ir conmigo. A lo mejor creía que no sospecharían de una cría y que así uno de los dos lo conseguiría... o, al menos, tendría la oportunidad de conseguirlo.

A lo mejor.

—De acuerdo —respondió Vosch.

Señaló con un dedo al cabo Branch, como diciendo que fuera conmigo.

—Puede hacerlo sola —intervino mi padre—. Se conoce este bosque como la palma de su mano. Cinco minutos, ¿verdad, Cassie? —Después miró a Vosch y sonrió—. Cinco minutos.

—No seas memo —dijo Hutchfield—. No puede salir sin escolta.

—Claro, es verdad, tienes razón —repuso mi padre.

Se agachó para darme un abrazo. No demasiado fuerte, no demasiado largo. Un abrazo rápido. Un apretón. Ya está. Cualquier cosa más emotiva habría parecido un adiós.

Adiós, Cassie.

Branch se volvió hacia su comandante y dijo:

—Prioridad uno, ¿señor?

—Prioridad uno —respondió Vosch, asintiendo con la cabeza.

Salimos a la brillante luz del sol, el hombre de la máscara antigás y la chica del osito de peluche. Más adelante, había un par de soldados apoyados en un Humvee. Antes, al pasar junto a los vehículos, no los había visto. Se enderezaron cuando salimos del barracón. El cabo Branch les hizo el gesto de levantar el pulgar y después les enseñó el índice: «Prioridad uno».

—¿Está muy lejos? —me preguntó.

—No mucho —respondí.

Me pareció que tenía la voz de una niñita; quizá fuera porque el osito de Sammy me devolvía a la infancia.

Me siguió por el sendero que serpenteaba por el tupido bosque de detrás del complejo sosteniendo el fusil delante, con el cañón hacia abajo. El suelo seco crujía bajo sus botas marrones.

Hacía calor, pero la temperatura era más fresca bajo los árboles, cuyas hojas exhibían un intenso verde de finales de verano. Pasamos de largo el árbol en el que había guardado el M16, pero seguí caminando hacia el claro sin mirarlo.

Y allí estaba el cabroncete, sumergido hasta los tobillos en huesos y polvo, rebuscando entre los restos rotos con la esperanza de encontrar alguna baratija inútil y preciada, una más para el camino, para convertirse en un tío importante cuando llegara al final de esa aventura.

Volvió la cabeza hacia nosotros cuando nos metimos en el círculo de árboles. Le brillaba de sudor y de la porquería que se echaba en el pelo. Churretones de hollín negro le manchaban las mejillas. Era como un lamentable remedo de jugador de fútbol americano. Al vernos, se llevó la mano a la espalda y algo plateado reflejó la luz del sol.

—¡Hola! ¿Cassie? Ah, ahí estás. He vuelto por aquí a buscarte, porque no estabas en los barracones y entonces he visto... He visto esto...

—¿Es él? —me preguntó el soldado.

Se colgó el fusil al hombro y dio un paso hacia el pozo.

Estábamos yo a un lado, el soldado en el centro y Pringoso en el pozo de cenizas y huesos.

—Sí —respondí—. Ese es Pringoso.

—No me llamo así —chilló él—. Me llamo...

Nunca sabré cómo se llamaba en realidad.

No vi el arma, ni oí el disparo de la pistola del soldado. No lo vi sacarla de la pistolera. El caso es que no estaba mirando al soldado, sino a Pringoso. La cabeza se le fue hacia atrás, como si alguien le hubiera tirado de los grasientos mechones de pelo, y él cayó como doblado, aferrado a los tesoros de los muertos.

20

Me tocaba.

La chica con la mochila y el ridículo osito de peluche estaba de pie, a dos metros de su espalda.

El soldado pivotó con el brazo extendido. No recuerdo bien esa parte, no recuerdo haber soltado el oso, ni haberme sacado la pistola del bolsillo trasero. Ni siquiera recuerdo haber apretado el gatillo.

Lo siguiente que recuerdo con claridad es que el cristal negro de la máscara se hizo añicos.

Y el soldado cayó de rodillas frente a mí.

Y vi sus ojos.

Sus tres ojos.

Bueno, después me di cuenta de que, en realidad, no tenía tres ojos. El del centro era la ennegrecida herida de entrada de la bala.

Debió de sorprenderle volverse y encontrarse con una pistola apuntándole a la cara. La sorpresa lo hizo vacilar. ¿Cuánto? ¿Un segundo? ¿Menos de un segundo? Sin embargo, en ese milisegundo, la eternidad se enrolló sobre sí misma como si fuera una anaconda gigante. Si has tenido un accidente traumático, ya sabes a lo que me refiero. ¿Cuánto tarda en estrellarse un coche? ¿Diez segundos? ¿Cinco? No parece tan poco tiempo cuando estás dentro. Parece toda una vida.

Cayó de cara sobre la tierra. No cabía duda de que me lo había cargado: mi bala le había dejado un agujero del tamaño de un plato de postre en la nuca.

Pero no bajé el arma, seguí apuntando a su media cabeza mientras retrocedía hacia el sendero.

Después me volví y corrí como alma que lleva el diablo.

En la dirección equivocada.

Hacia el complejo.

No fue una decisión muy inteligente, aunque en aquel momento no pensaba. Solo tengo dieciséis años y era la primera vez que le metía un tiro en la cara a alguien. Me costaba aceptar la idea.

Solo quería volver con mi padre.

Mi padre lo arreglaría.

Porque es lo que hacen los padres: arreglar las cosas.

Al principio, mi cerebro no registró los ruidos. El eco de un rápido *staccato* de armas automáticas y gritos resonaba en el bosque, pero yo no lo procesaba, como cuando la cabeza de Pringoso había saltado hacia atrás y el muchacho se había desplomado sobre el polvo gris como si, de repente, todos los huesos del cuerpo se le hubiesen transformado en gelatina, o como cuando su asesino se había vuelto hacia mí con una pirueta perfecta y el sol se había reflejado en el cañón de su pistola.

El mundo se hacía jirones, y los fragmentos me llovían encima.

Era el inicio de la cuarta ola.

Me paré en seco antes de llegar al complejo. El cálido olor de la pólvora. Las volutas de humo que salían por las ventanas de los barracones. Alguien se arrastraba por el suelo hacia el almacén.

Era mi padre.

Tenía la espalda arqueada, y la cara cubierta de tierra y sangre. El suelo que dejaba atrás estaba manchado con su sangre.

Levantó la vista cuando aparecí entre los árboles.

«Cassie, no». Formó las palabras con la boca, sin decir nada, y entonces sus brazos cedieron, se dejó caer en el suelo y permaneció inmóvil.

Un soldado salió de los barracones y se acercó a mi padre. Se movía con elegancia felina, los hombros relajados y los brazos sueltos a los lados.

Retrocedí hacia los árboles y levanté la pistola, pero estaba a más de treinta metros. Si fallaba...

Era Vosch. Parecía aún más alto allí de pie, sobre el cuerpo desplomado de mi padre. Papá no se movía. Creo que se hacía el muerto.

Daba igual.

Vosch le disparó de todos modos.

No recuerdo haber dejado escapar ningún ruido cuando apretó el gatillo, pero debí de hacer algo que activó el sentido arácnido de Vosch. La máscara negra se volvió hacia mí, y la luz del sol se reflejó en el cristal. Levantó el dedo índice hacia dos soldados que salían de los barracones y después me apuntó con el pulgar.

Prioridad uno.

21

Fueron a por mí como un par de guepardos. Así de veloces eran. Nunca he visto a nadie correr tan deprisa en mi vida. La única que podía hacerles algo de sombra era una chica muerta de miedo que acababa de ver morir a su padre.

Hoja, rama, enredadera, zarza. El rugido del aire en los oídos. El veloz martilleo de mis zapatos en el sendero.

Fragmentos de cielo azul a través de las copas de los árboles, cuchillas de luz solar que se clavan en la tierra destrozada. El mundo hecho jirones se inclinó a un lado.

Frené al acercarme al lugar en que había escondido el último regalo de mi padre. Error. Las balas de gran calibre se hundieron en el tronco del árbol, a cinco centímetros de mi oreja. La madera pulverizada por el impacto me llovió en la cara y diminutas astillas finísimas se me clavaron en la mejilla.

«¿Sabes cómo averiguar quién es tu enemigo, Cassie?».

No podía correr más que ellos.

No podía disparar más que ellos.

A lo mejor podía ser más inteligente que ellos.

22

Entraron en el claro y lo primero que vieron fue el cadáver del cabo Branch, o el cadáver de la cosa que se hacía llamar cabo Branch.

—Allí hay uno allí —oí que decía un soldado.

El crujido de botas pesadas sobre el montón de huesos frágiles del pozo.

—Muerto.

El crepitar de la estática y después:

—Coronel, tenemos a Branch y a un civil sin identificar. Negativo, señor. Branch ha caído, repito, Branch ha caído.

A continuación se puso a hablar con su compañero, el que estaba junto a Pringoso.

—Vosch quiere que volvamos cuanto antes.

Crac, crac, dijeron los huesos cuando el soldado salió del pozo.

—La chica ha tirado esto.

Mi mochila. Intenté lanzarla al bosque, lo más lejos que pude del pozo, pero golpeó un árbol y aterrizó justo al otro lado del claro.

—Qué raro —comentó la voz.

—No pasa nada, el Ojo se encargará de ella —respondió su compañero.

¿El Ojo?

Sus voces se alejaron y regresó el sonido del bosque en paz. El susurro del viento. El gorjeo de los pájaros. Una ardilla alborotando por la maleza. Sin embargo, seguí sin moverme. Cada vez que notaba crecer el impulso de salir corriendo, lo reprimía.

«Ahora no hay que apresurarse, Cassie. Han hecho lo que habían venido a hacer. Tienes que quedarte aquí hasta que oscurezca. ¡No te muevas!».

Así que no me moví. Me quedé tumbada dentro del lecho de polvo y huesos, cubierta por las cenizas de sus víctimas, la amarga cosecha de los Otros.

E intenté no pensar en ello.

En lo que me cubría.

Entonces me dije: «Estos huesos eran personas, y estas personas me han salvado la vida». Y dejó de resultarme tan espeluznante.

No eran más que personas. Como yo, no habían pedido estar allí, pero allí estaban, y yo también, así que me quedé quieta.

Aunque suene raro, era casi como si notara sus brazos envolviéndome, cálidos y suaves.

No sé cuánto tiempo esperé entre los brazos de la gente muerta que me sostenía. Me parecieron horas. Cuando por fin me levanté, la luz del sol había envejecido hasta adquirir un tono dorado y el aire era un poco más fresco. Estaba cubierta de ceniza gris de pies a cabeza: debía de tener pinta de guerrero maya.

«El Ojo se encargará de ella».

¿Estaba hablando de los teledirigidos, un ojo en el cielo o algo así? Si hablaba de teledirigidos, estaba claro que no eran una unidad que fuera por libre, peinando el campo para acabar con posibles portadores de la tercera ola, de modo que los no expuestos no se infectaran.

Esa idea era terrible.

Pero la alternativa era mucho, mucho peor.

Corrí hacia la mochila. Las profundidades del bosque me llamaban. Cuanto más me alejara de ellos, mejor estaría. Entonces recordé que el regalo de mi padre estaba un poco más allá, siguiendo el sendero, casi a tiro de piedra del complejo. Mierda, ¿por qué no lo había guardado en el pozo?

No cabía duda de que podía resultar más útil que una pistola.

No oía nada. Hasta los pájaros se habían callado. Solo el viento. Sus dedos acariciaban los montículos de cenizas y los lanzaban al aire, donde bailaban espasmódicamente a la luz dorada.

Se habían ido. La zona era segura.

Pero no los había oído marcharse. ¿No debería haberme llegado el ruido del motor del camión de plataforma, el gruñido de los Humvees?

Entonces me acordé de Branch acercándose a Pringoso.

«¿Es él?».

Y se había echado el fusil al hombro.

El fusil. Me arrastré hasta el cadáver. Mis pisadas eran como truenos y mi respiración, como pequeñas explosiones.

Había caído boca abajo a mis pies. Ahora estaba boca arriba, pero la máscara antigás le ocultaba la cara casi por completo.

La pistola y el fusil habían desaparecido. Debían de habérselos llevado. Me quedé inmóvil durante un segundo, y moverse era lo más conveniente en aquel momento de la batalla.

Lo sucedido no formaba parte de la tercera ola: era otra cosa distinta; sin duda era el inicio de la cuarta. Puede que la cuarta ola fuese una versión morbosa de *Encuentros en la tercera fase*. A lo mejor Branch no era humano y por eso llevaba una máscara.

Me arrodillé al lado del soldado muerto, agarré con fuerza la parte superior de la máscara y tiré hasta que le vi los ojos, unos ojos castaños muy humanos que me miraban sin ver. Seguí tirando.

Me detuve.

Quería verlo y no quería verlo. Quería saber, pero no quería saber.

«Vete ya, Cassie. No importa. ¿Importa? No, no importa».

A veces le dices cosas a tu miedo, cosas como que no importa, y las palabras son como palmaditas en la cabeza de un perro hiperactivo.

Me levanté. No, la verdad es que no me importaba si el soldado tenía los labios como una langosta o si parecía el hermano gemelo de Justin Bieber. Recogí el osito de Sammy del suelo y me dirigí al otro extremo del claro.

Pero algo me detuvo. No me metí en el bosque, no corrí a abrazar la mejor oportunidad de salvarme: poner distancia de por medio.

Puede que fuera por el osito. Cuando lo recogí, vi la cara de mi hermano apretada contra la ventana de atrás del autobús, oí su vocecita en mi cabeza: «Para cuando tengas miedo, pero no lo abandones. Que no se te olvide».

Casi se me olvida. Si no me hubiera acercado a Branch para buscar las armas, se me habría olvidado. Branch había caído prácticamente encima del pobre osito.

«No lo abandones».

En realidad no había visto ningún cadáver en el complejo, salvo el de mi padre. ¿Y si alguien había sobrevivido a aquellos tres minutos de eternidad en los barracones? Estaría herido, todavía vivo, dado por muerto.

A no ser que no me marchara. Si quedaba alguien vivo allí y los falsos soldados se habían ido, sería yo la que lo abandonaría, dándolo por muerto.

«Mierda».

¿Sabes cuando a veces te dices que tienes elección, cuando en realidad no la tienes? Solo porque haya alternativas no quiere decir que sean pertinentes para ti.

Di media vuelta y regresé, rodeé el cadáver de Branch y me interné en el túnel oscuro en que se había convertido el sendero.

23

La tercera vez no se me olvidó el fusil de asalto. Me metí la Luger en el cinturón, pero no era muy lógico intentar disparar un fusil de asalto con un osito en una mano, así que tuve que dejarlo en el sendero.

—No pasa nada, no me olvidaré de ti —le susurré al oso de peluche de Sammy.

Abandoné el sendero y me metí entre los árboles, en silencio. Al acercarme al complejo, me tiré al suelo y avancé a rastras hasta el borde.

«Vaya, por eso no los habías oído irse».

Vosch estaba hablando con un par de soldados en la puerta del almacén. Otro grupo estaba haciendo algo junto a uno de los Humvees. Conté siete en total, lo que significaba que había cinco más fuera de mi vista. ¿Estarían en el bosque buscándome? El cadáver de mi padre ya no estaba: tal vez los Otros ya hubiesen hecho limpieza. Éramos cuarenta y cuatro, sin contar a los niños que se habían ido en los autobuses. Eso es mucho limpiar.

Resulta que estaba en lo cierto: era una operación de limpieza.

Salvo que los Silenciadores no se deshacen de los cadáveres igual que nosotros.

Vosch se había quitado la máscara, igual que los dos tipos que estaban con él. No tenían bocas de langosta ni tentáculos saliéndoles de las barbillas. Parecían seres humanos completamente normales, al menos de lejos.

Ya no necesitaban las máscaras. ¿Por qué no? Las máscaras debían de formar parte de la actuación. Suponían que esperaríamos que se protegieran de la infección.

Dos de los soldados salieron de detrás del Humvee con algo que parecía un cuenco o una esfera del mismo color gris metálico mate que los teledirigidos. Vosch señaló un punto a medio camino entre el almacén y los barracones, el mismo punto en el que había caído mi padre.

Entonces se fueron todos, salvo una soldado que se había arrodillado junto a la esfera gris.

Los Humvees cobraron vida.

Otro motor se unió al dúo: era el transporte de tropas terrestre que había estado aparcado al inicio del complejo, donde no podía verlo. Me había olvidado completamente de él. El resto de los soldados seguramente se encontrarían en el camión, esperando. Pero ¿esperando a qué?

El soldado que quedaba se levantó y corrió al Humvee. Se subió al vehículo y el Humvee hizo un trompo en medio de una hirviente nube de polvo. Me quedé mirando el remolino de polvo hasta que se asentó. El silencio de un anochecer de verano cayó con él. Un silencio que me martilleaba en los oídos.

Entonces, la esfera gris empezó a brillar.

Aquello podía ser bueno, malo o ni bueno ni malo: dependía del punto de vista.

Ellos habían puesto allí la esfera, así que para ellos debía de ser bueno.

El brillo aumentaba: había adquirido un verde amarillento espeluznante. Palpitaba un poco. Como un... ¿Un qué? ¿Una baliza?

Escudriñé el cielo en penumbra. Las primeras estrellas habían empezado a salir. No vi ningún teledirigido.

Si era bueno desde su punto de vista, probablemente era malo desde el mío.

Bueno, probablemente, no. Era bastante seguro.

El intervalo entre los latidos de luz se reducía cada pocos segundos. El latido se convirtió en fogonazo. El fogonazo en rápido parpadeo.

Latido..., latido..., latido...

Fogonazo, fogonazo, fogonazo.

Parpadeoparpadeoparpadeo.

A oscuras, la esfera me recordaba a un ojo, un globo ocular de un pálido verde amarillento que me hacía guiños.

«El Ojo se encargará de ella».

Mi memoria ha conservado lo que ocurrió después como si fuera una serie de fotos instantáneas, como fotogramas de una película de autor con los temblorosos ángulos de la cámara en mano.

FOTO 1: De culo, retrocediendo como un cangrejo para alejarme de la zona.

FOTO 2: De pie, corriendo. El follaje es como un borrón de verde, marrón y gris musgoso.

FOTO 3: El oso de Sammy. El bracito que Sammy había masticado desde que era un bebé se me resbala entre los dedos.

FOTO 4: Yo intentando por segunda vez recoger el maldito oso.

FOTO 5: El pozo de ceniza de fondo. Estoy entre el cadáver de Pringoso y el de Branch. Con el osito de Sammy pegado al pecho.

FOTOS 6-10: Más bosque, sigo corriendo. Si te fijas, se ve el barranco en la esquina izquierda del décimo fotograma.

FOTO 11: El último fotograma. Estoy suspendida en el aire por encima del barranco. La foto se tomó justo después de lanzarme al vacío.

La ola verde pasó rugiendo por encima de mi cuerpo, acurrucado en el suelo, llevándose con ella toneladas de escombros, una masa de árboles voladores, tierra, los cadáveres de pájaros, ardillas, marmotas e insectos, el contenido del pozo de ceniza, fragmentos pulverizados de los barracones y el almacén (contrachapado, hormigón, clavos, hojalata) y los cinco primeros centímetros de tierra en un radio de cien kilómetros. Noté la onda expansiva antes de golpearme con el embarrado fondo del barranco: era una presión intensa que me hizo temblar todos los huesos del cuerpo. Se me taponaron los tímpanos y recordé a Pringoso cuando me dijo: «¿Sabes lo que pasa cuando te bombardean con doscientos decibelios?».

«No, Pringoso, no lo sé. Pero me hago una idea».

—— 24 ——

No puedo dejar de pensar en el soldado con el crucifijo en la mano, el que me encontré detrás de los refrigeradores. El soldado y el crucifijo. Estoy pensando que a lo mejor por eso apreté el gatillo. No porque pensara que el crucifijo era otra pistola, sino porque era un soldado o, al menos, vestía como un soldado.

No era Branch ni Vosch ni ninguno de los soldados que vi el día que murió mi padre.

No lo era y lo era.

Los era todos y no era ninguno.

No fue culpa mía, eso me digo. Es culpa de ellos. «Es culpa de ellos, no mía —le digo al soldado muerto—. Si quieres culpar a alguien, culpa a los Otros y déjame en paz».

Correr = morir. Quedarse = morir. Parece el tema de esta fiesta.

Debajo del Buick, me sumergí en un crepúsculo cálido y de ensueño. Mi torniquete improvisado había detenido casi toda la hemorragia, pero la herida palpitaba con cada uno de los fatigosos latidos de mi corazón.

«No está tan mal —recuerdo haber pensado—. Esto de morir no está tan mal... ¡Qué va!».

Entonces vi la cara de Sammy apretada contra la ventanilla trasera del autobús escolar amarillo. Estaba sonriendo. Era feliz. Se sentía a salvo rodeado de aquellos otros niños. Además, los soldados ya habían llegado, los soldados lo protegerían, se ocuparían de él y lo arreglarían todo.

Llevaba semanas dándole vueltas. Me producía insomnio, me golpeaba cuando menos me lo esperaba: cuando estaba leyendo, buscando comida o simplemente tumbada en mi tiendecita de campaña del bosque pensando en mi vida antes de la llegada de los Otros.

¿Qué pretendían?

¿Por qué habían interpretado aquella farsa de los soldados acudiendo al rescate en el último momento? Las máscaras antigás, la reunión «informativa» de los barracones... ¿Qué sentido tenía? ¡Podían haberse limitado a soltar uno de sus ojos parpadeantes desde un teledirigido y mandarnos a todos al infierno!

Aquel frío día de otoño, cuando me desangraba debajo del Buick, de repente di con la respuesta. Me golpeó con más fuerza que la bala que acababa de atravesarme la pierna.

Sammy.

Querían a Sammy. No, no solo a Sammy, querían a todos los niños. Y para conseguir a los niños, debíamos confiar en ellos. «Hacemos que los humanos confíen en nosotros, cogemos a los niños y después los mandamos a todos al infierno».

Pero ¿por qué molestarse en salvar a los niños? Habían muerto miles de millones en las tres primeras olas: no parecía que los Otros sintieran mucha debilidad por los críos. ¿Por qué se llevaron a Sammy?

Levanté la cabeza sin pensar y me di contra el chasis del Buick. Apenas me di cuenta.

No sabía si Sammy seguía vivo. En aquel momento, yo podía ser la última persona de la Tierra. Pero había hecho una promesa.

El frío asfalto me araña la espalda.

Siento la calidez del sol en la mejilla helada.

Mis dedos entumecidos se agarran a la manilla de la puerta para ayudarme a levantar mi lamentable culo autocompasivo del suelo.

No puedo apoyar peso en la pierna herida. Me apoyo un segundo en el coche y me enderezo. Sobre una pierna, pero erguida.

A lo mejor me equivoco al pensar que quieren mantener vivo a Sammy. Me he equivocado sobre casi todo desde la Llegada. Sigue existiendo la posibilidad de que sea el último ser humano de la Tierra.

Puede que esté... No, mejor dicho, seguramente esté condenada.

Sin embargo, si solo quedo yo, si soy la última de mi especie, la última página de la historia humana, por mis narices que no dejaré que la historia acabe así.

Puede que sea la última, pero soy la que sigue en pie. Soy la que se vuelve hacia el cazador sin rostro del bosque en una autopista abandonada. Soy la que no huye, la que no se queda, soy la que planta cara.

Porque, si soy la última, significa que yo soy la humanidad.

Y si esta es la última guerra de la humanidad, yo soy el campo de batalla.

II

EL PAÍS DE LAS MARAVILLAS

25

Llámame Zombi.

Cabeza, manos, pies, espalda, estómago, piernas, brazos, pecho... Me duele todo. Hasta parpadear resulta doloroso. Así que intento no moverme y trato de no pensar demasiado en el dolor. Trato de no pensar demasiado, punto. En los últimos meses he visto suficientes víctimas de la plaga como para saber lo que me espera: un colapso total que empieza por el cerebro. La Muerte Roja convierte tu cerebro en puré de patatas antes de que los demás órganos se licúen. No sabes dónde estás, no sabes quién eres, no sabes qué eres. Te conviertes en un zombi, en un muerto que camina... Si es que aún tienes fuerzas para caminar, cosa que no ocurre.

Me muero. Lo sé. Diecisiete años y se acabó la fiesta.

Una fiesta corta.

Hace seis meses, mi mayor preocupación era aprobar el curso de química de nivel universitario y encontrar un trabajo de verano que me permitiera terminar la reconstrucción del motor de mi Corvette del 69. Y cuando la nave nodriza apareció por primera vez, bueno, no puedo negar que le dediqué parte de mis pensamientos, pero, al cabo de un tiempo, la nave pasó a ocupar un lejano cuarto puesto. Veía las noticias como todo el mundo y pasaba demasiado tiempo compartiendo vídeos de YouTube que bromeaban sobre el tema, pero nunca pensé que me afectaría personalmente. Las manifestaciones, las marchas y las revueltas previas al primer ataque que retransmitían por la tele eran como una película o las noticias de un país extranjero: no parecía que nada de aquello me estuviera ocurriendo a mí.

Morir no es muy distinto, no parece que que te vaya a ocurrir a ti... hasta que te ocurre.

Sé que me estoy muriendo. No hace falta que me lo diga nadie.

De todos modos, Chris, el tipo que compartía la tienda conmigo antes de que me pusiera enfermo, me dice:

—Tío, creo que te estás muriendo.

Está en cuclillas en la entrada de la tienda, con los ojos muy abiertos y un trapo sucio que le tapa la nariz.

Chris se ha pasado para ver cómo me encuentro. Es unos diez años mayor que yo y creo que para él soy como un hermano pequeño. O puede que me haya hecho una visita para comprobar si sigo vivo; es el encargado de la limpieza de esta parte del campo. Las hogueras arden día y noche. Durante el día, el campo de refugiados que rodea Wright-Patterson se sumerge en una densa niebla asfixiante. Por la noche, la luz del fuego tiñe el humo de un intenso color carmesí, como si el mismo aire sangrara.

No hago caso de su comentario y le pregunto qué ha oído de Wright-Patterson. La base lleva en cuarentena desde que se formó la ciudad de tiendas, después del ataque a las costas. Nadie puede salir ni entrar. Nos dicen que intentan contener la Muerte Roja. De vez en cuando, algunos soldados bien armados y vestidos con trajes que los protegen de los materiales peligrosos salen por las puertas principales con agua y víveres, y nos aseguran que no pasará nada. Después vuelven adentro pisando rueda y nos abandonan a nuestra suerte. Necesitamos medicinas. Nos dicen que no hay cura para la plaga. Necesitamos instalaciones sanitarias. Nos dan palas para que excavemos una zanja. Necesitamos información. ¿Qué narices está pasando? Nos dicen que no lo saben.

—No saben nada —me responde Chris. Es tirando a flaco, medio calvo... Era contable antes de que los ataques dejaran obsoleta la contabilidad—. Nadie sabe nada, no se oyen más que rumores que todo el mundo trata como si fueran noticias. —Me mira un segundo y después aparta la mirada, como si mirarme le doliera—. ¿Quieres oír lo último?

La verdad es que no.

—Claro —respondo para que se quede.

Solo hace un mes que lo conozco, pero no me queda nadie más. Estoy aquí tumbado, en esta vieja cama de campaña, con una rendija de cielo a modo de vistas. Formas que recuerdan vagamente a la gente flotan entre el humo, como figuras de una película de miedo, y a veces oigo gritos o llantos, pero hace días que no hablo con nadie.

—Dicen que la plaga no es suya, sino nuestra —responde Chris—. Se escapó de unas instalaciones de alto secreto del Gobierno después del fallo de la electricidad.

Toso y él da un respingo, pero no se va. Espera a que se me pase el ataque. En algún lugar del camino ha perdido uno de los cristales de sus gafas. Es como si su ojo izquierdo estuviese siempre escudriñándolo todo. Se mece de un pie a otro en el suelo embarrado. Quiere irse; no quiere irse. Conozco esa sensación.

—Sería irónico, ¿no? —pregunto, entre jadeos.

Noto el sabor de la sangre.

Se encoge de hombros. ¿Ironía? Ya no hay ironía. O puede que haya tanta que ya no se puede considerar ironía.

—No, no es nuestra. Piénsalo: los dos primeros ataques empujan a los supervivientes tierra adentro, donde se refugian en campos como este. Eso concentra a la población y crea el perfecto caldo de cultivo para el virus. Millones de kilos de carne fresca, todos muy oportunamente ubicados en el mismo lugar. Es genial.

—Hay que reconocérselo —respondo, intentando ser irónico.

No quiero que se vaya, aunque tampoco quiero que hable. Siempre acaba despotricando de algo, como uno de esos tíos que tienen una opinión sobre todo. Pero cuando las personas a las que conoces se mueren pocos días después de haberlas conocido, te ocurre algo:

empiezas a ser mucho menos exigente con tus amigos. Pasas por alto un montón de defectos. Y te libras de un montón de creencias, como la gran mentira de que no te cagas en los pantalones cuando piensas en que tus entrañas van a convertirse en sopa.

—Saben cómo pensamos —dice.

—¿Cómo sabes tú lo que saben ellos? —pregunto.

Me empiezo a enfadar sin saber muy bien por qué. A lo mejor porque estoy celoso. Compartimos tienda, la misma agua, la misma comida, pero el que se muere yo soy. ¿Qué tiene él de especial?

—No lo sé —responde rápidamente—. Lo único que sé es que ya no sé nada.

A lo lejos se oyen disparos. Chris apenas reacciona, ya que los disparos son bastante habituales en el campo: tiros al azar a los pájaros; disparos de advertencia a las bandas que van a por tus provisiones; y algunos son señal de suicidio (alguien que se encuentra en la etapa final de la enfermedad y decide enseñarle a la plaga quién manda allí).

Cuando llegué al campo, me contaron la historia de una madre que prefirió matar a sus tres hijos y suicidarse a enfrentarse al Cuarto Jinete del Apocalipsis. Al principio no sabía si había sido valiente o estúpida. Después dejé de preocuparme por el tema. ¿A quién le importa lo que era si ahora está muerta?

Mi amigo no tiene mucho más que decir, así que lo dice deprisa para salir pitando. Como muchos de los no infectados, Chris sufre de un nerviosismo crónico: siempre está esperando lo inevitable. Si le pica la garganta, ¿es del humo o...? Si le duele la cabeza, ¿es de falta de sueño, de hambre o...? Es como ese momento en que ya has pasado la pelota y, por el rabillo del ojo, ves al defensa de ciento quince kilos corriendo hacia ti a toda velocidad... Solo que el momento no acaba nunca.

—Volveré mañana —dice—. ¿Necesitas algo?

—Agua —respondo, aunque no consigo retenerla.

—Claro que sí, tío.

Se levanta. Ya solo le veo los pantalones y las botas llenas de barro. No sé cómo, pero sé que no volveré a ver a Chris. No regresará y, si lo hace, no me daré cuenta. No nos despedimos, ya nadie se despide. La palabra «adiós» ha adquirido un significado completamente nuevo desde que el Gran Ojo Verde apareció en el cielo.

Me quedo mirando el remolino de polvo que levanta al alejarse. Después saco la cadena de plata de debajo de la manta. Acaricio la suave superficie del medallón con forma de corazón y lo sostengo cerca de los ojos en la penumbra. El enganche se rompió la noche que se lo arranqué del cuello, aunque conseguí arreglarlo con un cortaúñas.

Miro hacia la abertura de la tienda y la veo, pero sé que en realidad no está ahí, que es el virus el que me la enseña, porque lleva puesto el mismo medallón que tengo en la mano. El bicho me ha estado enseñando todo tipo de cosas. Cosas que quiero ver y cosas que no quiero ver. La niñita de la abertura es ambas cosas a la vez.

«Bubby, ¿por qué me abandonaste?».

Abro la boca y me sabe a sangre.

—Vete.

Su imagen empieza a desvanecerse. Me restriego los ojos y los nudillos se me mojan con la sangre.

«Huiste. Bubby, ¿por qué huiste?».

Entonces, el humo la desgarra, la hace astillas, aplasta su cuerpo hasta reducirlo a la nada. La llamo. No verla es más cruel que verla. Aferro con tanta fuerza la cadena de plata que los eslabones me cortan la palma de la mano.

Intentando alcanzarla. Huyendo de ella.

Alcanzarla. Huir.

En el exterior de la tienda, el humo rojo de las piras funerarias. Dentro, la niebla roja de la plaga.

«Tú eres la que ha tenido suerte —le digo a Sissy—. Te fuiste antes de que las cosas se pusieran peor».

Se oyen disparos a lo lejos, solo que, esta vez, no son los tiros esporádicos de un refugiado desesperado que apunta a las sombras, sino armas de gran calibre que producen un estruendo ensordecedor. El chirrido agudo de las balas trazadoras. Los rápidos disparos de las armas automáticas.

Están atacando Wright-Patterson.

Una parte de mí se siente aliviada. Es como una liberación, el último trueno de la tormenta después de la larga espera. La otra parte de mí, la que todavía cree que tal vez sobreviva a la plaga, está a punto de mearse en los pantalones. Estoy demasiado débil para salir del catre y tan asustado que, aunque tuviera fuerzas, tampoco me atrevería a abandonarlo. Cierro los ojos y susurro una oración para que los hombres y las mujeres de Wright-Patterson acaben con un par de invasores por mí y por Sissy. Pero sobre todo por Sissy.

Ahora, explosiones. Grandes explosiones. Estallidos que hacen temblar el suelo, que te hacen vibrar la piel, que te presionan las sienes, te empujan el pecho y aprietan. Es como si el mundo se desgarrara y, en cierto modo, así es.

La tiendecita está llena de humo y la abertura brilla como un ojo triangular, una brasa ardiente de un reluciente rojo infernal. «Se acabó —pienso—. Al final no moriré por la plaga: viviré lo suficiente para que me mate un invasor alienígena de verdad. Es mejor; más rápido, por lo menos». Intento ver el lado positivo de mi inminente fallecimiento.

Oigo un tiro muy cerca; a juzgar por el sonido, debe de haberse producido a dos o tres tiendas de distancia. Oigo a una mujer gritar incoherencias, otro disparo, y luego silencio: la mujer no vuelve a gritar. Dos tiros más. El humo se arremolina, el ojo rojo brilla. Ahora lo oigo venir hacia mí, oigo las botas sobre la tierra mojada. Meto la mano bajo el montón de ropa y el revoltijo de botellas de agua vacías que hay junto al catre en busca de la pistola, un revólver que Chris me dio el día que me invitó a ser su compañero de tienda. «¿Dónde está tu pistola?», me preguntó. Se quedó sorprendido cuando le dije que no llevaba ninguna. «Tienes que tener pistola, amigo —respondió—. Hasta los críos las tienen». No importa que no sea capaz de darle ni a la fachada de un granero o que lo más probable sea que acabe disparándome en el pie; en la era posthumana, Chris es un firme defensor de la Segunda Enmienda.

Espero a que aparezca por la abertura. Llevo el medallón de Sissy en una mano y el revólver de Chris en la otra. En una mano, el pasado. En la otra, el futuro. Es una forma de verlo.

A lo mejor si me hago el muerto, el asesino (lo que sea) seguirá su camino. Me quedo mirando la abertura con los ojos medio cerrados.

Entonces entra: una gruesa pupila negra en el ojo carmesí. Se balancea, poco estable, al entrar en la tienda, a metro y pico de distancia, y, aunque no le veo la cara, sí lo oigo tratando de recuperar el aliento. Yo también intento controlar la respiración, pero, por muy suavemente que inspire, el repiqueteo de la infección resuena en mi pecho con más fuerza que los estallidos de la batalla. No distingo bien cómo va vestido, salvo que parece llevar los pantalones metidos dentro de unas botas altas. ¿Un soldado? Debe de serlo. Va con fusil.

Estoy salvado. Levanto la mano que sostiene el medallón y lo llamo con voz débil. Él se tambalea hacia delante. Ahora le veo la cara: es joven, puede que un poco mayor que yo, y tiene el cuello manchado de sangre, igual que las manos que sostienen el arma. Hinca una rodilla junto al catre y retrocede al verme la cara, la piel amarillenta, los labios hinchados y los ojos hundidos e inyectados en sangre: las señales evidentes de la plaga.

A diferencia de los míos, los ojos del soldado son claros... y están abiertos como platos, aterrados.

—¡Lo entendimos todo mal! —susurra—. Ya están aquí, han estado aquí, justo aquí, dentro de nosotros, todo el tiempo... Dentro de nosotros.

Dos formas alargadas entran por la abertura. Una agarra al soldado por el cuello y lo arrastra afuera. Levanto el viejo revólver... o más bien lo intento, porque se me resbala de la mano antes de poder alzarlo cinco centímetros por encima de la manta. Entonces, la segunda forma se abalanza sobre mí, me quita el revólver y me endereza.

La descarga de dolor me ciega durante un segundo. El hombre se vuelve para gritar a su compañero, que acaba de volver al interior:

—¡Escanéalo!

Me ponen un gran disco de metal en la frente.

—Está limpio.

—Y enfermo.

Los dos hombres llevan traje de faena, el mismo que el soldado que han sacado de la tienda.

—¿Cómo te llamas, amigo? —pregunta uno.

Sacudo la cabeza: no lo entiendo. Se me abre la boca, pero no sale nada inteligible.

—Está zombi —responde su compañero—. Déjalo.

El otro asiente, se restriega la barbilla y me mira antes de añadir:

—El comandante ordenó la recuperación de todos los civiles no infectados.

Me rodea con la manta y, con un solo movimiento, me levanta del catre y me echa al hombro. Como civil indudablemente infectado, estoy bastante sorprendido.

—Tranqui, zombi —me dice—. Te llevamos a un sitio mejor.

Me lo creo. Y, por un segundo, me permito creer también que, al fin y al cabo, no voy a morir.

26

Me llevan al hospital de la base, a una planta en cuarentena reservada para las víctimas de la plaga. La han apodado como la «unidad de los zombis». Allí me dan un montón de morfina y un potente cóctel de medicamentos antivirales. Me trata una mujer que se presenta como la doctora Pam. Tiene una mirada dulce, una voz tranquila y las manos muy frías. Lleva el pelo recogido en un moño apretado y huele a desinfectante de hospital mezclado con un toque de perfume. Los dos olores no combinan demasiado bien.

Según me cuenta, tengo una oportunidad entre diez de sobrevivir. Me echo a reír. Debo de estar delirando por culpa de las medicinas. ¿Una entre diez? Y yo pensando que la plaga era una sentencia de muerte. No podría estar más contento.

A lo largo de los dos días siguientes, la fiebre me sube a cuarenta grados. Me entra un sudor frío, e incluso ese sudor está salpicado de sangre. Me sumerjo en un intermitente sueño delirante mientras ellos luchan con todas sus fuerzas contra la infección. No hay cura para la Muerte Roja: lo único que pueden hacer es drogarme y tratar que me sienta cómodo mientras el bicho decide si le gusta mi sabor.

El pasado se abre camino. Unas veces mi padre se sienta a mi lado, y otras, mi madre; pero casi siempre es Sissy la que está presente. La habitación se vuelve roja. Veo el mundo a través de una diáfana cortina de sangre. La sala se aleja detrás de la cortina roja. Solo estamos yo, el invasor de mi interior y los muertos —no solo mi familia, sino todos los muertos, todos, aunque sean miles de millones—, que tratan de alcanzarme mientras huyo. Alcanzar. Huir. Y se me ocurre que no hay mucha diferencia entre nosotros, los vivos, y los muertos; es solo cuestión de tiempo verbal: muertos pasados y muertos futuros.

El tercer día, la fiebre baja. Al quinto ya consigo retener líquidos, y los ojos y los pulmones se me empiezan a aclarar. La cortina roja se abre, y veo la sala, los médicos con batas y máscaras, los enfermeros y los celadores, los pacientes en distintas fases de la muerte, pasado y futuro, flotando en el calmo mar de la morfina o saliendo de la habitación en camas de ruedas, con las caras cubiertas, los muertos presentes.

El sexto día, la doctora Pam anuncia que ya ha pasado lo peor. Me retira todos los medicamentos, lo que me fastidia un poco: voy a echar de menos la morfina.

—No es cosa mía —me dice—. Te van a trasladar a la unidad de convalecencia hasta que te recuperes del todo. Te necesitamos.

—¿Me necesitáis?

—Para la guerra.

La guerra. Recuerdo los disparos, las explosiones, el soldado que entró en la tienda y el «¡están dentro de nosotros!».

—¿Qué está pasando? —pregunto—. ¿Qué ha pasado aquí?

Ya ha dado media vuelta y le entrega mi historial a un celador mientras le dice algo en voz baja, aunque no lo suficiente como para que no lo oiga.

—Llévalo a la sala de reconocimiento a las quince horas, cuando se le pase el efecto de las medicinas. Vamos a etiquetarlo y embolsarlo.

27

Me llevan a un gran hangar cerca de la entrada de la base. Mire donde mire hay huellas de una batalla reciente: vehículos quemados, escombros de edificios demolidos, fuegos tozudos que siguen ardiendo, asfalto agujereado y cráteres de un metro de diámetro abiertos por el fuego de mortero. Sin embargo, la valla de seguridad está reparada y, al otro lado, donde antes estuviera la ciudad de las tiendas de campaña, se extiende un terreno ennegrecido que es ahora tierra de nadie.

Dentro del hangar, los soldados pintan enormes círculos rojos en el reluciente suelo de hormigón. No hay aviones. Me llevan en silla de ruedas a una puerta del fondo, a la sala de reconocimiento, y allí me suben a una mesa y me dejan solo unos minutos, cubierto con mi fina bata de hospital, tiritando bajo las luces fluorescentes. ¿Para qué son esos grandes círculos rojos? Y ¿cómo recuperaron la electricidad? Y ¿qué ha querido decir con «etiquetarlo y embolsarlo»? No puedo evitar que mis pensamientos corran de un lado a otro. ¿Qué ha pasado? Si los alienígenas atacaron la base, ¿dónde están todos sus cadáveres? ¿Dónde está su nave espacial derribada? ¿Cómo conseguimos defendernos contra una inteligencia miles de años más avanzada que la nuestra... y vencer?

La puerta interior se abre y entra la doctora Pam. Me apunta a los ojos con una luz brillante. Me examina el corazón, los pulmones, y me da unos golpecitos en un par de lugares. Después me enseña una cápsula gris plateada del tamaño de un grano de arroz.

—¿Qué es eso? —pregunto.

Espero que me diga que es una nave espacial: hemos descubierto que son del tamaño de amebas.

Sin embargo, lo que me cuenta es que la cápsula es un dispositivo de seguimiento conectado al ordenador central de la base. Alto secreto, los militares llevan años usándolo. La idea es implantárselo a todo el personal superviviente. Cada cápsula transmite una señal única que los receptores pueden recibir a kilómetro y medio de distancia. Para saber dónde estamos, me explica. Para mantenernos a salvo.

Me pone una inyección en la nuca para entumecerla y después introduce la cápsula bajo la piel, cerca de la base del cráneo. Me venda el punto de inserción y me ayuda a volver a la silla de ruedas para llevarme a la habitación de al lado. Es mucho más pequeña que la primera. Un sillón reclinable que me recuerda al de un dentista. Un ordenador y un monitor. Me ayuda a subir al sillón y procede a atarme: unas correas en las muñecas y otras en los tobillos. Tiene la cara muy cerca de la mía. Hoy el perfume le ha sacado algo de ventaja al desinfectante en La Guerra de los Olores. No se le escapa mi expresión.

—No tengas miedo —me dice—. No duele.

—¿El qué no duele? —susurro, asustado.

Ella se acerca al monitor y empieza a introducir comandos.

—Es un programa que encontramos en un ordenador portátil que pertenecía a uno de los infestados —explica la doctora Pam. Antes de que pueda preguntar qué narices es un infestado, prosigue—: No estamos seguros de para qué lo usaban los infestados, pero sí sabemos que no es peligroso. Se trata de un código llamado El País de las Maravillas.

—¿Qué hace? —pregunto.

No estoy muy seguro de lo que me está contando, pero me parece que me dice que los alienígenas se habían infiltrado de algún modo en Wright-Patterson y habían pirateado el sistema informático. No puedo quitarme de la cabeza la palabra «infestado». Ni la cara ensangrentada del soldado que entró en mi tienda. «Están dentro de nosotros».

—Es un programa para trazar mapas —responde, aunque en realidad no es una respuesta.

—¿Mapas de qué?

Me mira durante unos instantes largos e incómodos, como si estuviera decidiendo si contarme la verdad o no.

—De ti. Cierra los ojos y respira hondo. Cuenta hacia atrás desde tres..., dos..., uno...

Y el universo implosiona.

De repente estoy aquí, tengo tres años, me agarro a los laterales de mi cuna, salto arriba y abajo mientras grito como si alguien me asesinara. No estoy recordando ese día: lo estoy reviviendo.

Ahora tengo seis, balanceo mi bate de béisbol de plástico. El que me encantaba, el que había olvidado que tenía.

Ahora son diez, vuelvo a casa de la tienda de mascotas con una bolsa de peces de colores en el regazo y trato de encontrarles nombre con la ayuda de mi madre. Ella lleva un vestido amarillo intenso.

Trece, es viernes por la noche. Estoy jugando un partido de fútbol americano infantil y el público vitorea. Lo damos todo.

La cinta frena. Me siento como si me ahogara, como si me ahogara en el sueño de mi vida. Agito inútilmente las piernas bajo las correas, bien atadas, tratando de huir.

Huir. Primer beso. Se llama Lacey. Mi profesora de álgebra del instituto con su horrible letra. Mi permiso de conducir. Todo está ahí, sin espacios en blanco; todo sale de mí y se derrama en El País de las Maravillas. Todo.

Mancha verde en el cielo nocturno.

Sostengo las tablas mientras mi padre las clava sobre las ventanas del salón. El ruido de los disparos en la calle, cristales rompiéndose, gente gritando. Y los golpes del martillo: pum, pum, pum.

—Apaga las velas —susurra mi madre, histérica—. ¿No los oyes? ¡Ya vienen!

Y mi padre, tranquilo, a oscuras:

—Si me pasa algo, cuida de tu madre y de tu hermanita.

Estoy en caída libre. Velocidad terminal. No hay forma de escapar. No será solo recordar esa noche: la viviré de nuevo.

Es lo que me ha perseguido hasta llegar a la ciudad de las tiendas de campaña. Aquello de lo que huía, de lo que sigo huyendo, aquello que nunca me dejará escapar.

Lo que quiero alcanzar. Aquello de lo que huyo.

«Cuida de tu madre. Cuida de tu hermanita».

La puerta delantera se abre de golpe. Mi padre dispara al pecho del primer intruso a bocajarro. El tipo debe de haberse colocado con algo, porque sigue avanzando. Veo una escopeta recortada en la cara de mi padre y esa es la última vez que le veo el rostro.

La habitación se llena de sombras, y una de ellas es mi madre, y después más sombras, y oigo gritos roncos, y subo corriendo las escaleras con Sissy en brazos y me doy cuenta demasiado tarde de que huyo hacia un callejón sin salida.

Una mano me agarra de la camiseta y tira de mí hacia atrás: caigo dando vueltas por las escaleras, protegiendo a Sissy con mi cuerpo hasta que me golpeo la cabeza contra el suelo de abajo.

Después, sombras, sombras enormes y un enjambre de dedos que me la arrancan de los brazos. Y Sissy gritando: «¡Bubby, Bubby, Bubby, Bubby!».

Intento alcanzarla en la oscuridad. Mis dedos se cierran en torno al medallón que lleva colgado del cuello y rompen la cadena.

Después, como el día en que las luces se apagaron para siempre, la voz de mi hermana muere de golpe.

Los vándalos caen sobre mí, tres. Colocados o desesperados por encontrar algo, me dan patadas, me pegan puñetazos; siento una furiosa lluvia de golpes en la espalda y el estómago, y, cuando levanto las manos para protegerme la cara, veo la silueta del martillo de papá levantándose sobre mi cabeza.

Baja silbando. Ruedo para apartarme. La cabeza del martillo me roza la sien y, con el impulso, el tío se da con él en las espinillas y cae de rodillas aullando de dolor.

Me pongo en pie, corro por el vestíbulo hacia la cocina y oigo las atronadoras pisadas que me persiguen.

«Cuida de tu hermanita».

Tropiezo con algo en el patio de atrás, seguramente la manguera del jardín o uno de los estúpidos juguetes de Sissy. Caigo de bruces en la hierba mojada, bajo un cielo cuajado de estrellas y la mirada fría del reluciente globo verde, el Ojo que da vueltas, que observa al chico que sostiene el medallón de plata en la mano ensangrentada, el que vivió, el que no regresó, el que huyó.

28

He caído a tanta profundidad que nada puede alcanzarme. Por primera vez en semanas, estoy entumecido. Ni siquiera me siento como si fuera yo mismo. No hay un punto en el que acabe yo y empiece la nada.

Su voz entra en la oscuridad, y me agarro a ella, una cuerda salva-vidas que me saque del pozo sin fondo.

—Se acabó, no pasa nada, ya se acabó...

Salgo a la superficie, al mundo real, jadeando para recuperar el aliento, llorando sin poder controlarme, como una nenaza, y pienso: «Te equivocas, doctora, nunca se acaba: se repite una y otra vez». Consigo enfocar su rostro y sacudo el brazo bajo la correa para tratar de agarrarla.

Tiene que detenerlo.

—¿Qué coño ha sido eso? —pregunto en un susurro ronco.

Me arde la garganta y tengo la boca seca. Es como si pesara dos kilos, como si me hubiesen arrancado toda la carne de los huesos. ¡Y yo que creía que la plaga era mala!

—Es una forma de ver en tu interior, de observar lo que está ocurriendo realmente —responde con amabilidad.

Me pasa la mano por la frente. El gesto me recuerda a mi madre, y eso me hace pensar en cuando la perdí en la oscuridad y hui de ella en plena noche, lo que me recuerda que no debería estar atado en este sillón blanco. Debería estar con ellos. Debería haberme quedado para enfrentarme a lo que ellos se enfrentaron.

«Cuida de tu hermanita».

—Esa es mi siguiente pregunta —digo, luchando por no perder-me—. ¿Qué está pasando?

—Están dentro de nosotros —responde ella—. Nos atacaron desde dentro, con personal infectado que había sido introducido en el estamento militar.

Me da unos minutos para procesar la información mientras me limpia las lágrimas con un trapo frío y húmedo. Resulta irritante lo maternal que es, y la frescura de la tela es una tortura agradable.

Deja a un lado el trapo y me mira a los ojos.

—Si extrapolamos la relación entre infectados y limpios que te-nemos en la base, calculamos que uno de cada tres humanos super-vivientes de la Tierra son de ellos.

Me afloja las correas. Me siento insustancial como una nube, ligero como un globo. Cuando la última correa se suelta, me da miedo salir volando del sillón y estrellarme contra el techo.

—¿Quieres ver a uno? —pregunta.

Y me ofrece la mano.

29

Empuja mi silla de ruedas por el pasillo hasta un ascensor. Es un ascensor exprés que va en una sola dirección y que nos lleva varias decenas de metros bajo tierra. Las puertas se abren y salimos a un largo pasillo de paredes de bloques blancos. La doctora Pam me dice que estamos en el refugio antiaéreo, que es casi tan grande como la base de arriba y que se construyó para soportar una explosión nuclear de cincuenta megatones. Le respondo que ya me siento más seguro. Ella se ríe como si le pareciera gracioso. Paso rodando junto a túneles secundarios y puertas sin marcar. Aunque el suelo está nivelado, es como si bajara al fondo del mundo, al agujero en el que se sienta el diablo. Nos cruzamos con soldados que caminan a toda prisa de un lado a otro evitando mirarme y que dejan de hablar cuando pasamos junto a ellos.

«¿Quieres ver a uno?».

Sí. No, joder.

Se detiene ante una de las puertas sin marcar y pasa una tarjeta de acceso por encima del mecanismo de cierre. La luz roja se vuelve verde. Me mete en la habitación y detiene la silla frente a un largo espejo. Entonces abro mucho la boca, dejo caer la barbilla y cierro los ojos: sea lo que sea lo que está sentado en esa silla de ruedas, no soy yo, no puedo ser yo.

Cuando apareció la nave nodriza, yo pesaba ochenta y seis kilos, y era casi todo músculo. Dieciocho kilos de ese músculo han desaparecido. El desconocido del espejo me devuelve la mirada con los ojos de los muertos de hambre: enormes, hundidos, rodeados de bolsas hinchadas y negras. El virus me ha esculpido la cara con un cuchillo, se ha llevado mis mejillas, me ha afilado la barbilla y me ha afinado la nariz. Mi pelo parece enfermo, seco, y ha desaparecido en algunas zonas.

«Está zombi».

La doctora Pam mira el espejo.

—No te preocupes, no podrá vernos.

«¿Quién? ¿De quién habla?».

Pulsa un botón, y las luces de la habitación del otro lado del espejo se encienden. Mi imagen se convierte en fantasma. Veo a la persona del otro lado a través de mi imagen.

Es Chris.

Está atado con correas a una silla idéntica a la de la sala de El País de las Maravillas. De la cabeza le salen cables que se conectan al gran cuadro de control con luces rojas parpadeantes que tiene detrás. Le cuesta mantener la cabeza erguida, como un niño que se duerme en clase.

La doctora se da cuenta de que me he puesto rígido y pregunta:

—¿Qué? ¿Lo conoces?

—Se llama Chris. Es mi... Lo conocí en el campo de refugiados. Se ofreció a compartir su tienda de campaña y me ayudó cuando enfermé.

—¿Es amigo tuyo? —pregunta, sorprendida.

—Sí. No. Sí, es mi amigo.

—No es lo que tú crees.

Pulsa un botón, y el monitor cobra vida. Aparto la mirada de Chris, de su exterior a su interior, de lo aparente a lo oculto, porque en la pantalla veo su cerebro envuelto en hueso translúcido, y desprende un espeluznante brillo de un verde amarillento.

—¿Qué es eso? —susurro.

—La infestación —responde ella. Después aprieta un botón y agranda la imagen de la parte delantera del cerebro de Chris. El color vómito se intensifica y se convierte en neón—. Es la corteza prefrontal, la parte que piensa del cerebro, la parte que nos hace humanos.

Vuelve a agrandar una zona más o menos del tamaño de la cabeza de un alfiler, y entonces lo veo. El corazón me da un vuelco. Embutido en el tejido blando hay un tumor palpitante del tamaño de un huevo, anclado mediante miles de tentáculos similares a raíces que se extienden en todas direcciones y se introducen por todos los pliegues y las grietas del cerebro.

—No sé cómo lo hicieron —dice la doctora Pam—. Ni siquiera sabemos si los infestados son conscientes de su presencia o si llevan toda la vida siendo marionetas.

Había una cosa enredada en el cerebro de Chris, palpitando.

—Sáqueselo —digo, aunque apenas me salen las palabras.

—Lo hemos intentado. Medicamentos, radiación, electrochoque, cirugía... No funciona nada. La única forma de matarlos es matar al anfitrión.

Acto seguido, me pone el teclado delante y añade:

—No sentirá nada.

Perplejo, sacudo la cabeza. No lo entiendo.

—Se tarda menos de un segundo —me asegura la doctora Pam—. Y es completamente indoloro. Este botón de aquí.

Bajo la mirada hacia el botón y veo que pone: «EJECUTAR».

—No vas a matar a Chris, vas a destruir a la criatura que lleva dentro y que te mataría a ti.

—Tuvo oportunidad de matarme —le razono sacudiendo la cabeza. Es demasiado. No puedo aceptarlo—. Y no lo hizo. Me mantuvo con vida.

—Porque no había llegado el momento. Te abandonó antes del ataque, ¿no?

Asiento con la cabeza. Vuelvo a verlo a través del espejo espía, a través de la tenue silueta de mi reflejo transparente.

—Vas a matar a la criatura responsable de esto —añade, poniéndome algo en la mano.

Es el medallón de Sissy.

Su medallón, el botón y Chris. Y la criatura dentro de Chris.

Y yo. O lo que queda de mí. ¿Qué queda de mí? ¿Qué me queda? Los eslabones metálicos del collar de Sissy se me clavan en la palma de la mano.

—Así los detenemos —me anima la doctora Pam—. Antes de que no quede nadie para hacerlo.

Chris en el sillón. El medallón en mi mano. ¿Cuánto tiempo llevo huyendo? Huyendo, huyendo, huyendo. Dios, estoy harto de huir: debería haberme quedado, debería haber plantado cara. Si me hubiera enfrentado a ello entonces, no tendría que enfrentarme ahora; pero, tarde o temprano, hay que elegir entre huir y hacer frente a lo imposible.

Pulso el botón con todas mis fuerzas.

30

El ala de convalecencia me gusta mucho más que la unidad de los zombis. Para empezar huele mejor, y tienes habitación propia: no estás tirado por los suelos con cien personas más. La habitación es tranquila y privada, y aquí no resulta difícil fingir que el mundo es como era antes de los ataques. Por primera vez en varias semanas, soy capaz de ingerir comida sólida y de ir solo al baño, aunque evito mirarme en el espejo. Los días parecen más alegres, pero las noches son malas. Cada vez que cierro los ojos veo a mi yo esquelético en la sala de ejecuciones, a Chris atado en la sala del otro lado y a mi dedo huesudo cayendo sobre el botón.

Chris se ha ido. Bueno, según la doctora Pam, Chris nunca estuvo ahí. Solo estaba la criatura del interior de Chris, la que lo controlaba, la que se le había metido en el cerebro (no saben cómo) en algún momento (no saben cuándo). Ningún alienígena descendió de la nave nodriza para atacar Wright-Patterson. El ataque vino del interior, de soldados infestados que se revolvieron contra sus camaradas. Lo que significaba que llevaban escondidos entre nosotros desde hacía mucho tiempo, esperando a que las tres primeras olas redujeran a la población a un tamaño manejable antes de revelarse.

¿Qué dijo Chris? «Saben cómo pensamos».

Sabían que nos sentiríamos más protegidos si nos manteníamos unidos. Sabían que buscaríamos cobijo con los tíos que tenían armas. Así que, señor alienígena, ¿cómo se vence ese obstáculo? Es sencillo, porque sabéis cómo pensamos, ¿no? Introdujisteis células durmientes allí donde estaban las armas. Aunque vuestras tropas fracasaran en el ataque inicial, como ocurrió en Wright-Patterson, al final alcanzasteis el objetivo final: hacer pedazos la sociedad. Si el enemigo es como tú, ¿cómo luchas contra él?

Llegados a ese punto, se acabó la partida. Hambre, enfermedad, animales salvajes: es cuestión de tiempo que mueran los últimos supervivientes aislados.

Desde mi ventana, veo las puertas principales, seis plantas más abajo. Al anochecer, sale del recinto un convoy de viejos autobuses escolares amarillos, acompañado por varios Humvees. Los autobuses regresan varias horas después cargados de gente, sobre todo de niños (aunque cuesta distinguirlos a oscuras); luego se los llevan al hangar para etiquetarlos y embolsarlos. Es decir, para detectar a los «infestados» y destruirlos. Al menos, eso me dicen las enfermeras. A mí me parece todo una locura, dado lo que sabemos de los ataques. ¿Cómo mataron a tantos de los nuestros tan deprisa? Ah, sí,

¡porque los humanos van siempre en grupo, como los borregos! Y aquí estamos ahora, reunidos de nuevo. A plena vista. Es como si hubiésemos pintado una enorme diana roja en la base: «¡Aquí estamos! Disparad cuando queráis».

Y no lo soporto más.

A medida que mi cuerpo va recuperando fuerzas, mi espíritu está más cerca de derrumbarse.

No lo entiendo, de verdad: ¿para qué sirve? No me refiero a para qué les sirve a ellos; eso ha estado muy claro desde el principio.

Me refiero a para qué nos sirve a nosotros. Estoy seguro de que si no nos volviéramos a agrupar, elaborarían otro plan, aunque consistiera en utilizar a asesinos infestados para matar de uno en uno a los estúpidos humanos aislados.

No hay forma de ganar. Si de algún modo hubiese podido salvar a mi hermana, no habría importado. Le habría conseguido otro mes de vida o dos, como mucho.

Somos los muertos. Ya no queda nadie más. Están los muertos pasados y los muertos futuros. Cadáveres y cadáveres en potencia.

En algún lugar entre la sala del sótano y esta habitación perdí el medallón de Sissy. Me despierto en plena noche agarrándome al aire vacío y la oigo gritar mi nombre como si estuviera a un metro de mí. Me pongo furioso, estoy muy cabreado, y le digo que se calle, que lo he perdido, que no lo tengo. Estoy muerto como ella, ¿es que no lo entiende? Un zombi, ese soy yo.

Dejo de comer y me niego a tomar los medicamentos. Me quedo tumbado en la cama hora tras hora, mirando el techo, esperando a que acabe, esperando para unirme a mi hermana y a los otros siete mil millones de afortunados. El virus que me comía se ha transformado en otra enfermedad distinta, pero más feroz. Una enfermedad con un índice de mortalidad del cien por cien. Y me digo: «¡No dejes que lo hagan, tío! Esto también forma parte de su plan», pero no funciona. Puedo pasarme el día entero intentando levantarme la moral, pero eso no cambia el hecho de que la partida se acabó en cuanto apareció la nave en el cielo. No hay vuelta de hoja; lo único que nos queda por saber es cuándo.

Y justo cuando alcanzo el punto sin retorno, cuando la última parte de mí capaz de luchar está a punto de morir, aparece mi salvador, como si hubiese estado esperando a que llegara ese momento.

La puerta se abre, y su sombra ocupa el espacio; es alta, delgada y angulosa, como si la hubiesen extraído con un cincel de una losa de mármol negro. Cuando su dueño se acerca a mi cama, la sombra me cubre. Quiero apartar la mirada, pero no lo consigo. Sus ojos (fríos y azules como un lago de montaña) me paralizan. Cuando la luz lo baña, veo que tiene el pelo rubio rojizo y que lo lleva muy corto, y contemplo su nariz afilada, y sus labios finos y apretados, que esbozan una sonrisa forzada. Uniforme nuevo. Botas negras relucientes. Insignia de oficial en el cuello.

Me mira en silencio durante un buen rato y me hace sentir incómodo. ¿Por qué no puedo apartar la mirada de esos ojos azul hielo? Tiene un rostro tan cincelado que no parece real, como una cara humana tallada en madera.

—¿Sabes quién soy? —pregunta.

Tiene una voz profunda, muy profunda, tanto como la que sale en los tráilers de las películas. Sacudo la cabeza: ¿cómo voy a saberlo? No lo había visto en la vida.

—Soy el teniente coronel Alexander Vosch, el comandante de la base.

No me ofrece la mano; solo me mira. Después rodea la cama hasta detenerse a los pies y le echa un vistazo a mi historial. El corazón me late con fuerza, como si me hubiesen llamado al despacho del director.

—Los pulmones, bien. La frecuencia cardiaca, la presión. Todo bien —comenta antes de volver a colgar el historial en el gancho—. Pero no va todo tan bien, ¿verdad? De hecho, todo va bastante mal.

Coge una silla y la acerca a la cama para sentarse. El movimiento es fluido y elegante, sin complicaciones, como si llevara horas practicando y hubiese convertido el acto de sentarse en una ciencia exacta. Antes de seguir, se ajusta la doblez de los pantalones para que forme una línea recta perfecta.

—He visto tu perfil en El País de las Maravillas. Muy interesante. Y muy instructivo.

Se mete la mano en el bolsillo —de nuevo con tanta elegancia que, más que un gesto, parece un movimiento de ballet— y saca el medallón de plata de Sissy.

—Creo que esto es tuyo.

Lo suelta en la cama, al lado de mi mano. Espera a que yo lo recoja, pero, sin saber muy bien por qué, me obligo a quedarme quieto.

Vuelve a introducir la mano en el bolsillo del pecho y me arroja una foto de tamaño carné al regazo. La cojo. Es de un niño rubio de unos seis años, puede que siete. Con los ojos de Vosch. En brazos de una mujer guapa aproximadamente de la misma edad de Vosch.

—¿Sabes quiénes son?

No es una pregunta difícil, así que asiento con la cabeza. Por algún motivo, la foto me inquieta. Se la devuelvo, pero él no la coge.

—Son mi medallón de plata —responde.

—Lo siento —digo, porque no sé qué más decir.

—No tenían por qué hacerlo así, ¿sabes? ¿Se te había ocurrido? Podrían haberse tomado su tiempo, así que ¿por qué decidieron matarnos tan deprisa? ¿Por qué enviar una plaga que acaba con nueve de cada diez personas? ¿Por qué no con siete de cada diez? ¿O con cinco? En otras palabras, ¿por qué tanta prisa? Tengo una teoría. ¿Quieres escucharla?

«No —pienso—. No quiero. ¿Quién es este tío y por qué está hablando conmigo?».

—Hay una cita de Stalin —sigue diciendo—: «Una sola muerte es una tragedia; un millón, una estadística». ¿Te imaginas siete mil millones de algo? A mí me cuesta. Nos pone al límite de nuestra capacidad de entendimiento. Y precisamente lo hicieron por eso. Es como cuando tienes el partido ganado, pero sigues a tope para aplastar al contrario. Has jugado al fútbol americano, ¿verdad? No se trata tanto de destruir nuestra capacidad de luchar, sino más bien nuestra voluntad de luchar.

Recoge la fotografía y se la mete otra vez en el bolsillo.

—Así que no pienso en los seis mil novecientos ochenta mil millones, sino en estos dos. —Después señala con la cabeza el medallón de Sissy—. La abandonaste. Cuando te necesitaba, huiste. Y sigues huyendo. ¿No crees que ha llegado el momento de dejar de huir y empezar a luchar por ella?

Abro la boca; no sé lo que pensaba decir, pero lo que sale es:

—Está muerta.

Él agita la mano, como diciendo que soy estúpido.

—Todos estamos muertos, hijo, solo que algunos lo están un poco más que otros. Te preguntas quién demonios soy y por qué estoy aquí. Bueno, ya te he dicho quién soy y ahora te diré por qué estoy aquí.

—Bien —susurré.

A lo mejor me deja en paz cuando me lo diga. Me está poniendo de los nervios. Es por la forma en que mira, con esos ojos helados, esa dureza (no hay otra forma de describirlo), como si fuera una estatua que ha cobrado vida.

—Estoy aquí porque nos han matado a casi todos, pero no a todos. Y ese ha sido su error, hijo. Ese es el defecto de su plan. Porque si no nos mata a todos de una vez, los que queden no serán los más débiles. Solo los fuertes sobrevivirán. Los que están tocados, pero no rotos, ya sabes de lo que hablo. La gente como yo. Y la gente como tú.

—Yo no soy fuerte —respondo sacudiendo la cabeza.

—Bueno, ahí no estamos de acuerdo. Verás, El País de las Maravillas no sirve solo para trazar un mapa de tus experiencias; traza un mapa de ti. No nos dice simplemente quién eres, sino qué eres. Tu pasado y tu potencial. Y no bromeo cuando te digo que tu potencial se sale de las gráficas. Eres justo lo que necesitamos, en el momento en que lo necesitamos.

Se pone en pie irguiéndose sobre mí.

—Levanta.

No es una petición. Su voz es tan dura como sus rasgos. Me bajo de la cama y él acerca su cara a la mía y me dice en voz baja y amenazadora:

—¿Qué quieres? Sé sincero.

—Quiero irme.

—No —responde sacudiendo la cabeza bruscamente—. ¿Qué quieres?

Noto que saco el labio inferior, como un niño pequeño a punto de derrumbarse por completo. Me arden los ojos. Me muerdo con fuerza los bordes de la lengua y me obligo a no apartar la mirada del fuego frío de sus ojos.

—¿Quieres morir?

¿Asiento con la cabeza? No me acuerdo. A lo mejor lo hice, porque dice:

—No te dejaré. Entonces ¿qué?

—Entonces supongo que viviré.

—No, morirás. Vas a morir y nadie, ni tú ni yo, puede hacer nada al respecto. Tú, yo, todos los que quedan en este precioso planeta azul moriremos para dejarles sitio a ellos.

Ha ido directo al grano. Es la frase perfecta en el momento perfecto, y, de repente, lo que trataba de sonsacarme sale de mis labios sin poder contenerlo.

—Entonces ¿de qué sirve, eh? —le grito a la cara—. ¿De qué sirve, joder? Si tiene todas las respuestas, dígamelas, ¡porque yo ya no sé por qué debería importarme una puta mierda!

Me agarra por el brazo y me arrastra hacia la ventana. Se coloca a mi lado en dos segundos y abre las cortinas de golpe. Veo los autobuses escolares parados junto al hangar y una cola de niños esperando para entrar.

—Estás preguntándoselo a la persona equivocada —ladra—. Pregúntales a ellos por qué debería importarte una mierda. Diles a ellos que no sirve de nada. Diles que quieres morir.

Me sujeta los hombros y me vuelve hacia él para que lo mire. Luego, dándome una fuerte palmada en el pecho, me dice:

—Nos han cambiado el orden natural de las cosas, chico. Es preferible morir que vivir, rendirse que luchar, esconderse que enfrentarse a ellos. Saben que la mejor forma de vencernos es matarnos primero aquí dentro. —Y, dándome de nuevo en el pecho, añade—: La batalla final por este planeta no se luchará ni en una llanura, ni en una montaña, ni tampoco en la jungla, el desierto o el océano. Se luchará aquí —insiste, dándome de nuevo. Con fuerza. Pam, pam, pam.

Para entonces ya me he dejado llevar por completo: me rindo a lo que llevo encerrado dentro desde la noche que murió mi hermana, lloro como no había llorado nunca, como si las lágrimas fuesen algo nuevo para mí y me gustara lo que se siente al derramarlas.

—Eres arcilla humana —me susurra ferozmente Vosch al oído—. Y yo soy Miguel Ángel. Soy el maestro albañil, y tú eres mi obra de arte. —Fuego azul pálido en sus ojos, que me quema el alma hasta el fondo—. Dios no llama a los preparados, hijo. Dios prepara a los llamados. Y a ti te ha llamado.

Me deja con una promesa. Las palabras me arden tanto dentro de la cabeza que la promesa me acompaña hasta altas horas de la madrugada y permanece ahí durante los días siguientes.

«Te enseñaré a amar la muerte. Te vaciaré de pena, de culpa y de autocompasión, y te llenaré de odio, astucia y espíritu de venganza. Esta será mi última contienda, Benjamin Thomas Parish».

Palmadas en el pecho una y otra vez, hasta que la piel me arde y el corazón se me enciende.

«Y tú serás mi campo de batalla».

III
SILENCIADOR

31

Debería haber sido fácil. Solo tenía que esperar.

Se le daba muy bien esperar. Podía esperar durante horas, inmóvil, en silencio. Él y su fusil eran un solo cuerpo, una sola mente: no se sabía dónde acababa el uno y empezaba el otro. Incluso la bala que disparaba parecía conectada a él, unida a su corazón mediante un cordón invisible, hasta que daba en hueso.

El primer disparo la abatió. Él se apresuró a disparar de nuevo, pero falló estrepitosamente. Hizo el tercer disparo cuando la chica se arrojó al suelo, junto al coche, y la ventanilla trasera del Buick estalló en una nube de cristales pulverizados.

Se había metido bajo el coche. En realidad era su única opción, y eso lo dejaba a él con dos: esperar a que la chica saliera o abandonar su posición en el bosque, avanzar por el borde de la autopista y terminar el trabajo. La opción menos arriesgada era quedarse donde estaba. Si salía a rastras, la mataría. Si no lo hacía, el tiempo acabaría con ella.

Volvió a cargar el arma despacio, con los movimientos deliberados de alguien que se sabe en posesión de todo el tiempo del mundo. Después de tantos días vigilándola, suponía que ella no iría a ninguna parte. Era demasiado lista. Le había disparado tres veces y no había conseguido derribarla, pero la chica sabía que era poco probable que fallara a la cuarta. ¿Qué es lo que había escrito en su diario?

«Al final, los que quedaran en pie no serían los afortunados».

La chica haría cuentas: si salía a rastras no tendría ninguna posibilidad. No podía correr y, aunque hubiera podido, no sabía en qué dirección hacerlo para ponerse a salvo. Su única esperanza era que él abandonara su escondite y forzara la situación. En ese caso, todo sería posible. A lo mejor tenía suerte y le daba ella primero.

Si se producía una confrontación, la chica no se rendiría sin más, de eso estaba seguro. Había sido testigo de lo que le había hecho al soldado de la tienda. Puede que en aquel momento estuviera aterrada y que después sintiera remordimientos por haber matado a aquel soldado, pero ni el miedo ni la culpa le habían impedido llenarle el cuerpo de plomo. A diferencia de lo que ocurría con otros humanos, el miedo no paralizaba a Cassie Sullivan. El miedo agudizaba su sentido común, endurecía su voluntad, la ayudaba a ver más claramente las opciones que tenía. Y el miedo la mantendría bajo el coche, no porque temiera salir, sino porque quedarse era su única esperanza de seguir con vida.

Así que él también esperaría. Todavía faltaban varias horas para que cayera la noche. Para entonces, ella se habría desangrado o, en el peor de los casos, la pérdida de sangre y la deshidratación la habrían debilitado tanto que rematarla sería sencillo.

Rematarla. Rematar a Cassie. No a Cassie de Cassandra. Ni a Cassie de Cassidy. A Cassie de Casiopea, la chica del bosque que dormía con un osito de peluche en una mano y un fusil en la otra. La chica de los rizos rubio rojizo que apenas medía metro sesenta descalza, la que parecía tan joven que le sorprendió averiguar que ya tenía dieciséis años. La chica que sollozaba en la negra oscuridad de las profundidades del bosque, aterrada un instante, desafiante el siguiente, la que se preguntaba si sería la última persona con vida de la Tierra, mientras él, el cazador, agazapado a cuatro metros de ella, la oía llorar hasta que el cansancio la sumía en un sueño inquieto. El momento perfecto para haberse colado sigilosamente en su tienda de campaña, haberle puesto la pistola en la cabeza y haberla eliminado. Porque eso era él: un eliminador.

Llevaba eliminando a humanos desde el inicio de la plaga. A los catorce, hacía ya cuatro años, se había despertado dentro del cuerpo humano que habían elegido para él y había descubierto lo que era. Un eliminador. Un cazador. Un asesino. El nombre daba igual. El nombre que le había puesto Cassie, Silenciador, era tan bueno como cualquier otro. Describía bien su propósito: apagar el ruido humano.

Sin embargo, no lo hizo aquella noche. Ni ninguna de las noches siguientes. Y cada vez se acercaba un poco más a su tienda, recorría con sigilo el manto de hojas en descomposición y tierra margosa que cubría el bosque hasta que su sombra se proyectaba a través de la estrecha abertura de la tienda, y la tienda olía a ella, y allí estaba la chica que dormía aferrada al osito, y el cazador con su arma, una soñando con la vida que le había sido arrebatada, el otro pensando en la vida que arrebataría. La chica que dormía y el eliminador, intentando obligarse a eliminarla.

¿Por qué no lo había hecho?

¿Por qué no podía hacerlo?

Se decía que no era lo más inteligente: Cassie no se quedaría en el bosque para siempre y podía utilizarla para llegar hasta otros de su especie. Los humanos son animales sociales, van en grupo, como las abejas. Los ataques se basaban en esa adaptación esencial. El impulso evolutivo de vivir en grupo constituía la oportunidad perfecta para matarlos a millones. ¿Cómo era aquella frase hecha? La unión hace la fuerza.

Entonces encontró los cuadernos y descubrió que no había ningún plan, que no había ningún objetivo real más allá de sobrevivir hasta el día siguiente. Ella no tenía adonde ir y no le quedaba nadie. Estaba sola. O eso creía.

No regresó a su campamento aquella noche. Esperó hasta la tarde del día siguiente, diciéndose a sí mismo que no le estaba dando tiempo para recoger y marcharse. Sin permitirse pensar en aquel grito silencioso y desesperado: «A veces pienso que podría ser el último ser humano de la Tierra».

Ahora, cuando los últimos minutos del último ser humano se prolongaban bajo el coche de la autopista, empezó a relajar los hombros. Cassie no se movería. Bajó el fusil y se agachó a los pies del árbol, moviendo la cabeza a un lado y otro para aliviar la tensión del cuello. Estaba cansado. Últimamente no dormía bien. Ni comía bien. Había perdido algunos kilos desde la cuarta ola. No estaba demasiado preocupado: ya habían previsto algunas complicaciones psicológicas y físicas al inicio de la cuarta. El primer asesinato sería el más difícil, pero el siguiente costaría menos, y el siguiente, aún menos, porque es cierto: incluso la persona más sensible se acostumbra a lo más insensible.

La crueldad no es un rasgo de la personalidad. La crueldad es un hábito.

Se quitó la idea de la cabeza. Decir que lo que estaba haciendo era cruel implicaba que tenía elección. Elegir entre tu especie y otra no es cruel, sino necesario. No es sencillo, sobre todo cuando has vivido los últimos cuatro años de tu vida fingiendo ser uno de ellos, pero sí necesario.

Y eso planteaba la pregunta más inquietante: ¿por qué no terminó con ella aquel primer día, cuando oyó los disparos dentro de la tienda y la siguió de vuelta al campamento? ¿Por qué no terminó con ella entonces, mientras lloraba a oscuras?

Podía explicar los tres disparos fallidos en la autopista: fatiga, falta de sueño, la sorpresa de volver a verla... Había supuesto que, si alguna vez abandonaba el campamento, se iría al norte; no se le había ocurrido que volvería al sur. De repente, tuvo un subidón de adrenalina, como si hubiese doblado una esquina y se hubiese encontrado con un amigo perdido hacía tiempo. Seguramente por eso falló el primer disparo. El segundo y el tercero podía achacarlos a la suerte... La de ella, no la de él.

Sin embargo, ¿cómo explicaba aquellos días en que la perseguía, en que se metía a escondidas en su campamento mientras ella salía a buscar comida y se dedicaba a rebuscar entre sus pertenencias y a hojear el diario en el que había escrito: «A veces, cuando estoy en mi tienda por la noche, me parece oír a las estrellas arañar el cielo»? ¿Qué pasaba con aquellas mañanas, antes del alba, en las que se escabullía en silencio por el bosque hasta donde ella dormía, decidido a eliminarla por fin, a hacer aquello para lo que se había preparado toda la vida? No era su primer asesinato y no sería el último.

Debería haberle resultado fácil.

Se restregó las sudorosas palmas de las manos en los muslos. Entre los árboles hacía fresco, pero él sudaba a chorros. Se frotó los ojos con una manga. El viento de la autopista era un ruido solitario. Una ardilla bajó correteando del árbol que tenía al lado sin preocuparle su presencia. A sus pies, la autopista desaparecía en el horizonte en ambas direcciones, y nada se movía salvo la basura y la hierba que se inclinaba ante el viento solitario. Las águilas ratoneras ya habían encontrado los tres cadáveres que yacían en la mediana; tres aves gordas se acercaron con andares torpes para echar un vistazo más de cerca, mientras el resto de la bandada volaba en círculos por las corrientes de aire ascendentes. Las águilas y otros carroñeros estaban disfrutando de una explosión demográfica. Las águilas ratoneras, los cuervos, los gatos salvajes y las jaurías de perros hambrientos. Se había tropezado con más de un cadáver deshidratado que había servido de cena a alguien.

Águilas ratoneras. El gato atigrado de la tía Millie. El chihuahua del tío Herman. Moscardas y otros insectos. Gusanos. El tiempo y los elementos se encargan del resto. Si no salía de allí, Cassie moriría bajo el coche. Pocos minutos después de su último aliento, la primera mosca llegaría para poner sus huevos.

Se quitó de la cabeza aquella imagen tan desagradable. Era un pensamiento humano. Solo habían pasado cuatro años desde su Despertar y todavía seguía intentando no ver el mundo a través de ojos humanos. El día de su Despertar, cuando vio por primera vez la cara de su madre humana, se echó a llorar. Nunca había visto nada tan bello... ni tan feo.

La integración le había resultado muy dolorosa. No había tenido un Despertar rápido y sin complicaciones, como otros de los que había oído hablar. Suponía que el suyo había sido más difícil porque su cuerpo anfitrión había vivido una infancia feliz. Había sido una lucha diaria, y todavía lo era. El cuerpo anfitrión no era algo ajeno que pudiera manipular como una marioneta. Era él mismo. Los ojos con los que antes veía el mundo eran sus ojos. El cerebro que antes interpretaba, analizaba, sentía y recordaba el mundo era su cerebro, moldeado por miles de años de evolución. Evolución humana. No estaba atrapado en su interior ni tampoco iba montado dentro, como si fuera un jinete en un caballo. Él era ese cuerpo humano, y ese cuerpo era él. Y si algo le pasaba (por ejemplo, si el cuerpo moría), él perecería con él.

Era el precio de la supervivencia, el coste de la última apuesta desesperada de su gente.

Para librar a su nuevo hogar de la humanidad, tenía que convertirse en humano.

Y, siendo humano, tenía que aniquilar su humanidad.

Se levantó. No sabía a qué esperaba. Cassie, de Casiopea, estaba condenada: era un cadáver que todavía respiraba. Estaba malherida. Ya decidiera huir o quedarse donde estaba, no tenía esperanza. No tenía medios para curarse la herida y no había nadie que pudiera ayudarla en varios kilómetros a la redonda. Le quedaba un tubito de crema antibiótica en la mochila, pero carecía de material de sutura y vendas. La herida se le infectaría en cuestión de días, aparecería la gangrena, y ella acabaría muriendo, suponiendo que no llegase antes otro eliminador.

Estaba perdiendo el tiempo.

Así que el cazador del bosque se levantó de golpe y asustó a la ardilla, que salió disparada árbol arriba y siseó para demostrar su enfado. El cazador se echó el fusil al hombro y apuntó al Buick, moviendo el punto de mira a lo largo del vehículo, adelante y atrás, arriba y abajo. ¿Y si disparaba a las ruedas? El coche se desplomaría sobre las llantas y puede que la aplastara con sus mil kilos de peso. Ya no podría huir.

El Silenciador bajó el fusil y dio la espalda a la autopista.

Las gordas águilas ratoneras que se alimentaban en la mediana alzaron el vuelo.

El viento solitario murió.

Entonces, el instinto del cazador susurró: «Vuélvete».

Una mano ensangrentada salió de debajo del chasis. Después, un brazo, seguido de una pierna.

Él se puso de nuevo el fusil en posición. Apuntó a la chica. Contuvo el aliento mientras el sudor le bajaba por la cara y se le metía en los ojos.

Cassie iba a hacerlo, iba a correr. Se sentía aliviado y nervioso al mismo tiempo.

No podía fallar un cuarto disparo. Separó bien las piernas, cuadró los hombros y esperó a que hiciera su movimiento. La dirección daba igual; una vez estuviera a cielo abierto, no había donde esconderse. Sin embargo, parte de él esperaba que huyera en dirección contraria para no tener que meterle una bala en la cara.

Cassie se levantó y, aunque tuvo que apoyarse un momento en el coche, enseguida se enderezó en precario equilibrio sobre la pierna herida, aferrada a la pistola. Él colocó la cruz roja del punto de mira en el centro de la frente de Cassie. Tensó el dedo del gatillo.

«Ahora, Cassie, corre».

Ella se apartó del coche de un empujón y subió la pistola. Apuntó a un lugar a unos cuarenta y cinco metros a la derecha de él. Lo movió noventa grados y volvió a colocarlo en el sitio anterior. A través del aire en calma le llegó su voz, aguda y joven.

—¡Estoy aquí! ¡Ven a por mí, hijo de puta!

«Ya voy», pensó, porque el fusil y la bala formaban parte de él, y cuando el proyectil diera en hueso, él estaría con ella también, dentro de ella, en el instante de su muerte.

«Todavía no, todavía no —se dijo—. Espera a que corra».

Pero Cassie Sullivan no corrió. La cara, salpicada de tierra, grasa y sangre del corte de la mejilla, parecía encontrarse a pocos centímetros de la mira, tan cerca que podía contarle las pecas de la nariz. Veía la típica cara de miedo, una expresión a la que se había enfrentado cientos de veces, la cara que le ponemos a la muerte cuando nos mira.

Sin embargo, en sus ojos había algo más, algo que desafiaba al miedo, que luchaba contra él, que lo silenciaba y la mantenía inmóvil mientras seguía moviendo la pistola. No se escondía ni huía: plantaba cara.

En el punto de mira, veía su cara borrosa. El sudor se le metía en los ojos.

«Corre, Cassie, por favor, corre».

En la guerra llega un momento en que hay que cruzar la última línea. La línea que separa lo que amas de lo que la guerra real exige. Si no podía cruzar la línea, la batalla terminaba y él estaba perdido.

Su corazón, la guerra.

El rostro de Cassie, el campo de batalla.

Con un grito que solo él oyó, el cazador dio media vuelta.

Y huyó.

IV
EFÍMERA

32

En cuanto a formas de morir, morir congelado no está tan mal.

Eso es lo que pienso mientras muero congelada.

Sientes calor, no hay dolor en absoluto. Es como si flotaras, como si te hubieses tragado una botella entera de jarabe para la tos. El mundo blanco te envuelve en sus brazos blancos y te lleva abajo, hacia el helado mar blanco.

Y el silencio es tan…, mierda, tan silencioso, que el latido de tu corazón es el único sonido del universo. Tan silencioso que oyes susurrar tus pensamientos en el aire gris y helado.

Hundida en la nieve de cintura para abajo, bajo un cielo sin nubes, el montículo de nieve es lo único que te sostiene, ya que las piernas son incapaces de seguir haciéndolo.

Y piensas: «Estoy viva, estoy muerta, estoy viva, estoy muerta».

Y allí está el maldito oso con sus espeluznantes ojazos marrones y vacíos, mirándote desde la mochila, diciendo: «Estúpida de mierda, lo prometiste».

Hace tanto frío que las lágrimas se te congelan en las mejillas.

—No es culpa mía —le dije al oso—. No soy yo quien decide el clima. Si te supone un problema, quéjate a Dios.

Es algo que he hecho mucho últimamente: quejarme a Dios.

En plan: «Dios, pero ¿qué coño haces?».

Me libró del Ojo para que pudiera matar al soldado del crucifijo. Me salvó del Silenciador para que se me infectara la pierna y cada paso que diera fuese un viaje por la autopista del infierno. Me mantuvo en pie hasta que llegó la tormenta de nieve y descargó durante dos días enteros, dejándome atrapada hasta la cintura en este montículo helado para que muera de hipotermia bajo un glorioso cielo azul.

«Gracias, Dios».

«Te has librado, te has salvado, has seguido —dice el oso—. Gracias, Dios».

«En realidad, da igual», pienso. La tomaba con papá por hablar con tanto entusiasmo de los Otros y por contar los hechos de modo que pareciesen menos deprimentes, pero en realidad yo no era mucho mejor que él. A mí también me costaba aceptar la idea de que me había ido a la cama siendo un ser humano y me había levantado convertida en una cucaracha. Transformarse en un bicho repugnante y portador de enfermedades con el cerebro del tamaño de una cabeza de alfiler no es algo fácil de asimilar. Se tarda un tiempo en hacerse a la idea.

Y el oso dice: «¿Sabías que una cucaracha puede vivir hasta una semana sin cabeza?».

«Sí, lo aprendí en biología. Así que lo que pretendes decirme es que soy un poco peor que una cucaracha, muchas gracias. Intentaré averiguar exactamente qué tipo de plaga portadora de enfermedades soy».

Entonces lo entiendo: a lo mejor por eso el Silenciador me dejó vivir, porque solo hay que rociar de insecticida al bicho y alejarse. ¿Para qué quedarse allí para verlo volverse de espaldas y agitar las seis patitas larguiruchas en el aire?

Seguir debajo del Buick, huir o enfrentarse al enemigo: ¿qué más daba? Quedase, huir, plantar cara, daba igual, el daño ya estaba hecho. Mi pierna no se curaría sola. El primer disparo fue una condena a muerte, así que ¿para qué desperdiciar más balas?

Pasé la tormenta en el asiento de atrás de un Explorer. Acurrucada en el asiento, me preparé una acogedora cabaña de metal desde la que contemplar el mundo mientras se iba volviendo blanco. No podía abrir las ventanillas eléctricas para dejar entrar el aire fresco, así que el olor de la sangre y de mi herida podrida se adueñó rápidamente del todoterreno.

Gasté todos los analgésicos de mi alijo en las primeras diez horas. Me comí el resto de mis raciones al final del primer día que pasé en el todoterreno.

Cuando me entró sed, abrí un poco la puerta del maletero y cogí unos puñados de nieve. Dejé el maletero abierto para que entrara el aire fresco... hasta que los dientes me empezaron a castañetear y el aliento se transformó en bloques de hielo ante mis ojos.

La tarde del segundo día, la nieve ya tenía un espesor de un metro y mi cabañita metálica empezaba a parecer más un sarcófago que un refugio. Los días no eran más que un par de vatios más brillantes que las noches, y las noches se habían convertido en la negación de la luz. No eran oscuras, sino la ausencia de luz más absoluta. «Así es como ven el mundo los muertos», pensé.

Dejó de preocuparme por qué el Silenciador me había dejado vivir. Dejó de preocuparme la extraña sensación de tener dos corazones, uno en el pecho y otro más pequeño, un minicorazón, en la rodilla. Dejó de importarme que la nieve parara de caer antes de que mis dos corazones se detuvieran.

En realidad no dormía del todo; más bien flotaba en el espacio entre los dos mundos, abrazando al oso contra el pecho, el oso que seguía con los ojos abiertos cuando yo no podía. El oso que mantuvo la promesa que le había hecho a Sammy y estuvo conmigo en ese espacio entre dos mundos.

«Estooo, hablando de promesas, Cassie...».

Debo de haberme disculpado con él unas mil veces durante estos dos días de nieve: «Lo siento, Sams. Te dije que lo haría pasara lo que pasara, pero eres demasiado pequeño para comprender que hay mentiras de muchas clases. Están las mentiras que sabes que lo son; las mentiras que no sabes y que eres consciente de no saber; y las mentiras que crees que no lo son, cuando, en realidad, no es así. Hacer una promesa en medio de una operación encubierta alienígena entra dentro de la última categoría. Lo siento, ¡lo siento mucho!».

«Lo siento mucho».

Ya ha transcurrido otro día y sigo metida hasta la cintura en un banco de nieve.

Cassie, la doncella de hielo, con una alegre gorrita de nieve, el pelo helado y las pestañas escarchadas, calentita e ingrávida, muriendo a chorros, pero, al menos, muriendo de pie mientras intenta cumplir una promesa imposible de cumplir.

«Lo siento mucho, Sams, lo siento mucho.

»Se acabaron las mentiras.

»No voy a por ti».

33

Este lugar no puede ser el cielo. No tiene la atmósfera adecuada.

Camino entre una niebla densa formada por una nada blanca y sin vida. Espacio muerto. Sin sonido. Ni siquiera se oye el sonido de mi respiración. De hecho, no sé si respiro, y eso es lo primero en la lista titulada «¿Cómo sé si estoy viva?».

Sé que hay un hombre conmigo. No lo veo ni lo oigo, tampoco lo toco ni lo huelo, pero sé que está aquí. No sé cómo sé que es un hombre, pero lo sé, y me está observando. Se queda quieto mientras yo me muevo entre la densa niebla blanca, pero, de algún modo, siempre se encuentra a la misma distancia. No me inquieta que esté aquí, observando. Aunque tampoco me consuela. Es otro hecho, como el de la niebla. Está la niebla, estoy yo, que no respiro, y está esa otra persona, siempre cerca, siempre observando.

Sin embargo, no hay nadie cuando la niebla se disipa, y me encuentro tumbada en una cama de cuatro postes bajo tres capas de colchas que huelen un poco a cedro. La nada blanca se aleja, y deja paso al cálido resplandor amarillo de una lámpara de queroseno que alguien ha colocado sobre la mesita, al lado de la cama. Levanto un poco la cabeza y veo una mecedora, un espejo de pie de cuerpo entero y las puertas de listones del armario de un dormitorio. Tengo un tubo de plástico unido al brazo, y el otro extremo está pegado a una bolsa de líquido transparente que cuelga de un gancho metálico.

Tardo unos minutos en asimilar todo lo que me rodea, el detalle de que no siento nada de cintura para abajo y el hecho ultramegadesconcertante de que, definitivamente, no estoy muerta.

Bajo la mano, y mis dedos dan con unas gruesas vendas que me envuelven la rodilla. También me gustaría tocarme la pantorrilla y los dedos de los pies, porque no siento nada y me preocupa no tener pantorrilla, ni dedos de los pies, ni ninguna otra cosa debajo del montón de vendas. Sin embargo, no soy capaz de llegar tan abajo sin incorporarme, e incorporarme no es una opción. Es como si solo me funcionaran los brazos. Los utilizo para apartar las colchas y dejar al descubierto la mitad superior de mi cuerpo. Hace frío. Llevo puesto un camisón de algodón floreado. Y entonces me pregunto: «¿De dónde ha salido este camisón?». Debajo estoy desnuda. Lo cual, por supuesto, significa que entre el momento en que me he desnudado y el que me he puesto el camisón tengo que haber estado completamente desnuda, y cuando digo completamente quiero decir completamente.

Vale, hecho ultramegadesconcertante número dos.

Vuelvo la cabeza a la izquierda: cómoda, mesa, lámpara. A la derecha: ventana, silla, mesa. Y allí está el oso, recostado en la almohada, a mi lado, mirando hacia el techo con aire pensativo, sin nada de lo que preocuparse.

«¿Dónde narices estamos, Oso?».

Las tablas del suelo tiemblan cuando alguien da un portazo en la planta de abajo. Oigo el pum, pum de unas pesadas botas pisando la madera desnuda. Después, silencio, un silencio muy denso, si no se tienen en cuenta los latidos de mi corazón, que parece que trate de salírseme del pecho. Aunque seguramente no deberían pasarse por alto, porque retumban tan fuerte como una de las bombas sónicas de Pringoso.

Clonc, clonc, clonc. Cada clonc se oye más cerca que el anterior. Alguien sube las escaleras.

Intento sentarme, pero al parecer no es una idea muy inteligente. Lo único que consigo es elevarme unos diez centímetros por encima de la almohada, nada más. ¿Dónde está mi fusil? ¿Y mi Luger? Alguien está en la puerta, pero no puedo moverme y aun en el caso de que pudiera, lo único de lo que dispongo es de este estúpido muñeco de peluche. ¿Qué iba a hacer con él? ¿Matar al tío a cariñitos?

Cuando te quedas sin opciones, la mejor opción es no hacer nada. La opción de la zarigüeya.

Con los ojos medio cerrados, veo que se abre la puerta. Distingo una camiseta de cuadros roja, un ancho cinturón marrón y unos vaqueros azules. Un par de manos fuertes y grandes con las uñas bien cortadas. Mantengo la respiración regular y en calma mientras él se coloca a mi lado, junto al poste de metal, supongo que para comprobar el gotero. Después se da media vuelta y ahí está su culo; luego se vuelve de nuevo y al sentarse en la mecedora, junto al espejo, su rostro entra en mi ángulo de visión. Le veo la cara y veo la mía en el espejo. «Respira, Cassie, respira. Tiene cara de bueno; no parece alguien que quiera hacerte daño. Si quisiera hacerlo, no te habría traído aquí, ni te habría conectado a un gotero para mantenerte hidratada, y las sábanas son suavecitas y están limpias. ¿Y qué si se ha llevado tu ropa y te ha puesto este camisón de algodón? ¿Qué esperabas que hiciera? Tu ropa estaba asquerosa, como tú, y ya no lo estás,

168

y la piel te huele un poco a lila, lo que quiere decir (oh, Dios mío) que te ha bañado».

Sigo intentando respirar con calma, pero no se me da demasiado bien.

Entonces, el dueño de la cara dice:

—Sé que estás despierta.

Como no respondo, añade:

—Y sé que me estás observando, Cassie.

—¿Cómo sabes mi nombre? —grazno.

Es como si me hubiesen forrado la garganta de papel de lija. Abro los ojos. Ahora lo veo con más claridad, y no me equivocaba sobre su cara: tiene cara de bueno, al estilo pulcro de Clark Kent. Le echo unos dieciocho o diecinueve años; tiene los hombros anchos, los brazos bonitos y esas manos de cutículas perfectas. «Bueno —me digo—, podría haber sido peor. Podría haberme rescatado un pervertido cincuentón de barriga descomunal que guarda a su madre muerta en el desván».

—Tu permiso de conducir —responde.

No se levanta, se queda en la silla, con los codos en las rodillas y la cabeza gacha, lo que le da un aire más tímido que amenazador. Me quedo mirándole las manos y me las imagino pasando un trapo caliente y húmedo por cada centímetro de mi cuerpo. Mi cuerpo completamente desnudo.

—Me llamo Evan —dice a continuación—. Evan Walker.

—Hola.

Él se ríe un poco, como si hubiese dicho algo gracioso.

—Hola —responde.

—¿Dónde estoy, Evan Walker?

—En el dormitorio de mi hermana —contesta.

Tiene los ojos algo hundidos y de un color marrón chocolate, como el pelo, y me miran con curiosidad y tristeza, como los de un cachorrito.

—¿Está...?

Él asiente y se restriega las manos lentamente.

—Toda la familia. ¿Y la tuya?

—Todos salvo mi hermano pequeño. Este es... su oso, no el mío.

Él sonríe. Es una buena sonrisa, igual de buena que su rostro.

—Es un oso muy bonito.

—Ha pasado por tiempos mejores.

—Como casi todos.

Supongo que habla del mundo en general, no de mi cuerpo.

—¿Cómo me has encontrado? —le pregunto.

Aparta la mirada y luego me mira de nuevo con sus ojos chocolate de cachorro perdido.

—Por los pájaros.

—¿Qué pájaros?

—Águilas ratoneras. Cuando las veo volar en círculos, siempre me acerco. Ya sabes, por si...

—Claro, sí —respondo para que no siga explicándolo—. Así que me trajiste aquí, a tu casa, me metiste un gotero... Por cierto, ¿de dónde lo has sacado? Y después me quitaste toda la... y me lavaste...

—La verdad es que no podía creerme que siguieras viva y después no creía que fueras a sobrevivir. —Se restriega las manos: ¿tiene frío? ¿Está nervioso? A mí me pasan las dos cosas—. El gotero estaba aquí, vino bien durante la plaga. Supongo que no debería decirlo, pero siempre que volvía a casa esperaba encontrarte muerta. Estabas en muy mal estado.

Se mete la mano en el bolsillo de la camisa y, por algún motivo, doy un respingo. Él lo nota y me sonríe para tranquilizarme. Saca un trozo de metal nudoso del tamaño de un dedal.

—Si esto llega a darte en cualquier otro sitio, estarías muerta —dice mientras hace rodar la bala entre el índice y el pulgar—. ¿De dónde salió?

Pongo los ojos en blanco, no puedo evitarlo, pero me ahorro el tono de burla.

—De un fusil.

Él sacude la cabeza creyendo que no he entendido la pregunta. No parece captar el sarcasmo. Si es así, voy a tener problemas, porque es mi modo de comunicación natural.

—¿Del fusil de quién?

—No lo sé..., de los Otros. Una tropa que se hacía pasar por soldados acabó con mi padre y con todo el campo de refugiados. Yo fui la única que salió con vida. Bueno, sin contar a Sammy y al resto de los niños.

—¿Qué les pasó a los niños? —pregunta, mirándome como si estuviera tarada.

—Se los llevaron. En autobuses escolares.

—¿Autobuses escolares? —pregunta, sacudiendo la cabeza. ¿Alienígenas en autobuses escolares? Parece a punto de sonreír. Debo de haberme quedado demasiado tiempo mirándole los labios, porque se los restriega, nervioso, con el dorso de la mano—. ¿Adónde los llevaron?

—No lo sé. Nos dijeron que a Wright-Patterson, pero...

—Wright-Patterson. ¿La base de las fuerzas aéreas? Había oído que está abandonada.

—Bueno, no estoy segura de poder confiar en nada de lo que te digan. Son el enemigo.

Trago saliva, tengo la garganta seca. Evan Walker debe de ser una de esas personas que se da cuenta de todo, porque pregunta:

—¿Quieres beber algo?

—No tengo sed —miento.

Vale, ¿por qué miento sobre algo como eso? ¿Para demostrarle lo dura que soy? ¿O para que se quede sentado en la silla, porque llevo semanas sin hablar con nadie, sin contar al oso, que en realidad no debería contar?

—¿Por qué se llevaron a los niños? —pregunta.

Ahora, sus ojos son grandes y redondos, como los del oso. Cuesta decidir cuál es su mejor rasgo: ¿esos ojos suaves y chocolateados o la esbelta mandíbula? A lo mejor la mata de pelo, la forma en que le cae sobre la frente cuando se inclina hacia mí.

—No sé la auténtica razón, pero supongo que debe de ser muy buena para ellos y muy mala para nosotros.

—¿Crees que...?

No puede terminar la pregunta, o no quiere hacerlo, para evitarme la respuesta. Mira el oso de Sam, que sigue tumbado en la almohada, a mi lado.

—¿Qué? ¿Que mi hermano pequeño está muerto? No, creo que está vivo. Sobre todo porque no tiene sentido que se llevaran así a los niños y mataran a todos los demás. Volaron el campo en mil pedazos con una especie de bomba verde...

—Espera un segundo —dice mientras levanta una de sus grandes manos—. ¿Una bomba verde?

—No me lo estoy inventando.

—Pero ¿por qué verde?

—Porque verde es el color del dinero, de la hierba, de las hojas de roble y de las bombas alienígenas. ¿Cómo narices voy a saber por qué?

Está riéndose. Una risa silenciosa y contenida. Cuando sonríe, el lado derecho de la boca sube un poquito más que el resto.

Entonces me pregunto: «Cassie, ¿por qué le estás mirando la boca? ¿Eh?».

De algún modo, el hecho de que me haya rescatado un chico guapo de sonrisa torcida y manos grandes y fuertes es lo más perturbador que me ha pasado desde la llegada de los Otros.

Pensar en lo sucedido en el campo me está dando escalofríos, así que decido cambiar de tema. Miro la colcha con la que me ha tapado. Parece hecha a mano. La imagen de una anciana cosiéndola me pasa por la cabeza y, por algún motivo, de repente tengo ganas de llorar.

—¿Cuánto tiempo llevo aquí? —pregunto con voz débil.

—Mañana hará una semana.

—¿Has tenido que cortarme...?

No sé cómo hacer la pregunta. Por suerte, no hace falta.

—¿Que amputarte? —pregunta—. No, la bala no dio en la rodilla, así que creo que podrás caminar, pero tal vez tengas los nervios dañados.

—Bueno, a eso ya estoy acostumbrada.

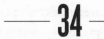

34

Me deja un ratito y regresa con un caldo claro, no de pollo ni de ternera, sino de otra clase de carne, puede que de venado. Mientras me agarro a los bordes de la colcha, él me ayuda a incorporarme para que pueda beber y sostener la taza caliente con ambas manos. Me está mirando, no como un pervertido, sino como se mira a un enfermo, sintiéndose también un poco mal y sin saber qué hacer para aliviarle el malestar. Y entonces se me ocurre que tal vez se trate de una mirada pervertida y la actitud de preocupación no sea más que una tapadera inteligente. ¿Un pervertido deja de serlo si lo encuentras atractivo? A Pringoso lo acusé de estar mal de la cabeza por intentar regalarme la joya de un cadáver, y él respondió que no habría pensado lo mismo si hubiera estado tan bueno como Ben Parish.

Recordar a Pringoso me quita el apetito. Evan se da cuenta que me he quedado mirando la taza que tengo en el regazo y me la quita con cuidado para dejarla en la mesa.

—Podría haberlo hecho yo —le digo en un tono más brusco de lo que pretendía.

—Háblame de esos soldados —me dice—. ¿Cómo sabes que no eran... humanos?

Le cuento que aparecieron poco después de los teledirigidos, le describo el modo en que metieron a los niños en el autobús, y le digo que después reunieron a todo el mundo en los barracones y los masacraron. Pero la prueba decisiva era el Ojo. Claramente extraterrestre.

—Son humanos —concluye él cuando termino—. Deben de trabajar con los visitantes.

—Oh, Dios, por favor, no los llames así.

Odio ese nombre. Los presentadores de la tele lo usaban antes de la primera ola, todos los de YouTube, todos los twitteros, incluso el presidente durante las comparecencias informativas.

—¿Y cómo los llamo? —pregunta, sonriendo.

Me da la sensación de que los llamaría nabos si yo se lo pidiera.

—Mi padre y yo los llamábamos los Otros, porque no son nosotros, no son humanos.

—A eso me refiero —dice, asintiendo con la cabeza, muy serio—. La probabilidad de que sean idénticos a nosotros es astronómicamente remota.

Suena igual que mi padre en una de sus diatribas especulativas y, de repente, me enfado, no sé muy bien por qué.

—Bueno, eso es genial, ¿no? Una guerra con dos frentes. Nosotros contra ellos, y nosotros contra nosotros y contra ellos.

—No serían los primeros en cambiar de bando una vez que queda claro quién va a ganar —responde, y sacude la cabeza con pesar.

—Así que los traidores se llevan a los niños del campo porque están dispuestos a ayudar en el exterminio de la raza humana, pero ¿matar a los menores de dieciocho ya les parece demasiado?

—¿Qué crees tú? —pregunta, encogiéndose de hombros.

—Creo que estamos bien jodidos si los que tienen las armas han decidido ayudar a los malos.

—Podría equivocarme —comenta, aunque no parece pensarlo de verdad—. A lo mejor son visi..., perdón, Otros, no sé, disfrazados de humanos. O quizás una especie de clones...

Asiento con la cabeza. Ya lo he oído antes, durante una de las interminables elucubraciones de mi padre sobre los Otros:

«La cuestión no es por qué no pueden hacerlo, sino por qué no lo hacen. Sabemos de su existencia desde hace cinco meses. Y ellos deben de saber de la nuestra desde hace años. Cientos, quizá miles de años. Tiempo de sobra para extraer ADN y "criar" todas las copias que quisieran. De hecho, puede que tengan que enviar a la guerra a nuestras copias. Hay mil razones por las que nuestro planeta podría no ser viable para sus cuerpos. Recuerda *La guerra de los mundos*».

Tal vez por eso mi reacción es tan brusca: Evan está en plan Oliver Sullivan conmigo. Y eso me trae a la memoria la imagen de Oliver Sullivan muriendo en el suelo, frente a mí, cuando lo único que quiero es olvidarla.

—O puede que sean androides, Terminators —añado, medio en broma.

He visto a uno muerto de cerca, el soldado al que disparé a bocajarro en el pozo de ceniza.

No le busqué el pulso ni nada, pero me pareció bien muerto, y la sangre era muy real.

Recordar el campo y lo que pasó allí siempre me pone histérica, y eso es justo lo que me ocurre.

—No podemos quedarnos aquí —digo en tono de urgencia.

—¿Qué quieres decir? —pregunta mirándome como si hubiera perdido la cabeza.

—¡Nos encontrarán!

Cojo la lámpara de queroseno, le arranco la tapa de cristal y soplo con ganas para apagar la llama danzarina. La llama sisea, pero permanece encendida. Él me quita el cristal de la mano y lo vuelve a poner sobre la base de la lámpara.

—Fuera estamos a tres grados y hay varios kilómetros de distancia hasta el refugio más cercano. Si quemas la casa, estamos fritos.

¿Fritos? A lo mejor intenta hacer una broma, aunque no sonríe.

—Además —añade—, no estás lo bastante bien para viajar. Todavía te quedan tres o cuatro semanas, por lo menos.

¿Tres o cuatro semanas? ¿A quién pretende engañar esta versión adolescente de leñador americano? No duraremos ni tres días con las luces encendidas y el humo saliendo de la chimenea.

Al final se percata de mi creciente angustia.

—Vale —dice, suspirando.

Apaga la lámpara, y la habitación se sume en la oscuridad. No lo veo, no veo nada. Pero sí puedo olerlo: una mezcla de humo de madera y algo parecido a polvos de talco, y, al cabo de unos minutos, siento su cuerpo desplazando el aire a unos pocos centímetros del mío.

—¿El refugio más cercano está a varios kilómetros? —pregunto—. ¿Dónde narices vives, Evan?

—En la granja de mi familia. A unos cien kilómetros de Cincinnati.

—¿A cuánto de Wright-Patterson?

—No lo sé, ¿ciento diez? ¿Ciento treinta kilómetros? ¿Por qué?

—Ya te lo he dicho, se llevaron a mi hermano pequeño.

—Me has dicho que dijeron que se lo llevaban ahí.

Nuestras voces se envuelven la una en la otra, se entrelazan y luego se separan y se pierden en la noche.

—Bueno, tengo que empezar por alguna parte —insisto.

—¿Y si no está allí?

—Pues iré a otro sitio.

Hice una promesa. Y ese maldito oso no me perdonará nunca si no la cumplo.

Le huelo el aliento. Chocolate. ¡Chocolate! Empieza a hacérseme la boca agua; juro que noto cómo trabajan las glándulas salivales. Hace semanas que no como nada sólido y ¿qué me trae él? Un caldo grasiento hecho con alguna carne misteriosa. El capullo del granjero se guarda lo bueno para él.

—Te das cuenta de que te superan en número, ¿no? —pregunta.

—¿Y qué quieres decir con eso?

No responde, así que digo:

—¿Crees en Dios, Evan?

—Claro que sí.

—Yo no. Bueno, quiero decir que no lo sé. Creía antes de que llegaran los Otros. O eso pensaba, si es que pensaba en ello. Y entonces llegaron y... —Tengo que parar un segundo para poner mis ideas en claro—. A lo mejor hay un Dios. Sammy cree que lo hay. Pero también cree en Santa Claus. Sin embargo, cada noche rezaba con él, pero no tenía nada que ver conmigo. Era por Sammy y por sus creencias, y si lo hubieras visto darle la mano a aquel falso soldado y seguirlo al interior de aquel autobús...

Estoy perdiendo la compostura, aunque no me importa demasiado. Siempre es más sencillo llorar a oscuras. De repente, la cálida mano de Evan tapa la mía, que está más fría. Su mano es tan suave y blanda como la almohada que tengo bajo la mejilla.

—No puedo soportarlo —digo entre sollozos—. Confiaba en mí. Era igual de confiado que nosotros antes de que llegaran ellos y volaran este puñetero mundo en mil pedazos. Confiábamos en que, tras la oscuridad, volvería la luz. ¡Confiábamos en que, cuando queríamos un puto Frappuccino de fresa, podíamos meternos en el coche, conducir un rato y comprárnoslo! Confiábamos...

Su otra mano llega hasta mi mejilla y me limpia las lágrimas con el pulgar. El aroma a chocolate me abruma cuando se inclina para susurrarme al oído:

—No, Cassie. No, no, no.

Le rodeo el cuello con un brazo y aprieto su mejilla seca contra mi mejilla mojada. Tiemblo como una epiléptica y, por primera vez, noto el peso de las colchas sobre los dedos de los pies: la oscuridad cegadora ha agudizado el resto de los sentidos.

Soy un hervidero de pensamientos y sentimientos aleatorios. Me preocupa que el pelo me huela mal. Quiero chocolate. Este tío que me abraza (bueno, en realidad soy más bien yo la que lo abraza) me ha visto en toda mi gloriosa desnudez. ¿Qué pensó de mi cuerpo? ¿Qué pienso yo de mi cuerpo? ¿De verdad le importan a Dios las promesas? ¿De verdad me importa Dios? ¿Son los milagros algo parecido a lo del Mar Rojo al abrirse o más bien al hecho de que Evan Walker me encontrara encerrada en un bloque de hielo en medio de una jungla blanca?

—Cassie, todo va a salir bien —me susurra al oído con su aliento de chocolate.

A la mañana siguiente, cuando me despierto, hay un beso de chocolate Hershey en la mesita de noche.

35

Cada noche sale de la granja para patrullar el terreno y cazar. Me dice que tiene productos ultramarinos de sobra y que su madre era una apasionada de las conservas, pero que le gusta la carne fresca. Así que me deja para ir a buscar alguna criatura comestible a la que matar, y el cuarto día aparece en el dormitorio con una hamburguesa auténtica metida en un panecillo caliente recién hecho y acompañada de patatas asadas. Es la primera comida de verdad que pruebo desde que escapé del Campo Pozo de Ceniza. Y se trata de una puñetera hamburguesa, algo que no había probado desde la Llegada y por lo que, como creo que ya he comentado antes, estaba dispuesta a matar.

—¿De dónde has sacado el pan? —le pregunto cuando ya me he zampado media hamburguesa y me cae la grasa por la barbilla.

Tampoco había comido pan desde entonces. Es ligero, esponjoso y un poco dulce.

Podría responderme con cualquier comentario sarcástico —al fin y al cabo solo hay una forma de haber conseguido el pan—, pero no lo hace.

—Lo he hecho yo.

Después de darme de comer, me cambia el vendaje de la pierna. Le pregunto si debería mirar, y él me responde que no, que es mucho mejor que no lo haga. Quiero salir de la cama, darme un baño de verdad, ser una persona de nuevo. Él me dice que es demasiado pronto. Le respondo que quiero lavarme y peinarme. Demasiado pronto, insiste. Le digo que si no me ayuda voy a tirarle la lámpara de queroseno a la cabeza. Así que coloca una silla de la cocina dentro de la bañera con patas del cuartito de baño del pasillo, cuyas paredes están adornadas con un papel pintado de flores que ha empezado a despegarse. Luego me lleva hasta allí, me deja dentro de la bañera, se va y regresa con una tina metálica llena de agua humeante.

La tina debe de pesar mucho. Se le hinchan los músculos debajo de las mangas, como si fuera Bruce Banner en pleno proceso de *Hulkificación*, y lo mismo le ocurre con las venas del cuello. El agua huele ligeramente a pétalos de rosa. Utiliza una jarra de limonada decorada con soles sonrientes a modo de cazo, y yo echo la cabeza hacia atrás. Evan empieza a ponerme el champú, pero le aparto las manos. De esa parte puedo encargarme yo sola.

El agua me cae por el pelo hasta mojarme el camisón, y el algodón se me pega al cuerpo. Evan se aclara la garganta y, cuando vuelve la cabeza, su mata de pelo se sacude y le roza la oscura frente, cosa que me perturba un poco, aunque de un modo agradable. Le pido un peine, el que tenga los dientes más anchos, y él rebusca en el armario de debajo del lavabo mientras yo lo observo con el rabillo del ojo, sin apenas darme cuenta del movimiento de esos hombros robustos bajo la camisa de franela, ni de los vaqueros desgastados, con los bolsillos de atrás deshilachados, y, por supuesto, sin fijarme en absoluto en la redondez de ese trasero que se esconde bajo los vaqueros, ni en cómo me arden los lóbulos de las orejas bajo el agua tibia que me chorrea del pelo. Tras un par de eternidades, encuentra un peine y me pregunta si necesito algo más antes de marcharse. Yo murmuro que no, cuando en realidad lo que quiero es reír y llorar a la vez.

Una vez sola, me obligo a concentrarme en el pelo, que está hecho una pena. Nudos, enredos, trocitos de hojas y pegotes de tierra. Me esfuerzo con los nudos hasta que el agua se queda fría y empiezo a temblar con el camisón mojado. Me detengo en plena faena al oír un ruidito al otro lado de la puerta.

—¿Estás ahí fuera? —pregunto.

El pequeño cuarto de baño de suelo de baldosas magnifica el sonido como si fuera una caja de resonancia.

Tras una pausa, me llega una respuesta en voz baja:

—Sí.

—¿Por qué estás ahí fuera?

—Espero para enjuagarte el pelo.

—Voy a tardar un rato.

—No pasa nada.

—¿Por qué no vas a preparar una tarta o algo así y vuelves dentro de unos quince minutos?

No oigo la respuesta, pero tampoco lo oigo marcharse.

—¿Sigues ahí?

—Sí.

La respuesta me llega junto con un crujido del suelo de madera del pasillo.

Me rindo tras otros diez minutos de tirones. Evan vuelve a entrar y se sienta al borde de la bañera. Apoyo la cabeza en la palma de su mano mientras él me enjuaga la espuma del pelo.

—Me sorprende que estés aquí —le digo.

—Vivo aquí.

—Que te hayas quedado aquí, quiero decir.

Muchos jóvenes se fueron directos a la comisaría, el centro de la Guardia Nacional o la base militar más cercana después de que los supervivientes que huían tierra adentro informaran sobre la segunda ola. Como en el 11S, solo que multiplicado por diez.

—Éramos ocho, contando a mamá y papá —me explica—. Soy el mayor. Cuando murieron, me encargué de los niños.

—Más despacio, Evan —le digo cuando me vacía media jarra en la cabeza—. Es como si intentaras ahogarme.

—Lo siento —responde.

Me coloca la mano en la frente como si fuera una presa. El agua está a una temperatura muy agradable y me hace cosquillas. Cierro los ojos.

—¿Caíste enfermo? —le pregunto.

—Sí, pero después mejoré. —Recoge más agua de la tina con la jarra, y yo contengo el aliento esperando sentir el mismo cosquilleo del agua caliente—. La más pequeña de mis hermanas, Val, murió hace dos meses. Estás en su dormitorio. Desde entonces sigo intentando decidir qué hacer. Sé que no puedo quedarme aquí para siempre, pero he ido a pie hasta Cincinnati y supongo que no hace falta que te explique por qué no pienso volver.

Una mano vierte más agua mientras la otra me aprieta el pelo húmedo contra el cráneo para escurrir el exceso de líquido. Con una presión firme, pero no demasiado fuerte: la justa. Como si no fuera la primera chica a la que lava el pelo. Una vocecita histérica me grita dentro de la cabeza: «¿Qué crees que estás haciendo? ¡Ni siquiera conoces a este tío!». Pero la misma voz también opina: «Unas manos geniales. Pídele que te dé un masaje en la cabeza, ya que está».

Mientras, fuera de mi cabeza, su voz tranquila y profunda sigue diciendo:

—Ahora creo que no tiene sentido marcharme hasta que haga más calor. A lo mejor a Wright-Patterson o a Kentucky. Fort Knox solo está a unos doscientos veinticinco kilómetros de aquí.

—¿Fort Knox? ¿Qué pasa, planeas un robo?

—Es un fuerte, ya sabes, viene de fortificado. Un punto de encuentro lógico —responde mientras aprieta en el puño los extremos de mi melena.

Oigo el goteo del agua en la bañera con patas.

—Yo en tu lugar no iría a ningún sitio que fuera un punto de encuentro lógico —le aconsejo—. Lógicamente, esos serán los primeros puntos que borren del mapa.

—Por lo que me has contado de los Silenciadores, no es lógico reunirse en ninguna parte.

—Ni quedarse en ninguna parte más de unos cuantos días. Grupos pequeños y en constante movimiento.

—¿Hasta...?

—No hay ningún «hasta» —le suelto—. Solo hay un «si no...».

Me seca el pelo con una toalla blanca esponjosa. Hay un camisón limpio sobre la tapa cerrada del váter. Le miro esos ojos de chocolate que tiene y digo:

—Vuélvete.

Él se vuelve. Alargo la mano más allá de los bolsillos traseros deshilachados de los vaqueros que se le ajustan al culo que no estoy mirando y recojo el camisón seco.

—Si intentas mirarme en ese espejo, me daré cuenta —le advierto al chico que ya me ha visto desnuda.

Sin embargo, aquello era desnuda e inconsciente, que no es lo mismo. Él asiente, baja la cabeza y se pellizca el labio inferior como si reprimiera una sonrisa.

Me quito el camisón mojado, me pongo el seco por la cabeza y le digo que ya puede volverse.

Evan me levanta de la silla y me lleva de vuelta a la cama de su hermana muerta, y yo tengo un brazo sobre sus hombros, y su brazo me sujeta la cintura con fuerza, aunque no demasiada. Su cuerpo parece seis grados más caliente que el mío. Me deja sobre el colchón y me tapa las piernas desnudas con las colchas. Sus mejillas son muy suaves, lleva el pelo bien cuidado y las cutículas, como ya he mencionado, impecables. Lo que significa que arreglarse está en los primeros puestos de su lista de prioridades en la era postapocalíptica. ¿Por qué? ¿Quién hay para verlo?

—Entonces ¿cuánto tiempo hace que no ves a otra persona? —pregunto—. Sin contarme a mí.

—Veo a personas casi todos los días. Pero la última persona viva que vi antes que a ti fue a Val. Y antes que ella, a Lauren.

—¿Lauren?

—Mi novia —responde, apartando la vista—. También está muerta.

No sé qué decir, así que le suelto:

—La plaga es una mierda.

—No fue la plaga. Bueno, la tenía, pero no fue eso lo que la mató. Prefirió matarse ella.

Está de pie junto a la cama, incómodo. No quiere irse, no tiene excusa para quedarse.

—Es que no he podido evitar darme cuenta de lo bien... —No, mala introducción—. Supongo que, cuando estás tú solo, es difícil que te importe... —No, no.

—¿Que te importe qué? —pregunta—. ¿Una sola persona cuando se han ido casi todas las demás?

—No hablaba de mí —respondo, y entonces renuncio a encontrar una forma educada de decirlo—. Estás muy orgulloso de tu aspecto.

—No es orgullo.

—No te estaba acusando de ser un creído...

—Lo sé, estás pensando qué sentido tiene a estas alturas.

Bueno, en realidad tenía la esperanza de que yo fuera ese sentido, pero no comento nada.

—No estoy seguro —explica—, pero no puedo controlarlo. Me sirve para estructurar el día, para sentirme más... —empieza a decir, pero se encoge de hombros—. Más humano, supongo.

—¿Y necesitas ayuda para eso? ¿Para sentirte humano?

Me echa una mirada rara, y me da algo en lo que pensar largo y tendido cuando sale del cuarto:

—¿Tú no?

36

Se va casi todas las noches. Por la mañana está pendiente de mí, así que no sé cuándo duerme. La segunda semana ya empezaba a volverme loca estar tanto tiempo encerrada en el pequeño dormitorio de arriba y, un día en que la temperatura no había bajado de cero, me ayudó a ponerme ropa de Val (apartando la mirada en los momentos oportunos) y me llevó en brazos abajo para que me sentara en el porche con una gran manta sobre el regazo. Me dejó allí y volvió con dos humeantes tazas de chocolate caliente. El paisaje no era gran cosa: tierra marrón, muerta y ondulada, árboles desnudos, y un cielo gris y monótono. Sin embargo, era agradable sentir el aire frío en las mejillas, y el chocolate caliente estaba a la temperatura perfecta.

No hablamos de los Otros, sino de nuestras vidas antes de los Otros. Él iba a estudiar ingeniería en Kent State después de la graduación. Se había ofrecido a quedarse un par de años en la granja, pero su padre había insistido en que se fuese a la universidad. Conocía a Lauren desde cuarto y empezó a salir con ella en el segundo año del instituto. Hablaron de casarse. Evan se dio cuenta de que yo me callaba cuando salía el tema de Lauren. Como he dicho, es de los que se dan cuenta de esas cosas.

—¿Y tú? —me preguntó—. ¿Tenías novio?

—No. Bueno, más o menos. Se llamaba Ben Parish. Supongo que podría decirse que yo le gustaba. Salimos un par de veces. Ya sabes, nada formal.

Me pregunto por qué mentí. Para él, Ben Parish no era nadie, igual que yo no era nadie para Ben, claro. Agité los restos del chocolate caliente y evité mirarlo a los ojos.

A la mañana siguiente apareció junto a mi cama con un trozo de madera que había tallado y convertido en muleta. La había lijado para que brillara. Era ligera y tenía la altura perfecta. Le eché un vistazo y le pedí que me dijera tres cosas que no se le dieran bien.

—Patinar, cantar y hablar con chicas.

—Te has dejado acechar —respondí mientras me ayudaba a salir de la cama—. Siempre sé cuándo estás acechando tras las esquinas.

—Solo has pedido tres.

No voy a mentir: mi rehabilitación fue un asco. Cada vez que apoyaba el peso en la pierna, el dolor se me disparaba por el costado izquierdo, se me doblaba la rodilla, y lo único que evitaba que cayera de culo al suelo eran los fuertes brazos de Evan.

Sin embargo, seguí intentándolo durante todo ese largo día y todos los largos días siguientes. Estaba decidida a recuperarme, a ponerme más fuerte de lo que estaba antes de que el Silenciador me derribara y me diera por muerta. Más fuerte que cuando me encontraba en mi escondite del bosque, acurrucada en el saco de dormir, lamentando mi suerte mientras Sammy sufría Dios sabe qué. Más fuerte que en los días del Campo Pozo de Ceniza, cuando estaba resentida, enfadada con el mundo por ser tal como era, por ser tal como había sido siempre: un lugar peligroso al que nuestro ruido humano le había dado la apariencia de un hábitat mucho más seguro.

Tres horas de rehabilitación por la mañana. Treinta minutos de descanso para comer. Después, tres horas más de rehabilitación por la tarde. Hacía ejercicio para fortalecer los músculos hasta que se convertían en una gelatina sudorosa.

Pero ahí no acababa el día. Le pregunté a Evan por mi Luger: tenía que superar mi miedo a las armas. Y mi puntería daba pena. Me enseñó a cogerla bien, a usar la mirilla. Colocó grandes latas de pintura vacías en los postes de la valla, a modo de dianas, y después, a medida que fui ganando en precisión, las fue sustituyendo por latas más pequeñas. Le pedí que me llevara a cazar con él, ya que necesitaba acostumbrarme a disparar a blancos vivos y en movimiento, pero se negó: aún estaba bastante débil, ni siquiera podía correr todavía, y ¿qué pasaba si un Silenciador nos localizaba?

Dábamos paseos al atardecer. Al principio, mi pierna cedía antes de haber recorrido siquiera un kilómetro y Evan tenía que llevarme en brazos a la granja. Pero cada día lograba avanzar unos metros más que el día anterior. El kilómetro escaso se convirtió en kilómetro y, después, en kilómetro y medio. Para la segunda semana ya hacía tres kilómetros sin parar. Todavía no puedo correr, pero ahora tengo mucha más resistencia y voy a mejor ritmo.

Evan se queda conmigo durante la cena, me acompaña un par de horas, y después se echa el fusil al hombro y me dice que volverá antes de que amanezca. Normalmente estoy dormida cuando regresa, que acostumbra a ser cuando ya hace un buen rato que ha amanecido.

—¿Adónde vas todas las noches? —le pregunté un día.

—A cazar.

Un hombre de pocas palabras este Evan Walker.

—Debes de ser un cazador pésimo —le dije en broma—. Casi nunca traes nada.

—Lo cierto es que soy muy bueno —respondió con total naturalidad.

Incluso cuando dice algo que, en teoría, podría parecer una fanfarronada, no lo es. Es por su forma de decirlo, como si nada, como si hablara del tiempo.

—Entonces ¿es que no tienes estómago para matar?

—Tengo estómago para hacer lo que haga falta —respondió. Después se pasó los dedos por el pelo y suspiró—. Al principio lo hacía para seguir con vida. Después para proteger a mis hermanos de los locos que rondaban por ahí al comenzar la plaga. Luego, para proteger mi territorio y mis provisiones...

—¿Y ahora para qué es? —pregunté en voz baja.

Era la primera vez que lo veía algo agitado.

—Me tranquiliza —reconoció, y se encogió de hombros, avergonzado—. Me da algo que hacer.

—Como la higiene personal.

—Y me cuesta dormir por la noche —añadió. No me miró, en realidad no miró a ninguna parte—. Bueno, me cuesta dormir, punto. Así que, al cabo de un tiempo, renuncié a intentarlo y empecé a dormir de día. O a intentarlo. El caso es que solo duermo dos o tres horas al día.

—Debes de estar muy cansado.

Por fin me miró, y en sus ojos vi tristeza y desesperación.

—Esa es la peor parte —dijo en voz baja—. No lo estoy. No estoy nada cansado.

Todavía me inquietaban un poco sus desapariciones nocturnas, así que una vez intenté seguirlo. Mala idea. Lo perdí al cabo de diez minutos, me entró miedo de perderme yo, di media vuelta y me lo encontré de frente.

No se enfadó ni me acusó de no confiar en él; simplemente me dijo:

—No deberías estar aquí, Cassie.

Y me acompañó a la casa.

Más preocupado por mi salud mental que por nuestra seguridad personal (me parece que no se creía del todo lo de los Silenciadores), colgó gruesas mantas en las ventanas del gran salón de abajo, de modo que pudiéramos encender la chimenea y un par de lámparas. Lo esperaba allí hasta que regresaba de sus incursiones en la oscuridad: me dormía en el sofá de cuero o me quedaba leyendo una de las maltrechas novelas románticas de su madre, con esos tíos hinchados y semidesnudos en portada, y sus damas vestidas con trajes de noche y a punto de desmayarse. Entonces, sobre las tres de la madrugada, regresaba, echábamos más leña al fuego y charlábamos. No le gusta mucho hablar de su familia (cuando pregunté por los gustos literarios de su madre, se encogió de hombros y dijo que le gustaba leer). Desvía la conversación hacia mí cuando empezamos a tratar temas demasiado personales. Sobre todo, quiere hablar de Sammy, de cómo pienso mantener mi promesa. Como no tengo ni idea de cómo hacerlo, la conversación nunca acaba bien. Digo generalidades y él pide detalles específicos. Me pongo a la defensiva y él insiste. Al final ataco y él se cierra.

—Vale, cuéntamelo otra vez —me dice una noche, ya tarde, después de haberle dado vueltas y más vueltas al tema durante una hora—. No sabes exactamente quiénes son ni qué son, pero sabes que tienen mucha artillería pesada y acceso a armamento alienígena. No sabes dónde tienen a tu hermano, pero vas a ir allí a rescatarlo. Cuando llegues, no sabes cómo rescatarlo, pero...

—A ver —lo interrumpo—, ¿intentas ayudarme o hacerme quedar como una estúpida?

Estamos sentados en la gran alfombra mullida que hay frente a la chimenea, con su fusil a un lado, mi Luger al otro, y nosotros dos en medio.

Él levanta las manos en un falso gesto de capitulación.

—Solo intento comprenderlo.

—Voy a empezar por el Campo Pozo de Ceniza y seguiré su rastro desde allí —respondo por enésima vez.

Creo que sé por qué no deja de hacerme las mismas preguntas una y otra vez, pero el tío es tan escurridizo que cuesta sacar algo en claro. Por supuesto, él podría decir lo mismo sobre mí. Más que un plan, lo mío era un objetivo general que fingía ser plan.

—¿Y si no encuentras su rastro? —pregunta.

—No me rendiré hasta que lo haga.

Él asiente como diciendo: «Estoy asintiendo, pero no lo hago porque crea que lo que dices tiene sentido, sino porque pienso que estás loca y no quiero que te pongas en plan Bruce Lee con esa muleta que fabriqué con mis propias manos».

Así que digo:

—No estoy loca. Tú harías lo mismo por Val.

Él no se da prisa en responder: se abraza las piernas, apoya la barbilla en las rodillas y mira al fuego.

—Crees que pierdo el tiempo —lo acuso, dirigiéndome a su perfecto perfil—. Crees que Sammy está muerto.

—¿Cómo voy a saberlo, Cassie?

—No digo que lo sepas, digo que lo crees.

—¿Importa lo que piense?

—No, así que cállate.

—No estaba diciendo nada. Tú has dicho...

—No... digas... nada.

—No lo hago.

—Acabas de hacerlo.

—Pararé.

—Pero no lo haces. Dices que lo harás y después sigues hablando.

Empieza a decir algo, pero cierra la boca de una forma tan brusca que oigo cómo le chocan los dientes.

—Tengo hambre —digo.

—Te traeré algo.

—¿Te he pedido que me traigas algo?

Me gustaría darle una torta en esa boca de líneas tan perfectas. ¿Por qué quiero golpearlo? ¿Por qué estoy tan enfadada ahora mismo?

—Soy muy capaz de valerme por mí misma. Ese es el problema, Evan, no aparecí aquí para darle un propósito a tu vida, una vida que se había acabado. Eso lo tienes que solucionar tú solo.

—Quiero ayudarte —dice y, por primera vez, veo enfado real en sus ojos de cachorro—. ¿Por qué no permites que salvar a Sammy sea también mi propósito?

Su pregunta me persigue hasta la cocina, flota sobre mi cabeza como una nube mientras pongo algo de carne curada de ciervo sobre uno de los panes planos que Evan debe de haber preparado en su horno de fuera, como el fantástico *boy scout* que es. Y sigue persiguiéndome cuando cojeo de vuelta al salón y me dejo caer en el sofá, justo detrás de su cabeza. Siento el impulso de darle una patada entre esos hombros tan anchos que tiene. En la mesa, a mi lado, hay un libro llamado *El desesperado deseo del amor*. A juzgar por la portada, debería haberse titulado *Mi espectacular tableta de chocolate abdominal*.

Ese es el problema. ¡Claro! Antes de la Llegada, los tíos como Evan Walker nunca se habían fijado en mí, ni mucho menos habían cazado para mí o me habían lavado el pelo. Nunca me habían agarrado por la nuca, como si fueran el retocado modelo de la novela de su madre, con los abdominales tensos y el pectoral tirante. Jamás me habían mirado a los ojos fijamente, ni me habían levantado la barbilla para acercar sus labios a los míos. Yo era como la chica que formaba parte del paisaje, la amiga o, peor aún, la amiga de una amiga, la chica que se sentaba a su lado en geometría y de cuyo nombre no se acuerdan. Habría sido mejor que me hubiera encontrado en la nieve un hombre de mediana edad que coleccionara figuras de *La Guerra de las Galaxias*.

—¿Qué? —le pregunto a su nuca—. ¿Ahora me haces el vacío?

Veo que sacude los brazos, ya sabes, con una de esas risitas silenciosas acompañadas de un irónico movimiento de cabeza, en plan: «¡Chicas! Qué tontas son».

—Supongo que debería haberlo preguntado —dice—. No tendría que haberlo dado por sentado.

—¿El qué?

Pivota sobre el trasero para dar media vuelta y mirarme. Yo, en el sofá, él, en el suelo, contemplándome desde abajo.

—Que iría contigo.

—¿Qué? ¡Ni siquiera estábamos hablando de eso! Y ¿por qué quieres ir conmigo, Evan? Teniendo en cuenta que crees que está muerto.

—Es que no quiero que mueras tú, Cassie.

Con eso basta.

Le tiro mi carne de ciervo a la cabeza. El plato le roza la mejilla, y él se levanta y se me planta delante antes de que pueda pestañear. Se acerca mucho, me pone las manos a ambos lados, encerrándome entre sus brazos. Las lágrimas le brillan en los ojos.

—Tú no eres la única —dice entre dientes—. Mi hermana de doce años murió en mis brazos. Se ahogó en su propia sangre, y yo no pude hacer nada. Me pone enfermo que actúes como si fueses el centro del peor desastre de la historia de la humanidad. No eres la única que lo ha perdido todo... No eres la única que cree haber encontrado lo único que le da sentido a esta mierda. Tú tienes tu promesa a Sammy, y yo te tengo a ti.

Se calla. Ha ido demasiado lejos y lo sabe.

—No me «tienes» a mí, Evan.

—Ya sabes a lo que me refiero —insiste, y me mira fijamente, tanto que me cuesta apartar la mirada—. No puedo evitar que vayas. Bueno, supongo que podría, pero tampoco puedo dejarte ir sola.

—Sola es mejor, ya lo sabes. ¡Por eso sigues con vida! —exclamo, clavándole el dedo en ese pecho jadeante.

Él se aparta, y yo reprimo el impulso de detenerlo: parte de mí no quiere que se aleje.

—Pero no es la razón por la que tú estás viva —me espeta—. No durarás ni dos minutos ahí fuera sin mí.

Estallo, no puedo evitarlo. Era lo peor que podía decir en el peor momento posible.

—¡Que te den! —le grito—. No te necesito. ¡No necesito a nadie! Bueno, supongo que si necesitara a alguien que me lavara el pelo, me pusiera una venda en una heridita o me hiciera una tarta, ¡tú serías el indicado!

Tras dos intentos, consigo ponerme en pie. Es ese momento de la conversación en que toca salir hecha una furia del cuarto, mientras el chico cruza los brazos sobre su pecho varonil y hace un mohín. Me detengo a mitad de las escaleras repitiéndome que lo hago para recuperar el aliento, no para que me alcance. De todos modos, él no me sigue, así que subo como puedo los últimos escalones y me meto en mi dormitorio.

No, en mi dormitorio, no, en el dormitorio de Val. Yo ya no tengo dormitorio. Seguramente no volveré a tenerlo.

«Se acabó lo de sentir lástima de ti misma: ¡a la mierda! El mundo no gira a tu alrededor. Y a la mierda el sentimiento de culpa. Tú no eres la que metió a Sammy en ese autobús. Y, ya que estamos, a la mierda la pena. Por mucho que Evan llore por su hermana pequeña, ella no volverá».

«Te tengo a ti». Bueno, Evan, lo cierto es que da igual que seamos dos o doscientos. No tenemos ninguna posibilidad. No contra un enemigo como los Otros. Estoy recuperando fuerzas para... ¿para qué? ¿Para que, cuando caiga, lo haga a lo grande? ¿Qué más da?

Gruño y, de un manotazo, echo al oso del sitio que ocupa en la cama. «¿Qué narices miras?». Él cae de lado, con un brazo en alto, como si alzara la mano en clase para hacer una pregunta.

Detrás de mí chirrían las oxidadas bisagras de la puerta.

—Fuera —digo sin volverme.

Otro chirrido. Después, un clic. Después, silencio.

—Evan, ¿estás detrás de esa puerta?

Pausa.

—Sí.

—Eres como un acosador, ¿lo sabías?

Si responde, no lo oigo. Me abrazo, me froto los brazos con ganas. El dormitorio está helado. Me duele la rodilla una barbaridad, pero me muerdo el labio y sigo de pie, cabezota, de espaldas a la puerta.

—¿Sigues ahí? —pregunto cuando ya no puedo soportar más el silencio.

—Si te vas sin mí, te seguiré. No puedes detenerme, Cassie. ¿Cómo vas a detenerme?

Me encojo de hombros, impotente, luchando contra las lágrimas.

—Disparándote, supongo.

—¿Igual que disparaste al soldado del crucifijo?

Las palabras me golpean como una bala entre los omóplatos. Me vuelvo y abro la puerta de golpe. Él da un respingo, pero no se mueve del sitio.

—¿Cómo sabes eso? —Por supuesto, solo hay una explicación—. Has leído mi diario.

—Creía que no sobrevivirías.

—Siento haberte decepcionado.

—Supongo que quería saber qué había pasado...

—Tienes suerte de que haya dejado el arma abajo, porque, de lo contrario, te pegaría un tiro ahora mismo. ¿Sabes lo espeluznante que es eso, saber que lo has leído? ¿Cuánto has leído?

Baja la mirada y un rubor rojo se le extiende por las mejillas.

—Lo has leído todo, ¿no?

Estoy muerta de vergüenza: me siento violada y humillada. Es diez veces peor que cuando me desperté en la cama de Val y me di cuenta de que me había visto desnuda. Eso no era más que mi cuerpo. Esto es mi alma.

Le doy un puñetazo en el estómago, pero su cuerpo no cede; es como golpear un bloque de cemento.

—¡No me lo puedo creer! —le grito—. Te quedaste tan tranquilo, sin decir nada, cuando te mentí sobre Ben Parish. ¡Sabías la verdad y me dejaste mentir sin más!

Él se mete las manos en los bolsillos y mira el suelo, como un niñito al que han pillado por romper el jarrón antiguo de su madre.

—No creía que importara tanto.

—¿Que no creías...?

Sacudo la cabeza. Pero ¿quién es este tío? De repente se me pone la piel de gallina. Algo va muy mal. A lo mejor es porque ha perdido a toda su familia y a su novia, prometida o lo que fuera, y se ha pasado varios meses viviendo solo y fingiendo que no hacer nada era, en realidad, hacer algo. A lo mejor encerrarse en esta islita rural de Ohio es su modo de enfrentarse a la mierda que nos han echado encima los Otros, o a lo mejor es que Evan es simplemente raro... Era raro antes de la Llegada y sigue siendo raro después. Sea lo que sea, este Evan Walker tiene algo que no encaja. Es demasiado racional, demasiado perfecto y está demasiado tranquilo para que me resulte, bueno, tranquilizador.

—¿Por qué le disparaste? —me pregunta en voz baja—. Al soldado de la tienda.

—Ya sabes por qué —respondo, a punto de echarme a llorar.

—Por Sammy —dice mientras asiente con la cabeza.

Ahora sí que estoy desconcertada.

—No tuvo nada que ver con Sammy.

—Sammy le dio la mano al soldado —responde Evan, mirándome a los ojos—. Sammy se subió a ese autobús. Sammy confió. Y ahora, aunque te he salvado, no te permites confiar en mí. —Me coge la mano y me la aprieta con fuerza—. No soy el soldado del crucifijo, Cassie. Y no soy Vosch. Soy como tú: estoy asustado, enfadado y confundido, y no sé qué demonios voy a hacer, pero lo que sí sé es que no se pueden tener las dos cosas. No puedes decir que eres humana y, al instante, afirmar que eres una cucaracha. En realidad no crees que eres una cucaracha. Si lo creyeras, no te habrías enfrentado al francotirador de la autopista.

—Dios mío —susurro—, ¡era una metáfora!

—¿Quieres compararte con un insecto, Cassie? Si eres un insecto, tienes que ser una efímera. Un día en el mundo y se acabó. Eso no tiene nada que ver con los Otros: siempre ha sido así. Estamos aquí y después desaparecemos, y lo importante no es el tiempo que pasemos en este mundo, sino lo que hagamos con ese tiempo.

—Lo que dices no tiene ningún sentido, ¿lo sabes?

Noto que me inclino hacia él, sin ganas de seguir peleando. No sé si me está reteniendo o sosteniendo.

—Eres una efímera —murmura.

Y entonces, Evan Walker me besa.

Sujeta mi mano contra su pecho, y su otra mano se desliza por mi cuello con dedos como plumas, provocándome un escalofrío que me recorre la columna vertebral y me llega hasta las piernas, que apenas pueden mantenerme en pie. Siento su corazón latir contra la palma de mi mano, me llega el olor de su aliento y noto el roce de la barba de varios días de su labio superior, un contraste rasposo con la suavidad de sus labios. Y Evan me mira, y yo lo miro a él.

Me aparto lo suficiente para hablar.

—No me beses.

Él me coge en brazos. Es como si subiera flotando para siempre, como cuando era pequeña y mi padre me lanzaba hacia arriba, y tenía esa sensación de que seguiría subiendo hasta llegar al borde de la galaxia.

Me deja en la cama.

—Si me besas otra vez, te daré un rodillazo en las pelotas —le digo antes de que vuelva a besarme.

Sus manos son tan suaves que parecen irreales, como si me tocara una nube.

—No permitiré que... —Hace una pausa, en busca de la palabra adecuada—. Que te vayas volando, Cassie Sullivan.

Sopla para apagar la vela de al lado de la cama.

Ahora noto su beso con más intensidad, a oscuras, en el dormitorio en el que murió su hermana. En el silencio de la casa en la que murió su familia. En la calma del mundo donde murió la vida que conocíamos antes de la Llegada. Saborea mis lágrimas antes de que yo sea consciente de haberlas derramado. En lugar de lágrimas, sus besos.

—No te he salvado, tú me has salvado a mí —susurra, y sus labios me hacen cosquillas en las pestañas.

Lo repite una y otra vez hasta que nos dormimos, apretados el uno contra el otro, su voz en mi oído, mis lágrimas en su boca.

—Tú me has salvado a mí.

V
LA CRIBA

37

Cassie, cada vez más pequeña a través de la ventana manchada.

Cassie en la carretera, con Oso en la mano.

Levantando el brazo de Oso para que se despida de él.

«Adiós, Sammy».

«Adiós, Oso».

El polvo de la carretera sube como vapor de agua levantado por las grandes ruedas negras del autobús, y Cassie se hace cada vez más pequeña en medio del remolino marrón.

«Adiós, Cassie».

Cassie y Oso se encogen cada vez más, y él nota la dureza del cristal bajo los dedos.

«Adiós, Cassie. Adiós, Oso».

Hasta que el polvo se los traga, y él se queda solo en el autobús abarrotado, sin mamá, sin papá, sin Cassie... A lo mejor tenía que haberse quedado con Oso, porque Oso había estado con él desde antes de que tuviera memoria. Oso siempre había estado. Pero mamá también había estado siempre. Mamá, la yaya, el abu y el resto de la familia. Y los niños de la clase de la señorita Neyman, la señorita Neyman, los Majewski y la simpática señora del supermercado Kroger que guardaba los chupa-chups de fresa bajo el mostrador. Ellos también habían estado siempre ahí, como Oso, desde antes de lo que podía recordar, y ahora no estaban. Las personas que habían estado siempre ya no estaban, y Cassie decía que no regresarían.

Nunca.

El cristal recuerda cuando le quita la mano de encima. Guarda el recuerdo de su mano. No como una fotografía, más bien como una sombra borrosa, igual de borrosa que la cara de su madre cuando intenta recordarla.

Todas las caras que ha conocido desde que supo lo que eran las caras se desvanecen, salvo las de papá y Cassie. Ahora todas son nuevas, todas son caras de desconocidos.

Un soldado se le acerca por el pasillo. Se ha quitado la máscara negra y tiene la cara redonda, y la nariz pequeña y salpicada de pecas. No parece mucho mayor que Cassie. Reparte bolsas de gominolas de frutas y zumos. Los dedos sucios de los niños se abalanzan sobre los dulces. Algunos no han comido nada en varios días. Para muchos, los soldados son los primeros adultos que han visto desde la muerte de sus padres. A algunos niños, los más callados, los encontraron en las afueras de la ciudad, vagando entre las pilas de cadáveres ennegrecidos y a medio quemar, y ahora se quedan mirándolo todo como si lo vieran por primera vez. A otros, como Sammy, los recogieron en campos de refugiados o en pequeñas bandas de supervivientes en busca de rescate, y no llevan ropa tan andrajosa, no tienen el rostro tan chupado y sus ojos no están tan vacíos como los de los niños callados, los que encontraron vagando entre las pilas de los muertos.

El soldado llega a la última fila. Lleva una banda blanca con una gran cruz roja en la manga.

—Hola, ¿quieres tomar algo? —le pregunta.

El zumo, y las gominolas pegajosas y correosas con forma de dinosaurios. El zumo está frío. Frío. Hace un siglo que no toma nada frío.

El soldado se acomoda en el asiento de al lado y estira las largas piernas en el pasillo. Sammy empuja la fina pajita de plástico para meterla en el *brik* de zumo y sorbe mientras detiene la mirada en la forma silenciosa de la chica que hay acurrucada en el asiento de enfrente. Lleva unos pantalones cortos desgarrados, una camiseta rosa

200

manchada de hollín y los zapatos cubiertos de lodo. Sonríe en sueños. Un buen sueño.

—¿La conoces? —pregunta el soldado a Sammy.

Sammy sacude la cabeza. No estaba en el campo de refugiados con él.

—¿Por qué llevas esa cruz roja tan grande?

—Soy sanitario. Ayudo a la gente enferma.

—¿Por qué te has quitado la máscara?

—Ya no la necesito —responde el sanitario, y se mete un puñado de gominolas en la boca.

—¿Por qué no?

—La plaga está ahí detrás —responde el soldado mientras mueve el pulgar para señalar la ventanilla trasera, donde el polvo hierve y Cassie se ha ido encogiendo hasta desaparecer, con Oso en la mano.

—Pero papá dice que la plaga está por todas partes.

El soldado sacude la cabeza.

—No donde vamos.

—¿Adónde vamos?

—Al Campo Asilo.

Con el ruido del motor y el viento que entra silbando por las ventanas abiertas, no ha oído bien lo que le ha dicho: «¿El Campo Cielo?».

—¿Adónde? —insiste Sammy.

—Te va a encantar —responde el soldado dándole unas palmaditas en la pierna—. Lo tenemos todo preparado.

—¿Para mí?

—Para todos.

Cassie en la carretera, ayudando a Oso a decir adiós.

—Entonces, ¿por qué no los habéis traído a todos?

—Lo haremos.

—¿Cuándo?

—En cuanto vosotros estéis a salvo.

El soldado mira de nuevo a la chica, se levanta, se quita la chaqueta verde y la arropa con ella.

—Vosotros sois lo más importante —dice, y su cara de niño parece decidida y seria—. Vosotros sois el futuro.

El estrecho camino polvoriento se convierte en una carretera más ancha y pavimentada, y luego, el autobús tuerce para tomar otra carretera más ancha todavía. Los motores aceleran con un rugido gutural, y los vehículos salen disparados hacia el sol por una autopista libre de accidentes y coches parados. Los han arrastrado o empujado hasta sacarlos del camino para dejar paso a los autobuses cargados de niños.

El sanitario de nariz pecosa vuelve a recorrer el pasillo, esta vez con botellas de agua, y les pide que cierren las ventanas porque algunos de los niños tienen frío y a otros les asusta el ruido del viento, que parece el rugido de un monstruo. El aire del autobús no tarda mucho en enrarecerse y la temperatura aumenta, así que a los niños enseguida les entra el sueño.

Sin embargo, Sam le dio a Cassie su oso para que le hiciera compañía y nunca ha dormido sin él, al menos, no desde que Oso llegara a sus manos. Está cansado, pero también está *desosado*. Cuanto más intenta olvidar a Oso, más lo recuerda, cuanto más lo echa de menos, más desearía no haberlo dejado atrás.

El soldado le ofrece una botella de agua y se da cuenta de que algo va mal, aunque Sammy sonríe y finge no sentirse vacío y *desosado*. El sanitario se sienta de nuevo junto a él, le pregunta su nombre y le dice que él se llama Parker.

—¿Cuánto queda? —pregunta Sammy.

Pronto anochecerá, y la noche es lo peor. Nadie se lo ha dicho, pero sabe que, cuando por fin lleguen, lo harán por la noche y sin aviso, como las otras olas, y no se podrá hacer nada al respecto: pasará sin más, como cuando la tele se apagó, los coches murieron, los aviones cayeron, llegó la plaga (las Molestas Hormigas, como la llamaban Cassie y papá), y su madre acabó envuelta en sábanas ensangrentadas.

Cuando aparecieron los Otros, su padre le dijo que el mundo había cambiado y que ya nada sería como antes, y que a lo mejor lo llevaban a su nave nodriza, o de aventuras por el espacio exterior. Y Sammy estaba deseando entrar en la nave y salir volando por el espacio como Luke Skywalker en su caza espacial X-wing. Se sentía como el día antes de Navidad. Cuando amaneció, creyó que despertaría y que todos los maravillosos regalos de los Otros estarían allí.

Sin embargo, lo único que trajeron los Otros era la muerte.

No habían llegado para regalarle nada, sino para quitárselo todo.

¿Cuándo acabaría (acabarían)? Puede que nunca. A lo mejor los alienígenas no pararían hasta habérselo llevado todo, hasta que el planeta entero estuviese como Sammy, vacío, solo y *desosado*.

Así que pregunta al soldado:

—¿Cuánto queda?

—No queda mucho —responde el soldado llamado Parker—. ¿Quieres que me quede contigo?

—No tengo miedo —asegura Sammy.

«Ahora tienes que ser valiente», le había dicho Cassie el día que murió su madre, cuando vio la cama vacía y supo sin preguntar que se había ido con la yaya y con todos los demás, los que conocía y los que no conocía, los que se apilaban en hogueras a las afueras de la ciudad.

—No deberías tenerlo: ahora estás completamente a salvo —dice el soldado.

Es justo lo que le había dicho papá una noche después de que se quedaran sin electricidad, después de tapar las ventanas con tablas y bloquear las puertas, cuando los hombres malos con pistolas salieron a robar cosas.

«Estás completamente a salvo».

Después de que mamá enfermara y papá les pusiera a Cassie y a él las máscaras de papel blanco.

«Solo para estar seguros, Sam. Creo que estás completamente a salvo».

—Y te va a encantar el Campo Asilo —dice el soldado—. Ya lo verás, lo hemos preparado para los niños como tú.

—¿Y allí no nos pueden encontrar?

—Bueno —responde el soldado, sonriendo—, eso no lo sé, pero es probable que ahora mismo sea el sitio más seguro de Norteamérica. Incluso tenemos un campo de fuerza invisible, por si los visitantes intentan algo.

—Los campos de fuerza no son reales.

—Bueno, la gente decía lo mismo de los alienígenas.

—¿Has visto alguno, Parker?

—Todavía no. Nadie los ha visto, al menos no en mi compañía, pero estamos deseándolo.

Esboza una típica sonrisa de soldado duro, y a Sammy se le acelera el corazón. Ojalá fuese lo bastante mayor para ser un soldado como Parker.

—¿Quién sabe? —añade Parker—. A lo mejor son como nosotros, a lo mejor estás mirando a uno ahora mismo.

Una sonrisa distinta, burlona.

El soldado se levanta y Sammy va a cogerle la mano. No quiere que Parker se vaya.

—¿De verdad hay un campo de fuerza en el Campo Cielo?

—Sí, y torres de vigilancia, y cámaras de seguridad que funcionan las veinticuatro horas del día, vallas de seis metros de altura que terminan en alambre de cuchillas y unos feroces perros guardianes capaces de oler a un extraterrestre a ocho kilómetros de distancia.

—¡Eso no suena como el cielo! —exclama Sammy, arrugando la nariz—. ¡Suena como una cárcel!

—Salvo que las cárceles sirven para que los malos no salgan, y nuestro campo sirve para que los malos no entren.

38

De noche.

Las estrellas arriba, brillantes y frías, y la oscura carretera debajo, y el zumbido de las ruedas sobre la oscura carretera, bajo las frías estrellas.

Los faros se clavan en la densa oscuridad. El balanceo del autobús y el olor a rancio del aire caliente.

La chica del otro lado del pasillo se ha sentado. Tiene el pelo oscuro pegado a un lado de la cabeza, las mejillas huecas y la piel muy tensa sobre el cráneo, lo que hace que sus ojos parezcan enormes como los de un búho.

Sammy le sonríe, vacilante. Ella no le devuelve la sonrisa: tiene la mirada fija en la botella de agua que se apoya en la pierna de Sammy. Él se la ofrece.

—¿Quieres un poco?

Un brazo huesudo sale disparado a través del espacio que los separa, y la niña le arrebata la botella, se termina el agua que queda en cuatro tragos y tira el envase vacío al asiento de al lado.

—Creo que quedan más, si todavía tienes sed —dice Sammy.

La chica no responde, se limita a mirarlo sin apenas parpadear.

—Y también puedes pedir ositos de goma, por si tienes hambre.

Ella sigue mirándolo sin hablar, con las piernas dobladas bajo la chaqueta de Parker y los ojos de búho muy abiertos.

—Me llamo Sam, pero todos me llaman Sammy. Salvo Cassie. Cassie me llama Sams. Y tú, ¿cómo te llamas?

La chica levanta la voz para hacerse oír por encima del zumbido de las ruedas y el gruñido del motor.

—Megan.

Sus dedos flacos tiran de la tela verde de la chaqueta militar.

—¿De dónde ha salido esto? —se pregunta en voz alta.

El ruido de fondo casi ahoga su voz. Sammy se levanta y se mete en el espacio vacío que hay junto a ella. La niña da un respingo y aparta las piernas todo lo que puede.

—De Parker —le explica Sammy—. Es el que está sentado allí, al lado del conductor. Es sanitario. Eso significa que cuida de la gente enferma. Es muy simpático.

—Yo no estoy enferma —dice la niña delgada que se llama Megan, sacudiendo la cabeza.

Ojos enmarcados en círculos oscuros, labios agrietados y secos, pelo pegado y lleno de ramitas y hojas muertas. Frente sudorosa y mejillas sonrosadas.

—¿Adónde vamos? —quiere saber.

—Al Campo Cielo.

—Al Campo ¿qué?

—Es un fuerte —responde Sammy—. Y no un fuerte cualquiera. Es el más grande, el mejor y el más seguro de todo el mundo. ¡Hasta tiene un campo de fuerza!

Dentro del autobús hace un calor agobiante, pero Megan no deja de temblar. Sammy le remete la chaqueta de Parker bajo la barbilla. Ella se lo queda mirando con sus enormes ojos de búho.

—¿Quién es Cassie?

—Mi hermana. Ella también vendrá. Los soldados volverán a recogerla. A ella y a papá, y a todos los demás.

—¿Quieres decir que está viva?

Sammy asiente con la cabeza, desconcertado. ¿Por qué no iba a estarlo?

—¿Tu padre y tu hermana están vivos? —pregunta la niña, con el labio inferior tembloroso.

Una lágrima abre un sendero a través del hollín que le mancha la cara. El hollín del humo de las fogatas en las que arden los cadáveres.

Sin pensarlo, Sammy le coge la mano. Como cuando Cassie se la cogió a él al contarle lo que habían hecho los Otros.

Fue su primera noche en el campo de refugiados. No había sido consciente de la magnitud de lo sucedido en los últimos meses hasta aquel momento, después de que apagaran las luces y se tumbara al lado de Cassie, a oscuras. Todo había ocurrido tan deprisa... Desde el día en que se había ido la electricidad hasta la llegada al campo, pasando por el día en que su padre había envuelto a su mamá en una sábana blanca. Siempre había pensado que acabarían regresando a casa y todo sería como antes de la llegada de los Otros. Su madre no regresaría; no era un bebé, sabía que su madre no volvería con ellos, pero no se daba cuenta de que no había vuelta atrás, de que lo que había ocurrido era para siempre.

Hasta aquella noche. La noche que Cassie le dio la mano y le dijo que a miles de millones de personas les había pasado lo mismo que a su mamá. Que casi todos los habitantes de la Tierra estaban muertos. Que nunca volverían a vivir en su casa. Que nunca regresaría al colegio. Que todos sus amigos estaban muertos.

—Eso no está bien —susurra Megan en el autobús, a oscuras—. No está bien. —Se ha quedado mirando a Sammy—. He perdido a toda mi familia, ¿y tú tienes a tu padre y a tu hermana? ¡No está bien!

Parker se ha levantado otra vez, se detiene en cada asiento y habla en voz baja con todos los niños antes de tocarles las frentes. Cuando les acerca la mano a la frente, una luz tenue brilla en la penumbra. A veces, la luz es verde. Otras, roja. Cuando la luz se apaga, Parker marca la mano del niño con un sello. Luz roja, sello rojo. Luz verde, sello verde.

—Mi hermano pequeño tenía más o menos tu edad —le dice Megan a Sammy.

Suena a acusación: «¿Cómo es posible que tú estés vivo y él no?».

—¿Cómo se llama? —pregunta Sammy.

—¿Qué más da? ¿Por qué quieres saber su nombre?

Sammy desearía que Cassie estuviera con él. Cassie sabría decirle a Megan las palabras adecuadas para que se sintiera mejor. Siempre encontraba las palabras justas.

—Se llamaba Michael, ¿vale? Michael Joseph, tenía seis años y nunca le hizo nada malo a nadie. ¿Te parece bien? ¿Estás contento? Mi hermano se llamaba Michael Joseph. ¿Quieres saber el nombre de los demás?

Mira por encima del hombro de Sammy, hacia Parker, que se ha parado en su fila.

—Vaya, hola, dormilona —le dice el sanitario a Megan.

—Está enferma, Parker —le infoma Sammy—. Tienes que curarla.

—Vamos a curar a todo el mundo —le asegura Parker, sonriente.

—No estoy enferma —protesta Megan, pero tirita con ganas debajo de la chaqueta verde de Parker.

—Claro que no —repone el soldado, y asiente mientras esboza una amplia sonrisa—. Aunque lo mejor será que te ponga el termómetro para asegurarnos, ¿vale?

Entonces levanta un disco plateado del tamaño de un cuarto de dólar.

—Si pasas de los treinta y ocho grados, se pone verde. —Se inclina sobre Sammy y coloca el disco en la frente de Megan. El disco se ilumina con un brillo verde—. Oh, oh —dice Parker—. Deja que te lo ponga a ti, Sam.

El metal no está frío. Durante un segundo, una luz roja baña el rostro de Parker. El soldado le pone el sello a Megan en el dorso de la mano. La humedad de la tinta verde brilla un poco en la penumbra. Es una carita sonriente. Luego, una carita roja sonriente para Sammy.

—Espera a que digan tu color, ¿vale? —le dice Parker a Megan—. Los verdes van derechos al hospital.

—¡No estoy enferma! —grita Megan con voz ronca.

Después se dobla, entre toses, y Sammy retrocede por instinto.

—No es más que un resfriado fuerte, Sam —le susurra el soldado, dándole una palmadita en el hombro—. Se pondrá bien.

—No pienso ir al hospital —le dice Megan a Sammy cuando Parker regresa a la parte delantera del autobús.

La niña se restriega con energía el dorso de la mano contra la chaqueta, emborronando la tinta. La carita sonriente se convierte en una mancha verde.

—Tienes que hacerlo —responde Sammy—. ¿No quieres ponerte buena?

Ella sacude la cabeza con energía. El niño no lo entiende.

—A los hospitales no vas a ponerte bueno, vas a morir.

Después de que su madre enfermara, Sammy le había preguntado a su padre: «¿No vas a llevar a mami al hospital?». Él le había respondido que no era seguro, que había demasiados enfermos y pocos médicos, y que, de todos modos, los médicos no podían hacer nada por ella. Cassie le había contado que el hospital estaba roto, igual que la tele, las luces, los coches y todo lo demás.

«¿Todo está roto? —le había preguntado a su hermana—. ¿Todo?».

«No, todo no, Sams —respondió ella—. Esto no».

Cassie le había cogido la mano y la había puesto en el pecho del niño, y Sammy había notado el latido de su corazón golpeando con fuerza su palma abierta.

«Esto no está roto», dijo Cassie.

39

Su madre solo va a verlo en el espacio intermedio, esos momentos grises antes de dormirse. Permanece alejada de sus sueños, como si supiera que no debe entrar, porque, aunque los sueños no son reales, cuando los soñamos nos lo parecen. Lo quiere demasiado para hacerle eso.

A veces le ve la cara, pero normalmente no puede: solo distingue su silueta, algo más oscura que el gris que se esconde detrás de los párpados de su hijo, y él la huele y le toca el pelo, que se desliza entre sus dedos. Si pone demasiado empeño en verle la cara, su madre se desvanece en la oscuridad. Y si intenta abrazarla con demasiada fuerza, se le escapa entre los dedos, como uno de sus mechones de pelo.

El zumbido de las ruedas en la carretera oscura. El olor a rancio del aire caliente y el balanceo del autobús debajo de las frías estrellas. ¿Cuánto queda para el Campo Cielo? Es como si llevaran toda la vida en esa carretera oscura, bajo las frías estrellas. Espera a su madre en el espacio intermedio, con los párpados cerrados, mientras Megan lo observa con esos enormes ojos redondos de búho.

Se queda dormido.

Sigue dormido cuando los tres autobuses escolares se detienen junto a las puertas del Campo Cielo. Muy arriba, en la torre de vigilancia, el centinela pulsa un botón que desbloquea el cierre electrónico y abre la puerta. Los autobuses entran, y la puerta se cierra a su paso.

No se despierta hasta que los autobuses se paran acompañados del susurro furibundo de los frenos. Dos soldados caminan por el pasillo y despiertan a los niños que se han quedado dormidos. Los soldados van bien armados, pero sonríen y les hablan con amabilidad: «No pasa nada. Ahora estáis completamente a salvo».

Sammy se sienta, entorna los ojos para protegerlos del repentino baño de luz que entra por las ventanas y mira afuera. Se han detenido frente a un gran hangar de aviones. Las enormes puertas del muelle de carga están cerradas, así que no ve qué hay dentro. Por un segundo no le preocupa estar en un lugar desconocido sin papá ni Cassie ni Oso. Sabe lo que significa esa luz intensa: los alienígenas no han podido cortar la electricidad en el campo. También significa que Parker le ha dicho la verdad: el recinto tiene un campo de fuerza. No importa que los Otros sepan de su existencia.

Están completamente a salvo.

Nota la respiración inquieta de Megan junto a su oreja y se vuelve para mirarla. Los ojos de la niña parecen gigantes a la luz de los focos. Megan le coge la mano.

—No me dejes sola —le suplica.

Un hombre grandote sube al autobús, se planta junto al conductor con las manos en las caderas. Tiene una cara ancha y rolliza, y los ojos muy pequeños.

—Buenos días, niños y niñas, ¡bienvenidos al Campo Asilo! Me llamo comandante Bob. Sé que estáis cansados, que tenéis hambre y que tal vez estéis un poco asustados... A ver, ¿quién está un poco asustado? Que levante la mano.

Nadie la levanta. Veintiséis pares de ojos lo miran sin expresión alguna, y el comandante Bob sonríe. Tiene los dientes pequeños, como los ojos.

—Eso es extraordinario. Y ¿sabéis qué os digo? ¡No deberíais tener miedo! Ahora mismo, nuestro campo es el lugar más seguro de todo el mundo, en serio. Estáis completamente a salvo —afirma, y se vuelve hacia uno de los sonrientes soldados, que le pasa una tablilla sujetapapeles—. Bien, en Campo Asilo solo hay dos reglas. La regla número uno es: recordad vuestros colores. ¡Que todo el mundo enseñe su color!

Veinticinco puños se alzan al instante. El número veintiséis, el de Megan, se queda en su regazo.

—Rojos, en un par de minutos os acompañarán al Hangar Número Uno para procesaros. Verdes, quedaos donde estáis: todavía tardaréis un poco.

—Yo no voy —le susurra Megan a Sammy al oído.

—¡Regla número dos! —brama el comandante Bob—. La regla número dos son dos palabras: escuchad y obedeced. Es fácil de recordar, ¿no? Regla número dos, dos palabras. Escuchad a vuestro líder de grupo. Obedeced todas las instrucciones que os dé vuestro líder de grupo. No preguntéis y no repliquéis. Ellos (igual que todos nosotros) están aquí por una única razón, y esa razón es manteneros a salvo. Y no podemos manteneros a salvo a no ser que escuchéis y obedezcáis todas las instrucciones de inmediato, sin preguntas. —Le devuelve la tablilla al soldado sonriente, da una palmada con sus manos regordetas y añade—: ¿Alguna pregunta?

—Primero dice que no hagamos preguntas y después quiere saber si tenemos preguntas —susurra Megan.

—¡Excelente! —chilla el comandante Bob—. ¡Vamos a procesaros! Rojos, vuestro líder de grupo es el cabo Parker. Nada de correr ni de empujar, pero no dejéis de moveros. No se puede salir de la fila y no se puede hablar; y acordaos de enseñar vuestro sello en la puerta. Vamos, gente. Cuanto antes os procesemos, antes podréis dormir un poco y desayunar. No os prometo la mejor comida del mundo, pero ¡hay de sobra!

El soldado baja los escalones con pesadez. El autobús se balancea con cada paso que da. Sammy empieza a levantarse, y Megan tira de él para que se siente de nuevo.

—¡No me dejes sola! —repite.

—Pero soy un rojo —protesta Sam.

Se siente mal por Megan, pero está deseando salir. Es como si hubiese estado un siglo dentro de ese autobús; además, cuanto antes vacíen los autobuses, antes podrán volver para recoger a papá y a Cassie.

—No pasa nada, Megan —le dice tratando de consolarla—. Ya has oído a Parker: van a curar a todo el mundo.

El niño baja y se pone al final de la cola, con los otros rojos. Parker se ha puesto al pie de los escalones para comprobar los sellos.

—¡Eh! —grita el conductor, y Sammy se vuelve justo a tiempo de ver a Megan llegando al último escalón.

Se da contra el pecho de Parker, y grita cuando él la agarra de los brazos, que no dejan de agitarse.

—¡Suéltame!

El conductor la aparta de Parker y la arrastra de nuevo escalones arriba mientras le sujeta un brazo a la espalda.

—¡Sammy! —grita—. ¡Sammy, no te vayas! ¡No los dejes...!

Entonces, las puertas se cierran y ahogan sus gritos. Sammy mira a Parker, que le da una palmadita en el hombro para tranquilizarlo.

—No le pasará nada, Sam —le asegura el sanitario en voz baja—. Vamos.

De camino al hangar, la oye gritar detrás de la piel metálica amarilla del autobús, por encima del gruñido gutural del motor, del silbido de los frenos al soltarse. Grita como si se muriera, como si la torturaran. Entonces, Sammy entra en el hangar por una puerta lateral y deja de oírla.

Justo al otro lado de la puerta, un soldado le entrega una tarjeta con el número cuarenta y nueve impreso en ella.

—Ve al círculo rojo más cercano —le ordena el soldado—. Siéntate y espera a que digan tu número.

—Ahora tengo que irme al hospital —dice Parker—. Tú tranqui, campeón, y recuerda que ahora todo irá bien. Aquí no hay nada que pueda hacerte daño.

Le revuelve el pelo a Sammy, le promete que lo volverá a ver pronto y choca los puños con él antes de irse.

Sammy se queda decepcionado al comprobar que en el enorme hangar no hay aviones. Nunca ha visto un caza de cerca, aunque ha pilotado uno de ellos mil veces desde la Llegada: mientras su madre permanecía tumbada en el cuarto del otro extremo del pasillo, él estaba en la cabina de un Fighting Falcon ascendiendo hasta el límite de la atmósfera a tres veces la velocidad del sonido, camino de la nave nodriza alienígena. Por supuesto, el casco gris de la nave estaba plagado de torretas y cañones de rayos, y su campo de fuerza emitía un resplandor verde diabólico y espeluznante; sin embargo, ese campo de fuerza tenía un punto débil: un agujero tan solo cinco centímetros más ancho que su caza. Así que si acertaba en el punto justo... Y no le quedaba más remedio que hacerlo, porque habían derribado a todo su pelotón, solo le quedaba un misil y él, Sammy *la Víbora* Sullivan, era el único que quedaba para defender la Tierra de la horda alienígena.

En el suelo hay pintados tres grandes círculos rojos. Sam se une a otros niños en el que está más cerca de la puerta y se sienta. No se quita de la cabeza los gritos de terror de Megan, sus enormes ojos, el brillo del sudor en su piel y el olor a enfermedad de su aliento. Cassie le había dicho que las Molestas Hormigas ya se habían acabado, que habían matado a toda la gente que podían matar, porque algunas personas, como Cassie, papá y él, y todos los del Campo Pozo de Ceniza, no se contagiaban. Cassie le había dicho que eran inmunes.

Pero ¿y si Cassie se equivocaba? A lo mejor la enfermedad tardaba más en matar a algunas personas. A lo mejor está matando a Megan en estos precisos instantes.

O, a lo mejor, los Otros han creado una segunda plaga, una aún peor que las Hormigas, una que matará a todos los que sobrevivieron a la primera.

Se quita la idea de la cabeza. Desde la muerte de su madre, se le da muy bien apartar los malos pensamientos.

Hay más de cien niños repartidos entre los tres círculos, pero el hangar está muy silencioso. El chico que tiene sentado al lado está tan cansado que se tumba en el frío hormigón, se acurruca haciéndose un ovillo y se queda dormido. Es mayor que Sammy, puede que tenga diez u once años, y duerme con el pulgar bien metido entre los labios.

Suena un timbre, y la voz de una señora brama por los altavoces, primero en inglés y después en español:

—¡Bienvenidos a Campo Asilo, niños! ¡Estamos encantados de veros a todos! Sabemos que estáis cansados, hambrientos y que algunos no os sentís demasiado bien, pero, a partir de ahora, todo saldrá bien. Quedaos en vuestro círculo y escuchad con atención hasta que digan vuestro número. No salgáis de vuestro círculo bajo ninguna circunstancia. ¡No queremos perder a nadie! Permaneced en silencio y tranquilos, y ¡recordad que estamos aquí para cuidar de vosotros! Estáis completamente a salvo.

Poco después dicen el primer número. El niño se levanta de su círculo rojo y un soldado lo acompaña hasta una puerta roja, al otro extremo del hangar. El soldado le recoge la tarjeta y abre la puerta. El niño entra solo. El soldado cierra la puerta y regresa a su puesto junto a uno de los círculos rojos. En cada círculo hay dos soldados, ambos bien armados, pero sonrientes. Todos los soldados sonríen. No dejan de sonreír.

Uno a uno, llaman a los niños por sus números. Los niños abandonan sus círculos, atraviesan el hangar y desaparecen por la puerta roja. No regresan.

Sammy tiene que esperar casi una hora a que llegue su número. Ha amanecido, y los rayos de sol se abren paso a través de las altas ventanas y bañan el hangar en luz dorada. Está muy cansado, muerto de hambre y un poco entumecido después de pasar tantas horas sentado, pero se levanta de un salto cuando lo oye:

—¡Cuarenta y nueve! ¡Diríjase a la puerta roja, por favor! ¡Número cuarenta y nueve!

Con las prisas, está a punto de tropezar con el niño que duerme junto a él.

Una enfermera lo espera al otro lado de la puerta. Sabe que es enfermera porque lleva una bata verde y zapatillas de suela blanda, como Rachel, la enfermera que trabajaba en la consulta de su médico. También tiene una sonrisa cariñosa, como la enfermera Rachel, y le da la mano para conducirlo a un cuartito. Hay una cesta rebosante de ropa sucia y, al lado de una cortina blanca, varios ganchos de los que cuelgan batas de papel.

—Vale, campeón, ¿cuánto tiempo hace que no te bañas? —le pregunta la enfermera, que se ríe al ver la cara de sorpresa de Sammy.

Después, la enfermera corre la cortina blanca para enseñarle una cabina de ducha.

—Hay que quitártelo todo y echarlo en la cesta. Sí, también la ropa interior. Aquí queremos a los niños, pero ¡no queremos piojos ni garrapatas, ni nada que tenga más de dos piernas!

215

Aunque Sammy protesta, la enfermera insiste en ducharlo ella misma. Él se queda con los brazos cruzados mientras ella le echa un chorro de champú apestoso en el pelo y le enjabona todo el cuerpo, de la cabeza a los pies.

—Cierra los ojos con fuerza si no quieres que te pique —le recomienda la enfermera con amabilidad.

Le permite secarse solo y después le pide que se ponga una de las batas de papel.

—Entra por esa puerta de ahí —le dice, señalando la puerta del otro extremo de la habitación.

La bata le queda demasiado grande y el borde de abajo le arrastra por el suelo de camino a la siguiente habitación. Otra enfermera le está esperando. Es más rellenita que la primera, mayor y no tan amable. Le pide a Sammy que se suba a una báscula, anota su peso en una tablilla portapapeles, junto con su número, y después le dice que se suba a la mesa de reconocimiento. Le pone un disco metálico (como el que había usado Parker en el autobús) en la frente.

—Es para tomarte la temperatura —le explica.

—Lo sé, me lo dijo Parker. El rojo es normal.

—Y, efectivamente, sale rojo —dice la enfermera.

A continuación, le toma el pulso poniéndole los dedos en la muñeca. Los tiene muy fríos...

Sammy se estremece. Está un poco asustado y se le ha puesto la piel de gallina, porque la bata no abriga nada. Nunca le ha gustado ir al médico, y le preocupa que quieran ponerle una inyección. La enfermera se sienta frente a él y le dice que necesita hacerle unas preguntas. Se supone que debe escucharlas con atención y responder con toda la sinceridad posible. Si no sabe la respuesta, no pasa nada. ¿Lo entiende?

¿Cuál es su nombre completo? ¿Cuántos años tiene? ¿De dónde es? ¿Tiene hermanos? ¿Están vivos?

—Cassie —responde Sammy—. Cassie está viva.

La enfermera escribe el nombre de Cassie.

—¿Cuántos años tiene Cassie?

—Cassie tiene dieciséis años. Van a ir a recogerla —le explica a la enfermera.

—¿Quién?

—Los soldados. Dijeron que no había sitio para ella, pero que iban a volver a por ella y a por mi papá.

—¿Papá? Entonces, tu padre también está vivo, ¿no? ¿Y tu madre?

Sammy sacude la cabeza y se muerde el labio inferior. Está tiritando. Hace mucho frío. Recuerda que había dos asientos vacíos en el autobús, el que tenía a su lado, donde se había sentado Parker un momento, y el que había al lado de Megan, que luego había ocupado él.

—Dijeron que no había sitio en el autobús, pero sí que había —le espeta a la enfermera—. Papá y Cassie podrían haber venido. ¿Por qué los soldados no los dejaron venir?

—Porque vosotros sois nuestra prioridad, Samuel —responde la enfermera.

—Pero van a ir a por ellos, ¿no?

—Con el tiempo, sí.

Más preguntas. ¿Cómo murió su madre? ¿Qué pasó después?

El bolígrafo de la enfermera vuela por la hoja. La mujer se levanta y le da una palmadita en la rodilla descubierta.

—No tengas miedo —le dice antes de irse—. Aquí estás completamente a salvo. —A Sammy le da la impresión de que su voz es monótona, como si repitiera algo que ya ha dicho mil veces—. Quédate ahí sentado, el médico llegará en un minuto.

A Sammy le parece mucho más de un minuto. Se abraza el pecho con los finos brazos para intentar mantener el calor corporal. No deja de pasear la mirada, inquieta, por el cuartito. Un lavabo y un armario. La silla en la que se ha sentado la enfermera. Un taburete con ruedas en una esquina y, montada en el techo, justo encima del taburete, una cámara que apunta con su ojo negro a la mesa de reconocimiento.

Entonces vuelve la enfermera, seguida del médico. La doctora Pam es alta y delgada, justo lo contrario que la enfermera, una mujer bajita y rolliza. Sammy se tranquiliza de inmediato: esa doctora tan alta tiene algo que le recuerda a su madre. A lo mejor es su forma de hablarle, mirándolo a los ojos, con esa voz cálida y amable. También tiene las manos calientes. A diferencia de la enfermera, no se ha puesto guantes para tocarlo.

La doctora hace lo que Sammy esperaba: las cosas de médicos a las que está acostumbrado. Le mira los ojos, los oídos y la garganta con una luz. Lo ausculta con el estetoscopio. Le da restregones debajo de la mandíbula, aunque no demasiado fuerte, mientras tararea en voz baja.

—Túmbate boca arriba, Sam.

Unos dedos firmes le aprietan la barriga.

—¿Te duele cuando hago esto?

Le pide que se levante, que se incline, que se toque los dedos de los pies mientras ella le recorre la columna con las manos.

—Muy bien, campeón, vuelve a subirte a la mesa.

Él se sube rápidamente en la sábana de papel arrugado con la sensación de que la visita está a punto de acabar. No habrá inyección. A lo mejor le pincha el dedo, cosa que no tiene gracia, pero al menos no habrá inyección.

—Extiende la mano, por favor.

La doctora Pam le coloca un diminuto tubo gris en la palma de la mano; es más o menos del tamaño de un grano de arroz.

—¿Sabes qué es esto? Se llama microchip. ¿Has tenido mascota, Sammy? ¿Un perro o un gato?

No, su padre es alérgico. Pero Sammy siempre quiso tener un perro.

—Bueno, pues algunos dueños les ponen a sus mascotas un dispositivo muy parecido a este por si huyen o se pierden. Eso sí, este es un poco distinto, ya que emite una señal que nosotros podemos seguir.

Según le explica la doctora, se introduce bajo la piel y, esté donde esté Sammy, ellos lo encontrarán. Solo por si pasa algo. El Campo Asilo es muy seguro, pero hace solo unos meses todo el mundo creía estar a salvo de un ataque alienígena, así que ahora hay ir con cuidado, hay que tomar todas las precauciones...

Sammy ha dejado de prestar atención en cuanto ha oído las palabras «bajo la piel». ¿Van a inyectarle ese tubo gris? El miedo empieza a roerle de nuevo el corazón.

—No te dolerá —dice la doctora al notar que empieza a asustarse—. Primero te pondremos una pequeña inyección, para adormecerla, y después solo tendrás la zona irritada durante un par de días.

La doctora es muy amable. Sammy se da cuenta de que comprende lo mucho que odia las inyecciones y de que no lo hace porque quiera, sino porque debe. La doctora Pam le enseña la aguja que usará para anestesiarlo. Es diminuta, tan fina como un pelo humano. Como la picadura de un mosquito, le asegura la doctora. Eso no es tan malo: le han picado mosquitos muchas veces. Y la doctora Pam le promete que no lo notará cuando le introduzca el tubo gris. Después de la inyección no sentirá nada.

Sammy se tumba boca abajo y mete la cara en el hueco del codo. En la habitación hace frío, y el algodón con alcohol que le pasa por la nuca lo hace tiritar aún más. La enfermera le pide que se relaje.

—Cuanto más te tenses, más se te irritará —le dice.

Él intenta pensar en algo bonito, algo que le quite de la cabeza lo que está a punto de suceder. Ve el rostro de Cassie en su cabeza y se sorprende. Esperaba ver el rostro de su madre.

Cassie sonríe. Él le devuelve la sonrisa, con la cara escondida en el brazo. Un mosquito que debe de tener el tamaño de un pájaro le pica con fuerza en la nuca. No se mueve, aunque gime en voz baja contra la piel de su brazo. Todo acaba en menos de un minuto.

El número cuarenta y nueve ya está bajo vigilancia.

40

Después de vendarle el punto de inserción, la doctora anota algo en su historial, se lo pasa a la enfermera y le dice a Sammy que ya solo queda una prueba.

Sammy la sigue a la habitación de al lado. Es mucho más pequeña que la sala de reconocimiento, poco mayor que un armario. En el centro hay un sillón que le recuerda al de su dentista: estrecho, de respaldo alto y con finos reposabrazos a los lados.

La doctora le pide que se siente.

—Recuéstate; la cabeza también, eso es. Relájate.

Ñiiic. El respaldo del sillón se baja y la parte delantera se eleva, subiéndole las piernas hasta que está prácticamente tumbado. La doctora se acerca, sonriente.

—Bien, Sam. Has tenido mucha paciencia con nosotros, y este es el último examen, lo prometo. No se tarda mucho y no duele, aunque a veces puede ser un poco... intenso. Es para probar el implante que acabamos de ponerte, para asegurarnos de que funciona bien. Dura unos cuantos minutos y tienes que permanecer muy, muy quieto. Eso puede resultar difícil, ¿verdad? No debes agitarte, ni moverte, ni siquiera rascarte la nariz, porque eso estropearía la prueba. ¿Crees que podrás hacerlo?

Sammy asiente con la cabeza. Le está devolviendo la sonrisa a la doctora.

—Ya he jugado antes a «pies quietos» —le asegura—. Se me da muy bien.

—¡Estupendo! Pero, por si acaso, voy a ponerte estas correas en las muñecas y en los tobillos. No las apretaré mucho: es solo por si empieza a picarte la nariz. Las correas te recordarán que no puedes moverte. ¿Te parece bien?

Sammy vuelve a asentir.

—Vale —dice la doctora después de sujetarlo con las correas—, ahora voy a colocarme al lado del ordenador. El ordenador enviará una señal para calibrar el transpondedor, y el transpondedor enviará una señal de respuesta. Solo se tarda unos segundos, aunque puede que te parezca más. De hecho, puede que te parezca mucho más. Cada persona reacciona de una forma distinta. ¿Listo para intentarlo?

—Vale.

—¡Bien! Cierra los ojos. Mantenlos cerrados hasta que te diga que puedes abrirlos. Respira profundamente. Allá vamos. Ahora, mantén los ojos cerrados. Cuento atrás desde tres..., dos..., uno...

Una bola de fuego cegadora estalla dentro de la cabeza de Sammy Sullivan. Su cuerpo se tensa; las piernas tiran de las correas; los diminutos dedos se cierran en torno a los reposabrazos. Oye la tranquilizadora voz de la doctora al otro lado de la luz cegadora. Le dice:

—No pasa nada, Sammy, no tengas miedo. Solo unos segundos más, lo prometo...

Ve su cuna. Y allí está Oso, tumbado a su lado, en la cuna, y también está el móvil de estrellas y planetas que da vueltas lánguidamente sobre su cama. Ve a su madre inclinándose sobre él con una cucharada de medicina y diciéndole que se la tome. Ahí está Cassie en el patio. Es verano, y él camina con dificultad, con el bragapañal puesto, y Cassie lanza el agua de la manguera hacia arriba, muy alto, de modo que un arcoíris surge de la nada. Su hermana mueve la manguera adelante y atrás, y se ríe mientras él persigue el arcoíris, los colores fugaces e inaprensibles que son como astillas de luz dorada. «¡Atrapa el arcoíris, Sammy! ¡Atrapa el arcoíris!».

Las imágenes y los recuerdos manan de él como agua que corre hacia un desagüe. En menos de noventa segundos, toda la vida de Sammy sale de él en tromba y entra en el ordenador central: una avalancha de tacto, olfato, gusto y oído que acaba desvaneciéndose en la blanca nada. Su mente queda al desnudo en esa blancura cegadora; todo lo que ha experimentado, todo lo que recuerda e incluso aquellas cosas que no puede recordar; todo lo que compone la personalidad de Sammy Sullivan es extraído, clasificado y transmitido por el dispositivo de la nuca al ordenador de la doctora Pam.

Ya se ha trazado el mapa del número cuarenta y nueve.

41

La doctora Pam desabrocha las correas y lo ayuda a bajar del sillón. A Sammy le ceden las rodillas. Ella le sostiene los brazos para evitar que caiga. Sammy tiene arcadas y vomita en el suelo blanco. Mire adonde mire, ve manchas negras que se retuercen y rebotan. La enfermera grandota y seria lo lleva de vuelta a la sala de reconocimiento, lo sube a la mesa, le dice que no pasa nada y le pregunta si quiere que le lleve algo.

—¡Quiero a mi oso! —grita él—. ¡Quiero a mi papá, a mi Cassie, y quiero irme a casa!

La doctora Pam aparece detrás de él, y su cálida mirada le deja claro que lo entiende. Ella sabe cómo se siente. La doctora le dice que es muy valiente, que ha sido muy valiente y listo, y que ha tenido mucha suerte de llegar hasta aquí. Ha pasado el último examen con nota. Está sano como una manzana y completamente a salvo. Lo peor ya ha pasado.

—Eso es lo que decía mi padre cada vez que ocurría algo malo, y siempre acababa sucediendo algo peor —responde Sammy, reprimiendo las lágrimas.

Le llevan un mono blanco para que se lo ponga. Le recuerda al traje de un piloto de caza, con cremallera delante y una tela resbaladiza. Le queda demasiado grande: las mangas le tapan las manos.

—¿Sabes por qué eres tan importante para nosotros, Sammy? —pregunta la doctora Pam—. Porque eres el futuro. Sin ti y sin todos esos otros niños, no tendremos ninguna oportunidad contra ellos. Por eso os hemos buscado y os hemos traído aquí, y por eso hacemos todo esto. Ya sabes algunas de las cosas que nos han hecho, y son terribles. Cosas terribles y horrorosas, pero eso no es lo peor, no es lo único que han hecho.

—¿Qué más han hecho? —susurra Sammy.

—¿De verdad quieres saberlo? Puedo enseñártelo, pero solo si quieres saberlo.

En el cuarto blanco acaba de revivir la muerte de su madre, ha vuelto a sentir el olor a cobre de su sangre, ha visto a su padre lavándose las manos manchadas con esa sangre. Sin embargo, según la doctora, eso no es lo peor que han hecho los Otros. ¿De verdad quiere saberlo?

—Quiero saberlo —responde.

La doctora levanta el disquito plateado que la enfermera ha utilizado para tomarle la temperatura, el mismo dispositivo que Parker había apretado contra la frente de Megan y la suya en el autobús.

—Esto no es un termómetro, Sammy —dice la doctora Pam—. Detecta una cosa, pero no es tu temperatura. Nos dice quién eres. O, mejor dicho, nos dice qué eres. Dime una cosa, Sam, ¿has visto ya a alguno de ellos? ¿Has visto a un alienígena?

Sammy niega con la cabeza. Tiembla bajo el mono blanco. Está hecho un ovillo en la pequeña sala de reconocimiento. Con el estómago revuelto, la cabeza como un bombo, débil por culpa del hambre y el cansancio. Algo en su interior quiere que la doctora pare y está a punto de gritar: «¡Pare! ¡No quiero saberlo!». Sin embargo, se muerde el labio. No quiere saberlo, pero tiene que saberlo.

—Siento mucho informarte de que sí que has visto uno —dice la doctora en un tono de voz amable y triste—. Todos lo hemos visto. Desde la Llegada hemos estado esperando a que vengan, pero lo cierto es que llevan aquí mucho tiempo, delante de nuestras narices.

Sammy sacude la cabeza una y otra vez: la doctora Pam se equivoca. Él no ha visto a ninguno. Se pasó horas escuchando a su padre especular sobre su aspecto. Le oyó decir que tal vez nunca averiguaría cómo eran. No habían recibido ningún mensaje suyo, no habían aterrizado, no había ni rastro de su existencia, salvo por la nave nodriza verde grisáceo que estaba en órbita y los teledirigidos. ¿Cómo podía decir la doctora Pam que él había visto a uno?

Ella le ofrece la mano.

—Si quieres verlo, te lo puedo enseñar.

VI
LA ARCILLA HUMANA

42

Ben Parish ha muerto.

No lo echo de menos. Ben era un gallina, un llorica y un bebé.

No como Zombi.

Zombi es todo lo que Ben no era. Zombi es duro. Zombi es la caña. Zombi es frío como el acero.

Zombi nació la mañana que salí de la unidad de convalecencia. Cambié la fina bata por un mono azul. Me asignaron un catre en el Barracón 10. Me puse en forma gracias a las tres comidas al día y a un entrenamiento físico brutal, pero, sobre todo, gracias a Reznik, el instructor militar que es jefe del regimiento, el hombre que hizo pedazos a Ben Parish y lo reconstruyó, transformándolo en la despiadada máquina zombi asesina que es hoy.

No me malinterpretéis, Reznik es un cabrón cruel, insensible y sádico, y todas las noches me quedo dormido fantaseando con que lo mato de distintas formas. Desde el primer día, su misión ha sido hacer de mi vida un infierno, ¡y vaya si lo ha conseguido! Me ha abofeteado, molido a puñetazos, pateado y escupido. Me ha ridiculizado, se ha burlado de mí y me ha gritado hasta que me pitaban los oídos. Me obligó a pasar varias horas bajo la lluvia helada, a frotar todo el suelo de los barracones con un cepillo de dientes, a desmontar y montar mi fusil hasta que me sangraron los dedos, a correr hasta que las piernas se me volvieron de gelatina... Ya os hacéis una idea.

Pero yo no lo entendía. Al principio, no. ¿Me entrenaba para ser un soldado o intentaba matarme? Estaba bastante seguro de que era lo segundo. Después me di cuenta de que eran ambas cosas: me estaba entrenando para ser soldado... y para ello intentaba matarme.

Os daré un ejemplo. Con uno bastará.

Gimnasia matutina para todos los pelotones del regimiento, más de trescientos soldados, y Reznik decide que es el momento oportuno para humillarme en público. Se agacha a mi lado con las piernas abiertas y las manos en las rodillas, y acerca su cara picada de viruela a la mía cuando bajo para hacer la flexión número setenta y nueve.

—Soldado Zombi, ¿tuvo tu madre algún hijo que sobreviviera?

—¡Señor, sí, señor!

—¡Seguro que cuando naciste te echó un vistazo e intentó meterte otra vez dentro!

Me pisa el culo con el tacón de la bota para obligarme a bajar. Los miembros de mi pelotón hacemos flexiones con los nudillos sobre el camino de asfalto que rodea el patio, porque la tierra está congelada y el asfalto absorbe la sangre; no te resbalas tanto. Quiere que falle antes de llegar a las cien. Empujo contra su bota: no pienso volver a empezar de cero, no delante de todo el regimiento. Noto que mis compañeros reclutas me miran. Esperan mi inevitable desplome. Esperan que gane Reznik. Reznik siempre gana.

—Soldado Zombi, ¿cree que soy cruel?

—¡Señor, no, señor!

Me arden los músculos y tengo los nudillos en carne viva. He recuperado mi peso, pero ¿qué hay del coraje?

Ochenta y ocho. Ochenta y nueve. Casi está.

—¿Me odias?

—¡Señor, no, señor!

Noventa y tres. Noventa y cuatro. En el pelotón, alguien susurra:

—¿Quién es ese tío?

Y otra persona, una voz de chica, dice:

—Se llama Zombi.

230

—¿Eres un asesino, soldado Zombi?

—¡Señor, sí, señor!

—¿Comes sesos de alienígena para desayunar?

—¡Señor, sí, señor!

Noventa y cinco. Noventa y seis. Silencio sepulcral en el patio. No soy el único recluta que odia a Reznik. Uno de estos días, alguien lo vencerá con sus propias armas, eso es lo que se espera, eso es lo que deseo mientras lucho por llegar a las cien.

—¡Y una mierda! He oído que eres un cobarde. He oído que huyes de las peleas.

—¡Señor, no, señor!

Noventa y siete. Noventa y ocho. Dos más y he ganado. Oigo a la misma chica (debe de estar cerca) susurrar:

—Vamos.

Al llegar a la flexión noventa y nueve, Reznik me empuja con el talón. Caigo sobre el pecho, pego la mejilla en el asfalto, y ahí está su cara hinchada y sus pálidos ojos diminutos, a un par de centímetros de los míos.

Noventa y nueve. El muy cabrón.

—Soldado Zombi, eres una desgracia para tu especie. He escupido salivazos más duros que tú. Al verte empiezo a pensar que el enemigo tenía razón sobre la raza humana. ¡Lo mejor sería picarte para hacer pienso y que te cague un cerdo! Bueno, ¿qué esperas, saco de vómito regurgitado? ¿Una puñetera invitación?

Muevo la cabeza a un lado. «No estaría mal una invitación, gracias, señor». Veo a una chica, más o menos de mi edad, de pie junto a su pelotón, con los brazos cruzados sobre el pecho, sacudiendo la cabeza mientras me mira. «Pobre Zombi». No sonríe. Ojos oscuros, pelo oscuro, piel tan clara que parece brillar a la primera luz del día. Tengo la sensación de conocerla de algo, pero, por lo que recuerdo, es la primera vez que la veo. Hay cientos de críos entrenándose para la guerra, y todos los días llegan otros tantos: les dan monos azules, se les asignan escuadrones y los meten en los barracones abarrotados que rodean el patio. Pero ella tiene una de esas caras que no se olvidan.

—¡Arriba, gusano! Levántate y haz otras cien. ¡Cien más o te juro por Dios que te arrancaré los ojos y los colgaré de mi espejo retrovisor como si fueran dados de peluche!

Estoy exhausto. Creo que no me quedan fuerzas ni para una flexión más. A Reznik le importa una mierda lo que yo crea. Esa es otra cosa que he tardado en comprender: no solo no les importa lo que piense, sino que no quieren que piense.

Tiene la cara tan cerca de la mía que le huelo el aliento. Huele a menta.

—¿Qué te pasa, cariño? ¿Estás cansado? ¿Es tu hora de la siesta?

¿Me queda energía para una flexión más? Si al menos hago una, no seré un perdedor. Aprieto la frente contra el asfalto y cierro los ojos. Existe un lugar al que voy, un espacio que encontré dentro de mí después de que el comandante Vosch me enseñara la batalla final, un refugio de silencio absoluto que no se ve afectado por la fatiga, ni por la desesperación, ni por la rabia, ni por nada que haya traído consigo el Gran Ojo Verde del Cielo. En ese lugar no tengo nombre. No soy Ben, ni Zombi: simplemente soy. Completo, intocable, intacto. La última persona viva del universo con todo el potencial humano en su interior, incluido el que consigue que el tío más gilipollas del planeta haga una última flexión. Y la hago.

43

Tampoco es que yo tenga nada especial.

Reznik es un sádico que cree en la igualdad de oportunidades. Trata a los otros seis reclutas del Pelotón 53 con la misma indecencia salvaje. Picapiedra, que es de mi edad, cejijunto y con una cabeza enorme; Tanque, el granjero delgaducho e irascible; Dumbo, el crío de doce años con grandes orejas y una sonrisa fácil que desapareció rápidamente durante la primera semana de instrucción; Bizcocho, un niño de ocho años que no habla nunca, pero que nos supera a todos con el fusil; Umpa, el muchacho regordete de dientes torcidos que llega tarde a todos los entrenamientos, pero que siempre es el primero en la cola del rancho; y, por fin, la más pequeña, Tacita, la niña de siete años más salvaje que se pueda imaginar, la más entusiasta del grupo, la que adora el suelo que pisa Reznik, por mucho que él le grite o la patee.

No conozco sus nombres reales. No hablamos de quiénes éramos, de cómo llegamos al campo ni de qué les pasó a nuestras familias. Todo eso da igual. Como Ben Parish, esos tíos (los que existían antes de Picapiedra, Tanque, Dumbo, etc.) están muertos. Etiquetados y embolsados, y ahora nosotros somos la última esperanza para la humanidad, su mejor esperanza; somos vino nuevo en odres viejos. Forjamos nuestros vínculos a través del odio, el odio a los infestados y a sus amos alienígenas, claro, pero también el odio encarnizado, inflexible y puro por el sargento Reznik, un sentimiento agudizado por el hecho de que jamás podemos expresarlo.

Y entonces asignaron a un niño llamado Frijol al Barracón 10, y uno de nosotros, un idiota, no pudo contenerse más y dejó que estallara toda la furia reprimida.

Os daré una oportunidad para que adivinéis quién fue el idiota.

No me lo podía creer cuando vi aparecer al niño al pasar lista. Cinco años, como mucho, perdido dentro de su mono blanco, temblando por culpa del aire frío del patio, con cara de tener ganas de vomitar, obviamente, muerto de miedo. Y ahí que llegó Reznik, con el sombrero bien calado sobre los ojillos, las botas relucientes como espejos y la voz siempre ronca de tanto gritar, y puso su cara pálida picada de viruela a pocos centímetros de la del pobre crío. No sé cómo el mequetrefe no se ensució los pantalones.

Reznik siempre empieza en voz baja y suave, y va subiendo de tono hasta que alcanza el gran final, para así engañarte y hacerte pensar que podría ser un ser humano de verdad.

—Bueno, ¿qué tenemos aquí? ¿Qué nos han enviado desde el reparto central? ¿Es un hobbit? ¿Eres una criatura mágica de un reino de cuento que ha venido para encantarme con su magia oscura?

Reznik no había hecho más que empezar, y el niño ya estaba conteniendo las lágrimas. Recién salido del autobús después de pasar por Dios sabe qué en el exterior, y llega este tío loco de mediana edad a machacarlo. Me pregunto cómo debía de ver a Reznik... y al resto del demencial Campo Asilo. Yo todavía intento asimilarlo y soy bastante mayor que él.

—Oh, qué mono. Precioso, ¡creo que voy a llorar! Dios mío, ¡he comido frijoles con salsa picante que eran más grandes que tú!

Subía el volumen a medida que se acercaba a la cara del niño. Y el niño lo soportaba sorprendentemente bien, daba respingos, miraba a un lado y a otro, pero, a pesar de que debía de estar pensando en salir corriendo por el patio, en correr hasta quedarse sin aliento, no se movía ni un centímetro.

—¿Cuál es tu historia, soldado Frijol? ¿Has perdido a tu mami? ¿Quieres irte a casa? ¡Ya sé! Cerremos los ojos, pidamos un deseo, ¡y a lo mejor mamá vuelve y nos lleva a todos a casa! ¿A que estaría bien, soldado Frijol?

Y el niño asintió con ganas, como si Reznik le hubiese hecho la pregunta que estaba esperando escuchar. ¡Por fin alguien lo entendía! Verlo perderse con sus grandes ojos de osito de peluche en los ojillos negros del sargento instructor... bastaba para romperle el corazón a cualquiera. Bastaba para hacerte gritar.

Pero no se grita. Hay que quedarse quieto, mirando hacia delante, con las manos a los costados, el pecho fuera, el corazón roto, mirando con el rabillo del ojo mientras algo se te desata dentro, se desenrolla como una serpiente de cascabel al atacar. Algo que te has ido guardando dentro a medida que la presión ha ido aumentando. No sabes cuándo va a estallar, no puedes predecirlo y, cuando sucede, eres incapaz de hacer nada para detenerlo.

—¡Déjelo en paz!

Reznik se volvió sobre sus talones. Nadie hizo ni un ruido, aunque se percibían los gritos ahogados. En el otro extremo de la fila, Picapiedra abrió mucho los ojos: no se creía lo que yo acababa de hacer. Yo tampoco.

—¿Quién ha dicho eso? ¿Cuál de vosotros, gusanos comemierda, acaba de firmar su sentencia de muerte?

Se paseaba por la fila con la cara roja de furia, las manos apretadas en puños y los nudillos blancos.

—Nadie, ¿eh? Bueno, voy a ponerme de rodillas y a cubrirme la cabeza, ¡porque Dios, Nuestro Señor, acaba de hablarme desde las alturas!

Se detuvo delante de Tanque, que, aunque estábamos a cuatro grados, sudaba a través del mono.

—¿Has sido tú, caraculo? ¡Te arrancaré los brazos!

Echó el puño atrás para golpearlo en la entrepierna.

El momento del idiota.

—¡Señor, he sido yo, señor! —grité.

Esta vez, el giro de 180 grados de Reznik fue a cámara lenta. Tardó mil años en llegar hasta mí. A lo lejos, el graznido ronco de un cuervo. Eso era lo único que oía.

No se detuvo frente de mí, sino simplemente en mi campo visual, y eso no indicaba nada bueno. No podía volverme hacia él. Debía seguir mirando hacia delante. Y lo peor era que no le veía las manos; no sabría cuándo ni dónde me golpearía, y, por tanto, tampoco cuándo prepararme para ello.

—Vaya, parece que ahora es el soldado Zombi el que da las órdenes —dijo Reznik en una voz tan baja que apenas se le oía—. El soldado Zombi es el puto guardián entre el centeno del Pelotón cincuenta y tres. Soldado Zombi, creo que estoy colado por ti. Se me doblan las rodillas cuando te veo. Haces que odie a mi madre por haberme parido hombre, porque ahora no podré tener hijos contigo.

¿Dónde aterrizaría el golpe? ¿En las rodillas? ¿En la entrepierna? Seguramente en el estómago, Reznik sentía debilidad por los estómagos.

No, fue un golpe a la nuez con el lateral de la mano. Trastabillé hacia atrás, intentando mantenerme en pie y no despegar las manos de los costados, no darle la satisfacción ni la excusa para que volviera a golpearme. El patio y los barracones zumbaron, después se sacudieron y difuminaron ligeramente cuando se me llenaron los ojos de lágrimas... Lágrimas de dolor, claro, pero también de algo más.

—Señor, solo es un niño, señor —dije, medio ahogado.

—¡Soldado Zombi, tienes dos segundos, exactamente dos segundos, para cerrar esa alcantarilla que te sirve de boca! ¡De lo contrario incineraré tu culo con el resto de los alienígenas infestados hijos de puta!

Respiró profundamente y se preparó para la siguiente descarga verbal. Como yo ya había perdido del todo la cabeza, abrí la boca y dejé salir las palabras. Seré sincero: parte de mí se sentía aliviada y notaba algo que se parecía mucho a la alegría. Me había guardado dentro el odio durante demasiado tiempo.

—¡Entonces, el instructor jefe debería hacerlo, señor! ¡Al soldado le da igual, señor! Pero... Pero deje en paz al crío.

Silencio absoluto. Hasta el cuervo dejó de armar jaleo. El resto del pelotón ni siquiera respiraba. Sabía lo que pensaban: todos habíamos oído la historia del recluta bocazas y el «accidente» en la pista de obstáculos tras el que había acabado tres semanas ingresado en el hospital. Y la otra historia, la de un silencioso niño de diez años al que encontraron colgado de un alargador en las duchas. Suicidio, según el médico. Mucha gente no estaba tan segura.

Reznik no se movió.

—Soldado Zombi, ¿quién es su líder de pelotón?

—¡Señor, el líder de pelotón del soldado es el soldado Picapiedra, señor!

—¡Soldado Picapiedra, un paso al frente! —ladró Reznik.

Picapiedra obedeció y se cuadró. La ceja le temblaba por la tensión.

—Soldado Picapiedra, está despedido. El soldado Zombi será el nuevo líder de pelotón. El soldado Zombi es ignorante y feo, pero no es blando. —Noté los ojos de Reznik taladrándome la cara—. Soldado Zombi, ¿qué le pasó a tu hermana pequeña?

Parpadeé. Dos veces. Intentaba no mostrar ninguna emoción. Aunque se me rompió un poco la voz cuando respondí.

—¡Señor, la hermana del soldado está muerta, señor!

—¡Porque huiste como un gallina de mierda!

—¡Señor, el soldado huyó como un gallina de mierda, señor!

—Pero no volverás a huir, ¿verdad, soldado Zombi?

—¡Señor, no, señor!

Dio un paso atrás. Una expresión le cruzó rápidamente el rostro, una expresión que no le había visto nunca. Por supuesto, no podía ser eso, pero se parecía mucho al respeto.

—Soldado Frijol, ¡un paso al frente!

El nuevo no se movió hasta que Bizcocho le presionó la espalda con la punta del dedo. No lloraba. No quería hacerlo. Intentaba reprimir las lágrimas, pero, Dios bendito, ¿qué crío pequeño no estaría llorando a esas alturas? Tu antigua vida te vomita y ¿acabas aquí?

—Soldado Frijol, el soldado Zombi es tu líder de pelotón, y vas a dormir a su lado. Aprenderás de él. Te enseñará a caminar. Te enseñará a hablar. Te enseñará a pensar. Será el hermano mayor que no has tenido nunca. ¿Me entiendes, soldado Frijol?

—¡Señor, sí, señor!

Respondió con una vocecilla aguda y chillona, pero había captado las reglas a la primera.

Y así es como empezó.

44

Así es un día típico en la atípica realidad del Campo Asilo.

5:00 A.M.: Toque de diana y lavarse. Vestirse y ordenar los catres para la inspección.

5:10 A.M.: Formar. Reznik inspecciona los barracones. Encuentra una arruga en las sábanas de alguien. Grita durante veinte minutos. Después elige a otro recluta al azar y grita durante otros veinte minutos más sin razón aparente. Luego, tres vueltas alrededor del patio, helándonos el culo, mientras yo meto prisa a Umpa y a Frijol para que sigan el ritmo; de lo contrario, me toca correr otra vuelta por ser el último. El suelo helado bajo las botas. El aliento escarchándose en el aire. Las columnas gemelas de humo negro de la central eléctrica elevándose hacia el cielo más allá del aeródromo y el estruendo de los autobuses que llegan a la puerta principal.

6:30 A.M.: Rancho en un comedor atestado que huele un poco a leche agria, lo que me recuerda a la plaga y al hecho de que hubo una vez en que solo pensaba en tres cosas: coches, fútbol americano y chicas, por ese orden. Ayudo a Frijol con su bandeja y le meto prisa para que coma, porque, si no lo hace, el campo de entrenamiento lo matará. Esas son mis palabras exactas: «El campo de entrenamiento te matará». Tanque y Picapiedra se ríen de mí por cuidar de Frijol como si fuera su madre. Ya me llaman la niñera de Frijol. Que les den. Después del rancho, echamos un vistazo al tablero de puntuaciones. Todas las mañanas anuncian las clasificaciones del día anterior en un gran tablero que está junto a las puertas de entrada al comedor. Puntos por puntería. Puntos por los mejores tiempos en la pista de obstáculos, los simulacros de ataque aéreo y las carreras de tres kilómetros. Los cuatro primeros pelotones se graduarán cuando acabe noviembre, así que la competición es feroz. Nuestro pelotón lleva semanas atascado en el décimo puesto. El décimo no está mal, pero no es lo bastante bueno.

7:30 A.M.: Instrucción. Armas. Combate cuerpo a cuerpo. Tácticas básicas de supervivencia en la naturaleza. Tácticas básicas de supervivencia en la ciudad. Reconocimiento. Comunicaciones. Mis favoritas son las tácticas de supervivencia. Esa memorable sesión en la que nos obligaron a beber nuestra propia orina.

12:00 P.M.: Rancho de mediodía. Una carne misteriosa entre dos cortezas de pan duro. Dumbo, cuyo mal gusto es tan grande como sus orejas, suelta la broma de que no están incinerando cadáveres infestados, sino picándolos para alimentar a las tropas. Tengo que quitarle a Tacita de encima para que no le aplaste la cabeza con una bandeja. Frijol se queda mirando su hamburguesa como si fuera a saltar del plato para morderle la cara. Gracias, Dumbo. Con lo escuchimizado que está el crío, solo le faltaba eso.

1:00 P.M.: Más instrucción. Sobre todo, en el campo de tiro. A Frijol le dan un palo a modo de fusil y dispara balas de mentira mientras nosotros apuntamos a siluetas de tamaño real de contrachapado y les disparamos con balas de verdad. El ruido de los M16. El rechinar del contrachapado al hacerse pedazos. Bizcocho tiene una puntuación perfecta; yo soy el peor del pelotón. Me imagino que la silueta es Reznik con la esperanza de mejorar mi puntería. No funciona.

5:00 P.M.: Rancho de la cena. Carne en lata, guisantes en lata, fruta en lata. Frijol mueve la comida en el plato y se echa a llorar. El pelotón me mira con rabia. Frijol es mi responsabilidad. Si nos la cargamos con Reznik por conducta inapropiada, nos iremos al infierno, yo el primero: aumentará el número de flexiones, disminuirá la cantidad de las raciones y puede que incluso nos quiten puntos. Lo único que importa es superar la iniciación con los puntos suficientes para graduarnos, salir al terreno, librarnos de Reznik. Al otro lado de la mesa, Picapiedra me lanza una mirada asesina por debajo de su única ceja. Está cabreado con Frijol, pero aún lo está más conmigo por haberle quitado el puesto, aunque no fui yo el que pidió ser el líder del pelotón. Después de aquello se me acercó y me dijo: «Me da igual lo que seas ahora, llegaré a sargento cuando nos graduemos». Y yo respondí algo así como: «Bien dicho, Picapiedra». La idea de que yo acabe dirigiendo una unidad en combate es ridícula. Mientras tanto, no consigo calmar a Frijol de ninguna forma. No deja de hablar de su hermana, de que le prometió que iría a buscarlo. Me pregunto por qué el comandante metería en nuestra unidad a un niño pequeño que ni siquiera puede levantar un fusil. Si El País de las Maravillas cribaba a los mejores guerreros, ¿qué clase de perfil habría dado este crío?

6:00 P.M.: Preguntas y respuestas con el instructor en los barracones, mi momento favorito del día, ya que puedo disfrutar de una agradable conversación con la persona que más me gusta del mundo. Después de informarnos de que no somos más que un montón inservible de heces secas de rata, Reznik abre el turno de preguntas y dudas.

Casi todas nuestras preguntas tienen que ver con la competición: reglas, procedimientos en caso de empate, rumores sobre las trampas que ha hecho tal o cual pelotón.

Solo pensamos en conseguir clasificarnos. La clasificación implica actividad, una lucha real, una manera de demostrar a los que murieron que no habíamos sobrevivido en vano.

Otros temas: el estado de la operación de rescate y criba (nombre en clave: Pastorcita. No es broma). ¿Qué noticias nos llegan del exterior? ¿Cuándo nos ocultaremos en el búnker subterráneo a tiempo completo? Porque, obviamente, el enemigo puede ver lo que hacemos aquí y es cuestión de tiempo que nos vaporice. Siempre obtenemos la respuesta estándar: el comandante Vosch sabe lo que hace. Nuestro trabajo no es preocuparnos de estrategia y logística, sino matar al enemigo.

8:30 P.M.: Tiempo libre. Por fin sin Reznik. Lavamos los monos, sacamos brillo a las botas, fregamos el suelo de los barracones y las letrinas, limpiamos los fusiles, nos pasamos revistas guarras e intercambiamos otros objetos de contrabando, como caramelos y chicles.

Jugamos a las cartas, nos tomamos el pelo y nos quejamos de Reznik. Cotilleamos sobre los rumores del día, nos contamos chistes malos y luchamos contra el silencio del interior de nuestras cabezas, ese lugar en que los interminables gritos mudos se levantan como el aire caliente sobre un río de lava. Al final siempre surge alguna pelea que se detiene justo antes de llegar a las manos. Nos come por dentro. Sabemos demasiado. No sabemos lo suficiente. ¿Por qué todo nuestro regimiento está compuesto por críos como nosotros y no hay nadie mayor de diecisiete años? ¿Qué ha pasado con todos los adultos? ¿Se los llevan a otra parte? Y, si es así, ¿adónde y por qué? ¿Son los infestados la última ola o queda otra por venir, una quinta ola junto a la que las otras parecerán un juego de niños? Pensar en una quinta ola acaba con las conversaciones.

9:30 P.M.: Se apagan las luces. Hora de tumbarse en la cama y pensar en más formas creativas de acabar con el sargento Reznik. Al cabo de un rato me canso de eso y me pongo a pensar en las chicas con las que he salido y a clasificarlas en distintas categorías. Las que estaban más buenas. Las más listas. Las más divertidas. Las rubias. Las morenas. Hasta dónde llegué con ellas. Empiezan a fundirse en una única chica, La Chica Que Ya no Existe, y, en sus ojos, Ben Parish, el dios de los pasillos del instituto, vuelve a vivir. Saco el medallón de Sissy del escondite bajo mi colchón y me lo llevo al pecho. Se acabó la culpa, se acabó la pena. Convertiré toda la lástima que siento por mí en odio. Mi culpa, en astucia. Mi tristeza, en espíritu de venganza.

—¿Zombi?

Es Frijol, que duerme en el catre de al lado.

—No se habla cuando se apagan las luces —le susurro.

—No puedo dormir.

—Cierra los ojos y piensa en algo bonito.

—¿Podemos rezar? ¿Va contra las normas?

—Claro que puedes rezar, pero no en voz alta.

Lo oigo respirar, oigo el crujido de la estructura metálica cuando da vueltas en la cama.

—Cassie siempre rezaba conmigo —confiesa.

—¿Quién es Cassie?

—Ya te lo dije.

—Se me ha olvidado.

—Cassie es mi hermana. Va a venir a buscarme.

—Ah, claro.

No le digo que, si no ha aparecido ya, seguramente estará muerta. No es cosa mía romperle el corazón; el tiempo lo hará por mí.

—Me lo prometió. Lo prometió.

Oigo un diminuto sollozo en forma de hipo. Genial. Nadie lo sabe con certeza, pero aceptamos como un hecho que los barracones están pinchados, que Reznik nos espía cada segundo a la espera de que alguno de nosotros rompa las normas para poder abalanzarse sobre él.

Si violamos la regla de no hablar cuando se han apagado las luces, podemos ganarnos una semana entera de turno de cocina.

—Eh, no pasa nada, Frijol...

Alargo la mano para consolarlo, doy con la coronilla de su cabeza recién afeitada y le acaricio el cuero cabelludo. A Sissy le gustaba que le acariciara la cabeza cuando se sentía mal... A lo mejor a Frijol también le gusta.

—¡Eh! ¡Cerrad el pico! —dice Picapiedra en voz baja.

—Sí —añade Tanque—. ¿Quieres que nos la carguemos, Zombi?

—Ven aquí —le susurro a Frijol mientras me hago a un lado y doy unas palmaditas en el colchón—. Rezaré contigo y después te vas a dormir, ¿vale?

El colchón se hunde un poco con su peso. Dios mío, ¿qué estoy haciendo? Si Reznik entra para hacer una inspección sorpresa, me pondrá a pelar patatas durante un mes. Frijol se tumba de lado, mirándome, y, cuando se lleva los puños a la barbilla, me roza el brazo con ellos.

—¿Qué oración reza contigo? —pregunto.

—Ángel de la guarda —me susurra.

—Que alguien le ponga una almohada en la cara a ese frijol —dice Dumbo desde su catre.

Veo la luz ambiental reflejada en sus grandes ojos marrones. El medallón de Sissy apretado contra el pecho y los ojos de Frijol, que brillan como dos faros en la oscuridad. Oraciones y promesas. La que le hizo la hermana de Frijol. La promesa silenciosa que le hice yo a mi hermana. Las oraciones también son promesas, y estos son los días de las promesas rotas. De repente quiero pegarle un puñetazo a la pared.

—Ángel de la guarda, dulce compañía.

Se une a mí en el siguiente verso.

—No me desampares, ni de noche ni de día.

Los siseos y chitones aumentan con el siguiente verso. Alguien nos arroja una almohada, pero seguimos rezando.

—Si me dejas solo, qué será de mí.

Con el «qué será de mí», todos dejan de hacer ruido y cae el silencio sobre los barracones.

Nuestras voces se ralentizan en la última estrofa, como si temiéramos terminarla, porque, al final de la oración, no hay más que la nada de otra noche de sueño exhausto y después otro día esperando a que llegue el último, el día en que muramos. Incluso Tacita sabe que seguramente no llegará a cumplir los ocho años. Sin embargo, nos levantamos y soportamos diecisiete horas de infierno. Porque moriremos, pero, al menos, moriremos imbatidos.

—Angelito mío, ruega a Dios por mí.

45

A la mañana siguiente, me presento en el despacho de Reznik con una petición especial. Sé cuál será su respuesta, pero lo pregunto de todos modos.

—Señor, el líder de pelotón solicita que el instructor jefe ofrezca al soldado Frijol un permiso especial para esta mañana.

—El soldado Frijol es un miembro de este pelotón —me recuerda Reznik—. Y, como miembro de este pelotón, se espera que realice todas las tareas asignadas por el Mando Central. Todas, soldado.

—Señor, el líder de pelotón solicita que el instructor jefe reconsidere su decisión por la edad del soldado Frijol y...

Reznik descarta mi objeción con un movimiento de la mano.

—El chico no ha caído del puñetero cielo, soldado. Si no hubiese pasado las pruebas preliminares, no lo habrían asignado a su pelotón. Pero el hecho es que pasó las pruebas, se lo asignó a su pelotón y realizará todas las tareas que el Mando Central asigne al pelotón, incluido el P&E. ¿Está claro, soldado?

Bueno, Frijol, lo he intentado.

—¿Qué es P&E? —me pregunta en el rancho del desayuno.

—Procesamiento y eliminación —respondo, desviando la mirada.

Frente a nosotros, Dumbo gruñe y aparta la bandeja.

—Genial, ¡la única forma de desayunar era no pensar en eso!

—Usar y tirar, chaval —dice Tanque, mirando a Picapiedra en busca de su aprobación.

Esos dos están unidos. El día que Reznik me dio el puesto, Tanque me dijo que le daba igual quién fuera el líder del pelotón, que él solo escucharía a Picapiedra. Me encogí de hombros. Me da igual. Cuando nos graduemos (si nos graduamos), uno de los dos ascenderá a sargento, y sé que ese no seré yo.

—La doctora Pam te enseñó a un infestado —le digo a Frijol. Por su cara, me doy cuenta de que no es un recuerdo agradable—. Apretaste el botón —añado, y él asiente de nuevo con la cabeza, aunque más despacio que antes—. ¿Qué crees que pasa con la persona del otro lado del cristal después de apretar el botón?

—Muere —susurra Frijol.

—¿Y con las personas enfermas que traen de fuera, los que no sobreviven cuando llegan? ¿Qué crees que les pasa?

—¡Venga ya, Zombi! ¡Díselo de una vez! —dice Umpa.

Él también ha apartado la comida. Es la primera vez que ocurre: Umpa es el único del pelotón que siempre repite. Por decirlo suavemente, la comida del campo es un asco.

—No nos gusta hacerlo, pero es necesario —prosigo, repitiendo el eslogan de la empresa—. Porque esto es la guerra, ¿sabes? Es la guerra.

Contemplo a los de la mesa en busca de apoyo, pero la única persona que me mira a los ojos es Tacita, que asiente con ganas.

—Guerra —repite, feliz.

Salimos del comedor y atravesamos el patio, donde varios pelotones entrenan bajo la atenta mirada de su instructor. Frijol trota a mi lado. El perro de Zombi, así lo llama el pelotón a sus espaldas. Nos metemos entre los barracones 3 y 4 para llegar a la carretera que conduce a la central eléctrica y a los hangares de procesamiento. Hace frío y está nublado; da la impresión de que va a nevar. A lo lejos se oye el despegue de un Black Hawk y el nítido repiqueteo de un arma automática. Justo frente a nosotros tenemos las torres gemelas de la planta, que eructan humo negro y gris. El humo gris se mezcla con las nubes. El negro permanece.

Han montado una gran tienda blanca junto a la entrada del hangar, y la zona de preparación está engalanada con señales rojas y blancas que avisan del peligro biológico. Aquí nos preparamos para el procesamiento. Una vez vestido, ayudo a Frijol a ponerse su mono naranja, las botas, los guantes de goma, la máscara y el casco. Le doy la charla correspondiente para que sepa que no debe quitarse ninguna parte del traje mientras esté en el hangar, bajo ninguna circunstancia, jamás. Debe pedir permiso antes de manipular nada y, si alguna vez tiene que salir del edificio por lo que sea, antes de volver a entrar debe descontaminarse y pasar por la inspección.

—Tú quédate a mi lado —le digo—. No pasará nada.

Él asiente con la cabeza, y su casco rebota adelante y atrás, de modo que el visor le da en la frente. Está intentando no desmoronarse, pero no se le da demasiado bien, así que le digo:

—No son más que personas, Frijol. Nada más que personas.

Dentro del hangar de procesamiento, los cadáveres de las personas, nada más que personas, se clasifican: se separa a los infestados de los limpios; o, como decimos nosotros, a los infes de los no infes. Los infes se marcan con un círculo verde brillante en la frente, pero casi nunca hace falta mirarlo: son siempre los cadáveres más frescos.

Los han apilado contra la pared de atrás y esperan su turno para que los coloquen sobre las largas mesas metálicas que recorren el hangar a todo lo largo.

Los cadáveres están en distintas fases de descomposición. Algunos tienen meses. Otros parecen tan frescos que si se sentaran y saludaran, no me extrañaría.

Hacen falta tres pelotones para encargarse de la línea de proceso. Uno carga los cadáveres en carretillas y los lleva a las mesas metálicas. Otro los procesa. Y el tercero traslada los cadáveres procesados a la parte delantera y los apila para que los recojan. Las tareas rotan para aliviar la monotonía.

Procesar es lo más interesante, y ahí es donde empieza nuestro pelotón. Le digo a Frijol que no toque, que se limite a observarme hasta que entienda de qué va.

Se vacían los bolsillos. Se separa el contenido. La basura va a un cubo; el material electrónico, a otro; los metales preciosos, a un tercero; todos los demás metales, a un cuarto. Los monederos, las carteras, el papel, el dinero... Todo eso va a la basura. Algunos de los pelotones no pueden evitarlo (cuesta olvidar las viejas costumbres) y llenan los bolsillos con fajos de billetes de cien dólares que no sirven para nada.

Fotografías, carnés de identidad, cualquier recuerdo que no esté hecho de cerámica es basura. Casi sin excepción, los bolsillos de los muertos, desde el más viejo al más joven, están llenos de objetos rarísimos cuyo valor solo comprendían sus propietarios.

Frijol no dice palabra. Me observa trabajar en la línea y se mantiene a mi lado a medida que voy pasando al siguiente cadáver. El hangar está ventilado, pero el olor es abrumador. Como ocurre con cualquier olor omnipresente (o, mejor dicho, con cualquier cosa omnipresente), acabas acostumbrándote; al cabo de un rato no siquiera lo notas.

Lo mismo puede decirse de los demás sentidos. Y del alma. Cuando ya has visto quinientos bebés muertos, ¿cómo va a escandalizarte o asquearte nada? ¿Cómo vas a sentir algo?

A mi lado, Frijol guarda silencio y observa.

—Avísame si te dan ganas de vomitar —le digo secamente.

Vomitar dentro del traje es horrible.

Los altavoces de arriba cobran vida, y empiezan las canciones. Casi todos los chicos prefieren escuchar rap mientras procesan, pero a mí me gusta mezclarlo con un poco de heavy metal y algo de R&B. Frijol quiere hacer algo, así que le pido que lleve la ropa destrozada a las cestas de la lavandería. La quemarán por la noche, con los cadáveres procesados. La eliminación se realiza en la puerta de al lado, en el incinerador de la central eléctrica. Dicen que el humo negro sale del carbón y el gris, de los cadáveres. No sé si es verdad.

Es el procesamiento más difícil que he hecho. Tengo que estar pendiente de Frijol, de los cadáveres que me toca procesar y del resto del pelotón, porque en el hangar no hay sargento instructor ni ningún adulto, salvo los muertos, claro. Solo críos, y a veces es como en el colegio, cuando el profesor, de repente, tiene que salir del aula. Las cosas se pueden salir de madre.

Fuera del P&E, hay poca interacción entre los pelotones. La competición por los primeros puestos del tablero es demasiado intensa, y no se trata de una rivalidad amistosa.

Así que cuando veo a la chica de piel blanca y pelo oscuro empujando la carretilla con los cadáveres que va recogiendo de la mesa de Bizcocho para llevarlos al área de eliminación, no me acerco ella para presentarme, ni agarro por el brazo a uno de los miembros del equipo para preguntar por su nombre. Simplemente me quedo mirándola mientras meto los dedos en los bolsillos de la gente muerta. Me doy cuenta de que la chica dirige el tráfico en la puerta; debe de ser su líder de pelotón. En la pausa de media mañana, me llevo a Bizcocho a un lado. Es un crío muy dulce, callado, pero nada raro. La teoría de Dumbo es que un día saltará el corcho y Bizcocho se pasará una semana hablando sin parar.

—¿Te has fijado en esa chica del Pelotón diecinueve que trabaja en tu mesa? —le pregunto, y él asiente con la cabeza—. ¿Sabes algo de ella? —Sacude la cabeza—. ¿Por qué te pregunto esto? —Él se encoge de hombros—. Vale, pero no le cuentes a nadie que te lo he preguntado.

Tras cuatro horas de trabajo, Frijol casi no se tiene en pie. Necesita un descanso, así que me lo llevo fuera unos minutos, nos sentamos con la espalda apoyada en la puerta del hangar y observamos el humo negro y gris que asciende hacia las nubes.

Frijol se quita el casco y apoya la frente en el metal frío de la puerta; tiene la cara reluciente de sudor.

—No son más que personas —repito, más que nada porque no sé qué otra cosa decir—. Poco a poco va resultando más fácil. Cada vez que lo haces, sientes un poco menos. Hasta que es como... No sé, como hacer la cama o cepillarte los dientes.

Estoy muy tenso: me da miedo que el crío se derrumbe. Que llore. Que eche a correr. Que estalle. Algo. Pero se limita a mirarme con ojos vacíos y distantes, y, de repente, me doy cuenta de que soy yo el que está a punto de estallar. No contra él, ni contra Reznik, por haberme obligado a traerlo. Contra ellos. Contra los cabrones que nos han hecho esto. Mi vida no tiene importancia: sé cómo acaba eso. Pero ¿qué hay de la de Frijol? Solo tiene cinco puñeteros años y ¿qué le queda por delante? Y ¿por qué narices lo asignó el comandante Vosch a una unidad de combate? En serio, ni siquiera es capaz de levantar un fusil. A lo mejor la idea es cogerlos jóvenes y entrenarlos de cero. Así, cuando llegue a mi edad, no tendrán a un asesino de sangre fría, sino de sangre helada. Uno con nitrógeno en la sangre.

Oigo su voz antes de notar su mano sobre mi antebrazo.

—Zombi, ¿estás bien?

—Claro que sí.

Curioso giro de los acontecimientos: él preocupado por mí.

Un gran camión plataforma se acerca a la puerta del hangar, y el Pelotón 19 empieza a cargar cadáveres y los lanza al camión como si fuera personal humanitario transportando sacos de cereal. Ahí está otra vez la chica de pelo oscuro, forcejeando con uno de los extremos de un cadáver muy gordo. Mira hacia nosotros antes de volver adentro a por el siguiente cadáver. Genial. Seguramente informará de que nos ha visto escaquearnos: así nos quitarán puntos.

—Cassie dice que da igual lo que hagan —dice Frijol—. No pueden matarnos a todos.

—¿Por qué no?

Porque, muchacho, la verdad es que me gustaría saberlo.

—Porque cuesta matarnos. Somos invici…, inveci…, invicti…

—¿Invencibles?

—¡Eso es! —exclama él, y me da palmaditas en el brazo para tranquilizarme—. Invencibles.

Humo negro, humo gris. El frío cortándonos las mejillas, el calor de nuestros cuerpos atrapados dentro de los trajes, Zombi y Frijol y las nubes amenazadoras corren por encima de nuestras cabezas y, más arriba, la nave nodriza responsable del humo gris y, en cierto modo, de nosotros. También de nosotros.

46

Ahora, cada noche, cuando se apagan las luces, Frijol se sube a mi catre para rezar, y yo dejo que se quede hasta que se duerme. Después lo llevo a su catre. Tanque amenaza con chivarse, normalmente cuando le doy una orden que no le gusta. Pero luego no lo hace. Creo que, en secreto, se pasa el día deseando que llegue la hora de rezar.

Me asombra lo deprisa que Frijol se ha adaptado a la vida en el campo. Claro que los niños son así, se acostumbran a casi todo. No es capaz de echarse un fusil al hombro, pero hace todo lo demás y, a veces, mejor que los chicos mayores. Es más rápido que Umpa en la pista de obstáculos y aprende más deprisa que Picapiedra. El único miembro del pelotón que no lo soporta es Tacita. Supongo que son celos. Antes de la llegada de Frijol, ella era el bebé de la familia.

Eso sí, Frijol tuvo una crisis nerviosa durante su primer simulacro de ataque aéreo. Como los demás, no tenía ni idea de que se produciría, pero, a diferencia de nosotros, él no sabía qué estaba pasando.

Sucede una vez al mes y siempre en plena noche. Las sirenas suenan tan fuerte que notas el temblor del suelo bajo tus pies descalzos cuando te levantas a tientas, te pones el mono y las botas, recoges el M16 y corres al exterior. Todos los barracones se vacían y cientos de reclutas corren por el patio hacia los túneles de acceso que conducen a la zona subterránea.

Yo iba un par de minutos por detrás del pelotón porque Frijol gritaba como un loco y se aferraba a mí como un mono a su mamá, pensando que, en cualquier momento, las naves de guerra alienígenas empezarían a soltar sus bombas.

Le grité que se calmara y que me imitara. Era perder el tiempo. Al final, lo levanté del suelo y me lo eché al hombro: llevaba el fusil en una mano y el culo de Frijol en la otra. Mientras corría hacia fuera, pensé en otra noche y en otro niño gritando. Y el recuerdo me hizo correr con más ganas.

Llegué a las escaleras y bajé los cuatro tramos de escalones bañados en la luz amarilla de emergencia, con la cabeza de Frijol rebotándome en la espalda. Después, crucé las puertas de acero reforzado del fondo, recorrí un corto pasillo, atravesé un segundo conjunto de puertas reforzadas, y llegué al complejo. La pesada puerta se cerró detrás de nosotros y selló la zona. Llegados a ese punto, el niño había llegado a la conclusión de que, después de todo, tal vez no nos vaporizarían, así que pude soltarlo.

El refugio es un complicado laberinto de pasillos poco iluminados, pero habíamos hecho tantos simulacros que era capaz de localizar nuestro puesto con los ojos cerrados. Le chillé a Frijol que me siguiera, para que me oyera a pesar del ruido de las alarmas, y empecé a caminar. Un pelotón que iba en dirección contraria pasó como un rayo junto a nosotros.

Derecha, izquierda, derecha, derecha, izquierda, al último pasillo, agarrado a la nuca de Frijol con la mano libre para que no se quedara atrás. Veía a mi pelotón arrodillado a veinte metros de la pared del fondo del túnel sin salida, apuntando con los fusiles a la rejilla metálica que cubre la chimenea de ventilación que lleva a la superficie.

Y Reznik de pie, justo detrás, con un cronómetro en la mano.

Mierda.

Nos pasamos cuarenta y ocho segundos de nuestro tiempo asignado. Cuarenta y ocho segundos que nos costarían tres días de tiempo libre. Cuarenta y ocho segundos que nos harían bajar otro puesto en el tablero de puntuación. Cuarenta y ocho segundos que significaban vete a saber cuántos días más de Reznik.

Una vez en los barracones, estábamos todos demasiado tensos para dormir. La mitad del pelotón estaba cabreada conmigo y la otra mitad, con Frijol. Tanque, por supuesto, me culpaba a mí.

—Deberías haberlo dejado atrás —me reprochó.

Su fino rostro estaba rojo de rabia.

—Los simulacros tienen una razón de ser, Tanque —le recordé—. ¿Y si hubiese sido un ataque de verdad?

—Pues supongo que Frijol estaría muerto.

—Es un miembro de este pelotón, igual que los demás.

—Sigues sin pillarlo, ¿no, Zombi? Es la puñetera naturaleza. Los que sean demasiado débiles o estén demasiado enfermos, sobran

—dijo arrancándose las botas y lanzándolas contra su taquilla, a los pies del catre—. Si fuera por mí, los tiraríamos a todos al incinerador, con los infes.

—Matar humanos... ¿Eso no es trabajo de los alienígenas?

Se le puso la cara roja como un tomate. Golpeó el aire con el puño. Picapiedra se acercó para calmarlo, pero él lo apartó con un gesto.

—Los que sean demasiado débiles, los que estén demasiado enfermos, los lentos, los estúpidos y los pequeños... ¡Sobran! —chilló Tanque—. Todo el que no pueda luchar o que no ayude en la lucha... nos retrasa.

—Son prescindibles —respondí en tono sarcástico.

—La solidez de una cadena depende de su eslabón más débil —rugió Tanque—. Joder, así es la naturaleza, Zombi. ¡Solo sobreviven los fuertes!

—Eh, venga, tío —le dijo Picapiedra—. Zombi tiene razón: Frijol es parte del equipo.

—¡Déjame en paz, Picapiedra! —gritó Tanque—. ¡Dejadme todos en paz! Como si fuera culpa mía. ¡Como si yo fuera el responsable de esta mierda!

—Zombi, haz algo —me suplicó Dumbo—. Está en plan Dorothy.

Dumbo se refería a la recluta que había perdido la cabeza en el campo de tiro y había acabad disparando contra su propio pelotón. Dos personas murieron y tres resultaron gravemente heridas antes de que el sargento instructor la golpeara en la nuca con su pistola. Todas las semanas hay alguna historia sobre alguien que se «pone en plan Dorothy» o que se «va a ver al mago», como decimos a veces. La presión aumenta demasiado y uno revienta. A veces te vuelves contra los demás. A veces, contra ti mismo. A veces cuestiono la sabiduría del Mando Central por poner armas automáticas de gran calibre en manos de niños alterados.

—Que te jodan —le gritó Tanque a Dumbo—. Como si tú supieras algo. Como si alguien supiera algo. ¿Qué demonios hacemos aquí? ¿Me lo explicas, Dumbo? ¿Y tú, líder de pelotón? ¿Me lo explicas tú? Será mejor que alguien me lo explique y que lo haga ahora mismo, porque, si no, voy a volar este sitio en mil pedazos. Voy a acabar con todo y con todos vosotros, porque esto es una mierda muy gorda, tío. ¿Nosotros vamos a luchar contra ellos? ¿Contra las cosas que han matado a siete mil millones de personas? ¿Con qué? ¿Con qué?

Apuntó con el extremo del fusil a Frijol, que estaba pegado a mi pierna.

—¿Con qué? —repitió mientras se reía como un histérico.

Todos se quedaron muy tiesos cuando subió el arma. Extendí las manos vacías y, con toda la calma que logré reunir, le dije:

—Soldado, baja el arma ahora mismo.

—¡Tú no eres mi jefe! ¡Yo no tengo jefe!

Estaba de pie junto a su catre, con el fusil en la cadera. En el camino de baldosas amarillas, sin duda.

Miré con disimulo a Picapiedra, que es el que estaba más cerca de Tanque, unos sesenta centímetros a su derecha. Picapiedra respondió moviendo la cabeza de manera casi imperceptible.

—¿Es que no os preguntáis por qué no nos han atacado todavía, imbéciles? —dijo Tanque. Ya no se reía, estaba llorando—. Sabéis que pueden. Sabéis que saben que estamos aquí y también lo que hacemos, así que ¿por qué nos permiten hacerlo?

—No lo sé, Tanque —respondí en tono tranquilo—. ¿Por qué?

—¡Porque ya da igual lo que hagamos! Se acabó, tío. ¡Se acabó! —Movía el fusil de un lado a otro, sin control. Si se disparaba...—. ¡Y tú y yo, y todos los demás de esta maldita base somos historia! Somos...

Picapiedra había llegado hasta él: le arrancó el fusil de la mano y le dio un empujón. Tanque cayó y se dio en la cabeza con el borde del catre. Se hizo un ovillo en el suelo, se sujetó la cabeza con ambas manos, gritó a pleno pulmón y, cuando hubo vaciado los pulmones, los llenó de nuevo y siguió gritando. Lo cierto es que eso era peor que verlo agitar un M16 cargado. Bizcocho corrió a la letrina para esconderse en uno de los váteres. Dumbo se tapó los orejones y se fue corriendo al cabecero de su catre. Umpa se acercó más a mí y se colocó justo al lado de Frijol, que se había agarrado a mis piernas con ambas manos y se asomaba a mi cadera para mirar a Tanque, que se retorcía en el suelo del barracón. La única que no parecía afectada por la crisis nerviosa de Tanque era Tacita, la niña de siete años. Estaba sentada en su catre y lo miraba con aire estoico, como si Tanque cayera al suelo todas las noches y se pusiera a gritar como si lo estuvieran matando.

Y entonces me di cuenta: sí que lo estaban matando, eso es lo que nos hacen. Se trata de un asesinato lento y cruel; nos matan del alma para afuera. Y recordé las palabras del comandante: «No se trata de destruir nuestra capacidad de luchar, sino más bien nuestra voluntad de luchar».

No hay esperanza. Es una locura. Tanque es el único cuerdo, porque es el único que lo ve con claridad.

Por eso sobra.

47

El instructor jefe se muestra de acuerdo conmigo, así que, a la mañana siguiente, Tanque ya no está, se lo han llevado al hospital para una evaluación psicológica completa. Su catre se pasa vacío una semana entera, y nuestro pelotón, con un miembro menos, cada vez baja más puestos. Nunca nos graduaremos, nunca cambiaremos nuestros monos azules por auténticos uniformes, nunca nos aventuraremos a ir más allá de la valla electrificada y el alambre de cuchillas para probar nuestra valía, para hacerles pagar a los Otros una pequeña parte de lo que hemos perdido.

No hablamos de Tanque. Es como si Tanque nunca hubiera existido. Tenemos que creer que el sistema es perfecto, y Tanque es un fallo en el sistema.

Entonces, una mañana, estando en el hangar de P&E, Dumbo me hace un gesto para que me acerque a su mesa. Está formándose para ser el sanitario del pelotón, así que lo ponen a diseccionar cadáveres, normalmente infes, para que aprenda anatomía humana. Cuando me acerco, no me dice nada: se limita a señalar con la cabeza el cadáver que tiene delante.

Es Tanque.

Nos quedamos un buen rato mirándolo a la cara. Tiene los ojos abiertos: contemplan el techo sin verlo. Me inquieta lo fresco que está. Dumbo observa el hangar para asegurarse de que nadie nos oye y después susurra:

—No se lo digas a Picapiedra.

—¿Qué ha pasado? —pregunto mientras asiento.

Dumbo sacude la cabeza. Está sudando como un pollo dentro del casco de protección.

—Eso es lo más chungo, Zombi, que no encuentro nada.

Vuelvo a mirar a Tanque. No está pálido. Tiene la piel algo rosada, sin una sola marca. ¿Cómo murió? ¿Se le fue la cabeza en plan Dorothy en el ala psiquiátrica? ¿Se tomó una sobredosis de medicamentos?

—¿Y si lo abres? —pregunto.

—No pienso abrir a Tanque —responde, y me mira como si le acabara de pedir que se tirara por un barranco.

Asiento con la cabeza. Es una idea estúpida. Dumbo no es médico, solo es un niño de doce años. Miro alrededor de nuevo.

—Sácalo de esa mesa —le pido—. No quiero que nadie lo vea.

Incluido yo.

El cadáver de Tanque se apila con los demás junto a las puertas del hangar para su inminente eliminación. Lo cargan en el transporte para el tramo final de su viaje hacia la incineración, donde el fuego lo consumirá, y sus cenizas se mezclarán con el humo negro y subirán hacia el cielo en una columna de aire abrasador, hasta que, al fin, caerá sobre nosotros en forma de partículas diminutas, tanto que no las veremos ni las notaremos. Se quedará con nosotros (encima de nosotros) hasta que nos duchemos esta noche, cuando pasará a mezclarse con nuestros excrementos y, finalmente, se filtrará a la tierra.

48

El sustituto de Tanque llega dos días después. Sabemos que viene porque anoche Reznik lo anunció durante el turno de preguntas y respuestas. No nos quiso decir nada sobre él, salvo su nombre: Hacha. Cuando se fue, todos estaban alterados; Reznik le habría puesto ese apodo por alguna razón.

Frijol se acercó a mi catre y preguntó:

—¿Qué quiere decir que una persona se llame hacha?

—Un hacha es una persona muy buena en algo —le expliqué—, así que es alguien que se mete en un equipo para darle ventaja.

—Puntería —conjeturó Picapiedra—. Es nuestro punto débil. Bizcocho es el mejor del pelotón, y yo no soy malo, pero Dumbo, Tacita y tú lo hacéis de pena. Y Frijol ni siquiera puede disparar.

—¡Ven aquí y repíteme que lo hago de pena! —le gritó Tacita, siempre buscando pelea.

Si yo estuviera al mando, le daría a Tacita un fusil y un par de cargadores, y la soltaría para que se cargara a todos los infes que hubiera en ciento cincuenta kilómetros a la redonda.

Después de rezar, Frijol se retorcía y se agitaba contra mi espalda hasta que no lo aguanté más y le susurré entre dientes que se volviera a su catre.

—Zombi, es ella.

—¿El qué es ella?

—¡Hacha! ¡Cassie es Hacha!

Tardé un par de segundos en recordar quién era Cassie.

«Jo, tío, otra vez esta mierda... No, por favor».

—No creo que Hacha sea tu hermana.

—Pero tampoco lo sabes seguro.

Casi se me escapó: «No seas imbécil, enano. Tu hermana no volverá a por ti porque está muerta». Pero me contuve.

Cassie es el medallón de plata de Frijol. Se aferra a él, porque, si lo suelta, ya nada evitará que el tornado se lo lleve a Oz, como les ha pasado a los otros Dorothy del campo.

Por eso tiene sentido un ejército de niños, porque los adultos no pierden el tiempo con la magia; se obsesionan con las mismas verdades inconvenientes que mandaron a Tanque a la mesa de disecciones.

Hacha no está cuando pasan lista por la mañana. Y tampoco está en la carrera matutina, ni en el rancho. Nos preparamos para la pista, examinamos las armas y salimos al patio. Está despejado, pero hace mucho frío. Nadie dice gran cosa: todos nos preguntamos quién será el nuevo.

Frijol es el que ve a Hacha primero, de pie, a lo lejos, en el campo de tiro, y de inmediato nos damos cuenta de que Picapiedra tenía razón: Hacha es un tirador de la leche. El blanco aparece entre la alta hierba marrón y, pop, pop, pop, la cabeza del blanco estalla. Después, una diana distinta con el mismo resultado. Reznik está de pie a un lado, manejando los controles de las dianas. Nos ve llegar y empieza a pulsar los botones rápidamente. Los blancos salen disparados de la hierba, uno detrás del otro, y este tal Hacha los derriba de un solo tiro incluso antes de que se enderecen. A mi lado, Picapiedra silba para demostrar su admiración.

—Es bueno.

Frijol se da cuenta antes que nosotros. Es por algo en los hombros o puede que en las caderas, pero dice:

—No es bueno, es buena.

Entonces sale corriendo por el campo hacia la solitaria figura que sostiene el fusil humeante en el aire helado.

La chica se vuelve antes de que llegue el niño, y Frijol se para en seco, primero desconcertado, después decepcionado. Al parecer, Hacha no es su hermana.

Es curioso que pareciera más alta de lejos. Es más o menos de la altura de Dumbo, pero más delgada... y mayor. Calculo que debe de tener unos quince o dieciséis, con cara de duende, ojos hundidos y oscuros, piel pálida y perfecta, y pelo negro liso. Lo primero que te impacta de ella son los ojos. Esa clase de ojos que no dejas de mirar, convencido que vas a encontrar algo, y acabas concluyendo que hay posibilidades: son tan profundos que no puedes verlo o simplemente no haya nada.

Es la chica del patio, la que me pilló fuera del hangar de P&E con Frijol.

—Hacha es una chica —susurra Tacita, arrugando la nariz como si le hubiese llegado el tufillo de algo podrido.

No solo ha dejado de ser el bebé del pelotón, sino que, encima, ya no es la única chica.

—¿Qué vamos a hacer con ella? —pregunta Dumbo, al borde del pánico.

Estoy sonriendo, no puedo evitarlo.

—Vamos a ser el primer pelotón que se gradúe —le respondo.

Y tengo razón.

49

La primera noche de Hacha en el Barracón 10: incómoda.

Nada de pullas ni de chistes verdes ni de bravatas de machitos. Contamos los minutos que quedan hasta que apaguen las luces como si fuésemos un puñado de frikis nerviosos en su primera cita.

Puede que en otros pelotones haya chicas de su edad; nosotros tenemos a Tacita. Hacha no parece darse cuenta de nuestra incomodidad: se sienta en el viejo catre de Tanque, y se pone a desmontar y a limpiar su fusil. A Hacha le gusta su fusil. Mucho. Se nota por el cariño con el que pasa el trapo engrasado por el cañón, abrillantándolo hasta que el frío metal reluce bajo los fluorescentes. Ponemos tanto empeño en no mirarla que casi resulta doloroso. Ella vuelve a montar el arma, la coloca con cuidado en la taquilla que hay junto a la cama y se acerca a mi catre. Algo se me contrae en el pecho. No he hablado con ninguna chica desde... ¿Cuándo? Antes de la plaga. Y no pienso en mi vida de entonces. Aquella era la vida de Ben, no la de Zombi.

—Eres el líder del pelotón —me dice. Su voz carece de entonación alguna, de emoción, como sus ojos—. ¿Por qué?

Respondo a su reto con otro.

—¿Por qué no?

Solo lleva puesta la ropa interior y la camiseta sin mangas del uniforme; el flequillo le llega justo hasta el borde de las oscuras cejas. Me mira. Dumbo y Umpa dejan de jugar su partida de cartas para mirarnos. Tacita sonríe: nota que se cuece una pelea. Picapiedra, que estaba doblando la ropa, deja caer un uniforme limpio en lo alto de la pila.

—Tienes muy mala puntería —dice Hacha.

—Tengo otras habilidades —respondo, y cruzo los brazos sobre el pecho—. Deberías verme con el pelapatatas.

—Tienes un buen cuerpo —dice, y alguien se ríe entre dientes, creo que Picapiedra—. ¿Eres atleta?

—Lo era.

Ella se coloca frente a mí, plantando los puños sobre las caderas y los pies descalzos, en el suelo. Lo que me afecta son sus ojos. Su profunda oscuridad. ¿Están vacíos... o lo contienen todo?

—Fútbol americano —dice.

—Buena suposición.

—Y probablemente béisbol.

—Cuando era más pequeño.

—El tío al que sustituyo se volvió Dorothy —dice, cambiando de tema.

—Sí.

—¿Por qué?

—¿Importa? —pregunto, encogiéndome de hombros.

Ella asiente con la cabeza. Pero no, no importa.

—Yo era la líder de mi pelotón.

—No me cabe duda.

—Solo porque tú seas el líder no quiere decir que vayan a hacerte sargento después de graduarnos.

—Espero que tengas razón.

—Sé que la tengo. Lo he preguntado.

Se vuelve sobre sus talones descalzos y regresa a su catre. Me miro los pies y me doy cuenta de que me hace falta un corte de uñas. Los pies de Hacha son muy pequeños, con dedos nudosos. Cuando levanto la vista de nuevo, se dirige a las duchas con una toalla al hombro. Se detiene en la puerta.

—Si alguien del pelotón me toca, lo mato.

No lo dice en tono amenazador ni gracioso, sino como si estableciera un hecho, como si dijera que hace frío fuera.

—Correré la voz —digo.

—Y cuando esté en la ducha, esta queda vedada. Intimidad total.

—Recibido. ¿Algo más?

Hace una pausa y se me queda mirando desde el otro lado del cuarto. Noto que me tenso.

¿Qué vendrá ahora?

—Me gusta jugar al ajedrez. ¿Juegas?

Sacudo la cabeza.

—Eh, pervertidos, ¿alguno de vosotros juega al ajedrez? —les grito a los chicos.

—No —responde Picapiedra—, pero si le apetece una partida de *strip* póquer...

Sucede antes de que pueda apartarme cinco centímetros del colchón: Picapiedra está en el suelo, sosteniéndose el cuello y dando patadas, como si fuera un bicho al que acaban de pisar; Hacha está de pie, a su lado.

—Además, nada de comentarios degradantes, sexistas o seudomachistas.

—¡Cómo molas! —suelta Tacita, y lo dice en serio.

A lo mejor necesita reconsiderar todo el tema de Hacha. A lo mejor no es tan mala idea tener cerca a otra chica.

—Lo que acabas de hacer te va a costar comer media ración durante diez días —le digo a Hacha.

Puede que Picapiedra se lo tuviera merecido, pero sigo siendo el jefe cuando Reznik no está por aquí, y es importante que Hacha lo sepa.

—¿Te vas a chivar? —pregunta, sin miedo en la voz. Ni rabia. Ni nada.

—Es una advertencia.

Ella asiente con la cabeza, se aparta de Picapiedra y pasa rozándome de camino a recoger su neceser. Huele... Bueno, huele a chica, y por un segundo me siento algo mareado.

—Recordaré tu consideración cuando me nombren líder del nuevo Pelotón cincuenta y tres —dice mientras se aparta el flequillo con un movimiento de cabeza.

50

Una semana después de la llegada de Hacha, el Pelotón 53 pasó del décimo al séptimo lugar. La tercera semana ya habíamos adelantado al Pelotón 19 y estábamos los quintos. Entonces, cuando solo quedaban dos semanas, nos dimos contra un muro: nos faltaban dieciséis puntos para llegar al cuarto puesto, un déficit prácticamente insalvable.

Aunque no le van mucho las palabras, Bizcocho es un *crack* con los números y se encarga de desglosar la puntuación.

En todas las categorías, salvo en una, hay poco margen de mejora.

Somos segundos en la pista de obstáculos, terceros en simulacro de ataque aéreo y primeros en «otras tareas asignadas», un cajón de sastre que incluye puntos por inspección matutina y «conducta apropiada para una unidad de las fuerzas armadas». Nuestra ruina es la puntería: a pesar de contar con tiradores de lujo como Hacha y Bizcocho, estamos en el puesto número dieciséis. A no ser que mejoremos esa puntuación durante las próximas dos semanas, estamos condenados.

Por supuesto, no hay que ser un *crack* con los números para saber por qué tenemos una puntuación tan baja: el líder del pelotón es un manta con las armas. Así que el manta del líder del pelotón se dirige al instructor jefe y solicita tiempo adicional para practicar; a pesar de ello, su puntuación no varía. Mi técnica no es mala, hago todo lo correcto en el orden correcto. Sin embargo, solo consigo acertar a la cabeza una vez de cada treinta, y eso con suerte. Hacha está de acuerdo conmigo: acierto por pura suerte. Dice que incluso Frijol podría darle al blanco una vez de cada treinta. Intenta que no se le note, pero mi ineptitud con las armas la cabrea. Su antiguo pelotón va segundo. De no haber sido reasignada, tendría garantizada la graduación con el primer grupo y estaría la primera de la lista para los galones de sargento.

—Tengo una propuesta para ti —me dice una mañana cuando llegamos al patio para la carrera. Lleva puesta una cinta en la cabeza para que no le caiga en la frente ese sedoso flequillo que tiene. Tampoco es que me haya fijado en lo sedoso que lo tiene, claro—. Te ayudaré, con una condición.

—¿Tiene algo que ver con el ajedrez?

—Que dimitas como líder.

Me quedo mirándola fijamente. El frío le ha teñido de rojo intenso las mejillas de marfil. Hacha es una persona callada, aunque no al estilo de Bizcocho: ella lo es de un modo más intenso e inquietante, con esos ojos que parecen diseccionarte con la precisión de uno de los bisturís de Dumbo.

—No pediste el puesto. En realidad no te importa. Así que ¿por qué no me lo dejas a mí? —pregunta sin apartar la mirada del camino.

—¿Por qué tienes tanto empeño?

—Si yo doy las órdenes, tengo más posibilidades de seguir con vida.

Me echo a reír. Quiero contarle lo que he aprendido. Me lo dijo Vosch, aunque, en el fondo de mi alma, yo ya lo sabía: «Vas a morir». Nada de aquello tenía que ver con la supervivencia, sino con la venganza.

Seguimos el camino que sale serpenteando del patio para cruzar el aparcamiento del hospital y meterse en la carretera de acceso al aeródromo.

Delante de nosotros está la central eléctrica que vomita humo negro y gris.

—A ver qué te parece esto —le sugiero—: tú me ayudas, ganamos, y yo cedo el puesto.

Es una oferta absurda, ya que somos reclutas y no es cosa nuestra decidir quién lidera el pelotón, sino de Reznik. Además, sé que, en realidad, esto no tiene nada que ver con quién sea o deje de ser el jefe del pelotón, sino con llegar a sargento cuando nos aprueben para el servicio activo. Ser el líder del pelotón no garantiza la promoción, pero sin duda no está de más.

Un Black Hawk que vuelve de la patrulla nocturna ruge sobre nuestras cabezas.

—¿Alguna vez te preguntas cómo lo hicieron? —quiere saber mientras observa al helicóptero virar hacia nuestra derecha para dirigirse a la zona de aterrizaje—. Lo de volver a ponerlo todo en funcionamiento después del pulso electromagnético, me refiero.

—No —respondí con sinceridad—. ¿Cuál es tu teoría?

Su aliento parece compuesto de diminutos estallidos blancos que se pierden en el aire glacial.

—Búnkeres subterráneos: no se me ocurre otra opción. Eso o...

—O ¿qué?

Sacude la cabeza mientras hincha sus mejillas tensas de frío; sus cabellos negros se mueven adelante y atrás al correr, acariciados por el reluciente sol de la mañana.

—Olvídalo: es una locura, Zombi —dice al fin—. Venga, veamos de lo que eres capaz, estrella del fútbol.

Soy diez centímetros más alto que ella. Por cada paso que doy, ella tiene que dar dos. Así que gano. Por poco.

Por la tarde vamos al campo de tiro y nos llevamos a Umpa para que accione las dianas. Hacha me observa disparar unas cuantas veces y después me ofrece su opinión de experta:

—Eres horriblemente malo.

—Ese es el problema, lo horripilante que soy.

Esbozo mi mejor sonrisa: antes del Armagedón alienígena, era famoso por ella. No me gusta fardar demasiado, pero la verdad es que, cuando conducía, tenía que tratar de no sonreír para no cegar a los coches que circulaban en dirección contraria. Sin embargo, mi sonrisa no tiene ningún efecto en Hacha. No entorna los ojos para protegerlos de mi arrasadora luminiscencia. Ni siquiera pestañea.

—Tu técnica es buena. ¿Qué pasa cuando disparas?

—En términos generales, fallo.

Sacude la cabeza.

Hablando de sonrisas, todavía no he visto en su rostro ni siquiera la sombra de una sonrisita. Decido que mi misión será arrancarle una. Ese es un pensamiento más propio de Ben que de Zombi, pero cuesta perder las viejas costumbres.

—Me refiero a qué pasa entre el blanco y tú.

«¿Ein?».

—Bueno, cuando sale...

—No, te estoy hablando de lo que pasa entre aquí —dice, poniéndome las puntas de los dedos en la mano derecha— y aquí —añade, señalando a la diana, que está a veinte metros.

—Me he perdido, Hacha.

—Tienes que pensar que el arma forma parte de ti. El que dispara no es el M16, sino tú. Es como cuando soplas un diente de león. Tú eres el que dispara las balas con tu aliento.

Se aparta el fusil del hombro, mira a Umpa y asiente. No sabe por dónde aparecerá la diana, pero la cabeza del objetivo estalla en una lluvia de astillas cuando todavía no se ha enderezado del todo.

—Es como si entre el objetivo y el arma no hubiera espacio, nada que no seas tú. Eres el fusil. Eres la bala. Eres el blanco. No hay nada que no seas tú.

—Entonces, básicamente, me estás diciendo que me vuele la cabeza.

Casi consigo una sonrisa. Le tiembla la comisura de los labios.

—Eso es muy zen —pruebo de nuevo.

Junta las cejas. Un empujoncito más.

—Es más como mecánica cuántica —dice.

—Sí, claro —respondo, muy serio—. Eso es lo que quería decir. Mecánica cuántica.

Vuelve la cabeza... ¿Para ocultar una sonrisa? ¿Para que no vea que pone los ojos en blanco, harta de mí? Cuando se vuelve de nuevo para mirarme, solo distingo una expresión intensa que me deja con un nudo en el estómago.

—¿Quieres graduarte?

—Quiero alejarme todo lo posible de Reznik.

—Eso no basta —afirma, y apunta a una de las siluetas, al otro lado del campo. El viento juega con su flequillo—. ¿Qué ves cuando apuntas a un objetivo?

—Veo la silueta de una persona en contrachapado.

—Vale, pero ¿a quién ves?

—Sé a lo que te refieres. A veces me imagino la cara de Reznik.

—¿Te ayuda?

—Dímelo tú.

—Lo importante es la conexión —dice, y me hace un gesto para que me siente. Ella se sienta frente a mí y me coge las manos. Las suyas están heladas, tan frías como los cadáveres de P&E—. Cierra los ojos. Venga, Zombi, ¿te ha funcionado tu sistema? Bien. Vale, recuerda que no estáis el blanco y tú. La clave no es lo que hay entre vosotros, sino lo que os conecta. Piensa en el león y en la gacela. ¿Qué los conecta?

—Ummm, ¿el hambre?

—Eso es el león. Te pregunto por lo que comparten.

Esto es profundo. A lo mejor ha sido mala idea aceptar su oferta. No solo la tengo convencida de que soy un soldado penoso, sino que ahora existe una posibilidad tangible de que descubra que soy imbécil.

—El miedo —me susurra al oído, como si me contara un secreto—. Para la gacela, el miedo a que se la coman. Para el león, el miedo a morir de hambre. El miedo es la cadena que los une.

La cadena. Llevo una en el bolsillo y de ella cuelga un medallón de plata. Mi hermana murió una noche hace mil años; y murió anoche. Se acabó. No se acaba nunca.

De aquella noche a este día no hay una línea recta, sino un círculo. Aprieto los dedos de Hacha.

—No sé cuál es tu cadena —sigue diciendo su aliento cálido en mi oído—. Cada persona tiene la suya. Ellos lo saben. El País de las Maravillas se lo dice. Por eso te ponen una pistola en la mano. Y eso mismo es lo que te une al blanco. —Entonces, como si me leyera la mente, añade—: No es una línea, Zombi, es un círculo.

Abro los ojos.

El sol, al ponerse, ha dibujado un halo de luz dorada alrededor de Hacha.

—No hay distancia.

Ella asiente con la cabeza y me urge a levantarme.

—Ya casi ha oscurecido.

Levanto el fusil y apoyo la culata en el hombro. No sabes por dónde aparecerá el blanco, solo sabes que lo hará. Hacha le hace una señal a Umpa, y la alta hierba muerta se agita a mi derecha un milisegundo antes de que emerja la diana; es tiempo más que suficiente: es una eternidad.

No hay distancia. Nada entre lo que soy y lo que no soy.

La cabeza del blanco se desintegra con un satisfactorio crujido. Umpa deja escapar un grito y levanta un puño en el aire. Me olvido de todo, agarro a Hacha por la cintura para levantarla del suelo y me pongo a dar vueltas mientras la sostengo en el aire. Estoy a un tris de besarla, qué peligro. Cuando la suelto, ella retrocede un par de pasos y se mete el pelo detrás de las orejas con mucha parsimonia.

—Eso ha estado fuera de lugar —le digo.

No sé quién está más avergonzado. Los dos intentamos recuperar el aliento, puede que por razones distintas.

—Hazlo otra vez —me dice.

—¿Disparar o darte vueltas en el aire?

Le tiemblan los labios. Ay, casi lo consigo.

—Lo que tiene algún sentido.

51

El día de la graduación.

Nuestros nuevos uniformes nos esperaban cuando regresamos del desayuno: estaban planchados, almidonados y bien doblados sobre nuestros catres. Y había una sorpresa extra especial: cintas para la cabeza equipadas con el último avance tecnológico en detección de alienígenas: un disco transparente del tamaño de una moneda de veinticinco centavos que se coloca sobre el ojo izquierdo. Los humanos infestados se iluminarían a través de la lente. O eso nos contaron. Más tarde, cuando pregunté al técnico cómo funcionaba eso, me dio una respuesta muy sencilla: si no está limpio, emite un brillo verde. Cuando le pedí con mucha educación que me hiciera una demostración breve, él se rio y dijo:

—Ya tendrás tu demostración sobre el terreno, soldado.

Por primera vez desde que llegamos al Campo Asilo (y, seguramente, por última vez en nuestras vidas), volvemos a ser niños. Gritamos y saltamos de catre en catre, haciendo chocar las palmas de las manos. Hacha es la única que se mete en la letrina para cambiarse. El resto nos desnudamos donde estamos y arrojamos los odiados monos azules a una pila en el centro del suelo. Tacita tiene la genial idea de prenderles fuego, y lo habría hecho si Dumbo no llega a quitarle la cerilla encendida de la mano en el último segundo.

El único que no lleva uniforme está sentado en su catre, con su mono blanco y las piernas colgando de la cama. Tiene los brazos cruzados y le sobresale el labio inferior en un mohín. Me doy cuenta, lo entiendo. Después de vestirme, me siento a su lado y le doy una palmada en la pierna.

—Ya te llegará el turno, soldado. Aguanta.

—Dos años, Zombi.

—¿Y? Piensa en lo duro que serás dentro de dos años. No te llegaremos ni a la altura de la zapatilla.

A Frijol lo han asignado a otro pelotón de entrenamiento para cuando nos desplieguen. Le prometí que dormiría conmigo siempre que estuviera en la base, pero no tengo ni idea de cuándo regresaré, si es que regreso. Nuestra misión sigue siendo alto secreto: solo la conoce el Mando Central. No estoy seguro de que Reznik sepa adónde vamos. A mí me da igual, siempre que Reznik se quede aquí.

—Vamos, soldado, se supone que tienes que alegrarte por mí —bromeo con Frijol.

—No volverás. —Lo dice tan convencido y enfadado que no sé ni qué responder—. No volveré a verte nunca.

—Claro que me volverás a ver, Frijol. Te lo prometo.

Me golpea con todas sus fuerzas, una y otra vez, justo encima del corazón. Le agarro la muñeca, y él me sigue golpeando con la otra mano. Se la agarro también y le ordeno que pare.

—¡No me lo prometas, no me lo prometas, no me lo prometas! ¡No prometas nada nunca, nunca, nunca! —grita, y la carita se le arruga de rabia.

—Eh, Frijol, tranquilo —le digo mientras le doblo los brazos sobre el pecho y me agacho para mirarlo a los ojos—. Algunas cosas no hace falta prometerlas. Simplemente, las haces.

Me meto la mano en el bolsillo y saco el medallón de Sissy. Abro el cierre. No lo he hecho desde que lo arreglé en la ciudad de las tiendas de campaña. Círculo roto. Se lo pongo al cuello y lo cierro. Círculo cerrado.

—Pase lo que pase ahí fuera, volveré a por ti —le prometo.

Detrás de él veo a Hacha saliendo del baño. Se está metiendo el pelo debajo de su gorra nueva. Yo me cuadro y la saludo.

—¡El soldado Zombi se presenta para el servicio, líder de pelotón!

—Mi único día de gloria —dice ella, devolviéndome el saludo—. Todo el mundo sabe quién será el sargento.

—No presto atención a los rumores —respondo, encogiéndome de hombros con modestia.

—Hiciste una promesa, a pesar de saber que no podrías cumplirla —dice tranquilamente, que es como lo dice todo. El problema es que me responde justo delante de Frijol—. ¿Seguro que no te apetece aprender a jugar al ajedrez, Zombi? Se te daría muy bien.

Como reírme parece lo menos peligroso en estos momentos, me río.

La puerta se abre de golpe, y Dumbo grita:

—¡Señor! ¡Buenos días, señor!

Corremos a los pies de nuestros respectivos catres y nos ponemos firmes mientras Reznik recorre la fila para nuestra última inspección. Está muy tranquilo, para ser Reznik. No nos llama gusanos ni basura, aunque sigue tan tiquismiquis como siempre. La camisa de Picapiedra no está bien remetida por un lado. Umpa tiene la gorra torcida. Sacude del cuello del uniforme de Tacita una pelusa diminuta que solo ha visto él. Se queda junto a ella un buen rato, mirándola a la cara con una seriedad casi cómica.

—Bueno, soldado, ¿estás lista para morir?

—¡Señor, sí, señor! —grita Tacita con su mejor vozarrón de guerrera.

Reznik se vuelve hacia los demás.

—¿Y vosotros? ¿Estáis listos?

—¡Señor, sí, señor! —gritamos a una.

Antes de irse, Reznik me ordena que dé un paso al frente.

—Venga conmigo, soldado —dice. Después saluda por última vez a las tropas y añade—: Nos vemos en la fiesta, niños.

Mientras salgo, Hacha me echa una mirada que parece decirme: «¿Lo ves?».

Camino dos pasos por detrás del instructor jefe. Cruzamos el patio, donde unos reclutas vestidos con monos azules dan los últimos toques a la plataforma de los oradores, cuelgan banderines, colocan sillas para los altos mandos y desenrollan la alfombra roja. En un extremo, entre los barracones, han colgado una enorme pancarta que dice: «NOSOTROS SOMOS LA HUMANIDAD». Y, al otro extremo: «SOMOS UNO».

Entramos en un edificio anodino de una planta situado en el lado occidental del complejo y nos detenemos junto a una puerta de seguridad que reza: «SOLO PERSONAL AUTORIZADO». Pasamos por un detector de metales controlado por unos soldados impávidos y bien armados. Nos metemos en un ascensor que nos lleva cuatro plantas por debajo del nivel del suelo. Reznik no habla, ni siquiera me mira. Tengo una idea bastante clara del lugar al que nos dirigimos, pero no sé por qué. Nervioso, me tiro de la parte delantera del uniforme.

Bajamos por un largo pasillo bañado en luces fluorescentes. Pasamos otro control de seguridad. Más soldados armados e impávidos. Reznik se detiene frente a una puerta sin señalizar y pasa su tarjeta por el cierre. Entramos en un cuarto pequeño. Un hombre con uniforme de teniente nos saluda en la puerta, y lo seguimos por otro pasillo hasta llegar a un gran despacho privado. El hombre sentado al escritorio está hojeando una pila de copias impresas.

Vosch.

Tras mandar retirarse a Reznik y al teniente, nos quedamos solos.

—Descanse, soldado.

Separo las piernas, me llevo las manos a la espalda y me sujeto la muñeca izquierda con la mano derecha. Estoy de pie frente al gran escritorio, mirando al frente y sacando pecho. Es el comandante supremo. Yo soy un soldado raso, un humilde recluta, ni siquiera soy un militar de verdad todavía. El corazón amenaza con reventarme los botones de la camisa nueva.

—Bueno, Ben, ¿cómo estás?

Esboza una sonrisa cálida. Ni siquiera sé cómo empezar a responder la pregunta. Además, me descoloca que me llame Ben: me suena raro después de pasarme tantos meses atendiendo al nombre de Zombi.

Espera una respuesta y, por algún estúpido motivo, suelto lo primero que se me ocurre.

—¡Señor, el soldado está listo para morir, señor!

Él asiente sin dejar de sonreír, se levanta, rodea el escritorio y dice:

—Vamos a hablar sin cortapisas, de soldado a soldado. A fin de cuentas, eso es lo que eres ahora, sargento Parish.

Entonces los veo: lleva los galones de sargento en la mano. Así que Hacha tenía razón. Me pongo firme mientras me los coloca en el cuello. Me da una palmada en el hombro y me mira fijamente a los ojos.

Cuesta devolverle la mirada: cuando esos ojos azules te miran, te sientes desnudo, completamente expuesto.

—Perdiste a un hombre.

—Sí, señor.

—Es algo terrible.

—Sí, señor.

Vosch se apoya en el escritorio y cruza los brazos.

—Su perfil era excelente. No tan bueno como el tuyo, pero... La lección que debes aprender, Ben, es que todos tenemos un límite. Todos somos humanos, ¿no?

—Sí, señor.

Sonríe. ¿Por qué sonríe? En el búnker subterráneo hace fresco, pero estoy empezando a sudar.

—Puedes preguntar —dice, haciendo un gesto con la mano para alentarme.

—¿Señor?

—La pregunta que debes de estar pensando. La que te has hecho desde que Tanque apareció en procesamiento y eliminación.

—¿Cómo murió?

—Sobredosis, como sin duda sospechabas. Un día después de quitarle la vigilancia para que no se suicidara —explica, y señala la silla que está a mi lado—. Siéntate, Ben. Tenemos que hablar de algo.

Me siento en el borde de la silla, con la espalda recta y la barbilla levantada. Si es posible estar firme sentado, eso es lo que hago.

—Todos tenemos nuestros límites —dice, taladrándome con sus ojos azules—. Te contaré el mío. Dos semanas después de la cuarta ola, estaba reuniendo supervivientes en un campo de refugiados a unos seis kilómetros de aquí. Bueno, no a todos los supervivientes, solo a los niños. Aunque todavía no habíamos detectado las infestaciones, estábamos bastante seguros de que lo que ocurría no implicaba a los niños. Como era imposible saber quién era el enemigo y quién no, la decisión del mando fue eliminar a todo el personal mayor de quince años.

Se le oscurece el rostro y aparta la mirada. Sigue apoyado en el borde del escritorio, y se aferra a él con tanta fuerza que los nudillos se le ponen blancos.

—Es decir, fue mi decisión —añade, respirando profundamente—. Los matamos, Ben. Después de llevarnos a los niños, los matamos a todos sin excepción. Y, cuando acabamos, le pegamos fuego al campo. Lo borramos de la faz de la Tierra.

Me mira de nuevo y, aunque resulte increíble, veo lágrimas en sus ojos.

—Ese fue mi límite. Después, al darme cuenta de que había caído en su trampa, me horroricé. Me había convertido en un instrumento del enemigo. Por cada persona infestada que asesiné, murieron tres inocentes. Tendré que vivir con eso..., porque tengo que vivir. ¿Entiendes a qué me refiero?

Asentí con la cabeza, y él esbozó una sonrisa triste.

—Claro que lo entiendes. Los dos tenemos sangre inocente en las manos, ¿verdad?

De repente, se endereza, muy serio. Las lágrimas han desaparecido.

—Sargento Parish, hoy se graduarán los cuatro mejores pelotones de tu batallón. Como comandante del pelotón ganador, tienes la oportunidad de ser el primero en elegir misión. Dos pelotones se desplegarán como patrullas que protegerán el perímetro de esta base. Los otros dos se desplegarán en territorio enemigo.

Tardo un par de minutos en asimilar la información. Me permite hacerlo. Vosch recoge uno de los papeles impresos y me lo pone delante. Hay muchos números, líneas irregulares y símbolos raros que no significan nada para mí.

—No espero que seas capaz de leerlo, pero ¿tienes alguna suposición acerca de lo que podría ser? —pregunta.

—No sería más que eso, señor, una suposición.

—Es el análisis de un ser humano infestado, realizado por El País de las Maravillas.

Asiento con la cabeza. ¿Por qué narices asiento? Como si lo comprendiera: «Ah, sí, comandante, ¡un análisis! Por favor, continúe».

—Los hemos hecho pasar por El País de las Maravillas, claro, pero no habíamos sido capaces de desentrañar el mapa de la infestación de la víctima (o del clon, lo que sea)... hasta ahora. —Levanta en alto el papel y dice—: Este, sargento Parish, es el aspecto que tiene una conciencia alienígena.

De nuevo, asiento, pero esta vez porque empiezo a entenderlo.

—Saben lo que están pensando los alienígenas.

—¡Exacto! —exclama, y me sonríe con ganas: soy su alumno estrella—. La clave para ganar esta guerra no son las tácticas ni la estrategia, ni siquiera el desequilibrio tecnológico. La verdadera clave para ganar esta guerra, como cualquier otra, es comprender cómo piensa el enemigo. Y ahora lo comprendemos.

Espero a que me informe al respecto con suavidad: ¿cómo piensa el enemigo?

—Gran parte de lo que suponíamos es correcto. Llevan algún tiempo observándonos. Las infestaciones se introdujeron en individuos clave de todo el mundo (agentes durmientes, por así decirlo) que esperaban la señal para lanzar un ataque coordinado en cuanto se hubiera reducido la población a un número manejable. Sabemos cómo acabó el ataque aquí, en el Campo Asilo, y sospechamos que las demás instalaciones militares no tuvieron tanta suerte.

Se golpea el muslo con el papel. Debo de haber dado un respingo, porque me sonríe para tranquilizarme.

—Un tercio de la población superviviente. Plantados aquí para erradicar a los que sobrevivieran a las primeras tres olas. A ti, a mí, a tus miembros de equipo, a todos nosotros. Si temes, como temía el pobre Tanque, que llegue una quinta ola, olvídalo. No habrá una quinta ola. No tienen ninguna intención de abandonar la nave nodriza hasta haber exterminado a la raza humana.

—¿Por eso no nos han...?

—¿Atacado otra vez? Eso creemos. Al parecer, su objetivo principal es conservar el planeta para la colonización. Ahora estamos en una guerra de desgaste. Nuestros recursos son limitados y no durarán para siempre. Lo sabemos, y ellos también lo saben. Sin un flujo de suministros, sin forma de reunir una fuerza de combate significativa, al final, este campo, y cualquier otro que quede por ahí, morirá como una vid a la que le cortan las raíces.

Qué raro, todavía sonríe, como si este escenario del juicio final lo excitara.

—Entonces ¿qué hacemos? —pregunto.

—Lo único que podemos hacer: llevar la batalla a su campo.

Lo dice sin dudar, sin miedo, sin desesperanza. «Llevar la batalla a su campo». Por eso es el comandante. Viéndole aquí de pie, sonriente, seguro, sus facciones me recuerdan a una antigua estatua noble, sabia y fuerte. Es la roca contra la que se estrellan las olas alienígenas, y permanece intacta. «Nosotros somos la humanidad», dice la pancarta. Incorrecto. Nosotros somos pálidos reflejos de la humanidad, sus débiles sombras, su eco lejano. La humanidad es él, el corazón palpitante, imbatido e invencible de la humanidad. En este momento, si el comandante me pidiera que me metiera una bala en la cabeza por la causa, lo haría. Lo haría sin pensármelo dos veces.

—Lo que nos lleva de vuelta al tema de tu misión —dice en voz baja—. Nuestros vuelos de reconocimiento han identificado grupos significativos de combatientes infestados en Dayton y sus alrededores. Soltaremos allí a un pelotón, y se quedará solo durante cuatro horas. Hay aproximadamente una posibilidad entre cuatro de salir con vida.

Me aclaro la garganta.

—Y dos pelotones se quedan aquí —respondo.

—Sí, tú decides —me dice, taladrándome hasta la médula con sus ojos azules.

La misma sonrisa cómplice. Sabe lo que voy a contestar. Lo sabía antes de que yo entrara por la puerta. A lo mejor se lo dijo mi perfil de El País de las Maravillas, pero no lo creo. Me conoce.

Me levanto de la silla y me pongo firme.

Y le digo lo que él ya sabe.

52

A las nueve horas, todo el batallón se reúne en el patio y forma un mar de monos azules dirigido por los cuatro mejores pelotones, que visten sus uniformes recién estrenados. Más de mil reclutas de pie en perfecta formación, de cara al este, la dirección de los nuevos comienzos, hacia la plataforma de los oradores, que se montó el día anterior. Las banderas ondean bajo la brisa helada, pero no notamos el frío. Un fuego más caliente que el que convirtió a Tanque en cenizas nos ilumina desde dentro. La cúpula del Mando Central pasa por delante de la primera fila, la fila ganadora, nos da la mano y nos felicita por el trabajo bien hecho. Después, unas palabras personales de agradecimiento de los instructores jefe. He estado soñando con lo que le diría a Reznik cuando me diera la mano: «Gracias por hacer de mi vida un infierno», «Muérete. Muérete ya, hijo de puta»... O mi favorita, breve, dulce y directa: «Que te den». Pero, cuando me saluda y me tiende la mano, estoy a punto de desmoronarme. Quiero darle un puñetazo y abrazarlo, todo a la vez.

—Enhorabuena, Ben —me dice, lo que me deja completamente descolocado.

No tenía ni idea de que supiera mi nombre. Me guiña un ojo y sigue avanzando por la fila.

Un par de oficiales que no había visto nunca dan un breve discurso. Después presentan al comandante supremo, y las tropas se vuelven locas: agitamos las gorras y levantamos los puños. Nuestros vítores rebotan en los edificios que rodean el patio y multiplican la intensidad del rugido hasta el punto de que parece que seamos el doble. El comandante Vosch se lleva la mano a la frente, muy despacio, y es como si accionase un interruptor: el ruido acaba de golpe y todos levantamos también la mano para saludar. Oigo que más de uno se sorbe los mocos disimuladamente. Es demasiado. Después de lo que nos trajo hasta aquí y de lo que hemos pasado, después de tanta sangre, tanta muerte y tanto fuego, después de mirarnos al espejo del pasado a través de El País de las Maravillas y de enfrentarnos a la fea verdad sobre el futuro en la sala de ejecución, después de meses de una instrucción brutal que ha empujado a más de uno a un punto sin retorno, hemos llegado. Hemos sobrevivido a la muerte de nuestra infancia. Ahora somos soldados, puede que los últimos soldados que lucharán en el planeta, la última esperanza de la Tierra, unidos como un único ser en el espíritu de la venganza.

No oigo ni una palabra del discurso de Vosch. Me quedo mirando el sol que se eleva por encima de su hombro, un sol enmarcado en las torres gemelas de la central eléctrica, y cuya luz se refleja en la nave en órbita, la única imperfección de un cielo que, por lo demás, parece perfecto. Tan pequeña e insignificante... Es como si pudiera levantar una mano y arrancarla de ahí arriba, arrojarla al suelo y pisotearla hasta reducirla a polvo. El fuego que siento en el pecho se pone al rojo vivo, me recorre todo el cuerpo, me funde los huesos, me incinera la piel. Soy el sol convertido en supernova.

Me equivoqué al asegurar que Ben Parish había muerto el día que salí de la unidad de convalecencia. En realidad he cargado con su cadáver apestoso durante toda la instrucción. Ahora, lo que quedaba de él está ardiendo mientras contemplo la figura solitaria que encendió este fuego. El hombre que me enseñó cuál era el verdadero campo de batalla, el que me vació para que me llenaran de nuevo, el que me mató para que pudiera vivir. Y juro que lo veo devolverme la mirada con esos ojos de un azul helado que son capaces de llegar hasta el fondo de mi alma, y lo sé, sé lo que está pensando.

«Tú y yo somos uno. Hermanos en el odio, hermanos en la astucia, hermanos en el espíritu de la venganza».

VII
ESTÓMAGO PARA MATAR

53

«Tú me has salvado a mí».

Aquella noche, tumbada entre sus brazos con esas palabras en la cabeza, voy y pienso: «Idiota, idiota, idiota. No puedes hacerlo. No puedes, no puedes, no puedes».

La primera regla: no confiar en nadie. Lo que conduce a la segunda regla: la única forma de seguir con vida el mayor tiempo posible es seguir sola el mayor tiempo posible.

Acabo de romper ambas reglas.

Sí, son muy listos: cuanto más difícil resulta sobrevivir, más necesitas la compañía, y cuanto más acompañada estás, más difícil resulta sobrevivir.

El caso es que tuve mi oportunidad y no me fue demasiado bien sola. De hecho, se me daba de pena. Habría muerto si Evan no llega a encontrarme.

Tiene su cuerpo pegado a mi espalda, me rodea la cintura con el brazo, como si deseara protegerme, y siento el delicioso cosquilleo de su aliento en la nuca. En el cuarto hace mucho frío, estaría bien meterme bajo la manta, pero no quiero moverme. No quiero que él se mueva. Le acaricio el antebrazo y recuerdo la calidez de sus labios, su pelo sedoso entre mis dedos. El chico que nunca duerme está durmiendo, descansa en la orilla de Casiopea, una isla en medio de un mar de sangre. «Tú tienes tu promesa, y yo te tengo a ti».

No puedo confiar en él. Tengo que confiar en él.

No puedo quedarme con él. No puedo dejarlo.

Ya no se puede confiar en nadie, los Otros me lo enseñaron.

Pero ¿se puede seguir confiando en el amor?

No es que yo lo quiera, ni siquiera sé cómo es el amor. Sé cómo me hacía sentir Ben Parish, pero no sé expresarlo con palabras o, al menos, con palabras que conozca.

Evan se agita detrás de mí.

—Es tarde —murmura—. Será mejor que duermas un poco.

«¿Cómo sabía que estaba despierta?».

—¿Y tú?

Se levanta de la cama y camina descalzo hacia la puerta. Me siento, con el corazón acelerado, sin entender muy bien el porqué.

—¿Adónde vas? —pregunto.

—Voy a echar un vistazo por ahí. No tardaré.

Cuando se va, me quito la ropa y me pongo una de sus camisas de leñador a cuadros. A Val le iban los camisones con volantitos. No es mi estilo.

Vuelvo a la cama y me subo las sábanas hasta la barbilla. ¡Jo, qué frío hace! Me pongo a escuchar el silencio, el silencio de la casa sin Evan. En el exterior, la naturaleza ha dado rienda suelta a sus ruidos: el ladrido lejano de los perros salvajes, el aullido de un lobo, el ulular de los búhos. Es invierno, la época del año en que la naturaleza susurra. Supongo que, cuando llegue la primavera, surgirá una sinfonía de criaturas silvestres.

Espero a que regrese. Pasa una hora. Dos.

Oigo de nuevo el delator crujido y contengo el aliento. Suelo oírlo regresar por la noche: la puerta de la cocina al cerrarse, las pesadas botas subiendo las escaleras. Ahora no oigo nada más que el crujido al otro lado de la puerta.

Alargo el brazo y cojo la Luger, que está en la mesita de noche. Siempre la tengo cerca.

«Está muerto —es lo primero que pienso—. El que está al otro lado de la puerta no es Evan: es un Silenciador».

Me bajo de la cama con sigilo y me acerco de puntillas a la puerta. Pego la oreja a la madera y cierro los ojos para concentrarme, agarrando la pistola con ambas manos, en la postura correcta, como me ha enseñado. Repito mentalmente cada paso, como me ha enseñado.

«Mano izquierda en el pomo. Gira, tira, dos pasos atrás, pistola arriba. Gira, tira, dos pasos atrás, pistola arriba...».

Craaac.

Vale, ya está.

Abro la puerta de golpe, doy un paso atrás (y mira que lo había repasado) y levanto el arma. Evan retrocede de un salto, se da contra la pared y levanta las manos por instinto al ver el cañón reluciente frente a su cara.

—¡Eh! —grita con los ojos muy abiertos y las manos arriba, como si lo hubiese asaltado un ladrón.

—Pero ¿qué narices haces? —pregunto, temblando de rabia.

—Volvía para... ver cómo estabas. ¿Puedes bajar la pistola, por favor?

—Sabes que no me hacía falta abrir la puerta —le ladro, bajando el arma—. Podría haberte disparado a través de la madera.

—La próxima vez llamaré, te lo juro —responde, y esboza su típica sonrisa de medio lado.

—Vamos a establecer un código para cuando quieras acercarte en plan sigiloso pervertido. Si llamas una vez a la puerta, significa que quieres entrar. Dos, que solo te pasas para espiarme mientras duermo.

Aparta la mirada de mi cara para posarla primero en mi camisa (que casualmente es su camisa), y luego en mis piernas desnudas, donde se detiene un segundo más de la cuenta antes de volver a mirarme la cara. Es una mirada cálida. Tengo las piernas frías.

Después golpea una vez la jamba de la puerta con los nudillos, pero la que le gana el acceso es su sonrisa.

Nos sentamos en la cama, e intento no prestar atención al hecho de que llevo puesta su camisa, de que su camisa huele a él y de que él está sentado a treinta centímetros, oliendo también a él, y de que, encima, noto un nudo muy tenso en la boca del estómago, algo que parece un trozo de carbón ardiente.

Quiero que me toque otra vez. Quiero sentir sus manos, suaves como nubes, pero temo que al tocarme haga estallar los siete mil billones de billones de átomos que componen mi cuerpo y me disperse por el universo.

—¿Está vivo? —me susurra.

De nuevo me mira con esa expresión triste y desesperada. ¿Qué ha pasado ahí fuera? ¿Por qué está pensando en Sams?

Me encojo de hombros: ¿cómo voy a saberlo?

—Yo lo sabía cuando Lauren lo estaba. Es decir, supe cuándo dejó de estarlo. —Se pone a tirar de la colcha, a acariciar las puntadas y a recorrer con los dedos los bordes de los retales como si recorriera el camino a seguir en un mapa del tesoro—. Lo sentí. En aquel momento ya solo quedábamos Val y yo. Val estaba muy enferma, y yo sabía que no le quedaba mucho tiempo. Conocía la progresión casi al minuto; había pasado por ella seis veces.

Tarda un minuto en seguir hablando: está claro que se ha asustado con algo. No para de mover los ojos ni un segundo, se pasean por la habitación como si intentaran encontrar algo con lo que distraerse... O puede que lo contrario: algo que lo ancle a este momento. Este momento conmigo... No al que no se puede quitar de la cabeza.

—Un día estaba fuera, colgando unas sábanas en el tendedero, y noté una sensación muy rara, como si algo me estallara en el pecho. Es decir, fue algo completamente físico, no mental, no como si una vocecita interior me contara... me contara que Lauren había muerto. Fue como si alguien me diera un buen empujón. Y lo supe. Así que solté la sábana y salí echando leches hacia su casa...

Sacude la cabeza. Le toco la rodilla, pero retiro la mano rápidamente. Después del primer contacto, el hecho de tocar se vuelve demasiado fácil.

—¿Cómo lo hizo? —le pregunto.

No quiero que reviva nada si no está preparado para hacerlo. Hasta ahora ha sido un iceberg emocional: dos tercios de él han quedado ocultos bajo la superficie, escuchando más que hablando, preguntando más que respondiendo.

—Se ahorcó —dice—. Yo la bajé —añade, y aparta la vista. Aquí, conmigo; allí, con ella—. Después la enterré.

No sé qué decir, así que no digo nada. Demasiada gente dice algo cuando, en realidad, no tiene nada que decir.

—Creo que eso es lo que pasa cuando quieres a alguien —dice al cabo de un minuto—. Si le ocurre algo, notas un puñetazo en el corazón. No algo que se asemeja a un puñetazo en el corazón, sino un auténtico puñetazo en el corazón —explica, y se encoge de hombros mientras se ríe en voz baja—. En fin, eso sentí yo.

—Y crees que, como yo no lo he sentido, Sammy debe de seguir vivo, ¿es eso?

—Lo sé, es una verdadera estupidez —responde, encogiéndose de hombros otra vez y soltando una risa avergonzada—. Siento haber sacado el tema.

—La querías de verdad, ¿no?

—Crecimos juntos —dice, y se le iluminan los ojos al recordarlo—. Estábamos siempre juntos, o ella se venía aquí o yo me iba a su casa. Después crecimos y seguimos siempre juntos, ella aquí o yo allí, cuando podía escabullirme. Se suponía que debía ayudar a mi padre en la granja.

—Ahí es donde has estado esta noche, ¿verdad? En casa de Lauren.

Le cae una lágrima por la mejilla. Se la limpio con el pulgar, igual que él limpió las mías la noche que le pregunté si creía en Dios.

De repente, se inclina sobre mí y me besa. Sin más.

—¿Por qué me has besado, Evan?

Hablamos de Lauren y me besa. Es raro.

—No lo sé —responde, agachando la cabeza.

Tenemos al enigmático Evan, al taciturno Evan, al apasionado Evan y, ahora, al tímido niñito Evan.

—La próxima vez que me beses, será mejor que tengas una buena razón —bromeo.

—Vale —dice, y me besa otra vez.

—¿Razón? —pregunto en voz baja.

—Ummm, ¿que eres muy guapa?

—Esa me vale. No sé si es verdad, pero me vale.

Me sujeta la cara entre sus suaves manos y se inclina para darme un tercer beso que se demora más, que enciende el ardiente carbón de mi vientre y hace que el vello de la nuca se me erice y se ponga a bailar.

—Es verdad —susurra mientras se rozan nuestros labios.

Nos quedamos dormidos en la misma postura en la que estábamos hace unas horas, con la palma de su mano justo debajo de mi cuello. Me despierto en plena noche y, por un instante, estoy de nuevo en el bosque, dentro de mi saco de dormir, a solas con el osito y con mi M16..., y con el cuerpo de un desconocido pegado al mío.

«No, no pasa nada, Cassie, es Evan, el que te ha salvado, el que te ha devuelto la salud y el que está dispuesto a arriesgar la vida para que puedas cumplir una promesa ridícula. Evan, el chico que se fija en todo y que se ha fijado en ti. Evan, el sencillo granjero de manos cálidas, amables y suaves».

De repente, se me para el corazón. ¿Qué clase de granjero tiene las manos suaves?

Me aparto su mano del pecho. Él se agita y suspira contra mi cuello. Ahora, el vello que acarician sus labios baila a un ritmo distinto. Paso con cuidado las puntas de los dedos por la palma de su mano: suave como el culito de un bebé.

«Vale, no te dejes llevar por el pánico. Hace varios meses que no trabaja en la granja. Y ya sabes lo bien que se arregla las cutículas... Pero ¿pueden desaparecer los callos de varios años después de unos meses de cazar en el bosque?».

De cazar en el bosque...

Agacho un poco la cabeza para olerle los dedos. Puede que sea mi imaginación hiperactiva, pero ¿acaso no es este el olor acre y metálico de la pólvora? ¿Cuándo fue la última vez que disparó un arma? Esta noche no ha salido a cazar, ha ido a visitar la tumba de Lauren.

Estoy tumbada y despierta en sus brazos al llegar el alba, y noto los latidos de su corazón contra mi espalda mientras el mío late con fuerza contra su mano.

«—Debes de ser un cazador pésimo. Casi nunca traes nada.

»—Lo cierto es que soy muy bueno.

»—Entonces ¿es que no tienes estómago para matar?

»—Tengo estómago para hacer lo que haga falta».

¿Para qué tienes estómago, Evan Walker?

54

El día siguiente es un suplicio.

Sé que no puedo enfrentarme a él: es demasiado peligroso. ¿Y si es cierto lo peor? Que Evan Walker, el granjero, no existe, que solo existe Evan Walker, el traidor humano... O lo impensable (una palabra que, por otro lado, resume perfectamente esta invasión alienígena): Evan Walker, el Silenciador. Me repito que esa posibilidad es ridícula, que un Silenciador no me ayudaría a recuperar la salud... y mucho menos se dedicaría a ponerme apodos y a jugar a mimitos en la oscuridad. Un Silenciador solo..., bueno, me silenciaría.

Una vez tome la irrevocable decisión de enfrentarme a él, se acabó. Si no es lo que asegura ser, no le dejaré otra opción. Sea cual sea su razón para mantenerme con vida, no creo que siga viva mucho tiempo si él se entera de que he descubierto la verdad.

«Despacio, planéalo bien. No entres como un elefante en una cacharrería, que es lo que haces siempre, Sullivan. Aunque no pegue con tu estilo, sé metódica por una vez en tu vida».

Así que finjo que va todo bien. Sin embargo, mientras desayunamos desvío la conversación hacia los días previos a la Llegada. ¿Qué trabajos hacía en la granja? Todos los que se te ocurran, responde. Conducía el tractor, cargaba balas de heno, daba de comer a los animales, reparaba el equipo, colocaba alambre de espino. Le miro las manos mientras le busco excusas. La mejor es que siempre se ponía los guantes, aunque no sé cómo preguntárselo de un modo natural: «Bueno, Evan, tienes las manos muy suaves para haberte criado en una granja. Estarías con los guantes puestos todo el día y usarías más crema de manos que la mayoría de los chicos, ¿eh?».

No quiere hablar del pasado: lo que le preocupa es el futuro. Quiere los detalles de la misión. Necesita tomar nota de cada paso que demos entre la granja y Wright-Patterson, tener en cuenta todos y cada uno de los posibles imprevistos. ¿Qué pasa si no esperamos a la primavera y nos sorprende otra tormenta de nieve? ¿Qué pasa si encontramos la base abandonada? ¿Cómo seguiremos el rastro de Sammy si pasa eso? ¿Cuándo decidiremos que ya basta y nos rendiremos?

—No me rendiré nunca —le digo.

Espero a la noche. Nunca se me ha dado bien esperar, y él se percata de que estoy inquieta.

—¿Estarás bien? —pregunta junto a la puerta de la cocina, con el fusil colgado del hombro, mientras me sujeta con ternura la cara entre sus suaves manos.

Y yo miro sus ojos de cachorro, la valiente Cassie, la confiada Cassie, la efímera Cassie. «Claro que estaré bien. Tú ve a cargarte a unas cuantas personas, que yo prepararé palomitas».

Y cierra la puerta al salir. Lo veo bajar tranquilamente del porche y alejarse trotando entre los árboles, en dirección al oeste, hacia la autovía, que, como todo el mundo sabe, es una zona perfecta para la caza mayor: allí es donde se congregan los ciervos, los conejos, los *Homo sapiens*.

Recorro todas las habitaciones. Después de cuatro semanas encerrada, como si estuviera en arresto domiciliario, lo normal sería haberlas registrado ya.

¿Qué encuentro? Nada. Y mucho.

Álbumes de fotos familiares. Está el bebé Evan en el hospital, con su gorrito de rayas de recién nacido. El pequeño Evan empujando un cortacésped de plástico. El Evan de cinco años montado en un poni. El Evan de diez años en el tractor. El Evan de doce años con uniforme de béisbol...

Y el resto de la familia, incluida Val. La distingo a la primera, y verle el rostro a la chica que murió en sus brazos y cuya ropa he estado vistiendo me hace pensar de nuevo en toda la mierda, y, de repente, soy la persona más horrible que queda en el planeta. Ver a su familia delante del árbol de Navidad, reunida en torno a tartas de cumpleaños, recorriendo senderos de montaña..., me obliga a recordarlo todo: el final de los árboles de Navidad, de las tartas de cumpleaños, de las vacaciones en familia y diez mil cosas más que antes daba por sentadas. Cada fotografía es un tañido de campana, un cronómetro que marca el tiempo que falta para el fin de la normalidad.

Y ella también aparece en algunas fotos. Lauren: alta, atlética, ah, y rubia. Por supuesto, tenía que ser rubia. Son una pareja muy atractiva. En más de la mitad de las imágenes, ella no mira a la cámara, lo mira a él. No como yo miraría a Ben Parish, con ñoñería. Lo mira con osadía, como diciendo: «¿Ves a este chico? Pues es mío».

Dejo a un lado los álbumes, notando que se disipa la paranoia.

«Bueno, tiene las manos suaves, ¿y qué? Es agradable que tenga las manos suaves».

Enciendo un buen fuego para calentar el cuarto y espanto las sombras que se me echan encima.

«Vale, los dedos le huelen a pólvora después de visitar su tumba: ¿y qué? Hay animales salvajes por todas partes, y no era el momento más adecuado para explicar: "Sí, fui a visitar su tumba. Ah, por cierto, también maté a un perro rabioso en el camino de vuelta". Desde que te encontró te ha cuidado, te ha mantenido a salvo, ha estado a tu lado para todo».

Pero por mucho que me sermonee, no me tranquilizo, se me escapa algo, algo importante. Empiezo a pasearme por delante de la chimenea y tiemblo a pesar de las llamas. Es como cuando te pica y no te puedes rascar. Pero ¿por qué? Noto en las tripas que no encontraré nada que lo incrimine por mucho que registre cada centímetro de la casa.

«Pero no has buscado por todas partes, Cassie. No has mirado en el único lugar en el que no espera que mires».

Corro a la cocina; ya no me queda mucho tiempo. Cojo una chaqueta gruesa que hay colgada del gancho, junto a la puerta, y una linterna del armario, me meto la Luger en la cinturilla del pantalón y salgo. Hace un frío glacial. El cielo está despejado y la luz de las estrellas baña el patio. Mientras corro hacia el granero, intento no pensar en la nave nodriza que flota sobre mi cabeza, a unos cuantos cientos de kilómetros de aquí. No enciendo la luz hasta que entro.

Huele a estiércol rancio y a heno mohoso. Oigo las patitas de las ratas que corren por los tablones podridos del techo. Muevo el haz de la linterna de un lado a otro: pasa por encima de las casillas vacías, se pasea por el suelo sucio e ilumina el interior del pajar. No sé muy bien qué busco, pero sigo buscando. Ocurre en todas las películas de miedo de la historia: el granero es el lugar en el que se ocultan las cosas que no sabes que estás buscando y que, al final, te arrepientes de haber encontrado.

Encuentro lo que no buscaba bajo una pila de mantas raídas, contra la pared del fondo. Algo largo y oscuro que refleja el haz de luz. No lo toco. Lo destapo, echando a un lado tres mantas para llegar hasta él.

Es mi M16.

Sé que es el mío porque veo mis iniciales en la culata: C. S. Las raspé una tarde que pasé escondida en mi pequeña tienda de campaña del bosque. C. S., iniciales de «Completamente Subnormal».

Lo había perdido en la mediana, cuando el Silenciador atacó desde el bosque. Presa del pánico, se me olvidó allí y decidí que no podía volver a por él. Ahora está aquí, en el granero de Evan Walker. Mi mejor amigo había encontrado el camino a casa.

«¿Sabes cómo averiguar quién es tu enemigo en tiempos de guerra, Cassie?».

Retrocedo para alejarme del fusil. Para alejarme del mensaje que envía. Retrocedo hasta la puerta sin dejar de iluminar la reluciente culata negra con la linterna.

Entonces me vuelvo y me doy de bruces contra su pecho de acero.

55

—¿Cassie? —pregunta mientras me agarra por los brazos para que no me caiga de culo—. ¿Qué haces aquí? —añade, mirando hacia el granero.

—Me ha parecido oír un ruido.

¡Qué tonta! Ahora a lo mejor decide investigar, pero es lo primero que se me ocurre. Lo de soltar lo primero que se me pasa por la cabeza es algo que debería mejorar..., si es que sobrevivo a los próximos cinco minutos. El corazón me late tan deprisa que me pitan los oídos.

—¿Que te pareció qué? Cassie, no deberías venir aquí de noche.

Asentí con la cabeza y me obligué a mirarlo a los ojos. Evan Walker es de los que se dan cuenta de las cosas.

—Lo sé, ha sido una estupidez, pero llevabas fuera mucho tiempo.

—Estaba persiguiendo un ciervo.

Tengo delante a esta gran sombra con forma de Evan, una sombra con un fusil de gran calibre, recortada sobre el fondo de un millón de soles.

«Seguro que sí», pienso.

—Vamos dentro, ¿vale? Me estoy congelando.

Él no se mueve, está mirando el interior del granero.

—Ya lo he comprobado —le digo, intentando que no me tiemble la voz—. Ratas.

—¿Ratas?

—Sí, ratas.

—¿Que has oído ratas? ¿En el granero? ¿Desde el interior de la casa?

—No, ¿cómo iba a oírlas desde allí? —digo. Ahora vendría bien poner los ojos en blanco, como si me exasperase su comentario, pero, en vez de eso, se me escapa una risa nerviosa—. Salí al porche para tomar aire fresco.

—¿Y las oíste desde el porche?

—Eran unas ratas muy gordas.

«¡Sonrisa coqueta!». Esbozo una sonrisa que espero pueda pasar por una de esas. Después lo cojo del brazo y tiro de él hacia la casa. Es como intentar mover un poste de hormigón. Si entra en el granero y ve el fusil destapado, se acabó. ¿Por qué no lo habré dejado tapado?

—Evan, no es nada... Me he asustado y ya está.

—Vale.

Empuja la puerta del granero para cerrarla y volvemos a la granja. Me echa un brazo protector sobre los hombros y lo deja caer al llegar a la puerta.

«Ahora, Cassie, paso rápido a la derecha, saca la Luger de la cinturilla, cógela con las dos manos, dobla un poco las rodillas, aprieta con delicadeza. Ahora».

Entramos en la cocina, que se ha calentado. Pierdo la oportunidad.

—Entonces, supongo que no has pillado al ciervo —digo como si nada.

—No —responde mientras apoya el fusil en la pared y se quita el abrigo. El frío le ha dejado las mejillas rojas.

—A lo mejor has disparado a otra cosa y eso es lo que he oído.

—No le he disparado a nada —dice, sacudiendo la cabeza.

Se sopla las manos. Lo sigo al salón, y él se agacha junto al fuego para calentárselas. Estoy de pie junto al sofá, a pocos pasos de él.

Mi segunda oportunidad para acabar con Evan. Acertar a tan poca distancia no sería difícil. O no lo sería si su cabeza se pareciera a una lata vacía de maíz, que es el único blanco al que estoy acostumbrada a disparar.

Me saco la pistola del pantalón.

Haber encontrado mi fusil en su granero no me deja demasiadas alternativas. Es como estar bajo aquel coche de la autovía: esconderse o enfrentarse al atacante. No hacer nada, fingir que todo va bien entre nosotros, es inútil. Dispararle en la nuca sí serviría de algo (lo mataría), pero, después del soldado del crucifijo, mi prioridad es no volver a matar jamás a una persona inocente. Lo mejor será enseñar mis cartas ahora que tengo la pistola en la mano.

—Tengo que contarte una cosa —le digo con voz temblorosa—. Te he mentido sobre las ratas.

—Has encontrado el fusil.

No es una pregunta.

Se vuelve. De espaldas al fuego, su rostro queda en sombras y no logro verle la expresión. Su tono, sin embargo, es despreocupado.

—Lo encontré hace un par de días, en la autovía. Recordé que me habías dicho que soltaste el tuyo al huir. Entonces vi las iniciales y supuse que era el mismo.

Guardo silencio un minuto.

Su explicación es muy sensata, pero no me esperaba que fuese directo al grano, sin más.

—¿Por qué no me lo contaste? —pregunto por fin.

—Iba a hacerlo —responde, encogiéndose de hombros—. Supongo que se me olvidó. ¿Qué haces con esa pistola, Cassie?

«Bueno, estaba pensando en volarte los sesos, poco más. Creía que a lo mejor eras un Silenciador, un traidor a tu especie o algo parecido. Qué gracia, ¿verdad?».

Sigo su mirada hasta el arma y, de repente, me dan ganas de echarme a llorar.

—Tenemos que confiar el uno en el otro, ¿verdad? —susurro.

—Sí —responde, acercándose.

—Pero ¿cómo... cómo te obligas a confiar en alguien?

Está a mi lado. No intenta quitarme la pistola, intenta llegar a mí con sus ojos. Y yo quiero que me atrape antes de que la caída me aleje demasiado del Evan que creía que conocía, el que me salvó para salvarse él. Él es todo lo que me queda. Es el diminuto arbusto al que me aferro para no caer al precipicio del que cuelgo. «Ayúdame, Evan, no me dejes caer, no dejes que pierda esa parte de mí que me hace humana».

—No puedes obligarte a creer en nada —responde en voz baja—. Pero sí puedes permitirte creer. Puedes permitirte confiar.

Asiento y lo miro a los ojos, a esos cálidos ojos de chocolate, tan dulces y tan tristes. Maldita sea, ¿por qué tiene que ser tan guapo? Y ¿por qué tengo yo que ser tan consciente de ello? Y ¿en qué se diferencia mi confianza en él de la confianza que Sammy le entregó a ese soldado cuando le dio la mano antes de subir al autobús? Lo más curioso es que sus ojos me recuerdan a los de Sammy: anhelan saber si todo va a salir bien. Los Otros respondieron a esa pregunta con un no inequívoco. Entonces, ¿en qué me convierto si le doy a Evan la misma respuesta?

—Es lo que quiero hacer. Con todas mis fuerzas.

No sé cómo ha sido, pero me ha quitado la pistola. Me da la mano y me conduce al sofá. Deja la pistola sobre *El desesperado deseo del amor*, se sienta a mi lado, no demasiado cerca, y apoya los codos en las rodillas. Se frota sus enormes manos, como si todavía estuvieran frías. No lo están, acabo de tocarle una.

—No quiero irme de aquí —confiesa—. Por muchos motivos que me parecían muy buenos hasta que te encontré. —Da una suave palmada, frustrado; las palabras no salen como él quería—. Sé que no pediste ser mi razón para seguir con... con todo. Pero en cuanto te encontré...

Se vuelve para tomar mis manos entre las suyas y, de repente, estoy un poco asustada. Me las aprieta con fuerza y los ojos se le llenan de lágrimas. Es como si yo fuera lo que evita que él caiga por un precipicio.

—Lo había entendido todo mal —sigue diciendo—. Antes de encontrarte creía que la única forma de resistir era tener algo por lo que vivir. Y no es eso. Para resistir, debes encontrar algo por lo que estés dispuesto a morir.

VIII
EL ESPÍRITU DE LA VENGANZA

56

El mundo está gritando.

Eso es lo que parece, aunque en realidad se trata del viento helado que atraviesa a toda velocidad la compuerta abierta del Black Hawk. En el momento cumbre de la plaga, cuando la gente moría a centenares todos los días, a veces los aterrorizados residentes de la ciudad de las tiendas de campaña arrojaban al fuego por error a personas inconscientes, y cuando las llamas abrasaban sus cuerpos con vida no solo oíamos sus gritos, sino que los sentíamos como un puñetazo en el corazón.

Hay cosas que es imposible dejar atrás; no pertenecen al pasado, te pertenecen a ti.

El mundo está gritando. Muere abrasado por las llamas.

Desde las ventanillas del helicóptero se ven los incendios que salpican el oscuro paisaje, manchas ámbar sobre un fondo oscuro cuyo número va creciendo conforme nos acercamos a las afueras de la ciudad. No son piras funerarias, sino fruto de las tormentas de verano, y los vientos otoñales transportaron las brasas candentes a nuevos pastos, porque había mucho que consumir, la despensa estaba llena. El mundo arderá durante muchos años. Arderá hasta que yo alcance la edad de mi padre, si es que llego a vivir tanto.

Volamos bajo, tres metros por encima de la copa de los árboles, equipados con algún tipo de tecnología que amortigua el ruido de los rotores. Avanzamos camino del centro de Dayton desde el norte.

Está nevando un poco, y los copos titilan alrededor de los incendios de abajo como un halo dorado que desprende luz sin iluminar nada.

Le doy la espalda a la ventana y veo a Hacha al otro lado del pasillo, mirándome. Levanta dos dedos. Asiento. Dos minutos para saltar. Me bajo la cinta de la cabeza para colocar la lente sobre el ojo izquierdo y ajusto la correa.

Hacha señala a Tacita, que ocupa el asiento que tengo al lado. El ocular se le resbala continuamente. Le ajusto la correa, ella levanta el pulgar, y entonces noto que me sube la bilis a la garganta. Siete años. Por Dios bendito. Me inclino sobre ella y le grito al oído:

—Quédate a mi lado, ¿entendido?

Tacita sonríe, sacude la cabeza y señala a Hacha. «¡Me quedo con ella!». Me río, Tacita no tiene un pelo de tonta.

El Black Hawk sobrevuela el río; pasamos a pocos metros del agua. Hacha está comprobando su arma por enésima vez. A su lado, Picapiedra da golpecitos con el pie en el suelo, mirando hacia delante.

Después está Dumbo, que hace inventario de su equipo médico, y Umpa, que agacha la cabeza para intentar ocultar que se está zampando una última chocolatina.

Y, finalmente, está Bizcocho, con la cabeza gacha y las manos cruzadas sobre el regazo. Reznik lo llamó Bizcocho porque decía que era blando y dulce. A mí no me parece ninguna de las dos cosas, sobre todo cuando está en el campo de tiro. Hacha suele ser mejor tiradora, pero he visto a Bizcocho derribar seis dianas en seis segundos.

«Sí, dianas. Siluetas de seres humanos recortadas en contrachapado. Ya veremos cómo será su puntería cuando se trate de personas de verdad. Ya veremos cómo será la puntería de todos nosotros».

Increíble. Somos la vanguardia. Siete niños que hace seis meses no eran más que, bueno, niños; ahora somos el contragolpe a un ataque que dejó siete mil millones de muertos.

Hacha me mira de nuevo. Cuando el helicóptero inicia el descenso, se desabrocha el arnés y, tras salir al pasillo, me pone las manos en los hombros y me grita a la cara:

—¡Recuerda el círculo! ¡No vamos a morir!

Bajamos en picado a la zona de salto. El helicóptero no aterriza, se queda flotando a pocos centímetros del césped helado mientras el pelotón salta. Desde la compuerta abierta, miro atrás y veo que Tacita tiene problemas para liberarse de su arnés. Entonces consigue soltarse y salta por delante de mí. Soy el último. En la cabina, el piloto vuelve la vista atrás, levanta el pulgar, y yo le devuelvo la señal.

El Black Hawk sale disparado por el cielo nocturno, de vuelta al norte, y su fuselaje negro se funde rápidamente con las nubes oscuras, que acaban por tragárselo y hacerlo desaparecer.

Los rotores han limpiado de nieve el aire del parquecito que hay junto al río. Cuando el helicóptero se va, la nieve regresa y se arremolina, furiosa, a nuestro alrededor. El silencio repentino que sustituye al aullido del viento es ensordecedor. Justo delante de nosotros se yergue una enorme sombra humana: la estatua de un veterano de la guerra de Corea. A la izquierda de la estatua está el puente y, al otro lado, diez manzanas al suroeste, el antiguo juzgado en el que varios infestados han reunido un arsenal de armas automáticas y lanzagranadas, además de misiles Stinger FIM-92. Los Stingers son la razón de que estemos aquí. Los ataques han devastado nuestra capacidad aérea y es esencial proteger los pocos recursos que nos quedan.

Nuestra misión tiene dos objetivos: destruir o capturar todo el armamento enemigo y acabar con la infestación.

Acabar con el personal infestado.

Hacha va delante: es la que tiene mejor vista. La seguimos, dejamos atrás la estatua de expresión severa y nos disponemos a cruzar el puente; Picapiedra, Dumbo, Umpa, Bizcocho, Tacita, y yo en la retaguardia. Avanzamos entre los coches parados que parecen surgir de detrás de una cortina blanca, cubiertos por tres estaciones de escombros. Algunos tienen las ventanas reventadas, están cubiertos de grafiti y los han despojado de cualquier cosa de valor, pero ¿qué valor tienen ya las cosas? Tacita corre delante de mí con sus torpes pasitos de bebé. Ella sí que es valiosa. Esto es lo más importante que he sacado de la Llegada: al matarnos, nos enseñaron que dar importancia a las cosas materiales es una auténtica idiotez. ¿El dueño de ese BMW? Está en el mismo sitio que la dueña de ese Kia.

Nos detenemos justo antes de llegar a Patterson Boulevard, en el extremo sur del puente. Nos agachamos al lado del parachoques delantero aplastado de un todoterreno y examinamos la calle que tenemos por delante. La nieve reduce la visibilidad y solo alcanzamos a distinguir media manzana. Es posible que nos lleve un buen rato. Consulto el reloj: cuatro horas para que nos recojan en el parque.

Hay un camión cisterna parado en medio del cruce, a unos veinte metros de nosotros, y obstaculiza la visión de la parte izquierda de la calle. Aunque no lo veo, gracias a la reunión informativa sé que hay un edificio de cuatro plantas a ese lado, un estupendo puesto de vigilancia si quisieran controlar el puente. Le hago un gesto a Hacha para que, al abandonar el puente, avance por la derecha y se mantenga tras el camión que nos protege del edificio.

Ella se detiene en seco junto al parachoques delantero del camión cisterna y se tira al suelo. El pelotón la imita, y yo avanzo a rastras para unirme a ella.

—¿Qué ves? —susurro.

—Tres, a las dos en punto.

Echo un vistazo al edificio del otro lado de la calle a través del ocular. Medio ocultas por la cortina algodonosa de nieve, tres manchas de luz verde avanzan por la acera aumentando de tamaño a medida que se acercan al cruce. Lo primero que pienso es: «Joder, estas lentes funcionan de verdad». Lo segundo: «Joder, infestados, y vienen derechitos hacia nosotros».

—¿Patrulla? —pregunto a Hacha.

—Seguramente han avistado el helicóptero y van a comprobar de qué se trata —responde, encogiéndose de hombros.

Está tumbada boca abajo, con los infestados a tiro, esperando la orden de disparar. Las manchas verdes siguen creciendo; ya han llegado a la esquina de enfrente. Apenas distingo sus cuerpos debajo de las luces verdes que llevan sobre los hombros. Es un efecto raro, discordante, como si sus cabezas estuvieran envueltas en un fuego verde iridiscente que da vueltas.

«Todavía no. Si empiezan a cruzar, da la orden».

A mi lado, Hacha respira profundamente, contiene el aliento y espera con paciencia la orden, como si fuese capaz de esperar mil años. La nieve le cae sobre los hombros y se le pega al pelo. Tiene la punta de la nariz muy roja.

El momento se alarga. ¿Y si hay más de tres? Si hacemos notar nuestra presencia, a lo mejor salen cientos de ellos de una docena de escondites distintos. ¿Atacar o esperar? Me muerdo el labio inferior mientras repaso las opciones.

—Los tengo —dice, malinterpretando mi indecisión.

Al otro lado de la calle, las manchas de luz verde están quietas, agrupadas como si conversaran. No distingo si miran hacia aquí, pero estoy convencido de que no son conscientes de nuestra presencia. Si lo fueran, cargarían contra nosotros, dispararían, se cubrirían, harían algo. Contamos con el factor sorpresa y tenemos a Hacha. Aunque falle el primer disparo, no fallará los demás. En realidad, es una decisión sencilla.

Entonces ¿por qué no la tomo?

Hacha debe de estar preguntándose lo mismo, ya que me mira y susurra:

—¿Zombi? ¿Cuál es la orden?

Estas son mis órdenes: «Acabar con todo el personal infestado». Pero el instinto me dice otra cosa: «No te apresures, no fuerces la situación. A ver cómo se desarrolla». Y aquí estoy yo, atrapado en el medio.

Un instante antes de que nuestros oídos perciban el disparo del fusil de gran calibre, la acera se desintegra a medio metro de nosotros, soltando una lluvia de nieve sucia y hormigón pulverizado. Eso resuelve mi dilema rápidamente. Las palabras vuelan de mis labios como si el viento helado me las arrancara de los pulmones.

—¡Derríbalos!

La bala de Hacha acierta en una de las oscilantes luces verdes, y la luz se apaga. Una luz sale corriendo a nuestra derecha. Hacha mueve el cañón hacia mi cara, me agacho, dispara, y la segunda luz se apaga. La tercera parece encogerse al alejarse a toda velocidad por la calle, de vuelta por donde había venido.

Me pongo en pie de un salto: no puedo permitir que dé la alarma. Hacha me agarra por la muñeca y tira de mí hacia el suelo.

—¿Qué haces, Hacha...?

—Es una trampa —contesta, señalando la cicatriz de quince centímetros del suelo—. ¿No lo has oído? No han sido ellos, ha salido de allí —explica, señalando con la cabeza el edificio de enfrente—. A la izquierda. A juzgar por el ángulo, de muy arriba, quizá del tejado.

Sacudo la cabeza: ¿un cuarto infestado en el tejado? ¿Cómo sabía que estábamos aquí? Y ¿por qué no ha avisado a los demás? Estamos escondidos detrás del camión, lo que significa que debe de habernos visto en el puente. Es decir, nos ha visto y se ha esperado hasta que hemos quedado fuera de su campo visual, donde no había modo de que pudiera darnos: no tiene sentido.

Y Hacha, como si me leyera la mente, va y dice:

—Supongo que por eso hablan de «la niebla de la guerra».

Asiento con la cabeza. Las cosas se están complicando demasiado y a marchas forzadas.

—¿Cómo nos ha visto cruzar? —pregunto.

—Debe de tener visión nocturna —responde, sacudiendo la cabeza.

—Entonces, estamos jodidos —digo, porque nos tiene localizados y al lado de miles de litros de gasolina—. Disparará al camión.

—Con una bala, no, Zombi. Eso solo funciona en las pelis —dice ella, encogiéndose de hombros.

Me mira, esperando mi decisión.

Junto con el resto del pelotón. Vuelvo la vista atrás, y, con ojos grandes y saltones, ellos me devuelven la mirada desde la oscuridad nevada. Tacita se muere de frío o tiembla de puro terror. Picapiedra tiene el ceño fruncido, y es el único que habla y me hace saber lo que piensan todos:

—Atrapados. Abortamos, ¿no?

Tentador, pero suicida. Si el francotirador no nos derriba en la retirada, lo harán los refuerzos, que ya deben de estar en camino.

La retirada no es una opción. Avanzar no es una opción. Quedarse aquí no es una opción. No hay opciones.

«Huir = morir. Quedarse = morir».

—Hablando de visión nocturna —gruñe Hacha—, ya podían haber pensado en eso antes de meternos en esta misión. Estamos completamente a ciegas.

Me quedo mirándola. «Completamente a ciegas. Bendita seas, Hacha».

Ordeno al pelotón que cierren filas a mi alrededor y susurro:

—En la siguiente manzana, a mano derecha, pegado a la parte de atrás del edificio de oficinas, hay un aparcamiento. —O debería haberlo, según el mapa—. Subid a la tercera planta. De dos en dos. Picapiedra con Hacha, Bizcocho con Umpa, Dumbo con Tacita.

—¿Y tú? —pregunta Hacha—. ¿Quién es tu compañero?

—No lo necesito: soy un zombi.

Ya llega la sonrisa. Espera, que llega.

57

Señalo el terraplén que conduce a la orilla.

—Bajad hasta ese paseo —le digo a Hacha—. Y no me esperéis.

Ella sacude la cabeza, con el ceño fruncido, así que me agacho y me pongo todo lo serio que puedo.

—Creía que te había pillado con el comentario del zombi. Al final conseguiré arrancarte una sonrisa, soldado.

No sonríe.

—No lo creo, señor.

—¿Tienes algo en contra de las sonrisas?

—Fue lo primero que perdí.

Entonces, la nieve y la oscuridad se la tragan. El resto del pelotón la sigue. Oigo a Tacita gemir entre dientes mientras Dumbo la dirige y le susurra:

—Taza, cuando estalle, tú corre con todas tus fuerzas, ¿vale?

Me agacho al lado del tanque de combustible del camión y cojo la tapa metálica mientras rezo para que, contra todo pronóstico, este mamotreto esté lleno hasta los topes... O, mejor, para que esté medio lleno, porque con los vapores el petardazo será aún mayor. No me atrevo a prender fuego a la carga, pero los pocos litros de diésel que guarde debajo deberían hacerlo estallar. Espero.

La tapa está helada.

La golpeo con la culata del fusil, la sujeto con ambas manos y la hago girar con todas mis fuerzas. Se suelta con un silbido acre y satisfactorio.

Tendré diez segundos. ¿Debería contarlos? No, a la mierda.

Tiro de la anilla de la granada, la dejo caer en el agujero y salgo disparado colina abajo. Dejo un remolino de nieve a mi paso. El pie se me engancha en algo y bajo dando tumbos el resto del camino hasta que aterrizo de culo en el fondo y me golpeo la cabeza contra el asfalto del paseo. Veo la nieve dándome vueltas sobre la cabeza y huelo el río, y entonces oigo un ruidito. El camión cisterna pega un salto de medio metro, y después aparece una maravillosa bola de fuego que se refleja en la nieve que cae, un miniuniverso de diminutos soles. Me levanto y corro resoplando colina arriba, sin ver a mi equipo por ninguna parte. Noto el calor en la mejilla izquierda al llegar a la altura del camión, que todavía está de una pieza, con el depósito intacto. Soltar la granada dentro del depósito de combustible no ha bastado para prender fuego a la carga. ¿Lanzo otra? ¿Sigo corriendo? El francotirador, cegado por el estallido, se habrá arrancado las gafas de visión nocturna, pero no estará ciego por mucho tiempo.

Ya estoy en el cruce, en el bordillo, cuando la gasolina prende. Con el estallido, salgo despedido hacia delante, paso por encima del primer infestado que derribó Hacha y atravieso las puertas de cristal del edificio de oficinas. Oigo algo que se rompe, y espero que sean las puertas y no alguna parte importante de mi cuerpo. Me llueven encima unos enormes fragmentos serrados de metal, trozos del depósito destrozados por el estallido que han salido disparados a la velocidad de una bala para aterrizar a cientos de metros de distancia. Oigo gritar a alguien mientras me tapo la cabeza con las manos y me hago un ovillo para intentar abultar lo menos posible. El calor es increíble, como si el sol me hubiese tragado.

El cristal que tengo detrás se hace añicos... por culpa de una bala de gran calibre, no por la explosión. «A media manzana del aparcamiento, vamos, Zombi». Y corro todo lo que puedo hasta que me encuentro a Umpa tirado en la acera, con Bizcocho de rodillas a su lado, tirándole del hombro, con el rostro contraído en un llanto silencioso. Fue a Umpa al que oí gritar después del estallido del depósito, y tardo solo un segundo en averiguar el porqué: tiene un trozo de metal del tamaño de un Frisbee clavado en la parte baja de la espalda.

Empujo a Bizcocho hacia el aparcamiento («¡Vamos!») y me echo el redondo cuerpecito de Umpa al hombro. Esta vez sí oigo los disparos del fusil —dos segundos después de que el tirador del otro lado de la calle haya disparado— y un trozo de hormigón se desprende de la pared que tengo detrás.

Un muro de hormigón que me llega a la altura de la cintura separa la primera planta del aparcamiento de la acera. Paso a Umpa al otro lado del muro, lo salto y me agacho. Clonc, un trozo de pared del tamaño de un puño salta hacia mí. Agachado junto a Umpa, levanto la mirada y veo que Bizcocho va hacia las escaleras. Bueno, mientras no haya otro francotirador en este edificio y el infestado que huyó no se haya refugiado aquí también...

El primer vistazo a la herida de Umpa no es nada alentador. Cuanto antes lo lleve con Dumbo, mejor.

—Soldado Umpa —le susurro al oído—. No tiene permiso para morirse, ¿entendido?

Él asiente con la cabeza, inhala el aire helado y espira el aire que ha calentado su cuerpo. Sin embargo, está tan blanco como la nieve que flota a la luz dorada del fuego. Me lo vuelvo a echar al hombro y troto hacia las escaleras intentando agacharme el máximo sin llegar a perder el equilibrio.

Subo los escalones de dos en dos hasta llegar a la tercera planta, donde encuentro a la unidad en cuclillas, detrás de la primera fila de coches, a varios metros de la pared que da al edificio del francotirador. Dumbo está arrodillado al lado de Tacita, haciéndole algo en la pierna. El uniforme de la niña está rasgado, y veo el feo corte rojo que le ha dejado una bala en la pantorrilla. Dumbo le pone una venda en la herida, se la pasa a Hacha y corre hacia Umpa. Picapiedra sacude la cabeza, mirándome.

—Te dije que debíamos abortar —dice; la malicia le brilla en los ojos—. Mira lo que ha pasado.

No le hago caso y me vuelvo hacia Dumbo.

—¿Qué?

—No pinta bien, sargento.

—Pues haz que lo sea.

Miro a Tacita, que ha ocultado la cabeza en el pecho de Hacha y gime en voz baja.

—Es superficial, puede moverse —me informa Hacha.

Asiento. Umpa, derribado. Tacita, con un disparo. Picapiedra a punto de amotinarse. Un francotirador al otro lado de la calle y cien o más de sus mejores amigos de camino a la fiesta. Necesito una idea genial y la necesito ya.

—Sabe dónde estamos, lo que significa que no podemos quedarnos aquí mucho tiempo. Mira a ver si puedes derribarlo.

Hacha asiente con la cabeza, pero no logra quitarse a Tacita de encima. Extiendo las manos, manchadas con la sangre de Umpa. «Dámela a mí». Una vez en mis brazos, Tacita se revuelve contra mi camisa. No me quiere. Hago un gesto con la cabeza para señalar la calle y le digo a Bizcocho:

—Bizcocho, ve con Hacha. Derribad a ese hache de pe.

Hacha y Bizcocho se agachan entre dos coches y desaparecen. Acaricio la cabeza desnuda de Tacita (ha perdido la gorra en algún punto del camino) y observo a Dumbo mientras tira con delicadeza del fragmento de metal que Umpa tiene clavado en la espalda. Umpa aúlla de dolor y araña el suelo. Dumbo, vacilante, me mira. Asiento con la cabeza. Tiene que sacárselo.

—Deprisa, Dumbo, hacerlo despacio es peor.

Así que tira.

Umpa se dobla por la mitad, y los ecos de sus gritos salen disparados como cohetes por el aparcamiento. Dumbo tira a un lado el trozo de metal y apunta con la linterna la herida abierta.

Tras hacer una mueca, pone a Umpa boca arriba. El niño tiene la camisa empapada de sangre. Dumbo se la raja y deja al aire la herida de salida: la metralla le ha entrado por la espalda y se ha abierto paso hasta el otro lado.

Picapiedra aparta la vista, se arrastra unos metros, arquea la espalda y vomita. Tacita se queda muy quieta, observándolo todo. Va a sufrir una conmoción. Tacita, la que gritaba más fuerte en los simulacros de ataque del patio. Tacita, la más sanguinaria, la que cantaba más fuerte en P&E. La estoy perdiendo.

Y estoy perdiendo a Umpa. Dumbo le tapona la herida de las tripas con gasas, intentando detener la hemorragia, mientras busca mi mirada.

—¿Cuáles son sus órdenes, soldado? —le pregunto.

—No... no voy a...

Dumbo arroja a un lado la venda manchada de sangre y pone una nueva sobre el estómago de Umpa. Me mira a la cara: no hace falta que diga nada. Ni a mí, ni a Umpa.

Me quito a Tacita del regazo y me arrodillo al lado de Umpa. El aliento le huele a sangre y a chocolate.

—Es porque estoy gordo —dice, medio ahogado.

Ha empezado a llorar.

—Guárdate esa mierda —respondo con dureza.

Susurra algo, así que acerco la oreja a su boca.

—Me llamo Kenny —me dice, como si fuese un secreto terrible que temiera contar.

Entonces, sus ojos se vuelven hacia el techo. Y se va.

58

Tacita ha perdido los nervios. Se abraza las piernas, con la frente apoyada en las rodillas. Llamo a Picapiedra para que le eche un ojo. Me preocupan Hacha y Bizcocho. Picapiedra tiene cara de querer matarme con sus propias manos.

—Tú diste la orden —me gruñe—. Cuídala tú.

Dumbo se está limpiando la sangre de Umpa (no, de Kenny) de las manos.

—Yo me encargo, sargento —dice con calma, aunque le tiemblan las manos.

—Sargento —escupe Picapiedra—. Es verdad. ¿Ahora qué, sargento?

No le hago caso y me arrastro hasta la pared, donde me encuentro con Bizcocho en cuclillas, al lado de Hacha. Ella está de rodillas, asomada al borde de la pared para controlar el edificio del otro lado de la calle. Me agacho a su lado y evito la pregunta implícita en la mirada de Bizcocho.

—Umpa ya no grita —dice Hacha sin quitarle la vista de encima al edificio.

—Se llamaba Kenny —respondo.

Hacha asiente con la cabeza: lo entiende a la primera, pero Bizcocho tarda un minuto o dos.

Se aleja a gatas a toda prisa, apoya ambas manos en el hormigón y deja escapar un suspiro tembloroso.

—Tenías que hacerlo, Zombi —dice Hacha—. De no haberlo hecho, todos estaríamos como Kenny.

Eso suena muy bien. Sonó bien cuando me lo repetí en silencio. Me quedo mirando su rostro de perfil y me pregunto en qué estaría pensando Vosch al ponerme los galones. El comandante había ascendido al miembro equivocado del pelotón.

—¿Y bien? —le pregunto.

—Ahí asoma la comadreja —responde, señalando con la cabeza al otro lado de la calle.

Me levanto despacio. Veo el edificio a la luz del fuego casi extinto: una fachada de ventanas rotas, pintura blanca descascarillada y una planta más alto que el nuestro. En el tejado distingo una tenue sombra que podría ser una torre de agua, pero nada más.

—¿Dónde está? —susurro.

—Acaba de agacharse otra vez. Es lo que ha estado haciendo: arriba, abajo, arriba, abajo, como una caja sorpresa.

—¿Solo uno?

—Solo uno, que yo haya visto.

—¿Se enciende?

—Negativo, Zombi, no se detecta infestación —responde Hacha, sacudiendo la cabeza.

—¿Bizcocho también lo ha visto? —pregunto mientras me muerdo el labio inferior.

—Nada de verde —responde, asintiendo y observándome con esos oscuros ojos suyos que cortan como cuchillos.

—A lo mejor no es el tirador... —conjeturo.

—He visto su arma. Fusil de francotirador.

Entonces, ¿por qué no hay luz verde?

Los que había en la calle sí se iluminaban, y estaban más lejos de nosotros que él. Entonces pienso que nos trae sin cuidado que se ilumine con luz verde, morada o que siga apagado: el caso es que está intentando matarnos y no podremos movernos hasta neutralizarlo. Y tenemos que salir de aquí antes de que el infestado que huyó vuelva con refuerzos.

—Son listos, ¿verdad? —masculla Hacha, como si me leyera el pensamiento—. Se ponen cara humana para que no podamos confiar en ninguna cara humana. La única respuesta: matar a cualquiera o arriesgarse a morir.

—¿Cree que somos uno de ellos?

—O ha decidido que le da lo mismo. Es el único modo de estar a salvo.

—Pero nos ha disparado a nosotros..., no a los tres que tenía justo debajo. ¿Por qué iba a pasar de los blancos fáciles para atacar a los imposibles?

Como yo, ella tampoco tiene respuesta. A diferencia de mí, no es el mayor de sus problemas ahora mismo.

—Es el único modo de estar a salvo —repite con convicción.

Miro a Bizcocho, que me devuelve la mirada. Espera mi decisión, pero, en realidad, no hay decisión que tomar.

—¿Puedes acertarle desde aquí? —pregunto a Hacha.

—Demasiado lejos, revelaría nuestra posición.

Me arrastro hacia Bizcocho.

—Quédate aquí. Dentro de diez minutos, dispara para cubrirnos. —Bizcocho me mira con ojos de corderito, confiado—. Ya sabe, soldado, que es costumbre responder a las órdenes de su oficial al mando. —Bizcocho asiente con la cabeza, así que lo intento otra vez—. Con un «sí, señor». —Asiente de nuevo—. Vamos, en voz alta. Con palabras.

Asiente de nuevo. Bueno, por lo menos lo he intentado.

Cuando Hacha y yo nos unimos a los demás, el cuerpo de Umpa ha desaparecido. Lo han metido en uno de los coches. Idea de Picapiedra. Muy similar a su idea sobre lo que hacer con los demás.

—Aquí estamos protegidos. Yo digo que nos escondamos en los coches hasta la recogida.

—En esta unidad solo cuenta el voto de una persona, Picapiedra —le digo.

—Sí, y ¿cómo está saliendo eso? —dice, levantando su barbilla hacia mí y con una mueca en sus labios.— Ah, espera, ya lo sé: ¡vamos a preguntárselo a Umpa!

—Picapiedra —dice Hacha—. Relájate. Zombi tiene razón.

—Hasta que los dos caigáis en una emboscada, y entonces supongo que no la tendrá.

—En cuyo caso tú pasarías a ser el oficial al mando y tomarías la decisión —le suelto—. Dumbo, tú te encargas de Tacita. —Si es que conseguimos soltarla de Hacha. Se ha pegado de nuevo a su pierna—. Si no volvemos dentro de treinta minutos, es que no volvemos.

Y entonces, Hacha, como es Hacha, dice:

—Volveremos.

59

El camión se ha quemado hasta los neumáticos. Agachado en la entrada para peatones del aparcamiento, señalo el edificio del otro lado de la calle, que desprende un brillo naranja a la luz del fuego.

—Ese es nuestro punto de entrada. La tercera ventana empezando por la izquierda está completamente reventada. ¿La ves?

Hacha asiente, distraída. Le está dando vueltas a algo: no deja de jugar con el ocular, se lo aparta del ojo y se lo vuelve a poner. Ha desaparecido la seguridad que mostraba delante del pelotón.

—El disparo imposible... —susurra, y se vuelve hacia mí—. ¿Cómo sabes si te estás volviendo Dorothy?

Sacudo la cabeza; ¿de dónde ha salido eso ahora?

—No te estás volviendo Dorothy —le digo, y le doy una palmada en el brazo para enfatizar mi respuesta.

—¿Cómo puedes estar seguro?

Mira a un lado y a otro, inquieta, buscando un punto en el que detenerse. Le bailan los ojos como los de Tanque antes de saltar.

—Los locos... nunca creen estar locos. Para ellos, su locura tiene mucho sentido.

En su rostro veo una expresión desesperada, nada propia de ella.

—No estás loca. Confía en mí.

Error.

—¿Por qué iba a hacerlo? —pregunta. Es la primera vez que le descubro alguna emoción en la voz—. ¿Por qué voy a confiar en ti y por qué vas tú a confiar en mí? ¿Cómo sabes que no soy uno de ellos, Zombi?

Por fin, una pregunta fácil.

—Porque nos han examinado. Y porque no emitimos un brillo verde en los oculares.

Ella se me queda mirando un buen rato y murmura:

—Dios, ojalá jugaras al ajedrez.

Han transcurrido nuestros diez minutos. Por encima de nosotros, Bizcocho abre fuego contra el tejado del otro lado de la calle; el francotirador lo devuelve de inmediato. Allá vamos. Cuando apenas hemos salido al bordillo de la acera, el asfalto estalla delante de nosotros. Nos dividimos: Hacha corre a la derecha y yo, a la izquierda. Entonces oigo el zumbido de una bala —un ruido agudo parecido al que hace el papel de lija—, más o menos un mes antes de que me rasgue la manga de la chaqueta. El instinto inculcado tras meses de instrucción es demasiado fuerte para resistirlo: debo devolver los disparos. Salto a la acera y, en dos pasos, me pego al reconfortante frío del hormigón del edificio. Y entonces veo que Hacha resbala en un charco de hielo y cae de bruces en la acera. Ella me hace un gesto: «¡No!». Otro disparo arranca un trozo de bordillo que le pasa rozando el cuello. Que le den a su «no». Me agacho a por ella, la cojo por el brazo y la llevo hacia el edificio. Otra bala me pasa rozando la cabeza mientras retrocedo para ponernos a salvo.

Está sangrando. La herida despide un brillo negro a la luz del fuego. Ella me hace un gesto para que siga. Corremos por el lateral del edificio hasta la ventana rota y nos lanzamos al interior.

Hemos tardado menos de diez minutos en cruzar. Me han parecido dos horas.

Estamos dentro de lo que era una boutique de lujo. La han desvalijado varias veces: solo hay estantes vacíos y perchas rotas, espeluznantes maniquís sin cabeza y fotos de modelos muy serias en las paredes. En un cartel que hay sobre el mostrador se lee: «LIQUIDACIÓN POR CIERRE».

Hacha se ha apretujado contra una esquina de la tienda con buenos ángulos de visión de las ventanas y la puerta que da al vestíbulo. Se sujeta el cuello con una mano, en la que luce un guante de sangre. Tengo que echarle un vistazo a la herida, pero ella no quiere que mire. Al final le suelto:

—No seas estúpida, déjame verla.

Así que obedece. Es superficial, entre un corte y una raja. Encuentro un pañuelo en una de las mesas de la tienda. Hacha hace una bola con él y lo usa para apretarse el cuello. Después me señala la manga rota con la cabeza.

—¿Te han dado?

Sacudo la cabeza y me dejo caer en el suelo, a su lado. A los dos nos cuesta respirar. La cabeza me da vueltas por culpa de la adrenalina.

—No me gusta criticar, pero este francotirador es un desastre.

—Tres disparos, tres fallos. Ojalá estuviésemos jugando al béisbol.

—Han sido muchos más de tres —la corrijo.

Múltiples disparos a sus objetivos, y lo único que ha conseguido es una herida superficial en la pierna de Tacita.

—Un aficionado.

—Seguramente.

—Seguramente —repite ella con rabia.

—No se ha encendido el disco y no es un profesional. Un tipo solitario defendiendo su terreno... A lo mejor se esconde de los mismos tíos a los que hemos venido a buscar y está muerto de miedo.

No añado «como nosotros», ya que solo puedo hablar por mí.

Fuera, Bizcocho sigue dándole trabajo al francotirador. Pum, pum, pum, silencio tenso, pum, pum, pum. El francotirador siempre responde.

—Entonces, esto debería ser fácil —dice Hacha, muy seria.

—No se ha encendido, Hacha —insisto, algo perplejo con su reacción—. No estamos autorizados para...

—Yo sí: aquí tengo la autorización —responde mientras se pone el fusil en el regazo.

—Ummm, creía que nuestra misión consistía en salvar a la humanidad.

Ella me mira con el rabillo del ojo que tiene al descubierto.

—Ajedrez, Zombi: defenderse del movimiento que todavía no se ha hecho. ¿Importa que no se ilumine cuando lo observamos a través de nuestros oculares? ¿Que no nos acertara cuando podría habernos derribado? Si dos posibilidades son igual de probables pero mutuamente excluyentes, ¿cuál es la más importante? ¿Por cuál apuestas la vida?

Estoy asintiendo, pero no la sigo.

—Me estás diciendo que podría ser un infestado —aventuro.

—Te estoy diciendo que lo más seguro es proceder como si lo fuera.

Saca el cuchillo de combate de la funda, y doy un respingo al recordar su comentario sobre Dorothy. ¿Por qué ha sacado Hacha su cuchillo?

—Lo que importa —dice en tono pensativo. De repente está muy tranquila, como una nube de tormenta a punto de reventar, como un volcán humeante a punto de entrar en erupción—. ¿Qué importa, Zombi? Siempre se me dio muy bien averiguarlo, y mejoré mucho después de los ataques. ¿Qué es lo que de verdad importa? Mi madre murió primero. Fue horrible... Pero lo que de verdad importaba era que seguía teniendo a mi padre, a mi hermano y a mi hermana pequeña. Después, los perdí, y lo que importaba era que yo seguía viva. Y a mí no me importaban demasiadas cosas: comida, agua, protección. ¿Qué más necesitas? ¿Qué más importa?

Esto no me gusta nada y va de camino de gustarme aún menos. No tengo ni idea de lo que pretende, pero si Hacha se vuelve Dorothy delante de mis narices, estoy jodido. Y puede que los demás también. Tengo que devolverla al presente. Lo que mejor funciona en estos casos es el contacto físico, pero temo que, si la toco, me destripe con esa hoja de veinticinco centímetros.

—¿Importa, Zombi? —pregunta, estirando el cuello para mirarme a los ojos mientras da vueltas al cuchillo entre las manos, muy despacio—. ¿Importa que nos haya disparado a nosotros y no a los tres infestados que tenía delante? ¿O que haya fallado estrepitosamente al dispararnos? —Sigue dando vueltas al cuchillo, y la punta le deja una huella en el dedo—. ¿Importa que consiguieran ponerlo todo en marcha después del pulso electromagnético? ¿Que estén funcionando bajo las narices de la nave nodriza, reuniendo supervivientes, matando infestados y quemando sus cadáveres a cientos, armándonos y entrenándonos, y enviándonos a matar al resto? Dime que esas cosas no importan. Dime que la probabilidad de que no sean lo que dicen ser es insignificante. Dime a qué posibilidad debo apostar la vida.

Asiento de nuevo. Esta vez sí que la sigo, y este camino acaba en un lugar muy oscuro. Me agacho a su lado y la miro fijamente a los ojos.

—No conozco la historia de ese tío y no sé nada del pulso, pero el comandante me explicó por qué nos dejan en paz: creen que ya no somos una amenaza para ellos.

—¿Cómo sabe el comandante lo que piensan? —me suelta mientras se echa el flequillo atrás con un movimiento de cabeza.

—El País de las Maravillas. Conseguimos el perfil de un...

—El País de las Maravillas —repite y asiente bruscamente. Deja de mirarme a la cara para contemplar la calle nevada del exterior. Después me mira de nuevo—. El País de las Maravillas es un programa alienígena.

—Claro —respondo. Le sigo la corriente, intentando con cuidado que dé marcha atrás—. Lo es, Hacha, ¿no te acuerdas? Después de que recuperásemos la base, lo encontramos oculto...

—A no ser que no lo hiciéramos, Zombi, a no ser que no lo hiciéramos —repite, y me apunta con el cuchillo—. Es una posibilidad igualmente válida, y las posibilidades importan. Confía en mí, Zombi: soy una experta en lo que importa. Hasta ahora, he estado jugando a la gallinita ciega. Ha llegado el momento de jugar al ajedrez. —Le da la vuelta al cuchillo y empuja el mango hacia mí—. Sácamelo.

No sé qué decir. Me quedo mirando con cara de tonto el cuchillo.

—Los implantes, Zombi —me explica, dándome en el pecho con un dedo—. Tenemos que sacárnoslos. Tú me sacas el mío y yo te saco el tuyo.

—Hacha —respondo tras aclararme la garganta—, no podemos extraerlos. —Dedico un segundo a buscar la razón más convincente, pero solo se me ocurre una—: Si no regresamos al punto de encuentro, ¿cómo nos localizarán?

—Joder, Zombi, ¿es que no has escuchado nada de lo que te he dicho? ¿Y si ellos no son nosotros? ¿Y si son «ellos»? ¿Y si todo esto ha sido una mentira?

Estoy a punto de perder los nervios. Vale, más que a punto.

—¡Por amor de Dios, Hacha! ¿No te das cuenta de lo demenci... de lo estúpido que suena eso? ¿Que el enemigo nos rescate, nos entrene y nos dé armas? Vamos, déjate de tonterías, tenemos que hacer nuestro trabajo. Puede que no te guste, pero soy tu oficial al mando...

—De acuerdo —responde con mucha calma, con toda la tranquilidad de la que yo carezco ahora—. Lo haré yo misma.

Se lleva la hoja del cuchillo a la nuca e inclina la cabeza, pero le arrebato el cuchillo de la mano. Ya basta.

—Retírate, soldado —digo mientras arrojo el cuchillo a las profundas sombras de la otra punta del cuarto y me levanto. Estoy temblando; me tiembla todo, hasta la voz—. Si tú quieres tener en cuenta todas las posibilidades, me parece genial. Quédate aquí hasta que vuelva. Mejor aún, mátame ya. A lo mejor nuestros amos alienígenas han descubierto la forma de ocultarte mi infestación. Y cuando termines conmigo, vuelve a cruzar la calle y mátalos a todos, métele una bala en la cabeza a Tacita, ¿por qué no? Podría ser el enemigo, ¿no? ¡Pues vuélale los sesos! Es la única respuesta, ¿verdad? Matar a todos o arriesgarte a que te mate cualquiera.

Hacha no se mueve ni dice nada durante un buen rato. La nieve entra por la ventana rota, y los copos adquieren un intenso color carmesí, a la luz de los restos ardientes del camión.

—¿Seguro que no juegas al ajedrez? —me pregunta. Después se pone de nuevo el fusil en el regazo y pasa el índice por el gatillo—. Vuélvete, Zombi.

Estamos al final del camino oscuro, y resulta que es un callejón sin salida. Ya no me queda nada que se parezca ni de lejos a un argumento convincente, así que le suelto lo primero que se me pasa por la cabeza.

—Me llamo Ben.

—Un nombre de mierda —responde ella sin perder un segundo—. Prefiero Zombi.

—¿Cómo te llamas? —pregunto, sin rendirme.

—Esa es una de las cosas que no importan. Hace mucho tiempo que no importa, Zombi.

Acaricia el gatillo, despacio, muy despacio. Es hipnótico, marea.

—Vale, tengo otra propuesta —digo, en busca de una salida—. Te saco el dispositivo, y tú me prometes no matarme.

Así la mantengo de mi parte, porque prefiero enfrentarme a una docena de francotiradores que a un Hacha en plan Dorothy. Me imagino mi cabeza estallando en mil pedazos, como las de las siluetas de contrachapado del campo de tiro.

Ella ladea la cabeza, y la comisura de sus labios se arquea insinuando algo que no llega a ser una sonrisa.

—Jaque.

Le ofrezco una sonrisa de las buenas, la vieja sonrisa de Ben Parish, la que me servía para conseguir casi todo lo que quería. Bueno, no casi; estoy siendo modesto.

—¿Ese jaque es un sí o es que me estás dando una lección de ajedrez?

Ella aparta el arma y me da la espalda. Inclina la cabeza y se aparta el sedoso pelo negro del cuello.

—Las dos cosas.

Oigo el fusil de Bizcocho, pum, pum, pum, y la respuesta del francotirador. Su concierto improvisado sigue sonando mientras me arrodillo detrás de Hacha con el cuchillo en la mano. Parte de mí está más que dispuesta a seguirle la corriente si eso nos mantiene vivos tanto a mí como al resto de la unidad. La otra parte de mí grita en silencio: «¿No es eso como darle una galleta a un ratón? ¿Qué me pedirá después, una inspección física de mi corteza cerebral?».

—Relájate, Zombi —me dice tranquilamente en voz baja: vuelve a ser Hacha—. Si los dispositivos no son nuestros, seguramente no es buena idea tenerlos dentro. Si lo son, la doctora Pam puede volver a implantárnoslos cuando regresemos, ¿de acuerdo?

—Jaque y mate.

—Jaque mate —me corrige.

La piel de su largo y elegante cuello está fría cuando la toco para explorar la zona de debajo de la cicatriz en busca del bulto. Me tiembla la mano. «Tú síguele la corriente. Seguramente te supondrá un consejo de guerra y pasarte el resto de tu vida pelando patatas, pero al menos estarás vivo».

—Con delicadeza —me susurra.

Inspiro profundamente y presiono la diminuta cicatriz con la punta de la hoja. Veo brotar un hilo de sangre de un rojo brillante que aún lo parece más sobre su piel nacarada. Ella ni siquiera se mueve, pero tengo que preguntarle:

—¿Te hago daño?

—No, me encanta.

Le saco el implante del cuello con la punta del cuchillo, y Hacha deja escapar un gruñidito. La cápsula se pega al metal, sellada con una gotita de sangre.

—Bueno —dice, volviéndose. La casi sonrisa ya casi está ahí—. ¿A ti te ha gustado?

No respondo, no puedo. Pierdo el habla. El cuchillo se me cae de la mano. Estoy a medio metro de ella, mirándola a la cara, pero su cara no está, no la veo a través del ocular.

La cabeza de Hacha se ha iluminado con un fuego verde cegador.

Mi primera reacción es arrancarme el hardware, pero no lo hago, la conmoción me ha paralizado. Después me estremezco de asco. Después, pánico. Seguido rápidamente de confusión. La cabeza de Hacha se ha iluminado como un árbol de Navidad, brilla tanto que debe de verse a un kilómetro de distancia. El fuego verde desprende chispas y gira, es tan intenso que me deja una imagen persistente en la retina del ojo izquierdo.

—¿Qué pasa? —exige saber—. ¿Qué ha pasado?

—Te has encendido. En cuanto te he sacado el dispositivo.

Nos miramos durante dos minutos eternos. Después, ella dice:

—El que no está limpio, está verde.

Me he puesto de pie, con el M16 en las manos, y retrocedo hacia la puerta. Fuera, bajo la nevada que amortigua los ruidos, Bizcocho intercambia proyectiles con el francotirador. El que no está limpio, está verde. Hacha no intenta coger el fusil que tiene al lado. Si la miro por el ojo derecho, es normal. Por el izquierdo, arde como una bengala.

—Piénsalo bien, Zombi —me dice—. Piénsalo. —Levanta las manos vacías, arañadas y magulladas tras la caída; una de ellas la tiene cubierta de sangre seca—. Me he encendido cuando me has quitado el implante. Los oculares no detectan a infestados: reaccionan cuando no se lleva implante.

—Perdona, Hacha, pero eso no tiene ningún sentido. Se han encendido cuando hemos visto a esos tres infestados: ¿por qué se iban a encender los oculares si no lo eran?

—Ya sabes por qué. El problema es que no eres capaz de reconocerlo. Se han encendido porque esa gente no estaba infestada; eran como nosotros, solo que no llevaban implantes.

Se levanta. Dios, qué pequeña parece, como una niña... Pero es una niña, ¿no? Normal si la miro por este ojo. Una bola de fuego verde si la miro por el otro. ¿Cuál será? ¿Qué será?

—Nos recogen —dice, dando un paso hacia mí. Levanto el arma y ella se detiene—. Nos marcan y nos procesan. Nos entrenan para matar.

Otro paso, muevo el cañón hacia ella, no la apunto directamente, pero lo muevo hacia ella: «Mantente alejada».

—Cualquiera que no esté marcado, emite un brillo verde, y cuando se defienden o se enfrentan a nosotros, cuando nos disparan como ese francotirador de ahí arriba... Bueno, eso demuestra que son el enemigo, ¿no?

Otro paso, ahora sí apunto a su corazón.

—No lo hagas —le suplico—. Por favor, Hacha.

Una cara pura, otra cara ardiendo.

—Hasta que hayamos matado a todos los que no estén marcados —sigue diciendo Hacha mientras da otro paso hacia delante. La tengo justo enfrente. El extremo del fusil le presiona el pecho—. Es la quinta ola, Ben.

—No hay quinta ola —respondo, sacudiendo la cabeza—. ¡No hay quinta ola! El comandante dijo...

—El comandante mintió.

Con sus manos ensangrentadas, me quita el fusil. Me siento caer en un País de las Maravillas completamente distinto, uno en el que arriba está abajo, lo cierto es falso y el enemigo tiene dos caras, mi cara y la de él, la del que me salvó de ahogarme, la del que me llegó al corazón y lo convirtió en un campo de batalla.

Ella me sujeta las manos entre las suyas y me declara muerto.

—Ben, la quinta ola somos nosotros.

61

Somos la humanidad.

Es una mentira. El País de las Maravillas. Campo Asilo. La guerra en sí.

Qué fácil les ha resultado, qué asombrosamente fácil, después de todo por lo que habíamos pasado. O puede que fuera tan sencillo por culpa de todo por lo que habíamos pasado.

Nos han recogido, nos han vaciado, y nos han llenado de odio, astucia y espíritu de la venganza.

Para enviarnos otra vez al exterior.

Para que matemos a los que quedan con vida.

Jaque mate.

Me entran ganas de vomitar. Hacha me sujeta el hombro mientras poto sobre un cartel que está tirado en el suelo: «¡OTOÑO DE MODA!».

Ahí está Chris, detrás del cristal polarizado. Y ahí está el botón que dice «ejecutar». Y mi dedo, golpeando con fuerza. Qué fácil me resultaría matar a otra persona.

Cuando termino, me pongo a balancearme sobre los talones. Noto sus dedos fríos restregándome la nuca. Oigo su voz diciéndome que no pasará nada. Me arranco el ocular para matar el verde y devolverle a Hacha su cara. Ella es Hacha y yo soy yo, aunque ya no estoy seguro de lo que eso significa. No soy lo que yo creía. El mundo no es lo que yo creía. A lo mejor ese es el tema: ahora, el mundo es suyo y nosotros somos los alienígenas.

—No podemos volver —digo, medio ahogado, y ahí están sus ojos profundos y cortantes, y sus fríos dedos masajeándome el cuello.

—No, no podemos, pero podemos seguir adelante —responde mientras recoge mi fusil y me lo pone contra el pecho—. Y podemos empezar con ese hijo de puta de ahí arriba.

Pero antes debe sacarme el implante. Duele más de lo que esperaba, menos de lo que me merezco.

—No te fustigues —me dice Hacha mientras lo extrae—. Nos han engañado a todos.

—Y a los que no han podido engañar los han llamado Dorothy y los han matado.

—No solo a ellos —dice Hacha con amargura.

Entonces caigo, y la idea me golpea como si recibiera un puñetazo en el corazón: el hangar de P&E. Las chimeneas gemelas que escupían humo negro y gris. Los camiones cargados de cadáveres, cientos de cadáveres todos los días. Miles cada semana. Y los autobuses que llegaban todas las noches repletos de refugiados, llenos de muertos vivientes.

—El Campo Asilo no es una base militar —susurro mientras me cae la sangre por el cuello.

—Ni un campo de refugiados.

Asiento con la cabeza y me trago la bilis que me sube a la garganta. Sé que espera a que lo diga en voz alta. A veces tienes que decir la verdad en voz alta para que parezca real.

—Es un campo de exterminio.

Hay un viejo dicho que afirma que la verdad te hará libre. No me lo creo. A veces, la verdad cierra la puerta de tu celda y la atranca con mil cerrojos.

—¿Estás listo? —pregunta Hacha, que parece ansiosa por terminar de una vez.

—No lo mataremos —respondo.

Hacha me echa una mirada como diciendo: «¿Qué?». Pero yo estoy pensando en Chris, amarrado a un sillón detrás de un espejo espía. Estoy pensando en los cadáveres que echábamos a la cinta transportadora que llevaba su cargamento humano a la boca caliente y hambrienta del incinerador. Ya me han utilizado lo suficiente.

—Neutralizar y desarmar: esa es la orden, ¿entendido?

Ella vacila, pero después asiente. No logro descifrar su expresión, como casi siempre. ¿Está jugando al ajedrez de nuevo? Todavía oímos a Bizcocho disparar desde el otro lado de la calle. Debe de estar quedándose sin munición. Ha llegado el momento.

Salir al vestíbulo supone sumergirse en la oscuridad más absoluta. Avanzamos hombro con hombro, recorriendo las paredes con los dedos para orientarnos, y probamos todas las puertas en busca de la que da a las escaleras. Solo se oye el ruido que hacemos al respirar el aire frío y rancio del edificio, y el chapoteo de las botas en los dos centímetros de agua helada y apestosa; debe de haberse roto una cañería. Abro una puerta al final del pasillo y noto una corriente de aire fresco. Escaleras.

Nos detenemos en el rellano de la cuarta planta, al pie de los estrechos escalones que dan al tejado. La puerta está entreabierta; nos llegan los disparos del fusil del francotirador, aunque aún no lo vemos. Hacernos señales a oscuras no sirve de nada, así que tiro de Hacha para acercarla a mí y pego los labios a su oreja.

—Por el sonido, está justo delante.

Ella asiente, y su pelo me hace cosquillas en la nariz.

—Entramos a lo burro —añado.

Ella es mejor tiradora que yo, así que irá delante. Yo haré el segundo disparo si falla o cae. Hemos ensayado esto cien veces, pero en todas intentábamos eliminar el objetivo, no inutilizarlo. Y el objetivo nunca devolvía los disparos. Se acerca a la puerta. Estoy justo detrás de ella, con la mano en su hombro. El viento silba a través de la rendija como si fuera el gimoteo de un animal moribundo. Hacha, con la cabeza inclinada, espera mi señal respirando profundamente y manteniendo la calma. Me pregunto si estará rezando y, en caso de que así sea, si le reza al mismo Dios que yo. Por algún motivo, no lo creo. Le doy una palmada en el hombro, y ella abre la puerta de una patada. Es como si hubiese salido disparada de un cañón: desaparece en el remolino de nieve antes de que yo me plante en el tejado, y en cuanto oigo el fuerte repiqueteo de su arma casi me tropiezo con ella, arrodillada sobre la húmeda alfombra de nieve blanca. Unos tres metros delante de Hacha, el francotirador está tumbado de lado, agarrándose la pierna con una mano mientras intenta recuperar su fusil con la otra. Debe de haber salido volando con el disparo. Ella apunta otra vez y le da en la mano. La palma debe de medirle unos ocho centímetros y Hacha le da de pleno. En la penumbra. A través de la cortina de nieve. El hombre se lleva la mano al pecho con un grito de sorpresa. Le doy un toque a Hacha en la cabeza y le hago señas para que se levante.

—¡No te muevas! —le chillo al francotirador—. ¡No te muevas!

Él se incorpora, con la mano destrozada en el pecho, de cara a la calle, inclinado hacia delante, y, aunque no vemos lo que hace con la otra mano, sí distingo un relámpago plateado y lo oigo gruñir:

—Gusanos.

Y algo dentro de mí se queda helado. Conozco esa voz.

Esa voz me ha gritado, me ha humillado, me ha denigrado, me ha amenazado y me ha maldecido. Me ha seguido desde el instante en que me despertaba hasta el instante en que me acostaba. Me ha hablado entre dientes, me ha chillado, me ha ladrado y me ha escupido. A mí y a todos nosotros.

Reznik.

Los dos la oímos y nos quedamos pegados al suelo. Nos deja sin aliento. Nos congela las ideas.

Y eso le concede tiempo.

Un tiempo que nos oprime cuando se levanta, que se eterniza como si el reloj universal que puso en marcha el Big Bang se quedara sin energía.

Ponerse en pie. Eso le lleva unos siete u ocho minutos.

Volverse para mirarnos. Para eso necesita al menos diez.

Lleva algo en la mano intacta y lo pulsa con la ensangrentada. Para eso tarda otros veinte minutos.

Entonces, Hacha vuelve a la vida. La bala da en el pecho de Reznik, que cae de rodillas. Se le abre la boca. Se desploma boca abajo en el suelo, frente a nosotros.

El reloj se reinicia.

Nadie se mueve. Nadie dice nada.

Nieve. Viento. Como si estuviéramos en la cima de una montaña helada. Hacha se acerca a él y lo pone boca arriba. Le quita el dispositivo plateado de la mano. Yo me quedo mirando esa pálida cara de rata picada de viruela y, de algún modo, me sorprendo y no me sorprendo.

—Se pasa meses entrenándonos para poder matarnos —digo.

Hacha sacude la cabeza. Está mirando la pantalla del dispositivo plateado. La luz le ilumina la cara y resalta el contraste entre su piel de nácar y su pelo de ébano. Bajo esta luz está preciosa; no es una belleza angelical, sino más bien la belleza de un ángel de la muerte.

—No iba a matarnos, Zombi, pero lo hemos sorprendido y no le hemos dejado otra alternativa. Y no iba a hacerlo con el fusil. —Levanta el dispositivo en alto para enseñarme la pantalla—. Creo que iba a matarnos con esto.

La mitad superior de la pantalla la ocupa una cuadrícula. Hay un grupo de puntos verdes en la esquina de la izquierda. Otro grupo de puntos verdes más cerca del centro.

—El pelotón —digo.

—Y este punto solitario debe de ser Bizcocho.

—Lo que significa que, si no nos hubiésemos extraído los dispositivos...

—Habría sabido exactamente dónde estábamos —dice Hacha—. Nos habría estado esperando y nos habría dado por culo.

Señala los dos números iluminados en la parte inferior de la pantalla. Uno de ellos es el número que me asignaron cuando la doctora Pam me etiquetó. Imagino que el otro es el de Hacha. Debajo de los números hay un botón verde que parpadea.

—¿Qué pasa si aprietas ese botón? —pregunto.

—Supongo que nada —responde, y lo aprieta.

Doy un respingo, pero ha supuesto bien.

—Es un botón asesino —explica—. Tiene que ser eso. Conectado a nuestros implantes.

Podría habernos frito en cualquier momento. Matarnos no era el objetivo, así que ¿qué pretendía?

—Los tres «infestados» —dice Hacha, leyendo la pregunta en mi expresión—. Por eso hizo el primer disparo. Somos el primer pelotón que sale del campamento: tiene sentido que nos monitoricen para ver cómo nos comportamos en un combate real. O en lo que pensamos que es un combate real. Para asegurarnos de que reaccionamos como ratitas obedientes ante los cebos verdes. Han tenido que soltarlo antes que a nosotros, para que apretase el gatillo si nosotros no lo hacíamos. Como no lo hemos hecho, nos ha dado un incentivo.

—Y ha seguido disparando para...

—Para mantenernos en tensión y listos para volar en pedazos cualquier punto verde que brille.

Ahí, bajo la nieve, tengo la sensación de que Hacha me mira a través de una cortina de gasa blanca. Los copos se le posan en las cejas y lanzan destellos desde su pelo.

—Es mucho riesgo —comento.

—En realidad, no. Nos tenía en este pequeño radar. En el peor de los casos, solo tenía que apretar el botón. El problema es que no ha tenido en cuenta un caso aún peor.

—Que nos quitáramos los implantes.

Hacha asiente y se aparta la nieve que se le pega a la cara.

—No creo que ese imbécil esperase que diésemos media vuelta y lucháramos.

Me pasa el dispositivo. Cierro la tapa y me lo meto en el bolsillo.

—Nos toca, sargento —dice en voz baja, o tal vez es la nieve que le ahoga un poco la voz—. ¿Cuáles son las órdenes?

Me trago una buena bocanada de aire y lo dejo salir poco a poco.

—Volvemos con el pelotón. Les sacamos los implantes a todos...

—¿Y?

—Rezamos por que no haya un batallón de Reznik de camino.

Me vuelvo para marcharme, pero ella me sujeta el brazo.

—¡Espera! No podemos volver sin los implantes.

Tardo un segundo en pillarlo. Después asiento y me restriego los labios dormidos con el dorso de la mano. Nos encenderemos como bombillas en sus oculares si no llevamos los implantes.

—Bizcocho nos derribará antes de que terminemos de cruzar la calle.

—¿Nos los metemos en la boca?

Sacudo la cabeza. ¿Y si nos los tragamos sin querer?

—Tenemos que volver a meterlos donde estaban, vendar bien las heridas y...

—¿Esperar que no se caigan?

—Y esperar que sacarlos no los haya desactivado... ¿Qué? —pregunto—. ¿Demasiada esperanza?

—Puede que esa sea nuestra arma secreta —responde ella.

Le tiembla un poco la comisura de los labios.

—— 62 ——

—Esto es una mierda, una mierda muy gorda —me dice Picapiedra—. ¿Reznik era el francotirador?

Estamos sentados con la espalda apoyada en el muro de hormigón del garaje; Hacha y Bizcocho se encuentran en los flancos, observando la calle. Yo tengo a Dumbo a un lado y a Picapiedra, al otro; Tacita se ha sentado entre ellos, con la cabeza apretada contra mi pecho.

—Reznik es un infestado —le digo por tercera vez—. El Campo Asilo es suyo. Nos han estado usando para...

—¡Cierra el pico, Zombi! ¡Es la locura más paranoica que he oído! —exclama Picapiedra. Tiene la cara roja como un tomate y le tiembla la ceja—. ¡Te has cargado a nuestro instructor! ¡Que estaba intentando matarnos a nosotros! ¡En una misión para eliminar a infestados! Vosotros haced lo que queráis, pero yo ya estoy harto. Se acabó.

Se pone de pie y sacude el puño hacia mí.

—Voy a volver al punto de encuentro para esperar a la evacuación. Esto es... —intenta buscar la palabra adecuada, pero al final se conforma con—: una trola.

—Picapiedra —le digo en voz baja y con tranquilidad—, siéntate.

—Increíble: te has vuelto Dorothy. Dumbo, Bizcocho, ¿vosotros os lo tragáis? No puedo creerme que os lo traguéis.

Saco el dispositivo plateado del bolsillo y lo abro. Se lo pego a la cara.

—¿Ves ese punto verde de ahí? Ese eres tú.

Bajo por la pantalla hasta su número y lo ilumino pulsándolo con el dedo. El botón parpadea.

—¿Sabes qué pasa cuando aprietas el botón verde?

Es una de esas frases que te provocan insomnio para el resto de tu vida y que desearías no haber dicho nunca.

Picapiedra se abalanza sobre el cacharro y me lo quita de las manos. Podría haber llegado a tiempo para impedírselo, pero tengo a Tacita en el regazo y eso me ralentiza. Lo único que sucede antes de que apriete el botón es que grito:

—¡No!

La cabeza de Picapiedra cae hacia atrás, como si alguien le hubiese dado un buen golpe en la frente. Se le abre la boca y los ojos se le vuelven hacia el techo.

Después se desploma como un peso muerto, como una marioneta a la que le han soltado las cuerdas.

Tacita está gritando. Hacha me la quita de encima para que pueda arrodillarme junto a Picapiedra. No tengo que mirarle el pulso para saber que está muerto, pero lo hago de todos modos. Solo hace falta mirar la pantalla del dispositivo que lleva en la mano: un punto rojo sustituye al punto verde.

—Supongo que tenías razón, Hacha —le digo, volviendo la cabeza para mirarla.

Recojo el mando de la mano sin vida de Picapiedra. La mía tiembla. Pánico. Confusión. Pero, sobre todo, rabia: estoy furioso con él. Me tienta la idea de pegarle un puñetazo en esa cara tan grande y gorda que tiene.

Detrás de mí, Dumbo dice:

—¿Qué vamos a hacer ahora, sargento?

A él también le ha entrado el pánico.

—Ahora mismo vas a quitarles los implantes a Bizcocho y a Tacita.

—¿Yo? —pregunta, y la voz le sube una octava.

La mía baja una.

—Eres el sanitario, ¿no? Hacha te lo quitará a ti.

—Vale, pero después ¿qué vamos a hacer? No podemos volver. No podemos... ¿Adónde vamos a ir ahora?

Hacha me está mirando. Cada vez se me da mejor interpretar sus expresiones, y ese modo de inclinar ligeramente los labios hacia abajo indica que se está preparando, como si ya supiera lo que voy a decir. ¿Quién sabe? Seguramente lo sepa.

—No vais a volver, Dumbo.

—Quieres decir que no vamos a volver —me corrige Hacha—. Todos nosotros, Zombi.

Me levanto. Es como si enderezarme me costara una eternidad. Doy un paso hacia ella. El viento le echa el pelo a un lado, una bandera negra ondeante.

—Hemos dejado a uno atrás —digo.

Ella sacude la cabeza bruscamente. Me gusta la forma en que el flequillo se le mueve adelante y atrás.

—¿Frijol? Zombi, no puedes volver a por él, es un suicidio.

—No puedo abandonarlo. Hice una promesa.

Empiezo a explicarlo, pero no sé ni por dónde empezar. ¿Cómo lo expreso con palabras? Es imposible, es como intentar localizar el punto de partida de un círculo.

O encontrar el primer eslabón de una cadena de plata.

—Ya hui una vez —digo al fin—. No volveré a hacerlo.

63

Está la nieve, diminutos puntitos blancos que caen en espiral.

Está el río que apesta a desechos y a restos humanos, negro, veloz y silencioso bajo las nubes que ocultan el reluciente ojo verde de la nave nodriza.

Y está el deportista de instituto adolescente, vestido de soldado, con el fusil semiautomático de gran calibre que le dieron los del ojo verde brillante, agachado junto a la estatua de un soldado de verdad que luchó y murió con la mente clara y el corazón limpio, sin que lo corrompieran las mentiras de un enemigo que sabe cómo piensa, que retuerce todas sus cosas buenas para convertirlas en malas, que utiliza su esperanza y su confianza para hacer de él un arma contra los suyos. El niño que no volvió cuando debería haber vuelto, y que ahora vuelve cuando no debería.

El niño llamado Zombi, el que hizo una promesa, y si no la cumple, se acabará la guerra, no la grande, sino la que importa, la que se lidia en el campo de batalla de su corazón.

Porque las promesas importan. Importan ahora más que nunca.

En el parque, junto al río, bajo la nieve que cae en espiral.

Noto la llegada del helicóptero antes de oírlo. Un cambio en la presión, una vibración en la piel expuesta. Después, la percusión rítmica de las palas, y me levanto tambaleante, apretándome con la mano la herida de bala del costado.

«¿Dónde te disparo?», me preguntó Hacha. «No lo sé, pero no puede ser ni en las piernas ni en los brazos». Y Dumbo, que, gracias al trabajo en la planta de procesamiento, tiene mucha experiencia con la anatomía humana, dijo: «Dispárale en el costado, de cerca. Y en este ángulo, porque, si no, le perforarás los intestinos». Y Hacha: «¿Qué hacemos si te perforo los intestinos?». A lo que yo respondí: «Enterrarme, porque estaré muerto».

¿Una sonrisa? No. Maldita sea.

Después, mientras Dumbo me examinaba la herida, Hacha me preguntó: «¿Cuánto tiempo te esperamos?». «Un día, máximo», contesté. «¿Un día?». «Vale, dos días. Si no volvemos en cuarenta y ocho horas, es que no volvemos», le concedí.

Ella no me lo discutió, pero dijo: «Si no vuelves en cuarenta y ocho horas, volveré a por ti».

«Sería un movimiento muy tonto, jugadora de ajedrez», respondí. «Esto no es ajedrez», repuso ella.

La sombra negra ruge por encima de las ramas desnudas de los árboles que rodean el parque; el pesado compás rítmico de los rotores, como un enorme corazón acelerado, las ráfagas de viento frío que me presionan los hombros cuando corro a la compuerta abierta.

El piloto vuelve la cabeza mientras me meto dentro.

—¿Dónde está tu unidad?

—¡Vamos, vamos! —grito yo al caer sobre el asiento vacío.

Y el piloto:

—Soldado, ¿dónde está tu unidad?

Desde los árboles llega la respuesta de mi unidad, que lanza una descarga de artillería, de modo que las balas se dan contra el fuselaje reforzado del Black Hawk, y yo sigo gritando a todo pulmón:

—¡Vamos, vamos, vamos!

Y me cuesta. Con cada «vamos» me sangra más la herida, y la sangre me cae entre los dedos.

El helicóptero se eleva y sale disparado hacia delante, después se ladea bruscamente a la izquierda. Cierro los ojos. «Vamos, Hacha, vamos».

El Black Hawk descarga su ametralladora sobre los árboles, pulverizándolos, y el piloto le grita algo al copiloto. El helicóptero sobrevuela los árboles, pero ya debe de hacer un buen rato que Hacha y mi equipo se alejaron por el sendero que bordea las oscuras orillas del río. Rodeamos esa masa frondosa varias veces y disparamos hasta que los árboles quedan reducidos a tocones destrozados. El piloto se asoma a la bodega y me ve tirado sobre dos asientos, sujetándome el costado ensangrentado. Entonces se eleva y aprieta el acelerador. El helicóptero asciende a toda velocidad hacia las nubes, y la blanca nada de la nieve se traga el parque.

Estoy a punto de perder el conocimiento. Demasiada sangre, demasiada. Está el rostro de Hacha y, joder, no es que me esté sonriendo, es que se ríe a carcajada limpia. ¡Bien por mí, bien por mí por haberla hecho reír!

Y está Frijol, y él no sonríe en absoluto.

«¡No me lo prometas, no me lo prometas, no me lo prometas! ¡No prometas nada nunca, nunca, nunca!».

—Voy a por ti, te lo prometo.

Me despierto donde comenzó todo: en una cama de hospital, vendado y flotando en un mar de analgésicos. Se ha cerrado el círculo.

Tardo varios minutos en darme cuenta de que no estoy solo. Hay alguien en el sillón, al otro lado del gotero intravenoso. Vuelvo la cabeza y, primero, le veo las botas, negras y tan brillantes como un espejo. El uniforme impecable, almidonado y planchado. Los rasgos marcados, los penetrantes ojos azules que me atravesaron hasta el fondo.

—Aquí estás —dice Vosch en voz baja—. No del todo sano, pero a salvo. Los médicos me cuentan que has tenido una suerte increíble, que no has sufrido daños importantes. La bala te atravesó limpiamente. Asombroso, la verdad, teniendo en cuenta que te dispararon a quemarropa.

¿Qué le vas a contar?

«Le voy a contar la verdad».

—Fue Hacha —le digo. Desgraciado. Hijo de puta, durante meses lo vi como mi salvador... incluso como el salvador de la humanidad, sus promesas me ofrecían el más cruel de los regalos: esperanza.

Él ladea la cabeza: me recuerda a un pájaro de ojos brillantes que ve una chuchería apetecible.

—¿Y por qué te disparó la soldado Hacha, Ben?

«No puedes contarle la verdad».

Vale, a la mierda la verdad, le daré los hechos.

—Por Reznik.

—¿Reznik?

—Señor, la soldado Hacha me disparó porque defendí la presencia de Reznik allí.

—¿Y por qué ibas a tener que defender la presencia de Reznik, sargento?

Cruza las piernas y se sostiene la rodilla de arriba con ambas manos. Cuesta mantener contacto visual con él durante más de tres o cuatro segundos seguidos.

—Se volvieron contra nosotros, señor. Bueno, no todos. Picapiedra y Hacha... Y Tacita, aunque solo porque lo hizo Hacha. Dijeron que el hecho de que Reznik estuviera allí demostraba que todo esto era mentira, y que usted...

Alza ligeramente la mano para interrumpirme y pregunta:

—¿Esto?

—El campo, los infestados. Que no nos han entrenado para matar alienígenas, sino que los alienígenas nos han entrenado para que nos matáramos entre nosotros.

Al principio no dice nada. Casi desearía que se hubiera echado a reír, que hubiera sonreído o sacudido la cabeza. Si hubiera hecho algo así, tal vez me habría quedado alguna duda, puede que me hubiera pensado mejor el tema este de la farsa alienígena y hubiera llegado a la conclusión de que estoy paranoico e histérico por culpa de la batalla.

En vez de eso, se me queda mirando con sus brillantes ojos de pájaro sin expresar emoción alguna.

—¿Y tú no querías tener nada que ver con su pequeña teoría de la conspiración?

Asiento con la cabeza, con la esperanza de que el gesto transmita decisión y seguridad.

—Se volvieron Dorothy, señor. Pusieron a todo el pelotón en mi contra —digo, y trato de esbozar una sonrisa adusta, de soldado—. Pero antes me encargué de Picapiedra.

—Hemos recuperado su cadáver —me dice Vosch—. Le dispararon a quemarropa, como a ti. Pero a él acertaron a darle algo más arriba.

«¿Estás seguro de esto, Zombi? ¿Por qué tenemos que dispararle en la cabeza?».

«Porque no pueden saber que fue el dispositivo. A lo mejor, si el destrozo es importante, ocultará las pruebas. Retrocede, Hacha, ya sabes que no tengo la mejor puntería del mundo».

—Habría acabado con los demás, pero me superaban en número, señor. Decidí que lo mejor era volver echando leches a la base e informar.

Sigue sin moverse. Se pasa un buen rato sin decir nada. Simplemente, me mira.

«¿Qué eres? —me pregunto—. ¿Eres humano? ¿Eres un infestado? ¿O eres... otra cosa? ¿Qué narices eres?».

—Se han esfumado, ¿sabes? —dice al fin, esperando mi respuesta.

Por suerte, he pensado en una. Bueno, la pensó Hacha. Valor a quien valor merece.

—Se extrajeron los dispositivos de rastreo.

—También te quitaron el tuyo —comenta, y espera.

Detrás de él veo celadores vestidos con batas verdes que se mueven entre las filas de camas y oigo el chirrido de sus zapatos al pisar el suelo de linóleo.

Un día más en el hospital de los malditos.

Estoy listo para su pregunta.

—Les seguí la corriente y esperé al momento oportuno. Después de quitármelo a mí, Dumbo se lo quitó a Hacha, y entonces aproveché la oportunidad.

—Para disparar a Picapiedra...

—Y después Hacha me disparó a mí.

—Y después...

Vosch tenía los brazos cruzados sobre el pecho y la barbilla baja. Me examinaba con ojos caídos, como un ave rapaz examina a su cena.

—Y después hui, señor.

«¿Así que puedo derribar a Reznik a oscuras en plena tormenta de nieve, pero no soy capaz de acabar contigo a medio metro de distancia? No se lo tragará, Zombi».

«No necesito que se lo trague, solo necesito que se lo piense durante unas cuantas horas».

Se aclara la garganta, se rasca debajo de la barbilla y se pasa un rato examinando los azulejos del techo hasta que me mira de nuevo.

—Ben, has tenido mucha suerte de llegar al punto de evacuación antes de desangrarte.

«Ya te digo, hombre o lo que seas. Una suerte del demonio».

El silencio cae como una losa.

Ojos azules. Labios apretados. Brazos cruzados.

—No me lo has contado todo.

—¿Señor?

—Te estás dejando algo.

Sacudo la cabeza despacio, y toda la habitación me da vueltas como si fuera un barco en plena tormenta. ¿Cuántos analgésicos me han dado?

—Tu antiguo sargento instructor. Seguro que algún miembro del equipo lo registró y encontró uno de estos dispositivos —explicó, enseñándome un disco plateado idéntico al que llevaba Reznik—. En cuyo momento, alguien, seguramente tú, por ser el oficial al mando, se preguntaría qué hacía Reznik con un mecanismo capaz de acabar con vuestras vidas con tan solo pulsar un botón.

Asiento con la cabeza, Hacha y yo ya nos habíamos imaginado que sacaría el tema, así que tenía preparada la respuesta. Que se la creyera o no, ya era otra historia.

—Solo hay una explicación que tenga sentido, señor. Era nuestra primera misión, nuestro primer combate real. Era necesario vigilarnos. Y necesitaban un dispositivo de seguridad por si alguno de nosotros se volvía Dorothy y atacaba a los demás...

Dejo la frase en el aire. Estoy sin aliento y contento de estarlo, ya que no me fío de lo que pueda soltar por culpa de las drogas. No pienso con claridad. Atravieso un campo de minas cubierto por una densa niebla.

Hacha se lo imaginaba, por eso me obligó a practicar esta parte una y otra vez mientras esperábamos a que el helicóptero llegara al parque, justo antes de pegarme la pistola al estómago y apretar el gatillo.

La silla araña el suelo y, de repente, el duro rostro de Vosch es todo lo que veo.

—Es realmente extraordinario, Ben. Has resistido la dinámica de combate del grupo y la enorme presión de seguir al rebaño. Es casi... Bueno, es casi inhumano, a falta de un término mejor.

—Soy humano —susurro, y el corazón me golpea el pecho tan fuerte que, por un momento, estoy convencido de que puede verlo latir a través de la fina bata de hospital que llevo puesta.

—¿Lo eres? Porque ese es el quid de la cuestión, ¿no, Ben? ¡A eso se reduce todo! A quién es humano... y quién no lo es. ¿Es que no tenemos ojos, Ben? ¿Es que no tenemos manos, órganos, proporción humana, sentidos, afectos, pasiones? Si nos pincháis, ¿no sangramos? Y si nos ultrajáis, ¿no nos vengaremos?

El duro ángulo de la mandíbula. La seriedad de los ojos azules. Los finos labios sobre el fondo de un rostro enrojecido.

—Shakespeare, *El mercader de Venecia*. Son palabras de una persona que pertenece a una raza despreciada y perseguida. Como la nuestra, Ben. La raza humana.

—No creo que nos odien, señor —digo, intentando mantener la calma en este giro tan raro e inesperado que han dado los acontecimientos en el campo de minas.

La cabeza me da vueltas. Me disparan en las tripas, me drogan y después me ponen a hablar de Shakespeare con el comandante de uno de los campos de exterminio más eficientes de la historia del planeta.

—Pues tienen una forma muy curiosa de demostrar su aprecio.

—Ni nos aman ni nos odian. Simplemente, estorbamos. A lo mejor, para ellos, nosotros somos la infestación.

—¿Somos la *Periplaneta americana* para su *Homo sapiens*? En esa competición, me quedo con la cucaracha. Es muy difícil erradicar.

Me da una palmadita en el hombro y se pone muy serio. Hemos llegado a la clave del asunto, al instante de vida o muerte, de aprobar o suspender; lo noto. Le da vueltas y más vueltas al disco plateado que tiene en la mano.

«Tu plan es un asco, Zombi. Y lo sabes».

«Vale, a ver, cuéntame el tuyo».

«Permanecemos juntos y nos arriesgamos con los que se esconden en el juzgado».

«¿Y Frijol?».

«No le harán daño. ¿Por qué te preocupa tanto Frijol? Por Dios, Zombi, hay cientos de niños...».

«Sí, pero la promesa solo se la hice a uno».

—Son unos hechos muy graves, Ben, muy graves. Los delirios de Hacha la empujarán a buscar cobijo con los mismos seres que debía destruir. Les contará todo lo que sabe sobre nuestras operaciones. Hemos enviado a otros tres pelotones para impedirlo, pero me temo que quizá sea demasiado tarde. Si lo es, no tendremos más remedio que llevar a cabo el plan de último recurso.

Los ojos le arden con un pálido fuego azul. Me estremezco, literalmente, cuando me da la espalda: de repente siento frío y mucho, mucho miedo.

«¿En qué consiste el último recurso?».

Puede que no se lo haya tragado, pero le está dando vueltas. Sigo vivo y, mientras sea así, Frijol tendrá una oportunidad.

Se vuelve de nuevo hacia mí, como si se le hubiera olvidado algo.

«Mierda, allá vamos».

—Ah, otra cosa. Siento ser el que te dé las malas noticias, pero vamos a quitarte los analgésicos para poder obtener un informe completo.

—¿Informe completo, señor?

—El combate es muy curioso, Ben: la memoria puede engañarte. Hemos descubierto que los medicamentos interfieren con el programa. Calculo que en unas seis horas estarás limpio.

«Sigo sin entenderlo, Zombi, ¿por qué tengo que dispararte? ¿Por qué no puedes contarles que nos mataste a todos? En mi opinión, esto es exagerar».

«Tengo que estar herido, Hacha».

«¿Por qué?».

«Para que me mediquen».

«¿Por qué?».

«Para ganar tiempo. Para que no me lleven allí nada más bajar del helicóptero».

«¿Adónde?».

Así que no necesito preguntarle a Vosch de qué está hablando, pero lo hago de todos modos:

—¿Me van a enchufar a El País de las Maravillas?

Él dobla un dedo para llamar a un celador, que se acerca con una bandeja. Una bandeja con una jeringa y una diminuta cápsula plateada.

—Te vamos a enchufar a El País de las Maravillas.

IX
COMO UNA FLOR A LA LLUVIA

65

Anoche nos quedamos dormidos delante de la chimenea, y esta mañana me he despertado en nuestra cama... No, en nuestra cama, no, en mi cama. ¿En la cama de Val? En la cama, y no recuerdo haber subido las escaleras, así que tuvo que cogerme en brazos y meterme dentro, aunque ahora mismo no está en la cama conmigo. Noto una punzada de miedo al darme cuenta de que no está. Es mucho más fácil apartar las dudas cuando está conmigo, cuando le veo esos ojos del color del chocolate fundido y oigo esa voz profunda que cae sobre mí como si fuera una cálida manta en una noche fría. «Ay, eres un caso perdido, Cassie, un desastre».

Me visto rápidamente a la tenue luz del alba y bajo las escaleras. Tampoco está allí, pero sí mi M16, limpio, cargado y apoyado en la repisa de la chimenea.

Lo llamo. Me responde el silencio.

Recojo el arma. La última vez que la disparé fue el día del soldado del crucifijo.

«No fue culpa tuya, Cassie. Ni suya».

Cierro los ojos y veo a mi padre tirado en el suelo con un disparo en las tripas, diciéndome en silencio que no me acerque, justo antes de que Vosch lo silencie para siempre.

«Culpa de Vosch. No tuya ni del soldado del crucifijo. De Vosch».

Me imagino poniéndole a Vosch el cañón del fusil en la sien y volándole la tapa de los sesos.

Primero tengo que encontrarlo. Y luego pedirle muy amablemente que no se mueva para que pueda acercarle el cañón de mi fusil a la sien y volarle la tapa de los sesos.

De repente me doy cuenta de que estoy en el sofá, al lado de Oso, y que los acuno a los dos, al oso en una mano y al fusil en la otra, como si estuviera de vuelta en el bosque, dentro de la tienda, bajo los árboles que estaban bajo el cielo, que a su vez estaba bajo el siniestro ojo de la madre nodriza, que estaba bajo el estallido de estrellas de entre las cuales la nuestra no es más que una... ¿Qué probabilidades había de que los Otros eligieran establecerse precisamente en nuestra estrella, de entre los mil trillones de estrellas del universo?

Es demasiado para mí. No puedo vencer a los Otros: soy una cucaracha. Vale, utilizaré la metáfora de la efímera de Evan; las efímeras son más bonitas y, al menos, pueden volar. Sin embargo, sí puedo eliminar a algunos de esos cabrones antes de que acabe mi único día sobre la Tierra. Y pienso empezar por Vosch.

Una mano me toca el hombro.

—Cassie, ¿por qué lloras?

—No lloro, es alergia. Este puñetero oso está lleno de polvo.

Se sienta junto a mí, en el lado del oso, no en el del fusil.

—¿Dónde estabas? —le pregunto, por cambiar de tema.

—Echando un vistazo al tiempo.

—¿Y?

«Frases completas, por favor, tengo frío y necesito que tu cálida voz de manta me mantenga a salvo». Me llevo las rodillas al pecho y apoyo los talones en el borde del cojín del sofá.

—Creo que esta noche hará bueno.

La luz de la mañana se cuela entre las sábanas que cuelgan de la ventana y le pinta la cara de oro. La luz se le refleja en el pelo y le chisporrotea en los ojos.

—Bien —respondo, y me sorbo los mocos con ganas.

—Cassie —dice, tocándome la rodilla. Tiene la mano caliente: noto el calor a través de los vaqueros—. He tenido una idea muy rara.

—¿Que todo esto es un sueño muy malo?

Sacude la cabeza y se ríe, nervioso.

—No quiero que te lo tomes a mal, así que escúchame antes de decir nada, ¿vale? Lo he estado pensando a fondo y ni siquiera lo mencionaría si no pensara...

—Dímelo ya, Evan. Tú... dímelo.

«Oh, Dios, ¿qué me va a decir? —pienso, y me tenso de pies a cabeza—. Da igual, Evan, no me lo cuentes».

—Déjame ir.

Sacudo la cabeza, desconcertada. ¿Es una broma? Le miro la mano, la que está encima de mi rodilla y me la aprieta un poco.

—Creía que ya habías decidido venir.

—Quiero decir, déjame ir —repite, y me mueve un poco la rodilla para que lo mire a la cara.

—Que te deje ir solo —comprendo al fin—. Que me quede aquí y te deje ir solo a buscar a mi hermano.

—Vale, espera, has prometido escucharme...

—No te he prometido nada —respondo, apartándole la mano. La idea de que me deje atrás no es solo ofensiva, sino que además me resulta aterradora—. La promesa se la hice a Sammy, así que olvídalo.

—Pero no sabes lo que hay ahí fuera —insistes, sin olvidarlo.

—¿Y tú sí?

—Mejor que tú.

Intenta acercarse, pero le pongo una mano contra el pecho: «De eso nada, amigo».

—Pues dime qué hay ahí fuera.

—Piensa en quién tiene más posibilidades de sobrevivir lo bastante para mantener tu promesa —dice, levantando las manos—. No estoy diciendo que sea porque eres una chica o porque yo sea más fuerte, más duro ni nada de eso. Solo digo que, si va solo uno de los dos, el otro todavía tendría una oportunidad de encontrarlo si ocurriera lo peor.

—Bueno, seguramente tengas razón en eso, pero no deberías ir tú primero. Es mi hermano. No pienso quedarme aquí a esperar a que un Silenciador llame a la puerta a pedirme un poco de azúcar. Iré sola.

Me levanto del sofá de un salto, como si pensara largarme en este preciso instante. Me agarra por el brazo y tira de mí hacia atrás.

—Déjalo, Evan. Se te olvida de nuevo que soy yo quien te permite que me acompañes, no al revés.

—Lo sé —responde, con la cabeza baja—. Lo sé —repite, y deja escapar una risa triste—. También sabía cuál iba a ser tu respuesta, pero tenía que preguntártelo.

—¿Porque crees que no sé cuidarme sola?

—Porque no quiero que mueras.

66

Llevamos varias semanas preparándonos. Hoy, el último día, no queda gran cosa que hacer salvo esperar a que llegue la noche. Viajamos ligeros; Evan creía que llegaríamos a Wright-Patterson en dos o tres noches, siempre y cuando no nos encontráramos con algún imprevisto, como otra tormenta de nieve o la muerte de uno de los dos... O la muerte de los dos, lo que retrasaría la operación indefinidamente.

A pesar de haber reducido mi equipaje a lo mínimo, me cuesta meter al oso en la mochila. A lo mejor le corto las patas y le digo a Sammy que se las voló en pedazos el Ojo que acabó con el Campo Pozo de Ceniza.

El Ojo. Decido que eso sería aún mejor: no volarle a Vosch la cabeza, sino meterle una bomba alienígena por los pantalones.

—A lo mejor no deberías llevártelo —dice Evan.

—A lo mejor deberías callarte —mascullo mientras doblo al oso por la mitad y cierro la cremallera—. Ya está.

—¿Sabes que cuando te vi por primera vez en el bosque creía que el oso era tuyo? —me dice, sonriendo.

—¿En el bosque?

Pierde la sonrisa.

—No me encontraste en el bosque —le recuerdo. De repente, la habitación parece estar diez grados más fría—. Me encontraste en medio de un banco de nieve.

—Quería decir que yo estaba en el bosque, no tú —responde—. Te vi desde el bosque, a casi un kilómetro de allí.

Asiento con la cabeza, pero no porque me lo crea. Asiento porque sé que no me equivoco al no creérmelo.

—Todavía no has salido de ese berenjenal, Evan. Eres dulce y tienes unas cutículas increíbles, pero sigo sin estar segura de por qué tienes las manos tan suaves o de por qué olían a pólvora la noche que, supuestamente, visitaste la tumba de tu novia.

—Te lo dije anoche, llevo dos años sin ayudar en la granja, y ese día limpié mi arma. No sé qué más...

—Solo confío en ti porque se te da bien el fusil y porque, a pesar de haber tenido mil oportunidades, no lo has empleado para matarme —lo corto—. No te lo tomes como algo personal, pero hay algo en ti y en esta situación que no acabo de entender, aunque eso no quiere decir que no vaya a entenderlo nunca. Lo averiguaré y, si la verdad es algo que te pone contra mí, haré lo que tenga que hacer.

—¿El qué? —pregunta, y esboza esa maldita sonrisa ladeada tan sexy mientras levanta los hombros y hunde las manos hasta el fondo de los bolsillos, como si fuera un niño al que han pillado en una travesura.

Supongo que lo hace para volverme loca, en el buen sentido. ¿Qué tiene este chico que me dan ganas de abofetearlo y besarlo, de huir de él y correr hacia él, de abrazarlo y darle una patada en las pelotas, todo a la vez? Me gustaría culpar a la Llegada del efecto que ejerce sobre mí, pero algo me dice que los chicos llevan provocándonos estas reacciones desde hace bastante más tiempo.

—Lo que tenga que hacer —repito.

Subo las escaleras. Pensar en lo que tengo que hacer me ha recordado algo que quería hacer antes de marcharnos.

Rebusco por los cajones del cuarto de baño hasta que encuentro unas tijeras y procedo a cortarme quince centímetros de melena. Cuando oigo crujir las tablas del suelo, grito, sin volverme:

—¡Deja de acosarme!

Un segundo después, Evan asoma la cabeza.

—¿Qué estás haciendo? —pregunta.

—Un corte de pelo simbólico. ¿Qué haces tú? Ah, sí, me sigues, me acechas detrás de las puertas. Puede que un día de estos reúnas el valor suficiente para entrar, Evan.

—Parece que te estás cortando el pelo de verdad.

—He decidido librarme de todas las cosas que me molestan —respondo, lanzándole una miradita a través del espejo.

—¿Por qué te molesta?

—¿Por qué preguntas?

Ahora estoy mirando mi reflejo, pero ahí está él: lo veo con el rabillo del ojo. Maldita sea, más simbolismo.

Toma la sabia decisión de largarse. Un par de tijeretazos, y el lavabo se llena de rizos. Lo oigo bajar con estrépito las escaleras y después me llega el portazo de salida. Supongo que mi deber era pedirle permiso primero, como si le perteneciera, como si fuera un cachorrito que encontró en la nieve.

Doy un paso atrás para examinar mi obra. Con el pelo corto y sin maquillaje parece que tengo doce años. Vale, unos catorce. Sin embargo, con la actitud correcta y los accesorios apropiados, alguien podría confundirme con una preadolescente. Puede que incluso se ofreciera a llevarme en su alegre autobús escolar amarillo.

Esa tarde, un manto de nubes grises se extiende por el cielo y trae consigo el crepúsculo antes de tiempo. Evan vuelve a desaparecer y regresa al cabo de unos minutos con dos contenedores de veinte litros de gasolina cada uno. Lo miro, y él dice:

—Estaba pensando en que no nos vendría mal una distracción.

—¿Vas a quemar tu casa? —pregunto tras procesar la información.

—Voy a quemar mi casa —asiente él, como si lo estuviera deseando.

Levanta uno de los contenedores y lo lleva arriba para empapar los dormitorios. Yo salgo al porche para escapar de los vapores. Un enorme cuervo negro da saltitos por el patio, se detiene y me echa una mirada con sus ojillos negros. Medito la posibilidad de sacar mi pistola y dispararle.

No creo que fallara: ahora, gracias a Evan, tengo muy buena puntería y, además, odio los pájaros.

La puerta se abre y una nube de olor nauseabundo sale al exterior. Me alejo del porche, y el cuervo se aleja volando entre graznidos. Evan moja el porche y lanza la lata vacía contra el lateral de la casa.

—El granero —le digo—. Si querías una distracción, deberías haber quemado el granero. Así la casa seguiría aquí cuando volviéramos.

«Porque me gustaría pensar que vamos a volver, Evan. Sammy, tú y yo, una gran familia feliz».

—Ya sabes que no vamos a volver —responde, y enciende la cerilla.

67

Veinticuatro horas después, he cerrado el círculo que me conecta a Sammy como un cordón de plata: he regresado al lugar donde hice mi promesa.

El Campo Pozo de Ceniza está justo como lo dejé, lo que significa que no existe: en su lugar no hay más que un vacío de kilómetro y medio de ancho en el que acaba la carretera de tierra que atraviesa el bosque. El suelo está más duro que el acero y completamente desnudo, ni siquiera queda un diminuto rastrojo, una brizna de hierba o una hoja muerta. Por supuesto, es invierno, pero no creo que este claro abierto por los Otros vaya a florecer como un prado con la llegada de la primavera.

Señalo un punto a nuestra derecha.

—Ahí estaban los barracones. Creo. Cuesta distinguirlo sin más puntos de referencia que la carretera. Por allí estaba el almacén. Y por allí se iba al pozo de ceniza. Más allá está el barranco.

Evan sacude la cabeza, asombrado.

—No queda nada —dice mientras pisa con fuerza el suelo, que está duro como una roca.

—Sí que queda algo: yo.

—Ya sabes a qué me refiero —responde con un suspiro.

—Me he puesto demasiado intensa.

—Ummm, para variar —dice, y prueba a sonreír, pero su sonrisa ya no le funciona tan bien.

Ha estado muy callado desde que abandonamos su casa en llamas en medio del campo. A la menguante luz del día, se arrodilla en el suelo, saca el mapa y señala nuestra ubicación con la linterna.

—Esa carretera de tierra no está en el mapa, pero debe de conectarse con esta otra, más o menos por aquí. Podemos seguirla hasta la 675. De allí a Wright-Patterson es todo recto.

—¿Cuánta distancia hay? —pregunto mientras miro más allá de Evan.

—Unos cuarenta o cincuenta kilómetros. Otro día más, si apretamos el paso.

—Lo apretaremos.

Me siento a su lado y le registro la mochila en busca de algo para comer. Encuentro una misteriosa carne curada envuelta en papel de cera y un par de galletas duras. Le ofrezco una a Evan, pero él sacude la cabeza: no.

—Necesitas comer —lo regaño—. Deja de preocuparte tanto.

Teme que nos quedemos sin comida. Tiene su fusil, claro, pero no habrá caza durante esta fase de la operación de rescate: debemos recorrer el campo en silencio. Aunque tampoco es que ese campo sea demasiado silencioso. La primera noche oímos disparos. A veces era el eco de una sola arma, otras veces, de más de una. Siempre a lo lejos, eso sí, nunca lo bastante cerca como para preocuparnos. A lo mejor se trataba de cazadores solitarios, como Evan, que vivían de la tierra. Puede que de pandillas errantes de cabras. ¿Quién sabe? O tal vez fueran otras niñas de dieciséis años armadas con un M16 y lo bastante estúpidas como para creer que eran las últimas representantes de la humanidad en la Tierra.

Se rinde y acepta una de las galletas. Se pone a roer un trozo. Mastica, pensativo, examinando el páramo mientras cae la noche.

—¿Y si han dejado de cargar autobuses? —pregunta por enésima vez—. ¿Cómo entraremos?

—Ya se nos ocurrirá algo —respondo.

Cassie Sullivan: experta planificadora de estrategias.

—Tienen soldados profesionales —dice, lanzándome una miradita—. Humvees. Y Black Hawks. Y esa... ¿Cómo la llamaste? La bomba del ojo verde. Será mejor que se nos ocurra algo bueno.

Se mete el mapa en el bolsillo, se levanta y se recoloca el fusil al hombro. Está a punto de hacer algo, no sé bien el qué. ¿Llorar? ¿Gritar? ¿Reírse?

Yo también. Las tres cosas, aunque puede que no por los mismos motivos. He decidido confiar en él, aunque, como alguien dijo una vez, no puedes obligarte a confiar en nadie. Así que lo mejor es meter todas tus dudas en una cajita, enterrarla a una profundidad considerable y luego intentar olvidar dónde la has enterrado. Mi problema es que esa cajita enterrada es como una costra y no puedo dejar de tirar de ella.

—Será mejor que nos vayamos —dice, serio, mirando al cielo. Las nubes que aparecieron el día anterior siguen ahí, tapando las estrellas—. Aquí estamos expuestos.

De repente, Evan vuelve la cabeza a la izquierda y se queda inmóvil como una estatua.

—¿Qué es? —susurro.

Él levanta la mano, sacude la cabeza brevemente y se asoma a la oscuridad, que es casi absoluta. Yo no veo nada, no oigo nada, pero no soy una cazadora como Evan.

—Una puñetera linterna —murmura, y me acerca los labios a la oreja—. ¿Qué tenemos más cerca, el bosque del otro lado de la carretera o el barranco?

Sacudo la cabeza, la verdad es que no lo sé.

—Supongo que el barranco —respondo al final.

No vacila, me coge de la mano y salimos a paso ligero hacia donde yo esperaba que estuviese el barranco. No sé durante cuánto tiempo corremos hasta llegar hasta allí, seguramente no tanto como me parece, porque la verdad es que se me hace eterno. Evan me baja por la pared rocosa hasta el fondo y después salta para ponerse a mi lado.

—¿Evan?

Se lleva el dedo a los labios y sube por un lateral para asomarse al borde. Hace un gesto hacia su mochila, así que meto la mano dentro y encuentro los prismáticos. Le tiro de la pernera del pantalón («¿Qué pasa?»), pero él se zafa de mí y se da un golpecito con los dedos en el muslo, con el pulgar escondido. ¿Que hay cuatro personas? ¿A eso se refiere? ¿O está usando una especie de código del cazador, en plan: «¡Ponte a cuatro patas!»?

Permanece inmóvil un buen rato. Por fin baja a rastras y vuelve a acercarme los labios a la oreja.

—Vienen hacia aquí.

Escudriña la penumbra de la pared del otro lado del barranco, mucho más escarpada que aquella por la que hemos bajado, pero en esa parte está el bosque, o lo que queda de él: tocones destrozados, marañas de ramas y enredaderas rotas. Buen sitio para ocultarse. O, al menos, mejor que estar completamente expuestos en una hondonada en la que los malos pueden pescarnos como peces en un barril. Se muerde el labio, sopesando las posibilidades. ¿Tenemos tiempo de trepar por el otro lado antes de que nos vean?

—Quédate agachada.

Se quita el fusil del hombro, asienta las botas en la inestable superficie y apoya los codos en la tierra de arriba. Estoy justo debajo de él, con el M16 en los brazos. Sí, me ha dicho que me quedara agachada, lo sé, pero no pienso hacerme un ovillo y esperar a que acabe todo. Eso ya lo he hecho antes y no pienso volver a hacerlo.

Evan dispara, y eso aniquila la tranquilidad del crepúsculo. El retroceso del fusil lo desequilibra, el pie le resbala y cae al suelo. Por suerte, hay una imbécil justo debajo de él para frenar la caída. Por suerte para él, no para la imbécil.

Se aparta para liberarme de su peso, me pone en pie de un tirón y me empuja hacia el lado contrario. Sin embargo, cuesta moverse deprisa cuando no puedes respirar.

Una bengala cae en el barranco y desgarra la oscuridad con un resplandor rojo infernal. Evan me mete las manos bajo los hombros y me sube. Me aferro al borde con las puntas de los dedos e intento encontrar apoyo en la pared con los pies, moviéndolos como si fuese una ciclista demente. Entonces, Evan me pone las manos en el culo para darme un último empujón, y aterrizo en el otro lado.

Me vuelvo para ayudarlo a salir, pero él me grita que corra (ya no tiene sentido guardar silencio) justo cuando un pequeño objeto con forma de piña cae en el barranco, detrás de él.

—¡Una granada! —grito dándole a Evan todo un segundo para ponerse a cubierto.

No basta.

El estallido lo derriba y, en ese momento, una figura de uniforme aparece al otro lado del barranco. Abro fuego con mi M16 mientras grito incoherencias a pleno pulmón. La figura trastabilla hacia atrás, pero sigo disparando. Creo que no se esperaba que Cassie Sullivan respondiera así a su invitación a la juerga postapocalíptica alienígena.

Vacío el cargador y meto otro nuevo. Cuento hasta diez, me obligo a bajar la vista, segura de lo que voy a ver cuando lo haga: el cadáver de Evan al fondo del barranco, hecho jirones, y todo porque yo era la única cosa por la que creía que merecía la pena morir. Por mí, por la chica que le permitió besarla, pero que nunca se decidió a besarlo ella primero. Por la chica que, en lugar de darle las gracias por haberle salvado la vida, se lo pagó con sarcasmo y acusaciones. Sé lo que veré cuando baje la mirada, pero no es eso lo que veo.

Evan no está.

La vocecita de mi cabeza, esa cuyo trabajo consiste en mantenerme viva, me grita: «¡Corre!».

Así que corro.

Salto por encima de árboles caídos y arbustos resecos por el frío, y llega a mis oídos el familiar ruido de los disparos de armas automáticas.

Granadas, bengalas, armas de asalto. No nos persiguen unos cabras: estos son profesionales.

Al salir del maligno resplandor de la bengala, me topo con un muro de oscuridad y me estrello contra un árbol. El impacto me tumba. No sé cuánto me he alejado, pero debo de haber recorrido una buena distancia, porque no veo el barranco y lo único que oigo es el latido de mi corazón.

Corro a gatas hasta un pino caído y me acurruco detrás de él mientras espero a recuperar el aliento que dejé en el barranco. Mientras espero a que otra bengala ilumine el bosque que tengo delante. Mientras espero a que los Silenciadores vengan a por mí, abriéndose paso entre la maleza.

Oigo un fusil a lo lejos, seguido de un grito agudo.

Después, una lluvia de tiros de automáticas y otra granada. Después, silencio.

«Bueno, no me disparan a mí, así que debe de ser Evan», pienso. Eso me hace sentir mejor y mucho peor, todo a la vez, porque él sigue allí, solo ante los profesionales, y ¿dónde estoy yo? Escondida detrás de un árbol, como si fuera una niña.

Pero ¿qué sería de Sams? Puedo correr de vuelta a una pelea que, seguramente, perderé, o quedarme donde estoy y vivir lo suficiente para mantener mi promesa.

El mundo se ha reducido a nuestras elecciones: una cosa o la otra.

Otro disparo de fusil. Otro grito afeminado.

Más silencio.

Está derribándolos uno a uno. Un granjero sin experiencia en combate contra un pelotón de soldados profesionales. Que lo superan en número y en armas. Acaba con ellos con la misma eficiencia brutal que el Silenciador de la interestatal, el cazador del bosque que me persiguió hasta que tuve que ocultarme bajo un coche y desapareció misteriosamente.

¡Pum!

Grito.

Silencio.

No me muevo. Espero detrás de mi tronco, aterrada. En los últimos diez minutos nos hemos hecho tan amigos que estoy por bautizarlo: Howard, mi tronco mascota.

«¿Sabes que cuando te vi por primera vez en el bosque creía que el oso era tuyo?».

Crujidos y chasquidos de hojas muertas y ramitas. Una sombra negra en la oscuridad del bosque. Un Silenciador que me llama en voz baja. Mi Silenciador.

—¿Cassie? Cassie, ya estás a salvo.

Me levanto y apunto con mi fusil al rostro de Evan Walker.

68

Se detiene rápidamente, aunque poco a poco va apareciendo en su rostro una expresión de desconcierto.

—Cassie, soy yo.

—Sé que eres tú. Lo que no sé es quién eres.

—Baja el arma, Cassie —dice con la voz tensa, apretando la mandíbula.

¿Tensa de rabia? ¿De frustración? No lo sé.

—¿Quién eres, Evan? Si es que te llamas así.

Él sonríe débilmente. Y entonces cae de rodillas, se balancea, se desploma de bruces y se queda quieto.

Espero, sin dejar de apuntarle a la nuca. No se mueve. Salto por encima de Howard y le doy con la punta del zapato. Sigue sin moverse. Me arrodillo a su lado, con la culata del fusil apoyada en el muslo, y le pongo los dedos en el cuello para ver si tiene pulso. Está vivo. Tiene los pantalones hechos jirones de los muslos para abajo. Mojados. Me huelo los dedos: sangre.

Dejo el M16 apoyado en el árbol caído y hago rodar a Evan para ponerlo boca arriba. Le tiemblan los párpados. Levanta una mano y me toca la mejilla con la palma ensangrentada.

—Cassie —susurra—. Cassie de Casiopea.

—Déjalo ya —le digo. Veo que tiene el fusil al lado, así que le doy una patada para ponerlo fuera de su alcance—. ¿Es grave la herida?

—Creo que bastante.

—¿Cuántos había?

—Cuatro.

—No tenían ninguna posibilidad, ¿verdad?

Largo suspiro. Levanta la mirada y me mira a los ojos. No necesito que hable, veo la respuesta en los suyos.

—No muchas, no.

—Porque no tienes estómago para matar, pero sí para hacer lo que tengas que hacer —le digo, y contengo el aliento.

Debe de saber adónde quiero llegar.

Vacila y asiente con la cabeza. Percibo el dolor que reflejan sus ojos, así que aparto la vista para que no vea el que reflejan los míos. «Pero has empezado tú, Cassie, ya no hay vuelta atrás».

—Y se te da muy bien hacer lo que tengas que hacer, ¿verdad?

«Bueno, esa es la pregunta, ¿no? Y también va por ti, Cassie: ¿tienes estómago para hacerlo?».

Me salvó la vida. ¿Cómo puede ser también el que intentó quitármela? No tiene sentido.

¿Tengo estómago para dejar que se desangre ahora que sé que me mintió, que no es el amable Evan Walker, el cazador reacio, el hijo, hermano y novio apenado, sino algo que quizá ni sea humano? ¿Tengo lo que hace falta para cumplir la primera regla hasta su conclusión final, brutal y despiadada, y meterle una bala en su preciosa frente?

«Mierda, ¿a quién pretendes engañar?».

Empiezo a desabrocharle la camisa.

—Tengo que quitarte esta ropa —murmuro.

—No sabes cuánto tiempo llevo esperando a que lo digas —dice, y sonríe, media sonrisa, sexy.

—De esta no vas a librarte con tu encanto. ¿Puedes incorporarte un poco? Un poco más. Así, toma esto.

Un par de analgésicos del kit de primeros auxilios. Se los toma con dos largos tragos de agua de la botella que le paso.

Le quito la camisa. No aparta los ojos de mi cara, pero evito mirarlo. Mientras tiro de sus botas, él se desabrocha el cinturón y se baja la cremallera. Levanta el trasero, pero no consigo sacarle los pantalones: la sangre viscosa se los ha pegado al cuerpo.

—Arráncamelos —dice, y se pone boca abajo.

Lo intento, pero cuando tiro la tela se me resbala entre los dedos.

—Toma, usa esto —me sugiere, y me ofrece un cuchillo ensangrentado.

No le pregunto de dónde ha salido la sangre.

Rasgo de agujero en agujero muy despacio, con miedo a cortarle. Después le quito las dos perneras, como si pelase un plátano. Eso es, sí, la metáfora perfecta: pelar un plátano. Tengo que saber la verdad, y no se puede llegar hasta el sabroso fruto sin quitarle antes la capa exterior.

Hablando de fruta apetecible, ya he llegado a su ropa interior.

Con sus calzoncillos delante, le pregunto:

—¿Tengo que mirarte el culo?

—Siempre he querido conocer tu opinión.

—Ya basta de chistes tontos.

Corto la tela a la altura de las caderas y le quito la ropa interior. Su culo está mal. Me refiero a que lo tiene salpicado de heridas de metralla. Por lo demás, está bastante bien.

Le seco la sangre con una gasa del kit intentando reprimir la risa histérica. Culpo a la insoportable tensión, no al hecho de estar limpiándole el culo a Evan Walker.

—Dios, estás hecho una pena.

—De momento intenta parar la hemorragia —me dice entre jadeos.

Le tapo las heridas de este lado lo mejor que sé.

—¿Puedes darte la vuelta? —le pregunto.

—Casi preferiría no hacerlo.

—Tengo que verte por delante.

«Ay, Dios, ¿por delante?».

—Por delante estoy bien. De verdad.

Me siento, agotada. Supongo que aceptaré su palabra.

—Cuéntame qué ha pasado.

—Después de sacarte del barranco, he echado a correr. He encontrado un lugar del barranco a menos altura y he trepado para salir. Los he rodeado. Seguramente has oído el resto.

—He oído tres disparos. Has dicho que había cuatro tíos.

—Cuchillo.

—¿Este cuchillo?

—Ese cuchillo. La sangre que tengo en las manos es suya, no mía.

—Vaya, gracias —digo mientras me restriego la mejilla que me ha tocado. Decido sacar a la luz la explicación más terrible de lo que ha sucedido—. Eres un Silenciador, ¿verdad?

Silencio. Qué irónico.

—¿O eres humano? —susurro.

«Di que eres humano, Evan. Y, cuando lo digas, dilo a la perfección para que no quepa duda. Por favor, Evan, necesito que me despejes esta duda. Sé que dijiste que no podías obligarte a confiar en nadie... Pues oblígame a confiar en ti, joder. Haz que confíe en ti. Di que eres humano».

—Cassie...

—¿Eres humano?

—Claro que soy humano.

Respiro hondo. Lo ha dicho, pero no a la perfección. No le veo la cara: la tiene metida debajo del codo. A lo mejor si le viera la cara sería perfecto y podría olvidarme de esta idea horrible. Recojo algunas toallitas estériles y empiezo a limpiarme su sangre (o la de quien sea) de las manos.

—Si eres humano, ¿por qué me has estado mintiendo?

—No te he mentido del todo.

—Solo sobre las partes importantes.

—Sobre esas partes no he mentido.

—¿Mataste a esas tres personas de la interestatal?

—Sí.

Doy un respingo. No esperaba que respondiese que sí, esperaba que dijese algo como: «¿Estás de coña? No seas tan paranoica». Sin embargo, obtengo una sencilla respuesta en voz baja, como si le hubiera preguntado si alguna vez ha nadado desnudo.

La siguiente pregunta es aún más difícil.

—¿Fuiste tú el que me disparó en la pierna?

—Sí.

Me estremezco y suelto la gasa ensangrentada entre mis piernas.

—¿Por qué me disparaste en la pierna, Evan?

—Porque no era capaz de dispararte en la cabeza.

«Bueno, ahí lo tienes».

Saco la Luger y me la pongo en el regazo. Su cabeza está a treinta centímetros de mi rodilla. Lo que me desconcierta es que la persona que tiene la pistola tiemble como una hoja, mientras que la que está a su merced ni se inmuta.

—Me voy —le digo—. Te dejaré aquí, desangrándote, igual que tú me dejaste a mí debajo de aquel coche.

Espero a que diga algo.

—No te has ido —comenta.

—Espero a oír lo que tengas que decir.

—Es complicado.

—No, Evan, las mentiras son complicadas. La verdad es simple. ¿Por qué estabas disparando a gente en la autopista?

—Porque tenía miedo.

—¿Miedo de qué?

—Miedo de que no fueran personas.

Suspiro y saco una botella de agua de mi mochila, apoyo la espalda en el árbol caído y le doy un buen trago.

—Disparaste a esa gente de la autopista... y a mí, y a Dios sabe quién más; sé que no salías a cazar animales por la noche, porque ya sabías lo de la cuarta ola. Yo soy tu soldado del crucifijo.

—Si quieres decirlo así... —responde, asintiendo sin sacar la cabeza del codo.

—Si me querías muerta, ¿por qué me sacaste de la nieve en vez de dejarme morir congelada?

—No te quería muerta.

—Después de haberme disparado en la pierna y abandonarme para que me desangrara debajo de un coche.

—No, estabas en pie cuando hui.

—¿Huiste? ¿Por qué huiste? —Me cuesta imaginármelo.

—Tenía miedo.

—Disparaste a esa gente porque tenías miedo. Me disparaste a mí porque tenías miedo. Huiste porque tenías miedo.

—Puede que tenga algunos problemas en ese terreno.

—Entonces, me encuentras y me llevas a tu granja, cuidas de mí hasta que me curo, me preparas una hamburguesa, me lavas el pelo, me enseñas a disparar y te enrollas conmigo para conseguir... ¿El qué?

Evan vuelve la cabeza para mirarme con un ojo.

—Cassie, me parece que estás siendo un poco injusta.

—¿Que yo soy injusta? —pregunto, boquiabierta.

—Interrogándome cuando acaban de llenarme de metralla.

—Eso no es culpa mía —le suelto—. Te lo has buscado tú —añado, y un escalofrío de miedo me recorre la espalda—. ¿Por qué has venido, Evan? ¿Es esto una especie de trampa? ¿Me usas para algo?

—Rescatar a Sammy fue idea tuya: yo intenté quitártela de la cabeza. Incluso me ofrecí a ir en tu lugar.

No deja de tiritar. No lleva ropa y estamos a cuatro grados. Le echo la chaqueta sobre la espalda y le cubro el resto del cuerpo lo mejor que puedo con su camisa vaquera.

—Lo siento, Cassie.

—¿Qué parte?

—Todas las partes.

Habla arrastrando las palabras: los analgésicos empiezan a hacer efecto.

Ahora sujeto la pistola con ambas manos. Tiemblo tanto como él, pero no de frío.

—Evan, maté a ese soldado porque no tenía elección. Yo no voy por ahí todos los días buscando a alguien a quien matar. No me oculté en el bosque al lado de la carretera para derribar a cualquiera que apareciese solo porque podría ser uno de ellos —digo, y asiento con la cabeza para mí. En realidad, es muy sencillo—. ¡No puedes ser quien dices ser porque quien dices ser no podría haber hecho lo que has hecho tú!

Ya no me importa nada más que la verdad. Y no ser una idiota. Y no sentir nada por él. De lo contrario, me resultará mucho más difícil hacer lo que debo hacer, puede que incluso se convierta en una tarea imposible, y si quiero salvar a mi hermano, nada puede ser imposible.

—¿Ahora qué? —pregunto.

—Por la mañana tendremos que sacar la metralla.

—Me refiero a después de esta ola. ¿O eres tú la última ola, Evan?

Me mira con ese ojo descubierto, y agita la cabeza a un lado y al otro.

—No sé cómo convencerte...

Le pongo el cañón de la pistola contra la sien, justo al lado del gran ojo de chocolate que me sigue mirando, y gruño:

—Primera ola: se apagan las luces. Segunda ola: sube el oleaje. Tercera ola: la peste. Cuarta ola: Silenciador. ¿Qué toca ahora, Evan? ¿Cuál es la quinta ola?

No responde, se ha desmayado.

69

Al alba sigue inconsciente, así que cojo mi fusil y salgo del bosque para evaluar su trabajo. Seguramente no es muy inteligente por mi parte: ¿y si nuestros invasores nocturnos pidieron refuerzos? Sería como un tiro al plato. No tengo mala puntería, pero no soy Evan Walker.

Bueno, ni siquiera Evan Walker es Evan Walker.

No sé qué es. Dice que es humano, y lo parece: habla como un humano, sangra como un humano y, vale, besa como un humano.

Y aunque llevara otro nombre, una rosa desprendería el mismo aroma, bla, bla, bla. Además, dice las cosas correctas, como que la razón por la que disparaba contra la gente era la misma razón por la que yo disparé al soldado del crucifijo.

El problema es que no me lo trago, y ahora no consigo decidir si es mejor un Evan muerto o un Evan vivo. El Evan muerto no puede ayudarme a cumplir mi promesa. El vivo, sí.

¿Por qué me disparó y después me salvó? ¿Qué quería decir cuando me aseguró que yo lo había salvado a él?

Es muy raro. Cuando me abrazaba, me sentía segura. Cuando me besaba, me perdía en él. Es como si hubiera dos Evan: el Evan que conozco y el Evan que no. Evan, el granjero de manos suaves que me acaricia hasta que ronroneo como un gato. Evan, el farsante que, en realidad, es el asesino despiadado que me disparó.

Voy a suponer que es humano, al menos biológicamente. A lo mejor es un clon creado a bordo de la nave nodriza a partir de ADN recolectado. O puede que sea algo menos peliculero y más despreciable, como que hayan secuestrado a uno de sus seres queridos (¿Lauren? En realidad, no llegué a ver su tumba) y le hayan ofrecido un trato: «Mata a veinte humanos y te la devolvemos».

¿La última posibilidad? Que sea lo que dice ser. Un chico solo, asustado, que mata antes de que puedan matarlo; un convencido creyente en la primera regla, hasta que la rompe al dejarme escapar y traerme de vuelta.

Eso explica lo sucedido tan bien como las dos primeras opciones. Todo encaja. Podría ser la verdad. Salvo por un pequeño problema.

Los soldados.

Por eso no lo abandono en el bosque, porque quiero ver por mí misma lo que les hizo.

Como el Campo Pozo de Ceniza es ahora tan uniforme como una salina, no me cuesta encontrar a las víctimas de Evan. Una junto al borde del barranco. Dos más a unos cuantos metros. Los tres, disparos a la cabeza. A oscuras. Mientras ellos le disparaban. El último está tirado cerca de donde se levantaban los barracones, puede que en el mismo sitio donde Vosch asesinó a mi padre.

Ninguno de los cadáveres tiene más de catorce años, y todos llevan unos extraños parches plateados en el ojo. ¿Una especie de tecnología de visión nocturna? De ser así, el logro de Evan es aún más impresionante, aunque de un modo enfermizo.

Evan está despierto cuando regreso, se ha sentado y apoya la espalda en el árbol caído. Está pálido, no deja de tiritar, y tiene los ojos hundidos.

—Eran niños —le digo—. No eran más que niños.

Me abro paso a patadas por la maleza muerta que hay detrás de él y vacío el contenido de mi estómago.

Después me siento mejor.

Regreso a su lado. He decidido no matarlo, todavía. Sigue valiendo más vivo. Si es un Silenciador, quizá sepa qué le ha pasado a mi hermano. Así que recojo el botiquín de primeros auxilios y me arrodillo entre sus piernas extendidas.

—Vale, ha llegado el momento de operar.

Encuentro un paquete de toallitas estériles en el kit. Él guarda silencio mientras limpio la sangre de su víctima del cuchillo.

Trago saliva con dificultad y noto el sabor a vómito.

—No lo he hecho nunca —digo.

No hacía falta decirlo, es bastante obvio. Pero tengo la sensación de que hablo con un desconocido.

Él asiente con la cabeza y se tumba boca abajo. Le quito la camisa y dejo al aire la mitad inferior de su cuerpo.

Nunca había visto a un chico desnudo. Y aquí estoy ahora, arrodillada entre sus piernas, aunque el desnudo no es integral: solo tiene al descubierto la parte de atrás. Qué raro, nunca pensé que mi primera vez con un chico desnudo sería así. Bueno, supongo que no es tan raro.

—¿Quieres otro analgésico? —pregunto—. Hace frío y me tiemblan las manos...

—Sin pastillas —gruñe con la cara metida en el hueco del brazo.

Empiezo despacio.

Meto la punta del cuchillo en las heridas con mucha precaución, pero enseguida me doy cuenta de que no es la mejor forma de sacar metal de la carne humana (o puede que inhumana): solo sirve para prolongar un dolor atroz.

El culo es lo que me lleva más tiempo, no porque me recree, sino porque está cargado de metralla. No se mueve, apenas se inmuta. A veces dice: «Ay». Otras veces suspira.

Le quito la chaqueta de la espalda. Ahí no tiene muchas heridas; están sobre todo concentradas en la parte baja. Con los dedos entumecidos y las muñecas doloridas, me obligo a ir deprisa. Deprisa, pero con cuidado.

—Aguanta —murmuro—, ya casi estoy.

—Y yo.

—No tenemos suficientes vendas.

—Venda lo que esté peor.

—¿Infección...?

—Hay algunas pastillas de penicilina en el kit.

Se vuelve a poner boca arriba mientras busco las pastillas. Se toma dos con un trago de agua, y yo me siento, sudorosa, aunque estamos casi bajo cero.

—¿Por qué niños? —pregunto.

—No sabía que eran niños.

—Puede que no, pero estaban bien armados y sabían lo que se hacían. Y tú también; ese fue su problema. Debió de olvidársete comentar lo de tu entrenamiento con las fuerzas especiales.

—Cassie, si no podemos confiar el uno en el otro...

—Evan, no podemos confiar el uno en el otro —digo, y me dan ganas de romperle la cabeza y de llorar a la vez. He llegado a un punto en que estoy cansada de estar cansada—. Ese es el problema.

El sol se ha liberado de las nubes y nos expone a un brillante cielo azul.

—¿Niños clonados alienígenas? —aventuro—. ¿Estados Unidos aprovechando a los últimos reclutas que quedan? En serio, ¿por qué hay niños corriendo por ahí con armas automáticas y granadas?

Sacude la cabeza y bebe más agua. Hace una mueca.

—A lo mejor me tomo otro de esos analgésicos.

—Vosch solo quiso llevarse a los niños. ¿Los roban para convertirlos en un ejército?

—A lo mejor Vosch no es uno de ellos. Tal vez fue el ejército el que se llevó a los niños.

—Entonces ¿por qué mató a todos los demás? ¿Por qué le metió una bala en la cabeza a mi padre? Y, si no es uno de ellos, ¿de dónde sacó el Ojo? Algo va mal, Evan, y tú sabes lo que es. Los dos lo sabemos. ¿Por qué no me lo cuentas y punto? ¿Confías en mí lo suficiente como para entregarme una pistola y dejar que te saque metralla del culo, pero no como para contarme la verdad?

Se me queda mirando un buen rato, hasta que dice:

—Ojalá no te hubieras cortado el pelo.

En otras circunstancias habría perdido los nervios, pero tengo demasiado frío, siento demasiadas náuseas y estoy demasiado harta.

—Te juro por Dios, Evan Walker, que si no te necesitara, te mataría ahora mismo —le digo fríamente.

—Pues me alegro de que me necesites.

—Y si descubro que me mientes sobre la parte más importante, te mataré.

—¿Cuál es la parte más importante?

—Lo de ser humano.

—Soy tan humano como tú, Cassie.

Me coge una mano con la suya. Las de ambos están manchadas de sangre, la mía con la suya, la suya con la de un niño no mucho mayor que mi hermano. ¿Cuántas personas habrá matado esta mano?

—¿Es eso lo que somos? —pregunto.

Ahora sí que estoy a punto de perder los nervios de verdad. No puedo confiar en él, pero tengo que confiar en él. No puedo creerlo, pero tengo que creerlo. ¿Es este el objetivo final de los Otros, la ola que acabará con todas las olas? ¿Arrancarnos a tiras la humanidad hasta dejarnos reducidos a nuestros huesos de animales, hasta que no seamos más que depredadores sin alma que les hacen el trabajo sucio, tan solitarios como los tiburones y con la misma compasión que los escualos?

Evan capta mi cara de animal acorralado.

—¿Qué pasa?

—No quiero ser un tiburón —susurro.

Se me queda mirando durante tanto rato que me hace sentir incómoda. Podría haber dicho: «¿Tiburón? ¿Quién? ¿Qué? ¿Cómo? ¿Quién ha dicho que seas un tiburón?». En vez de eso, empieza a asentir con la cabeza, como si lo comprendiera perfectamente.

—No lo eres —responde.

Ha dicho que no lo soy, no que no lo somos. Ahora soy yo la que me quedo mirándolo un buen rato.

—Si la Tierra estuviera muriendo y tuviéramos que abandonarla —digo, muy despacio—, y encontráramos un planeta que alguien hubiera ocupado antes que nosotros, alguien con quien, por algún motivo, no fuéramos compatibles...

—Haríais lo que fuera necesario.

—Como tiburones.

—Como tiburones.

Supongo que intentaba decírmelo con delicadeza. Supongo que para él era importante que no me estrellara de golpe, que el impacto no fuese demasiado fuerte. Creo que quería que yo lo entendiera sin que él tuviera que explicarlo.

Aparto su mano de un manotazo: estoy furiosa por haber permitido que me toque. Furiosa por quedarme con él cuando sabía que había algo que no me contaba. Furiosa con mi padre por dejar que Sammy se subiera a aquel autobús. Furiosa con Vosch. Furiosa con el ojo verde que flota en el horizonte. Furiosa por haber roto la primera regla por el primer chico guapo que se cruza en mi camino, y ¿por qué? ¿Por qué? ¿Porque tenía manos grandes y amables, y le olía el aliento a chocolate?

Le golpeo una y otra vez en el pecho hasta que se me olvida por qué le pego, hasta que vacío toda mi furia y me quedo tan solo con el agujero negro en el que antes estaba Cassie.

Evan me sujeta los puños.

—¡Para, Cassie! ¡Cálmate! No soy tu enemigo.

—Entonces ¿de quién eres enemigo? ¿Eh? Porque eres el enemigo de alguien. No salías a cazar todas las noches... Al menos, no salías a cazar animales. Y no aprendiste tus movimientos de ninja asesino en la granja de tu padre. No dejas de repetir lo que no eres, cuando lo que yo quiero saber es qué eres. ¿Qué eres, Evan Walker?

Me suelta los puños y me sorprende poniéndome una mano en la cara, pasándome su suave pulgar por la mejilla, por encima del puente de la nariz, como si me tocara por última vez.

—Soy un tiburón, Cassie —dice, despacio, arrancándose las palabras de la boca, como si me hablara por última vez, mirándome con los ojos llenos de lágrimas, como si me viera por última vez—. Un tiburón que soñó que era un hombre.

Caigo a la velocidad de la luz por el agujero negro que se abrió con la Llegada y que lo devoró todo a su paso. El agujero al que miró mi padre cuando murió mi madre, el agujero que yo creía que estaba fuera, alejado de mí, pero que en realidad estuvo siempre en mi interior, desde el principio, creciendo, tragándose cada vestigio de esperanza, confianza y amor que me quedaba, abriéndose paso a bocados por la galaxia de mi alma mientras yo me aferraba a una elección, a una elección que ahora me mira como si fuera la primera vez.

Así que hago lo que la mayoría de las personas razonables haría en mi situación.

Corro.

Salgo corriendo por el bosque, con el cortante aire invernal de frente, ramas desnudas, cielo azul, hojas marchitas, hasta que abandono los árboles y llego a campo abierto, y el suelo helado cruje bajo mis pies, cubierta por la cúpula indiferente del cielo, la brillante cortina azul corrida sobre mil millones de estrellas que siguen aquí, que siguen mirándola, mirando a la chica que corre, la chica de pelo corto revuelto y lágrimas en las mejillas, la que no huye de nada, la que no corre en busca de nada, simplemente corre, corre como alma que lleva el diablo porque es lo más lógico cuando te das cuenta de que la única persona de la Tierra en la que has decidido confiar no es de la Tierra. Da igual que te haya salvado más veces de las que recuerdas o que, de haberlo querido, haya podido matarte en montones de ocasiones, o que tenga algo especial, tristeza, tormento y una soledad terrible, como si la última persona de la Tierra fuera él, no la chica que temblaba dentro del saco de dormir, abrazada a un osito de peluche en un mundo silencioso.

«Cállate, cállate, cállate de una vez».

Cuando vuelvo, ya no está. Y sí, he vuelto. ¿Adónde iba a ir sin mi arma y, sobre todo, sin el maldito oso, mi única razón para vivir? No me daba miedo volver, Evan ya había tenido un millón de oportunidades para matarme, ¿qué más daba darle otra?

Ahí están su fusil, su mochila, el botiquín y los vaqueros destrozados, al lado de Howard, el tronco. Como no se había llevado otro par de pantalones, supongo que anda retozando por el bosque helado vestido solo con las botas, como una chica de calendario. No, espera, no están ni la camisa ni la chaqueta.

—Vamos, Oso —gruño mientras recojo la mochila—. Ha llegado el momento de devolverte a tu dueño.

Cojo el fusil, compruebo el cargador y hago lo mismo con la Luger. Me pongo unos guantes de punto negros porque se me han quedado los dedos entumecidos, le cojo el mapa y la linterna de la mochila, y me dirijo al barranco. Me arriesgaré a viajar a pleno día para alejarme del hombre tiburón. No sé adónde ha ido, puede que a avisar a los teledirigidos, ahora que se ha quedado sin tapadera, pero me da igual. Es lo que he decidido en el camino de vuelta, después de correr hasta que no he podido más: da igual quién o qué sea Evan Walker. Me salvó de morir, me alimentó, me bañó y me protegió. Me ayudó a recuperar las fuerzas. Incluso me enseñó a matar. Con un enemigo así, ¿quién necesita amigos?

Al barranco. Diez grados menos en la sombra. Lo subo y llego al otro lado, al páramo del Campo Pozo de Ceniza. Avanzando por un suelo tan duro como el asfalto hasta que doy con el primer cadáver y pienso: «Si Evan es uno de ellos, ¿en qué equipo jugáis vosotros?». ¿Mataría Evan a uno de los suyos para proteger su tapadera? ¿O se vio obligado a matarlos porque creían que era humano? Pensar en eso me desespera: esta mierda no tiene fin. Cuanto más escarbas, más descubres.

Paso junto a otro cadáver sin apenas mirarlo, pero entonces me doy cuenta de lo que he visto y vuelvo. El niño soldado no lleva pantalones.

Da igual, sigo moviéndome. Ahora estoy en la carretera de tierra, en dirección norte. Corro un poco. «Muévete, Cassie, muévete». Olvídate de la comida, olvídate del agua, da igual, da igual. El cielo está despejado, enorme, un gigantesco ojo azul mirándome. Corro por el borde de la carretera, cerca del bosque que linda con la parte occidental. Si veo un teledirigido, me cubriré. Si veo a Evan, dispararé primero y preguntaré después. Bueno, no solo a Evan. A quien sea.

Lo único que importa es la primera regla. Lo único que importa es recuperar a Sammy. Lo olvidé durante un tiempo.

Silenciadores: ¿humanos, semihumanos, humanos clonados u hologramas humanos proyectados por los alienígenas? Da igual. El objetivo final de los Otros: ¿erradicación, internamiento o esclavitud? Da igual. Mis posibilidades de éxito: ¿uno por ciento, cero coma uno por ciento, o cero coma cero, cero, cero uno por ciento? Da igual.

«Sigue la carretera, sigue la carretera, sigue la polvorienta carretera de tierra...».

A unos tres kilómetros, la carretera vira al oeste y conecta con la Autopista 35. Otros cuantos kilómetros por la Autopista 35 hasta la intersección con la 675. Puedo cubrirme en el paso elevado y esperar a los autobuses. Si es que todavía pasan autobuses por la Autopista 35. Si es que todavía pasan autobuses, en general.

Al final de la carretera de tierra, me detengo lo justo para examinar el terreno que dejo atrás. Nada, no viene, me deja marchar.

Avanzo unos metros entre los árboles para recuperar el aliento y, en cuanto me dejo caer en el suelo, todo aquello de lo que huía me alcanza antes de que lo haga mi aliento.

«Soy un tiburón que soñó que era un hombre...».

Alguien grita... Oigo el eco de los gritos a través de los árboles. El sonido se alarga. Que atraiga a una horda de Silenciadores, me da igual. Me aprieto la cabeza y me balanceo adelante y atrás; tengo la extraña sensación de flotar por encima de mi cuerpo y, de repente, salgo disparada hacia el cielo a mil kilómetros por hora y me veo convertida en un punto diminuto antes de que la inmensidad de la Tierra me trague. Es como si me hubiese soltado del planeta, como si ya no quedara nada que me sujetase a él y el vacío me absorbiera. Como si hubiese estado unida a la Tierra por un cordón de plata, y el cordón se hubiese partido.

Creía saber lo que era la soledad antes de que Evan me encontrara, pero no tenía ni idea. No sabes lo que es la soledad de verdad hasta que vives la situación contraria.

—Cassie.

Dos segundos: de pie. Otros dos segundos y medio: apunto hacia la voz con el M16. Una sombra sale a toda velocidad de los árboles de mi izquierda, y yo disparo a lo loco una lluvia de balas que dan en troncos de árboles, ramas y aire vacío.

—Cassie.

Frente a mí, a las dos en punto. Vacío el cargador. Sé que no le he dado. Sé que no tengo ninguna posibilidad de hacerlo. Es un Silenciador. Pero, si sigo disparando, a lo mejor retrocede.

—Cassie.

Justo detrás de mí. Respiro hondo, recargo y me vuelvo despacio antes de llenar de plomo más árboles inocentes.

«¿Es que no lo entiendes, idiota? Lo hace para dejarte sin munición».

Así que espero, abro las piernas, cuadro los hombros, dejo el arma en alto, miro a izquierda y a derecha, y oigo su voz en mi cabeza, dándome instrucciones en la granja: «Tienes que sentir el objetivo, como si estuviese conectado a ti. Como si estuvieses conectada a él...».

Sucede en el espacio de tiempo entre un segundo y el siguiente. Deja caer el brazo sobre mi pecho, me arranca el fusil de las manos y me quita la Luger. En otro medio segundo me tiene atrapada en un abrazo de oso y me aplasta contra su pecho, levantándome unos cinco centímetros en el aire mientras yo doy patadas con los talones, muevo la cabeza adelante y atrás, e intento morderle el antebrazo.

Y, durante todo ese tiempo, sus labios me hacen cosquillas en la delicada piel de la oreja.

—Cassie, no lo hagas, Cassie...

—Deja... que... me vaya.

—Ese es el problema: no puedo.

71

Evan me deja patalear y forcejear hasta que me canso. Después me suelta junto a un árbol y retrocede unos pasos.

—Ya sabes lo que pasa si huyes —me advierte.

Está rojo y le cuesta recuperar el aliento. Cuando se vuelve para recuperar mis armas, sus movimientos son rígidos y robóticos. Atraparme (después de recibir el impacto de la granada en mi lugar) ha tenido su precio. Lleva la chaqueta abierta y la camisa vaquera al aire, y los pantalones que le ha quitado al niño muerto son dos tallas más pequeñas de la cuenta y le aprietan donde no deben. Es como si llevara pantalones pirata.

—Me dispararás en la nuca —respondo.

Se mete mi Luger en el cinturón y se echa el M16 al hombro.

—Eso podría haberlo hecho hace tiempo.

Supongo que habla de la primera vez que nos encontramos.

—Eres un Silenciador —digo.

Tengo que emplear toda mi fuerza de voluntad para no levantarme de un salto y volver a salir corriendo entre los árboles. Por supuesto, huir de él no tiene sentido. Luchar contra él, tampoco. Así que tengo que ser más lista. Es como estar de vuelta bajo aquel coche: no puedo esconderme de él, no puedo huir de él. Se sienta a unos metros de mí y se apoya el fusil en los muslos. Está temblando.

—Si tu trabajo consiste en matarnos, ¿por qué no me mataste? —pregunto.

Él responde sin vacilar, como si hubiera decidido lo que responder mucho antes de oír la pregunta.

—Porque te quiero.

Echo la cabeza atrás y la apoyo en la basta corteza del árbol. Los bordes de las ramas desnudas de la copa resaltan sobre el reluciente cielo azul.

—Vaya, esto es una trágica historia de amor, ¿no? Invasor aliení-gena se enamora de chica humana. El cazador y su presa.

—Soy humano.

—«Soy humano, pero...». Termina ya la frase, Evan.

«Porque yo ya he terminado, Evan. Eras el último, mi único ami-go en el mundo, y ahora ya no te tengo. Sí, estás aquí, seas lo que seas, pero Evan, mi Evan, ya no está».

—Sin peros, Cassie, solo hay un añadido. Soy humano y no lo soy. No soy ninguna de las dos cosas y soy ambas. Soy Otro y soy tú.

—¿Quieres que vomite? —pregunto mientras lo miro a los ojos. Los tiene hundidos y entre las sombras parecen muy oscuros.

—¿Cómo iba a contarte la verdad, cuando la verdad te habría empujado a marcharte, y si te marchabas, morirías?

—No me sermonees sobre la muerte, Evan —le digo, agitando un dedo frente a su rostro—. Vi morir a mi madre. Vi cómo uno de los tuyos mataba a mi padre. He visto más muerte en seis meses que cualquier otro ser humano de la historia.

Entonces me aparta la mano y me responde entre dientes:

—Y si hubieses podido hacer algo para proteger a tu padre, para salvar a tu madre, ¿no lo habrías hecho? Si supieras que una mentira salvaría a Sammy, ¿no mentirías?

Claro que lo haría, incluso fingiría confiar en el enemigo para sal-var a Sammy. Todavía intento hacerme a la idea de ese «porque te quiero», intento encontrar otra razón para explicar que haya traicio-nado a su especie.

Da igual, da igual. Lo único que importa es una cosa. El día en que Sammy subió a ese autobús, una puerta se cerró tras él, una puerta con mil candados, y me doy cuenta de que tengo frente a mí al tío que guarda las llaves.

—Tú sabes lo que es Wright-Patterson, ¿verdad? —pregunto—. Sabes muy bien lo que le pasó a Sam.

No responde, ni siquiera asiente con la cabeza, pero tampoco la sacude. ¿En qué piensa? ¿Que una cosa es perdonarle la vida a una mísera humana al azar, y otra muy distinta confesar el plan maestro? ¿Acaso he puesto a Evan Walker debajo del Buick, en una de esas situaciones en las que no puedes huir ni esconderte, en las que tu única opción es dar la cara?

—¿Está vivo? —pregunto, y me echo hacia delante; la basta corteza del árbol se me está clavando en la columna.

—Seguramente —responde tras vacilar medio segundo.

—¿Por qué se lo...? ¿Por qué os lo llevasteis allí?

—Para prepararlo.

—¿Para prepararlo para qué?

Esta vez espera un segundo completo antes de responder.

—Para la quinta ola.

Cierro los ojos. Por primera vez me resulta demasiado difícil contemplar su bello rostro. Dios, qué cansada estoy. Estoy tan cansada que podría dormir mil años. Si durmiera mil años, a lo mejor me despertaría, los Otros ya se habrían ido, y habría niños felices correteando por este bosque. «Soy Otro y soy tú». ¿Qué narices significa eso? Estoy demasiado cansada para seguir ese hilo de pensamiento.

Abro los ojos y me obligo a mirarlo.

—Tú puedes meternos dentro —le digo, pero sacude la cabeza—. ¿Por qué no? Eres uno de ellos, puedes contarles que me has capturado.

—Wright-Patterson no es un campo de prisioneros, Cassie.

—Entonces ¿qué es?

—¿Para ti? —pregunta, acercando su cara a la mía, calentándome con su aliento—. Una trampa mortal. No durarías ni cinco segundos. ¿Por qué crees que he intentado todo lo que se me ha ocurrido para evitar que fueras?

—¿Todo? ¿En serio? ¿Y contarme la verdad? ¿Qué tal algo como: «Oye, Cass, sobre ese rescate tuyo, resulta que soy alienígena, como los tíos que se llevaron a Sam, así que sé que lo que pretendes es un caso perdido»?

—¿Habría supuesto alguna diferencia?

—Esa no es la cuestión.

—No, la cuestión es que tu hermano está retenido en la base más importante que hemos..., quiero decir, que los Otros han establecido desde que empezó la purga...

—¿Desde que qué? ¿Cómo lo has llamado? ¿La purga?

—O la limpieza —responde, y aparta la mirada—. A veces lo llaman así.

—Ah, ¿eso es lo que hacéis? ¿Limpiar la porquería humana?

—Yo no uso esa palabra, y no fue decisión mía lo de purgar, limpiar o como quieras llamarlo —protesta—. Si eso te hace sentir mejor, siempre pensé que no debíamos...

—¡No quiero sentirme mejor! Lo único que necesito es el odio que siento en estos momentos, Evan. No necesito nada más.

«Vale —pienso—, eso ha sido sincero, pero no te pases. Es el tío que guarda las llaves: que siga hablando».

—¿Que siempre pensaste que no debíais qué? —añado.

Le da un buen trago a la cantimplora y me la ofrece. Yo sacudo la cabeza.

—Wright-Patterson no es una simple base: es la base —dice, midiendo con cautela sus palabras—. Y Vosch no es un simple comandante: es el comandante, el líder de todas las operaciones de campo y el artífice de las limpiezas... El que diseñó los ataques.

—Vosch asesinó a siete mil millones de personas.

Es curioso, el número me suena a hueco. Después de la Llegada, uno de los temas favoritos de mi padre era lo avanzados que debían de estar los Otros, lo alto que debían de haber subido en la escala evolutiva para alcanzar la etapa del viaje intergaláctico. ¿Y esta es su solución para el «problema» humano?

—Algunos no creían que la aniquilación fuese la respuesta —dice Evan—. Yo era uno de ellos, Cassie, pero mi bando perdió el debate.

—No, Evan, mi bando fue el que perdió.

Es más de lo que puedo soportar. Me levanto, esperando que él también lo haga, pero se queda donde está y me mira.

—Él no os ve como os vemos algunos de nosotros... Como os veo yo —dice—. Para él sois una enfermedad que matará a su anfitrión, a no ser que se os elimine.

—Soy una enfermedad. Eso soy para ti.

No puedo seguir mirándolo. Si miro a Evan Walker un segundo más, vomitaré.

Lo oigo hablar detrás de mí, en voz baja, tranquila, casi triste.

—Cassie, te enfrentas a algo que está mucho más allá de tus posibilidades. Wright-Patterson no es un campo de limpieza cualquiera. El complejo que hay bajo tierra es el centro que coordina todos los teledirigidos de este hemisferio. Son los ojos de Vosch, Cassie, así os ve. Entrar para rescatar a Sammy no es simplemente arriesgado: es un suicidio. Para ti y para mí.

—¿Para ti y para mí? —pregunto, mirándolo con el rabillo del ojo. No se ha movido.

—No puedo fingir que eres mi prisionera. Mi misión no es capturar prisioneros, sino matar. Si intento entrar contigo como prisionera, te matarán. Y después me matarán a mí por no haberte matado. Y no puedo meterte a escondidas. Hay teledirigidos patrullando la base, además de una valla electrificada de seis metros de altura, cámaras de infrarrojos, detectores de movimiento... Y cien personas como yo, y ya sabes lo que soy capaz de hacer.

—Pues entraré sin ti.

—Es la única forma —dice, asintiendo con la cabeza—, pero que algo sea posible no significa que no sea un suicidio. Todas las personas que recogen (salvo las que matan directamente) pasan por un programa de análisis que traza un mapa de toda su psique, recuerdos incluidos. Sabrán quién eres y por qué estás allí... Y después te matarán.

—Tiene que haber algún escenario que no acaba con mi asesinato —insisto.

—Lo hay. El escenario en el que buscamos un punto seguro para escondernos y esperamos a que sea Sammy el que venga a por nosotros.

Abro la boca y pienso: «¿Eh?». Y después lo digo:

—¿Eh?

—Puede que tarde un par de años. ¿Cuántos tiene? ¿Cinco? La edad mínima permitida son siete.

—¿La edad mínima permitida para qué?

—Ya lo has visto —responde, apartando la mirada.

El niño al que le cortó el cuello en el Campo Pozo de Ceniza, el que llevaba uniforme y cargaba con un fusil casi tan grande como él. Ahora sí que quiero beber algo. Me acerco a él, y él se queda muy quieto mientras me agacho para recoger la cantimplora. Después de cuatro largos tragos, sigo teniendo la boca seca.

—Sam es la quinta ola —digo, y las palabras saben mal, así que bebo otro trago.

—Si pasó el análisis, está vivo y lo habrán... —Deja la frase en el aire, en busca de la palabra correcta—. Procesado.

—Que le habrán lavado el cerebro, querrás decir.

—Es más bien un adoctrinamiento. Lo convencen de que los alienígenas han estado usando cuerpos humanos, y que nosotros (quiero decir, los humanos) hemos averiguado cómo detectarlos. Y si puedes detectarlos, puedes...

—Pero eso es verdad —lo interrumpo—: estáis usando cuerpos humanos.

—No como cree Sammy.

—¿Qué significa eso? O los usáis o no.

—Sammy cree que somos una especie de infestación pegada a los cerebros humanos, pero...

—Qué gracia, así es como te imagino, Evan, como una infestación —digo sin poder contenerme.

Levanta una mano. Como no se la aparto ni salgo corriendo por el bosque, me rodea lentamente la muñeca con los dedos y tira de mí para que me siente en el suelo, a su lado. Aunque hace un frío cortante, sudo un poco. ¿Ahora qué?

—Había un chico, un chico humano real, llamado Evan Walker —dice, mirándome fijamente a los ojos—. Como cualquier niño, tenía una mamá y un papá, y hermanos, completamente humano. Antes de que naciera me introdujeron en él mientras su madre dormía. Mientras los dos dormíamos. Durante trece años he dormido dentro de Evan Walker, mientras él aprendía a sentarse, a comer alimentos sólidos, a caminar, a hablar, a correr y a montar en bici, yo estaba allí, esperando a despertar. Como miles de nosotros en miles de otros Evan Walker del mundo. Algunos ya estábamos despiertos y preparando nuestras vidas para encontrarnos en el sitio correcto cuando llegara el momento.

Asiento, aunque no sé por qué. ¿Se despertó dentro de un cuerpo humano? ¿Qué narices significa eso?

—La cuarta ola —dice, intentando ayudarme a entender—. Silenciadores. Es un buen nombre para nosotros. Guardábamos silencio, ocultos dentro de cuerpos humanos, ocultos dentro de vidas humanas. No hacía falta fingir que éramos vosotros, porque lo éramos, humanos y Otros. Evan no murió cuando me desperté, sino que... lo absorbí.

Evan, el que se fija en todo, se da cuenta de que todo esto me pone los nervios de punta. Intenta tocarme, pero da un respingo cuando me aparto.

—Entonces ¿qué, Evan? —susurro—. ¿Dónde estás? Dijiste que te... ¿Cómo era? —pregunto. La cabeza me va a un trillón de kilómetros por hora—. Que te introdujeron. ¿Que te introdujeron dónde?

—Puede que no sea la mejor palabra. Supongo que el concepto que se acerca más es «descargado». Me descargaron en Evan cuando su cerebro todavía estaba en desarrollo.

Sacudo la cabeza. Para ser alguien que está varios siglos más avanzado que yo, le cuesta una barbaridad responder a una sencilla pregunta.

—Pero ¿qué eres? ¿Qué aspecto tienes?

—Ya lo sabes —responde, frunciendo el ceño.

—¡No! Dios, a veces eres tan...

«Cuidado, Cassie —pienso—, no sigas por ahí. Recuerda lo importante».

—Antes de que vinieras, Evan —pruebo de nuevo—. Antes de que llegaras aquí, cuando estabas de camino a la Tierra desde donde quiera que salieras, ¿qué aspecto tenías?

—Ninguno. Llevamos decenas de miles de años sin cuerpo. Tuvimos que renunciar a ellos cuando abandonamos nuestro hogar.

—Mientes de nuevo. ¿Es que tienes pinta de sapo, de jabalí, de babosa o algo así? Todos los seres vivos tienen algún aspecto.

—Somos pura consciencia. Seres puros. La única forma de hacer el viaje era abandonar nuestros cuerpos y descargar nuestras psiques en el ordenador central de la nave nodriza —explica, y me toma de las manos para hacer un puño con mis dedos––. Este soy yo —dice en voz baja, y después me cubre el puño con sus manos, rodeándolo—. Este es Evan. No es una analogía perfecta, ya que no existe un punto en el que yo acabe y él empiece —añade, y sonríe—. No lo explico demasiado bien, ¿verdad? ¿Quieres que te enseñe quién soy?

«¡Joder!».

—No. Sí. ¿Qué quieres decir? —pregunto, imaginándomelo pelándose la cara como una criatura salida de una peli de terror.

—Puedo enseñarte lo que soy —responde con voz algo temblorosa.

—El proceso no implicará ningún tipo de inserción, ¿verdad?

—Supongo que sí —responde, riéndose—. Te lo enseñaré, Cassie, si quieres verlo.

Claro que quiero verlo, y claro que no quiero verlo. Es obvio que desea enseñármelo... ¿Eso me acercará más a Sams? Sin embargo, esto no es del todo por Sammy. Puede que si Evan me lo enseña, comprenda por qué me salvó cuando debería haberme matado. Por qué me abrazó en la oscuridad, noche tras noche, para mantenerme a salvo... y cuerda.

Todavía sonríe, seguramente está encantado porque no me he abalanzado sobre él para arrancarle los ojos ni me he reído en su cara, cosa que a lo mejor le habría dolido más. Mi mano está perdida dentro de la suya, unida a ella suavemente, como el tierno corazón de una rosa dentro del capullo, esperando a la lluvia.

—¿Qué tengo que hacer? —susurro.

Me suelta la mano y me acerca la suya a la cara. Doy un respingo.

—Nunca te haría daño, Cassie.

Respiro hondo. Asiento. Respiro de nuevo.

—Cierra los ojos —me pide, y me toca con delicadeza los párpados, con tanta delicadeza como las alas de una mariposa.

—Relájate, respira hondo. Vacía la mente. Si no lo haces, no puedo entrar. ¿Quieres que entre, Cassie?

«Sí. No. Dios mío, ¿hasta dónde tengo que llegar para cumplir mi promesa?».

—Sí —susurro.

No empieza dentro de mi cabeza, como esperaba, sino que una cálida sensación me recorre el cuerpo, expandiéndose desde mi corazón, y huesos, músculos y piel se disuelven en ese calor que sale de mí, hasta que el calor sobrepasa la Tierra y las fronteras del universo. El calor está en todas partes y lo es todo. Mi cuerpo y todo lo que hay fuera de él le pertenecen. Y entonces lo siento a él; él también está en el calor, y no hay separación entre los dos, no hay un punto en el que yo acabe y él empiece, y me abro como una flor a la lluvia, con una lentitud dolorosa y vertiginosa a la vez, me disuelvo en el calor, me disuelvo en él, y no hay nada que «ver», eso no era más que una palabra conveniente que empleó porque no hay palabras que describan a Evan, él no es más que existencia.

Y me abro a él como una flor a la lluvia.

72

Lo primero que hago cuando abro los ojos es romper a llorar desconsoladamente, no puedo evitarlo. Jamás me había sentido tan desamparada en toda mi vida.

—A lo mejor era demasiado pronto —dice mientras me estrecha entre sus brazos y me acaricia el pelo.

Y se lo permito. Estoy demasiado débil, demasiado desconcertada y afligida para hacer otra cosa.

—Siento haberte mentido, Cassie —murmura sobre mi pelo.

—Debe de ser horrible estar atrapado ahí dentro —susurro, con la mano sobre su pecho. Noto el latido de su corazón.

—No es como estar atrapado. En cierto modo, es como si me hubiese liberado.

—¿Liberado?

—Para volver a sentir. Para sentir esto —dice, y me besa.

Un calor muy distinto me recorre el cuerpo.

Yacer en brazos del enemigo. ¿Qué me ocurre? Estos seres nos han quemado vivos, nos han aplastado, nos han ahogado, nos han infectado con una plaga que nos ha hecho morir desangrados de dentro afuera. Los he visto matar a todas las personas que conocía y quería (salvo una excepción especial), y aquí estoy, ¡jugando a morrearme con uno de ellos! He permitido que entrara en mi alma. He compartido con él algo más preciado e íntimo que mi cuerpo.

Por Sammy, por eso lo hago. Una buena respuesta, aunque complicada. La verdad es simple.

—Has dicho que perdiste el debate sobre qué hacer con la enfermedad humana —le digo—. ¿Cuál era tu propuesta?

—Coexistencia —responde, hablando conmigo, aunque dirigiéndose a las estrellas que nos cubren—. No somos tantos, Cassie, solo unos cuantos cientos de miles. Podríamos habernos introducido en vosotros y vivido nuestras vidas sin que nadie supiera de nuestra presencia. No muchos estuvieron de acuerdo conmigo. Creían que fingir ser humanos era indigno. Temían que, cuanto más tiempo fingiéramos ser humanos, más humanos nos haríamos.

—Claro, ¿quién querría eso?

—Yo creía que no lo quería —reconoce—, hasta que me convertí en uno.

—¿Cuando te... «despertaste» dentro de Evan?

Sacude la cabeza y dice simplemente, como si fuera lo más obvio del mundo:

—Cuando desperté en ti, Cassie. No fui del todo humano hasta que no me vi a través de tus ojos.

Entonces aparecen lágrimas humanas reales en sus ojos humanos reales, y me toca a mí abrazarlo mientras se le rompe el corazón. Me toca a mí verme a través de sus ojos.

Podría decirse que no soy la única que yace en brazos del enemigo.

Yo soy la humanidad, pero ¿quién es Evan Walker? Humano y Otro. Los dos y ninguno. Al amarme, no pertenece a nadie.

Él no lo ve así.

—Haré lo que tú me digas, Cassie —me susurra, impotente. Los ojos le brillan más que las estrellas del cielo—. Entiendo por qué tienes que ir. Si tú estuvieras en ese campo, yo iría. Ni cien mil Silenciadores podrían detenerme.

Aprieta los labios contra mi oreja, y me susurra en voz baja y feroz, como si me contara el secreto más importante del universo, cosa que tal vez sea:

—Es inútil, estúpido y suicida, pero el amor es un arma ante la que no tienen respuesta. Saben cómo pensáis, pero no saben cómo sentís.

No ha dicho «sabemos», ha dicho «saben».

Ha cruzado un umbral, y Evan no es idiota, es consciente de que no hay vuelta atrás.

73

Pasamos nuestro último día juntos durmiendo bajo el paso elevado de la autopista, como dos sin techo, cosa que somos, literalmente. Uno duerme mientras el otro vigila. Cuando le toca descansar a él, me devuelve las armas sin vacilar y se duerme al instante, como si no contemplara la posibilidad de que yo huyera o le pegase un tiro en la cabeza. No lo sé, a lo mejor ni se le ha ocurrido. Nuestro problema siempre ha sido que no pensamos como ellos, por eso confié en él al principio y por eso él sabía que confiaría en él. Los Silenciadores matan personas. Evan no me mató, ergo, Evan no podía ser un Silenciador. ¿Ves? Es pura lógica. Ejem, lógica humana.

Al anochecer terminamos el resto de las provisiones y recorremos el terraplén para cubrirnos bajo los árboles que rodean la Autopista 35. Según me cuenta, los autobuses solo circulan de noche, y se sabe cuándo llegan. Los motores se oyen a kilómetros de distancia: son el único ruido en varios kilómetros a la redonda. Primero se ven los faros, después se oyen y luego los autobuses pasan silbando junto a ti como grandes coches de carreras amarillos, puesto que, tras haber limpiado la autopista de coches, ya no hay límites de velocidad. Él no lo sabe: quizá paren o quizá no. A lo mejor se limitan a frenar lo justo para que uno de los soldados de dentro me meta una bala entre los ojos. A lo mejor ni siquiera aparecen.

—Dijiste que todavía recogían gente —comento—. ¿Por qué no iban a aparecer?

—En algún momento los «rescatados» se darán cuenta de que los han engañado —responde mientras observa la carretera que discurre bajo nosotros—, o lo harán los supervivientes del exterior. Cuando suceda eso, cerrarán la base... o la parte de la base dedicada a la limpieza —añade, y se aclara la garganta sin apartar la vista de la carretera.

—¿Qué quieres decir con «cerrar la base»?

—Cerrarla como cerraron el Campo Pozo de Ceniza.

Medito sobre sus palabras. Como él, contemplo la carretera vacía.

—Vale —digo al fin—. Entonces, esperemos que Vosch no haya cerrado el chiringuito todavía.

Recojo un puñado de tierra, ramitas y hojas muertas, y me restriego la cara con él. Otro puñado para el pelo. Me observa sin decir nada.

—Este es el momento en que me pegas un mamporro en la cabeza —le digo. Huelo a tierra y, no sé por qué, pero eso me hace pensar en mi padre arrodillado junto al macizo de rosas, junto a la sábana blanca—. O en que te ofreces a ir en mi lugar. O en que me pegas un mamporro y después vas en mi lugar.

Se pone en pie de un salto y, por un segundo, temo que vaya a pegarme ese mamporro en la cabeza, porque lo veo muy cabreado. Sin embargo, se limita a abrazarse, como si tuviera frío... O puede que lo haga para evitar pegarme el mamporro.

—Es un suicidio —me suelta—. Los dos lo estamos pensando, así que uno tiene que decirlo. Es un suicidio si voy, es un suicidio si vas tú. Vivo o muerto, Sammy está perdido.

Me saco la Luger de la cintura del pantalón y la dejo en el suelo, a sus pies. Después, el M16.

—Guárdamelos —le pido—: los necesitaré cuando vuelva. Y, por cierto, alguien tiene que decir otra cosa: estás ridículo con esos pantalones.

Me acerco a la mochila sin levantarme y saco a Oso. No hace falta ensuciarlo, ya está lo bastante maltrecho.

—¿Me estás escuchando?

—El problema es que tú eres el que no se escucha —respondo—. Solo hay una forma de entrar, y es la de Sammy. Tú no puedes ir, así que ni se te ocurra abrir la boca. Si dices algo, te doy una torta.

Me levanto y, entonces, ocurre algo raro. Al ponerme en pie, Evan parece encogerse.

—Voy a por mi hermano pequeño, y solo puedo hacerlo de una forma.

Me está mirando y asiente con la cabeza. Ha estado dentro de mí. No había un punto en el que él acabase y yo empezara. Sabe lo que estoy a punto de decir.

Sola.

—— 74 ——

Están las estrellas, alfileres de luz que atraviesan el cielo.

Está la carretera vacía bajo los alfilerazos de luz, y la chica de la carretera, con la cara manchada, y ramitas y hojas muertas enredadas entre los cortos rizos de pelo. Lleva un maltrecho oso de peluche en la mano, en la carretera vacía, bajo los alfilerazos de las estrellas.

Está el gruñido de los motores y después, las barras gemelas de luz que rasgan el horizonte, y las luces aumentan de tamaño, cada vez más brillantes, dos estrellas convertidas en supernovas que bañan a la chica, la chica que guarda secretos en el corazón y promesas que debe cumplir, y se enfrenta a los faros que la iluminan, sin huir ni esconderse.

El conductor me ve con tiempo de sobra para parar. Los frenos chirrían, la puerta se abre con un silbido y un soldado baja al asfalto. Tiene un arma, pero no me apunta con ella. Me mira, atrapada en la luz de los faros, y yo le devuelvo la mirada.

En el brazo lleva una banda blanca con una cruz roja. Su chapa dice que se llama Parker. Recuerdo ese nombre, y el corazón se me para. ¿Y si me reconoce? Se supone que estoy muerta.

¿Cómo me llamo? Lizbeth. ¿Estoy herida? No. ¿Estoy sola? Sí.

Parker da un giro completo, muy despacio, para examinar la zona. No ve al cazador del bosque, que está observando este teatro y le apunta directamente a la cabeza. Claro que no lo ve. El cazador del bosque es un Silenciador.

Parker me coge del brazo y me ayuda a subir al autobús, que huele a sangre y a sudor. La mitad de los asientos están vacíos. Hay niños, pero también adultos. No importan, solo importan Parker, el conductor y el soldado con la chapa que reza Hudson. Me dejo caer en el último asiento, junto a la puerta de emergencia, el mismo que ocupó Sam cuando apretó la palma de su manita contra el cristal y me vio encogerme en la distancia hasta que me tragó el polvo.

Parker me da una bolsa de gominolas espachurradas y una botella de agua. No quiero ninguna de las dos cosas, pero me abalanzo sobre ambas. Las gominolas las llevaba en el bolsillo, así que están calientes y pegajosas, y temo acabar vomitando.

El autobús acelera. Alguien llora en la parte delantera. Aparte de eso, se oye el zumbido de las ruedas, el ruido del motor y el viento frío que atraviesa las rendijas abiertas de las ventanas.

Parker regresa con un disco plateado que me pone en la frente. Para tomarme la temperatura, según dice. El disco emite un brillo rojo. Estoy bien, me asegura. ¿Cómo se llama mi oso?

—Sammy —le respondo.

Luces en el horizonte: Parker me dice que es el Campo Asilo, que estaré completamente a salvo. Se acabó el huir, el esconderse. Asiento con la cabeza. Completamente a salvo.

La luz crece, se filtra poco a poco por el parabrisas y después entra a borbotones a medida que nos acercamos. Cuando ya inunda el autobús, nos detenemos junto a la puerta, tocan una estridente campana y la puerta se abre. Veo la silueta de un soldado en la torre de vigilancia.

Paramos delante de un hangar. Un hombre gordo entra en el autobús, camina casi de puntillas, como hacen muchos hombres gordos. Se llama comandante Bob. Nos dice que no debemos tener miedo, que estamos completamente a salvo. Debemos recordar dos reglas. La primera es no olvidar nuestros colores. La segunda, escuchar y cumplir las órdenes.

Me pongo en la cola con mi grupo y sigo a Parker hasta la puerta lateral del hangar. Él le da una palmadita en el hombro a Lizbeth y le desea buena suerte.

Encuentro un círculo rojo y me siento. Hay soldados por todas partes, pero la mayoría son niños, no mucho mayores que Sam. Todos están muy serios, sobre todo los más pequeños. Los más serios de todos son los realmente pequeños.

«Puedes manipular a un niño para que se crea cualquier cosa, para que haga cualquier cosa —me explicó Evan en nuestra reunión informativa—. Hay muy pocas cosas más salvajes que un niño de diez años, si se le entrena correctamente».

Tengo un número. T-sesenta y dos. T de *Terminator*. Ja.

Nos llaman por número a través de un altavoz.

—¡Sesenta y dos! ¡T-sesenta y dos! ¡Diríjase a la puerta roja, por favor! ¡Número T-sesenta y dos!

«La primera parada es en las duchas».

Al otro lado de la puerta roja hay una mujer delgada con una bata verde. Me quita toda la ropa y la tira a la cesta. También la ropa interior. Aquí quieren a los niños, pero no quieren piojos ni garrapatas. Ahí está la ducha, aquí tienes el jabón. Ponte la bata blanca cuando termines y espera a que te llamen.

Siento al oso contra la pared y, desnuda, piso las frías baldosas. El agua está tibia. El jabón tiene un acre olor a medicina. Sigo húmeda cuando me pongo la bata de papel, así que se me pega a la piel. Es casi transparente. Recojo a Oso y espero.

«Después pasas al análisis preliminar. Muchas preguntas. Algunas, casi idénticas. Es para comprobar la veracidad de tu historia. Mantén la calma y concéntrate».

Entro por la siguiente puerta y me subo a la mesa de reconocimiento. Otra enfermera, más gorda y más antipática. Apenas me mira.

Debo de ser la persona número mil que ha visto desde que los Silenciadores tomaron la base.

¿Cuál es mi nombre completo? Elizabeth Samantha Morgan.

¿Cuántos años tengo? Doce.

¿De dónde soy? ¿Tengo hermanos? ¿Sigue vivo algún miembro de mi familia? ¿Qué les ha pasado a los demás? ¿Adónde fui cuando abandoné mi casa? ¿Qué le pasó a mi pierna? ¿Cómo me dispararon? ¿Quién me disparó? ¿Sé dónde hay más supervivientes? ¿Cómo se llaman mis hermanos? ¿Y mis padres? ¿A qué se dedicaba mi padre? ¿Cómo se llamaba mi mejor amigo? Que le cuente otra vez lo que le pasó a mi familia.

Cuando termina, me da una palmadita en la rodilla y me dice que no tenga miedo, que estoy completamente a salvo.

Abrazo a Oso y asiento.

Completamente a salvo.

«A continuación toca el examen físico. Después, el implante. La incisión es muy pequeña. Seguramente la sellará con pegamento».

La mujer llamada doctora Pam es tan agradable que me cae bien, a mi pesar. La médico perfecta: amable, cariñosa, paciente. No va directa al grano y empieza a toquetearme, sino que, primero, habla conmigo. Me explica todo lo que va a hacer. Me enseña el implante. Es como los chips para las mascotas, ¡solo que mejor! Ahora, si sucede algo, sabrán dónde encontrarme.

—¿Cómo se llama tu osito?

—Sammy.

—Vale, ¿qué te parece si siento a Sammy en esta silla mientras te ponemos el dispositivo?

Me pongo boca abajo. Aunque sea irracional, me preocupa que me vea el culo a través de la bata de papel. Me pongo tensa, a la espera del picotazo de la aguja.

«El dispositivo no puede descargarte hasta que lo conecten a El País de las Maravillas. Sin embargo, una vez que lo tengas dentro, estará operativo, podrán utilizarlo para seguirte y para matarte».

La doctora Pam me pregunta por lo que me pasó en la pierna. Una gente mala me disparó. Ella me asegura que aquí no pasará eso. No hay gente mala en el Campo Asilo, estoy completamente a salvo.

Me etiquetan. Me siento como si me hubiese colgado una roca de diez kilos del cuello. Ha llegado el momento de la última prueba, me dice, un programa robado al enemigo.

«Lo llaman El País de las Maravillas».

Recojo a Oso de la silla y la sigo a la habitación contigua. Paredes blancas, suelo blanco, techo blanco. Sillón de dentista blanco, correas colgando para los brazos y las piernas. Un teclado y un monitor. Me pide que me siente y se acerca al ordenador.

—¿Qué hace El País de las Maravillas?

—Es bastante complicado, Lizbeth, pero, básicamente, El País de las Maravillas graba un mapa virtual de tus funciones cognitivas.

—¿Un mapa de mi cerebro?

—Algo así, sí. Siéntate en el sillón, cielo. No tardaremos, y te prometo que no te dolerá.

Me siento, con Oso contra el pecho.

—Ay, no, cielo, Sammy no puede quedarse en el sillón contigo.

—¿Por qué no?

—Venga, dámelo a mí, lo pondré allí mismo, al lado de mi ordenador.

Le echo una mirada suspicaz, pero está sonriendo y ha sido muy amable: debería confiar en ella. Al fin y al cabo, ella confía en mí por completo.

Pero estoy tan nerviosa que Oso se me cae de la mano cuando se lo doy. Aterriza al lado del sillón, sobre su mullida cabeza plana. Me vuelvo para recogerlo, pero la doctora Pam me pide que me quede quieta, que ya se encargará ella, y se agacha para hacerlo.

Entonces le agarro la cabeza con ambas manos y la estrello contra el brazo del sillón. El impacto me deja los antebrazos doloridos. Ella cae, aturdida por el golpe, aunque no se desmaya del todo. Para cuando sus rodillas llegan al blanco suelo, ya he bajado del sillón y me he colocado detrás de ella. El plan era un golpe de kárate en la garganta, pero está de espaldas a mí, así que improviso. Cojo la correa que cuelga del brazo del sillón y se la enrollo en el cuello. Sube las manos, pero es demasiado tarde; sujeto bien la correa, apoyo el pie en el sillón para hacer palanca y tiro.

Esos segundos hasta que se desmaya son los más largos de mi vida.

Su cuerpo se queda sin fuerzas. Suelto de inmediato la correa, y la doctora cae boca abajo. Le miro el pulso.

«Sé que resulta tentador, pero no puedes matarla. Tanto ella como todos los que dirigen la base están conectados a un sistema de vigilancia situado en el centro de mando. Si muere, desatarás un infierno».

Pongo a la doctora Pam boca arriba. Le sale sangre de ambas fosas nasales, probablemente se haya roto la nariz. Me llevo la mano a la nuca. Esta es la parte más desagradable, pero estoy de adrenalina y euforia hasta las cejas, porque, hasta ahora, todo ha ido bien. Puedo hacerlo.

Me arranco la venda y tiro con fuerza de ambos lados de la incisión. Cuando se abre la herida, es como si me pincharan con una cerilla encendida. Me habrían venido bien unas pinzas y un espejo, pero no tengo ninguna de las dos cosas, así que uso la uña para sacar el dispositivo. La técnica funciona mejor de lo esperado. Al cabo de tres intentos, el chip se me mete bajo la uña y lo saco limpiamente.

«La descarga solo tarda noventa segundos. Eso te da tres o cuatro minutos. No más de cinco».

¿Cuántos minutos llevo? ¿Dos? ¿Tres? Me arrodillo al lado de la doctora Pam y le meto el dispositivo por la nariz hasta el fondo. Puaj.

«No, no puedes metérselo por la garganta. Tiene que estar cerca del cerebro. Lo siento».

¿Que tú lo sientes, Evan?

Tengo sangre en los dedos, mi sangre, su sangre, mezcladas.

Me acerco al teclado. Ahora llega la parte que da miedo de verdad.

«No tienes el número de Sammy, pero debería haber una referencia a su nombre. Si no funciona una variación, prueba con otra. Debería haber una opción de búsqueda».

Me cae sangre por la nuca, me baja por los omóplatos. Tiemblo sin poder controlarme y eso no me ayuda a escribir con el teclado. Introduzco la palabra de búsqueda en el cuadro azul que parpadea. Dos intentos para deletrearla bien.

INTRODUZCA NÚMERO.

No tengo número, maldita sea, tengo un nombre. ¿Cómo vuelvo al cuadro azul? Le doy a Enter.

INTRODUZCA NÚMERO.

Claro, como no lo había entendido a la primera...

Escribo «Sullivan».

ERROR DE ENTRADA DE DATOS.

Estoy entre tirar el monitor al suelo y matar a patadas a la doctora Pam. Ninguna de las dos cosas me ayudaría a encontrar a Sam, pero ambas me harían sentir mejor. Le doy a Esc, vuelvo al cuadro azul y escribo: «Buscar por nombre».

Las palabras se esfuman, vaporizadas por El País de las Maravillas. El cuadro azul parpadea y se queda en blanco de nuevo.

Reprimo un grito: se me ha agotado el tiempo.

«Si no puedes encontrarlo en el sistema, tendremos que recurrir al Plan B».

No es que me chifle el Plan B. Me gusta el Plan A, que la ubicación aparezca en un mapa para que pueda llegar directamente hasta él. El Plan A es sencillo y limpio. El Plan B es complicado y sucio.

Un último intento, cinco segundos más no supondrán una gran diferencia.

Escribo «Sullivan» en el cuadro azul.

La pantalla se vuelve loca, el fondo gris se llena de números que pasan a toda velocidad, como si acabara de darle la orden de calcular el valor de pi. Me entra el pánico y empiezo a pulsar botones al azar, pero los números siguen saliendo. Han pasado más de cinco minutos. El Plan B es una mierda, pero no queda más remedio.

Me meto en la habitación de al lado, donde encuentro los monos blancos. Cojo uno e intento ponérmelo sin quitarme antes la bata. Dejo escapar un gruñido de frustración, me la quito y me quedo completamente desnuda: seguro que la puerta se abre justo en ese momento y un batallón de Silenciadores entra en el cuarto. Así son las cosas en el Plan B. El mono es demasiado grande, aunque mejor grande que pequeño, creo. Me subo la cremallera rápidamente y vuelvo al cuarto de El País de las Maravillas.

«Si no puedes encontrarlo a través de la interfaz principal, es bastante probable que la doctora tenga una unidad portátil en algún lado. Funciona con el mismo método, pero ten cuidado, porque funciona tanto de localizador como de detonador. Si teclas el comando equivocado, no lo encontrarás, lo freirás».

Cuando entro, la doctora está sentada, tiene a Oso en una mano y un aparatito plateado que parece un móvil en la otra.

Como dije, el Plan B es una mierda.

—— 75 ——

Tiene el cuello de un rojo ardiente allí donde lo apreté para ahogarla, y la cara cubierta de sangre. Sin embargo, las manos no le tiemblan lo más mínimo y ha perdido la calidez de la mirada. Está a punto de pulsar el botón verde que hay bajo un visualizador numérico.

—No lo pulse —le digo—, no voy a hacerle daño. —Me agacho y levanto las manos abiertas, mostrándole las palmas—. En serio, pulsar ese botón es una mala idea.

Pero lo pulsa.

La cabeza de la doctora cae hacia atrás, y ella se derrumba en el suelo. Se le mueven las piernas un par de veces y muere.

Me abalanzo sobre ella, le quito a Oso de las manos y corro de vuelta al cuarto de los monos para salir al pasillo. Evan no se molestó en contarme cuánto tiempo tarda en sonar la alarma antes de que movilicen a los soldados de asalto, cierren la base, y capturen, torturen y maten muy despacio al intruso. Seguro que no es mucho tiempo.

A la porra el Plan B. De todos modos, no me gustaba nada. Lo malo es que Evan y yo no llegamos a pensar en un Plan C.

«Estará en un pelotón con niños mayores que él, así que lo más probable es que lo encuentres en los barracones que rodean la plaza de armas».

Los barracones que rodean la plaza de armas. Dondequiera que esté eso. A lo mejor debería parar a alguien y preguntar por la dirección, porque solo sé una forma de salir de este edificio, y es hacerlo por el mismo sitio por el que entré, pasando por encima del cadáver de la doctora, y junto a la cruel enfermera gorda y la simpática enfermera delgada para caer en los amorosos brazos del comandante Bob.

Hay un ascensor al final del pasillo, y solo tiene un botón: es un viaje exprés de ida al complejo subterráneo, donde, según me dijo Evan, enseñan a Sammy y a los demás «reclutas» las falsas criaturas que se «pegan» a cerebros humanos reales. Está plagado de cámaras y de Silenciadores. Solo hay dos formas de salir de este pasillo: por la puerta de la derecha del ascensor y por la puerta de la que he salido.

Por fin una elección sencilla.

Abro la puerta de golpe y veo que da a unas escaleras. Como el ascensor, solo van en una dirección: hacia abajo.

Vacilo durante medio segundo.

El hueco de las escaleras parece tranquilo y pequeño, pero pequeño en el buen sentido, acogedor. A lo mejor debería quedarme aquí un rato, abrazada a mi oso, puede que chupándome el pulgar.

Me obligo a bajar despacio por los cinco tramos de escaleras hasta el fondo. Los escalones son de metal y voy descalza, así que noto lo fríos que están. Espero a que bramen las alarmas, retumben las pisadas de las botas y empiecen a lloverme balas por arriba y por abajo. Recuerdo a Evan en el Campo Pozo de Ceniza, recuerdo cómo se cargó prácticamente a oscuras a cuatro asesinos bien armados y entrenados, y me pregunto por qué me parecería buena idea meterme yo solita en la guarida del león cuando podría tener a un Silenciador a mi lado.

Bueno, no estoy sola del todo, tengo al oso.

Aprieto la oreja contra la puerta del pie de las escaleras y pongo la mano en la palanca. Oigo el latido de mi corazón y poco más.

La puerta se abre hacia dentro, lo que me obliga a aplastarme contra la pared, y entonces oigo las pisadas de las botas de un grupo de hombres que corren escaleras arriba, armados con semiautomáticas. La puerta empieza a cerrarse, así que sujeto la palanca para mantenerla frente a mí hasta que doblan la primera esquina y desaparecen de mi vista.

Me meto en el pasillo antes de que la puerta se cierre. En el techo hay unas luces rojas que dan vueltas, proyectan mi sombra sobre las paredes blancas, se la llevan y vuelven a proyectarla. ¿Derecha o izquierda? Estoy un poco desorientada, pero me parece que la parte delantera del hangar está a la derecha. Corro en esa dirección, pero me detengo. ¿Dónde es más probable que encuentre a la mayoría de los Silenciadores en caso de emergencia? Seguramente agrupados en la entrada principal de la escena del crimen.

Doy media vuelta y me choco con el pecho de un hombre muy alto de penetrantes ojos azules.

Nunca estuve suficientemente cerca para verle los ojos en el Campo Pozo de Ceniza.

Pero recuerdo la voz.

Profunda, cortante como un cuchillo.

—Bueno, bueno, hola, corderito —dice Vosch—. Debes de haberte perdido.

76

Me agarra del hombro con una mano tan dura como su voz.

—¿Qué haces aquí abajo? —pregunta—. ¿Quién es el líder de tu grupo?

Sacudo la cabeza. Las lágrimas que me acuden a los ojos no son falsas. Debo pensar deprisa, y lo primero que pienso es que Evan tenía razón: esta incursión en solitario estaba condenada desde el principio, por muchos planes de emergencia que urdiéramos. Ojalá Evan estuviera aquí...

¡Si Evan estuviera aquí!

—¡La ha matado! —suelto—. ¡Ese hombre ha matado a la doctora Pam!

—¿Qué hombre? ¿Quién ha matado a la doctora Pam?

Sacudo la cabeza, llorando a moco tendido mientas estrujo al maltrecho osito de peluche contra mi pecho. Detrás de Vosch, otro pelotón de soldados corre por el pasillo hacia nosotros. Me empuja hacia ellos.

—Llevad a esta a un lugar seguro y reuníos conmigo arriba. Tenemos un intruso.

Me arrastran hasta la puerta más cercana, me meten a empujones en una habitación oscura y cierran con llave. Las luces se encienden. Lo primero que veo es una niña asustada vestida con un mono blanco y abrazada a un osito. Del susto, dejo escapar un chillido.

Bajo el espejo se encuentra un largo mostrador con un monitor y un teclado.

Estoy en la cámara de ejecuciones que describió Evan, donde enseñan las falsas arañas del cerebro a los nuevos reclutas.

«Pasa del ordenador, no pienso ponerme otra vez a pulsar botones. Opciones, Cassie. ¿Cuáles son tus opciones?».

Sé que hay una habitación al otro lado del espejo. Y tiene que haber, al menos, una puerta, y puede que esa puerta no esté cerrada.

Sé que la de este lado sí lo está, así que puedo esperar a que Vosch regrese a por mí o puedo intentar reventar este espejo para llegar al otro lado.

Levanto una de las sillas, la echo hacia atrás y la lanzo contra el espejo. El impacto me arranca la silla de las manos y la hace caer con un estrépito ensordecedor (al menos, para mí). Le he hecho un buen arañazo al grueso cristal, pero nada más, que yo vea. Cojo de nuevo la silla, respiro profundamente, bajo los hombros y giro las caderas con la silla en las manos. Es lo que te enseñan en clase de kárate: la potencia está en la rotación. Apunto al arañazo. Concentro toda mi energía en ese único punto.

La silla rebota en el cristal, me desequilibra y aterrizo de culo tan fuerte que me chocan los dientes. De hecho, tan fuerte que me muerdo la lengua. Se me llena la boca de sangre y escupo, acertando justo en la nariz de la chica del espejo.

Levanto de nuevo la silla y respiro hondo. Se me olvidó algo que aprendí en kárate: ¡el «kia»! El grito de guerra. Ya sé que parece de risa, pero la verdad es que sirve para concentrar las fuerzas.

El tercer y último golpe destroza el cristal. Con el impulso, acabo estrellándome contra el mostrador, que está a la altura de mi cintura, y los pies se me levantan del suelo mientras la silla cae dando tumbos en la habitación contigua. Veo otro sillón de dentista, un banco de procesadores, cables por el suelo y otra puerta. «Por favor, Señor, que no esté cerrada con llave».

Recojo a Oso y me meto por el agujero. Imagino la cara que pondrá Vosch cuando vuelva y se encuentre con el espejo reventado. La puerta del otro lado no está cerrada, da a otro pasillo de bloques blancos y puertas sin nombre. Ay, cuántas posibilidades. Pero no me meto por ese pasillo, me quedo un instante en la puerta. Ante mí, el camino sin marcar; detrás, el que ya he marcado. Verán el agujero y sabrán en qué dirección he huido. ¿Cuánta ventaja puedo tomarles?

Se me ha llenado de nuevo la boca de sangre, pero me obligo a tragarla. Mejor no ponerles el rastreo demasiado fácil.

Demasiado fácil: se me ha olvidado colocar la silla bajo el pomo de la puerta de la primera habitación. No evitaría que entraran, pero sí que me concedería unos segundos preciosos.

«Si algo va mal, no te lo pienses demasiado, Cassie. Tu instinto es bueno, hazle caso. Pensarse cada paso está muy bien si juegas al ajedrez, pero esto no es ajedrez».

Corro de vuelta a la sala de ejecuciones y me meto por el agujero. Juzgo mal el ancho del mostrador y salgo volando por encima, aterrizo de espaldas y me doy en la cabeza contra el suelo. Me quedo tumbada un segundo muy borroso, y veo relucientes estrellas rojas que me entorpecen la vista. Estoy mirando el techo y los conductos metálicos que circulan por debajo. He visto la misma configuración en los pasillos: el sistema de ventilación del refugio antiaéreo.

Y pienso: «Cassie, ese es el puñetero sistema de ventilación del refugio antiaéreo».

77

Avanzo a rastras, boca abajo, temiendo que mi peso sea excesivo para los soportes y que, de repente, se derrumbe todo el tramo de tuberías. Corro por el hueco y me detengo en cada intersección para escuchar. No sé bien qué pretendo oír, la verdad. ¿Niños asustados llorando? ¿Niños felices riendo? El aire del hueco es frío, ha entrado del exterior y se canaliza hacia abajo, más o menos como yo.

El aire, sin embargo, pertenece a este sitio; yo, no. ¿Qué dijo Evan?

«Lo más probable es que lo encuentres en los barracones que rodean la plaza de armas».

Eso es Evan, ese es el nuevo plan. Encontraré la chimenea de ventilación más cercana y subiré a la superficie. No sabré dónde estoy ni a qué distancia me encuentro de la plaza de armas, y, por supuesto, toda la base estará cerrada y repleta de Silenciadores, y los niños soldado con el cerebro lavado estarán buscando como locos a la chica del mono blanco. Y no te olvides del oso de peluche. ¡Eso sí que es una pista definitiva! ¿Por qué insistí en traer al maldito oso? Sam habría entendido que lo abandonara. No le prometí llevar a Oso, le prometí que iría a por él.

¿Qué me pasa con este oso?

Cada pocos metros, una elección: ¿tuerzo a la derecha, tuerzo a la izquierda o sigo recto? Y cada otros pocos, una pausa para escuchar y limpiarme la boca de sangre. Aquí no me preocupa que caiga al suelo, son como las migas de pan que marcan el camino de vuelta. El problema es que se me está hinchando la lengua y me palpita una barbaridad con cada latido del corazón, el reloj humano que lleva la cuenta de los minutos que me quedan hasta que me encuentren, me conduzcan ante Vosch, y él acabe conmigo igual que acabó con mi padre.

Algo pequeño y marrón corretea hacia mí muy deprisa, como si tuviera una misión importante. Una cucaracha. Me he encontrado con telarañas, montones de polvo y una misteriosa sustancia viscosa que podría ser moho tóxico, pero este bicho es la primera cosa realmente repugnante que veo. Prefiero mil veces una araña o una serpiente a una cucaracha. Y ahora viene directa a mi cara. Me imagino la criatura metiéndoseme dentro del mono, así que utilizo la única herramienta disponible para aplastarla: mi mano. Puaj.

Sigo moviéndome. Más adelante hay un resplandor, una especie de gris verdoso; mentalmente lo llamo verde nave nodriza. Me acerco poco a poco a la rejilla de la que sale el brillo y contemplo a través de las lamas la habitación de abajo, aunque llamarla habitación no le hace justicia. Es enorme, no me extrañaría que tuviera el tamaño de un estadio de fútbol, con forma de cuenco e interminables hileras de ordenadores en el fondo, controlados por cientos de personas. Aunque llamarlas personas sería injusto con las personas de verdad. Son ellos, los humanos inhumanos de Vosch, y no tengo ni idea de qué pretenden, aunque se me ocurre que esto debe de ser el corazón de la operación, la zona cero de la «limpieza». Una pantalla gigantesca ocupa una pared entera, y en ella se proyecta un mapa de la Tierra que está salpicado de relucientes puntos verdes; ese es el origen de la espeluznante luz verde. Primero pienso que son ciudades, y entonces me doy cuenta de que los puntos verdes deben de representar grupos de supervivientes.

Vosch no necesita cazarnos, sabe muy bien dónde estamos.

Sigo arrastrándome por el conducto, obligándome a ir despacio hasta que la luz verde se hace tan pequeña como los puntos del mapa de la sala de control. Cuatro cruces más abajo oigo voces. Voces masculinas. Y el tintineo de metal sobre metal, el chirrido de suelas de goma sobre hormigón.

«Sigue avanzando, Cassie, se acabaron las paradas. Sammy no está aquí abajo y Sammy es el objetivo».

Entonces, uno de los tíos dice:

—¿Cuántos ha dicho?

—Dos, como mínimo —responde el otro—. La chica y el que se cargó a Walters, a Pierce y a Jackson.

¿El que se cargó a Walters, a Pierce y a Jackson?

Evan, tiene que ser él.

Pero ¿qué...? Me cabreo con él durante un par de minutos. Nuestra única esperanza era que fuera yo sola, que me colara en sus defensas sin que se dieran cuenta y que sacara a Sam antes de que se percataran de lo sucedido. Por supuesto, no había funcionado del todo, pero Evan no tenía manera de saberlo.

De todos modos, el hecho de que Evan no haya hecho caso de nuestro cuidadoso plan y también se haya infiltrado en la base significa que está aquí.

Y Evan hace lo que tenga que hacer.

Me acerco más a las voces, paso justo por encima de sus cabezas y llego a la rejilla. Observo entre las lamas metálicas y veo a dos soldados Silenciadores cargando unos globos con forma de ojo en una gran carretilla. Reconozco de inmediato lo que son: ya los había visto antes.

«El Ojo se encargará de ella».

Los observo hasta que terminan de cargar la carretilla y se alejan con ella lentamente.

«Llegará un momento en que la tapadera ya no se sostenga. Cuando suceda eso, cerrarán la base... o la parte de la base que sea prescindible».

Madre mía, Vosch va a convertir el Campo Asilo en otro Campo Pozo de Ceniza.

Y, justo cuando caigo en la cuenta, suena la alarma.

X

DE MIL MANERAS

78

Dos horas.

En cuanto sale Vosch, un reloj empieza a contar los minutos dentro de mi cabeza. No, no es un reloj, es más bien un temporizador con la cuenta atrás al Armagedón. Voy a necesitar cada segundo, así que ¿dónde está el celador? Justo cuando estoy a punto de quitarme el gotero yo solito, aparece. Es un chico alto y delgaducho llamado Kistner; nos conocimos la última vez que estuve encamado. Tiene el tic nervioso de tirarse de la parte delantera de la bata, como si la tela le irritara la piel.

—¿Te lo ha dicho? —pregunta Kistner en voz baja al inclinarse sobre la cama—. Han activado el código amarillo.

—¿Por qué?

—¿Tú crees que a mí me cuentan algo? —pregunta, encogiéndose de hombros—. Espero que no tengamos que meternos otra vez en el búnker.

En el hospital, a nadie le gustan los simulacros de ataque aéreo. Trasladar varios cientos de pacientes bajo tierra en menos de tres minutos es una pesadilla táctica.

—Mejor eso que quedarse arriba y acabar incinerados por un rayo mortal alienígena.

A lo mejor es psicológico, pero, en cuanto Kistner me quita el suero, noto el dolor, un latido sordo justo donde recibí el disparo de Hacha que sigue el ritmo de mi corazón. Mientras espero a que se me aclare la mente, me pregunto si debería reconsiderar el plan. Una evacuación al búnker subterráneo podría simplificar las cosas. Después del fiasco del primer simulacro de ataque aéreo de Frijol, el mando decidió agrupar a todos los niños no combatientes en un búnker situado en el centro del complejo. Será mucho más sencillo sacarlo de allí que ir buscándolo por todos los barracones de la base.

Sin embargo, no tengo ni idea de cuándo (ni siquiera de cómo) ocurrirá eso. Lo mejor será continuar con el plan original. Tictac.

Cierro los ojos y visualizo cada paso de la huida tan detalladamente como puedo. Es algo que ya había hecho en otras ocasiones, cuando había institutos, partidos los viernes por la noche y público para animarlos. Cuando ganar un título de la región parecía lo más importante del mundo. Me imaginaba las rutas, el arco de la pelota volando hacia las luces, el defensa que corría a mi lado, el momento preciso para volver la cabeza y subir las manos sin aminorar el paso. No solo recreaba la jugada perfecta, sino las que fallaban, cómo ajustaría la ruta, cómo daría un objetivo al *quarterback* para salvar el *down*.

Esto podría salir mal de mil maneras distintas, pero solo hay una de que salga bien. No hay que pensar en la siguiente jugada, ni en la que sigue a la siguiente, ni en la otra. Hay que pensar en esta, en este paso, en acertar un paso tras otro, y así marcarás.

Paso uno: el celador.

Mi compi, Kistner, está lavando a alguien con una esponja, dos camas más allá.

—Oye —lo llamo—, ¡eh, Kistner!

—¿Qué pasa? —responde sin ocultar su enfado.

No le gusta que lo interrumpan.

—Tengo que ir al tigre.

—Se supone que no te puedes levantar: se te saltarán los puntos.

—Venga, Kistner, el baño está ahí mismo.

—Son órdenes del médico. Te llevaré una cuña.

Lo observo meterse entre los catres para llegar al puesto de suministros. Me preocupa un poco no haber esperado lo suficiente para que pase el efecto de las medicinas. ¿Y si no me puedo levantar? «Tictac, Zombi, tictac».

Aparto las sábanas y saco las piernas de la cama. Aprieto los dientes; esta es la parte más difícil. Estoy bien vendado desde el pecho hasta la cintura, y al ponerme derecho se me estiran los músculos que ha rasgado la bala de Hacha.

«Yo te rajé. Tú me disparas. Es lo justo».

«Pero va en aumento, ¿qué será lo siguiente? ¿Piensas meterme una granada de mano en los pantalones?».

La imagen es perturbadora: meterle a Hacha una granada en los pantalones. Perturbadora por muchas razones.

Sigo dopado, pero, al sentarme, el dolor casi me tumba. Así que me quedo sentado, quieto, un minuto, a la espera de que se me aclare la cabeza.

Paso dos: el cuarto de baño.

«Oblígate a ir despacio, pasos cortos, arrastra los pies».

Me doy cuenta de que se me abre la parte de atrás de la bata; estoy haciéndole un calvo a toda la sala.

El cuarto de baño estará a unos seis metros, pero me parecen seis kilómetros. Si lo han cerrado o si hay alguien dentro, estoy jodido.

No ocurre ninguna de las dos cosas. Me meto y cierro la puerta. Lavabo, váter y un platito de ducha. La barra de la cortina está atornillada a la pared. Levanto la tapa del inodoro. Un corto brazo metálico que levanta el flotador, romo por ambos extremos. El portarrollos de papel higiénico es de plástico. Se fastidió la idea de encontrar un arma aquí dentro, pero voy por el buen camino. «Vamos, Kistner, soy presa fácil».

Dos golpes secos en la puerta, y su voz al otro lado.

—Oye, ¿estás ahí?

—¡Te dije que tenía que ir! —le grito.

—¡Y yo te dije que te traía una cuña!

411

—¡Ya no aguantaba más!

Se mueve el pomo de la puerta.

—¡Abre la puerta!

—¡Un poco de intimidad, por favor! —grito.

—¡Voy a llamar a seguridad!

—¡Vale, vale! ¡Como si fuera a irme a alguna parte!

Cuento hasta diez, abro el pestillo, arrastro los pies hasta el váter, me siento. La puerta se abre un poco, y veo un trocito de la delgada cara de Kistner.

—¿Satisfecho? —gruño—. ¿Puedes cerrar la puerta, por favor?

Kistner se me queda mirando un momento mientras se tira de la bata.

—Estaré aquí mismo —me promete.

—Bien.

La puerta se cierra despacio. Ahora, a contar seis veces muy despacio hasta diez. Un minuto largo.

—¡Oye, Kistner!

—¿Qué?

—Voy a necesitar tu ayuda.

—Define «ayuda».

—¡Para levantarme! ¡No puedo levantarme del puñetero retrete! Creo que se me ha saltado un punto...

La puerta se abre de golpe, y por ella entra Kistner, rojo de rabia.

—Te lo dije.

Se pone frente a mí y extiende ambos brazos.

—Venga, cógete a mis muñecas.

—Primero, ¿puedes cerrar la puerta? Esto es embarazoso.

Kistner cierra la puerta, y yo le agarro las muñecas.

—¿Listo? —pregunta.

—Todo lo que es posible.

Paso tres: al váter.

Cuando Kistner tira, me impulso con las piernas y le golpeo el estrecho pecho con el hombro, lanzándolo contra la pared de hormigón. Después tiro de él hacia delante, giro para colocarme detrás y le pongo el brazo en la espalda, sobre los omóplatos. Eso lo obliga a caer de rodillas frente al inodoro. Le tiro de un mechón de pelo y le meto la cara en el váter. Kistner es más fuerte de lo que parece o yo estoy más débil de lo que creía, porque parece tardar mil años en desmayarse.

Lo suelto y retrocedo. Kistner rueda y cae al suelo. Zapatos, pantalones. Lo enderezo para quitarle la camisa. Me va a estar pequeña, los pantalones, largos, y los zapatos me quedarán demasiado estrechos. Me quito la bata, la lanzo al plato de la ducha y me pongo la de Kistner. Los zapatos me cuestan más: son demasiado pequeños. Una punzada de dolor me recorre el costado mientras forcejeo con ellos. Cuando bajo la vista, veo que las vendas se empapan de sangre. ¿Y si me mancho de sangre la camisa?

«De mil maneras. Concéntrate en la única buena».

Arrastro a Kistner hasta la ducha y cierro la cortina. ¿Cuánto tardará en despertarse? Da igual, tengo que seguir moviéndome, no adelantarme.

Paso cuatro: el dispositivo.

Vacilo en la puerta. ¿Y si alguien ha visto entrar a Kistner y ahora me ve salir a mí, vestido como Kistner?

«Pues todo habría acabado. Te va a matar de todos modos. Vale, pues no mueras sin más, muere intentándolo».

Las puertas del quirófano están a un campo de fútbol de distancia, al final de varias hileras de camas y a través de lo que parece ser una muchedumbre de celadores, enfermeras y médicos con batas blancas. Camino todo lo deprisa que puedo hacia las puertas, intentando no apoyar el peso en el lado herido; eso me impide andar con naturalidad, pero no puedo hacer otra cosa; por lo que sé, Vosch ha estado vigilándome y se preguntará por qué no vuelvo a mi catre.

Atravieso las puertas batientes y entro en la sala de preparación, donde un médico con cara de cansancio se enjabona hasta los codos, preparándose para una cirugía. Se sorprende al verme entrar.

—¿Qué haces aquí? —exige saber.

—Estaba buscando los guantes, nos hemos quedado sin ninguno.

El cirujano señala con la cabeza una fila de armarios de la pared opuesta.

—Estás cojeando —comenta—. ¿Te has hecho algo?

—Un tirón muscular al llevar a un gordo al tigre.

—Deberías haber usado una cuña —dice el médico mientras se limpia el jabón verde de los antebrazos.

Cajas de guantes de látex, máscaras quirúrgicas, toallitas antisépticas, rollos de cinta. ¿Dónde leches está?

Noto su aliento en la nuca.

—Tienes la caja justo delante —me dice. Me mira raro.

—Lo siento, no he dormido mucho.

—¡Dímelo a mí!

El cirujano se ríe y me da un codazo justo en la herida de bala. La habitación me da vueltas. Aprieto los dientes para reprimir un grito.

Él se apresura a pasar al quirófano que hay al otro lado de las puertas interiores, mientras yo recorro las filas de armarios abriendo puertas y rebuscando entre los suministros, pero no encuentro lo que busco. Mareado, sin aliento, con un dolor palpitante en el costado. ¿Cuánto tiempo tardará Kistner en despertar? ¿Cuánto falta para que alguien entre a echar una meada y lo encuentre?

En el suelo, al lado de los armarios, hay un cubo que pone: «RESIDUOS PELIGROSOS: UTILICE GUANTES». Le arranco la tapa de un tirón y, bingo, ahí está, entre montones de esponjas quirúrgicas ensangrentadas, jeringuillas usadas y catéteres desechados.

Vale, el bisturí está cubierto de sangre seca. Supongo que podría esterilizarlo con una toallita antiséptica o lavarlo en el fregadero, pero no hay tiempo, y un bisturí sucio es la menor de mis preocupaciones.

«Apóyate en el fregadero para mantener el equilibrio. Apriétate el cuello con los dedos para localizar el dispositivo bajo la piel y después, en vez de deslizar, presiona el cuello con la hoja roma y sucia hasta que se abra».

79

Paso cinco: Frijol.

Un médico con cara de ser muy joven sale corriendo por el pasillo camino de los ascensores, vestido con una bata blanca y una máscara quirúrgica. Cojea, apoya el peso en el lado izquierdo. Si le abres la bata blanca, quizá veas la mancha rojo oscuro que le cubre la bata verde de abajo. Si le bajas el cuello, también verás la venda que lleva sobre la nuca, colocada de cualquier manera. Pero si intentas hacer cualquiera de estas cosas, el joven doctor te matará.

Ascensor. Cierro los ojos mientras baja. A no ser que alguien haya tenido la delicadeza de dejarme un carrito de golf abandonado en la puerta principal, tardaré diez minutos en llegar andando al patio. Después viene lo más difícil: encontrar a Frijol entre los más de cincuenta pelotones que vivaquean allí y sacarlo sin despertar a nadie. Así que puede que media hora para la búsqueda y el rapto. Otros diez minutos aproximadamente para llegar al hangar de El País de las Maravillas, donde descargan los autobuses. Ahí es donde el plan empieza a desglosarse en una serie de escenarios muy poco verosímiles: viajar de polizones en un autobús vacío, derribar al conductor y a los soldados que haya a bordo una vez estemos al otro lado de las puertas, y después ¿dónde, cuándo y cómo librarnos del autobús para ir a pie al encuentro de Hacha?

«¿Y si tenéis que esperar al autobús? ¿Dónde os vais a esconder?». «No lo sé».

«Y, una vez en el autobús, ¿cuánto tendréis que esperar? ¿Treinta minutos? ¿Una hora?».

«No lo sé».

«¿Que no lo sabes? Bueno, te diré lo que yo sé: es demasiado tiempo, Zombi. Alguien dará la alarma».

Tiene razón, es demasiado tiempo.

Debería haber matado a Kistner, ese era uno de los pasos originales. Paso cuatro: matar a Kistner.

Sin embargo, Kistner no es uno de ellos, solo es un crío, como Tanque, como Umpa, como Picapiedra. Kistner no pidió esta guerra ni sabía la verdad. Seguramente no me habría creído de habérsela contado, pero tampoco le he dado la oportunidad.

«Eres blando, deberías haberlo matado. No puedes confiar en la suerte y los buenos deseos. El futuro de la humanidad pertenece a los duros».

Así que cuando se abren las puertas del ascensor en el vestíbulo principal, le hago a Frijol la promesa silenciosa que no le hice a mi hermana, la hermana cuyo medallón llevo al cuello.

«Si alguien se interpone entre los dos, puede darse por muerto».

Y en cuanto hago la promesa, es como si el universo decidiera responder, porque las alarmas antiaéreas dejan escapar un chillido ensordecedor.

¡Perfecto! Por una vez, la suerte está de mi lado. Ahora no tendré que cruzar todo el campo, no hace falta que me cuele en los barracones en busca de un Frijol en un pajar. Nada de correr hacia los autobuses. En vez de eso, bajaré directamente al complejo subterráneo por las escaleras. Cogeré a Frijol en medio del caos organizado del búnker, nos esconderemos hasta que den la señal de que ha pasado el peligro y después iremos a los autobuses.

Muy sencillo.

Estoy a medio camino de las escaleras cuando una espeluznante luz verde ilumina el vestíbulo vacío, el mismo verde ahumado que bailó sobre la cabeza de Hacha cuando me puse el ocular. Los fluorescentes del techo se han apagado, procedimiento estándar en un simulacro, así que la luz no viene de dentro, sino de algún punto del aparcamiento.

Me vuelvo para mirar. No debería haberlo hecho.

A través de las puertas de cristal veo un carrito de golf que corre a toda velocidad por el aparcamiento, en dirección al aeródromo. Entonces veo que la fuente de la luz verde está en la entrada cubierta del hospital. Tiene la forma de una pelota de fútbol americano, aunque es el doble de grande. Me recuerda a un ojo. Me quedo mirándolo, me devuelve la mirada.

Latido..., latido..., latido...

Fogonazo, fogonazo, fogonazo.

Parpadeoparpadeoparpadeo.

XI
EL MAR INFINITO

80

El estruendo de la sirena es tan fuerte que el vello de la nuca me vibra.

Estoy retrocediendo a gatas hacia el conducto principal para alejarme del recuerdo, hasta que me detengo.

«Cassie, es el arsenal».

De vuelta a la rejilla, y me quedo tres minutos largos mirando a través de ella, examinando el cuarto de abajo por si se mueve algo mientras la sirena me golpetea en los oídos dificultándome la concentración: muchas gracias, coronel Vosch.

—Vale, maldito oso —mascullo con la lengua hinchada—, vamos a entrar.

Descargo con fuerza el talón descalzo contra la rejilla. ¡Kia! Se abre a la primera patada. Cuando dejé el kárate, mi madre me preguntó el porqué, y le respondí que ya no me suponía un reto. Era mi forma de decir que me aburría, cosa que no podías decir delante de mi madre. Si te oía quejarte de aburrimiento, te encontrabas de repente con un trapo para el polvo en la mano.

Me dejo caer en la habitación. Bueno, es más bien un almacén mediano. Todo lo que un invasor alienígena necesita para dirigir un campo de exterminio humano. Contra aquella pared están los Ojos: hay varios cientos, ordenados en columnas dentro de un armarito diseñado especialmente para ellos. En la pared contraria, interminables hileras de fusiles, lanzagranadas y otras armas con las que no sabría ni qué hacer. Las armas más pequeñas, por allí: semiautomáticas, granadas y cuchillos de combate de veinticinco centímetros. También hay una sección de guardarropa en la que están representadas casi todas las ramas del servicio militar y todos los rangos posibles y todo el equipo necesario: cinturones, botas y la versión militar de la riñonera.

Y yo estoy como un niño en una tienda de caramelos.

Primero, me quito el mono blanco.

Elijo el uniforme más pequeño que encuentro y me lo pongo. Me calzo las botas.

Ha llegado el momento de armarse. Una Luger con el cargador completo. Un par de granadas. ¿M16? Si vas a representar un papel, hazlo bien. Me meto un par de cargadores adicionales en la riñonera. ¡Ah, mira, el cinturón tiene una funda para uno de esos supercuchillos de veinticinco centímetros! Hola, hola, supercuchillo de veinticinco centímetros.

Hay una caja de madera al lado del armario de las armas de fuego. Me asomo al interior y descubro una pila de tubos metálicos grises. ¿Qué son? ¿Una especie de granada con forma de palo? Cojo uno. Está hueco y tiene una rosca en un extremo. Ya sé lo que es.

Un silenciador.

Que encaja perfectamente en el cañón de mi nuevo M16. Se atornilla sin problemas.

Me escondo el pelo debajo de una gorra que me queda demasiado grande y me quedo con las ganas de un espejo. Espero colar como uno de los reclutas preadolescentes de Vosch, aunque seguramente parezco más bien la hermana pequeña de GI Joe jugando a disfrazarse.

Y ahora, ¿qué hago con Oso? Encuentro una cosa con pinta de bolso de cuero, lo meto dentro y me lo coloco en bandolera. Ya ni siquiera oigo la atronadora alarma: estoy hasta arriba de adrenalina. No solo he ganado cierta ventaja, sino que sé que Evan está aquí, y Evan no se rendirá hasta que yo esté a salvo o él, muerto.

Me dirijo de vuelta al conducto, pero me debato entre arriesgarme a seguir por allí, lastrada con diez kilos extra o más, o aventurarme por los pasillos. ¿De qué sirve un disfraz si vas en plan sigiloso? Doy media vuelta, camino de la puerta, y entonces se apaga la sirena y se hace el silencio.

No lo tomo como una buena señal.

También se me ocurre que quizá no sea buena idea estar en un arsenal lleno de bombas verdes (teniendo en cuenta que una sola es capaz de arrasar casi dos kilómetros cuadrados) mientras una docena de sus mejores amigas estalla arriba.

Salgo pitando hacia la puerta, pero antes de alcanzarla estalla el primer Ojo. Toda la habitación se sacude. Cuando estoy a pocos centímetros, el siguiente Ojo parpadea por última vez; este debía de estar más cerca, porque llueve polvo del techo y el conducto se suelta de su soporte por el otro extremo y cae al suelo.

«Vaya, Voschy, eso ha estado cerca, ¿no?».

Empujo la puerta. No hay tiempo de explorar el terreno, cuanta más distancia ponga entre el resto de los Ojos y yo misma, mejor. Corro bajo las luces rojas giratorias y elijo los pasillos al azar, intentando no pensar en nada, dejándome llevar por el instinto y la suerte.

Otro estallido. Las paredes tiemblan. El polvo cae. De arriba me llega el ruido de edificios destrozados y triturados hasta los cimientos. Y aquí debajo, los gritos de niños aterrados.

Sigo los gritos.

A veces giro donde no es y el grito pierde volumen. Retrocedo y pruebo con el siguiente pasillo. Este lugar es como un laberinto, y yo soy la rata de laboratorio.

Los estallidos de arriba han parado, al menos de momento, y yo he frenado un poco, agarrada al fusil con ambas manos, mientras sigo probando un pasillo tras otro y retrocediendo para seguir por otro lado cada vez que los gritos pierden potencia.

Oigo la voz del comandante Bob: rebota en las paredes a través de un megáfono; sale de todas partes y de ninguna.

—Vale, ¡quiero que todos os quedéis sentados con vuestro líder de grupo! ¡Que todo el mundo esté quieto y me escuche! ¡Quedaos con vuestros líderes de grupo!

Doblo una esquina y veo a un pelotón de soldados que corre hacia mí. La mayoría son adolescentes. Me aplasto contra la pared, y ellos pasan junto a mí sin tan siquiera mirarme. ¿Por qué iban a hacerlo? No soy más que otro recluta de camino a luchar contra la horda alienígena.

Doblan la esquina, y yo me pongo de nuevo en movimiento. Oigo a los niños parlotear y gemir a la vuelta de la esquina, a pesar de la regañina del comandante Bob.

«Ya casi estoy, Sam. Solo espero que estés ahí».

—¡Alto!

Me lo gritan desde atrás. No es la voz de un niño. Me detengo, me cuadro y me quedo quieta.

—¿Dónde está tu puesto, soldado? Soldado, ¡estoy hablando contigo!

—Me ordenaron vigilar a los niños, ¡señor! —respondo, intentando hablar con mi voz más grave.

—¡Media vuelta! Mírame cuando me hables, soldado.

Suspiro y me vuelvo. Tendrá unos veintitantos años y no es feo, el típico chico estadounidense. No distingo las insignias militares, pero me parece que es un oficial.

«Por seguridad, cualquier persona de más de dieciocho años es un sospechoso. Puede que haya algunos humanos adultos en puestos de autoridad, pero, conociendo a Vosch, lo dudo. Así que, si es adulto, y, sobre todo, si es un oficial, creo que podemos suponer que no es humano».

—¿Cuál es tu número? —me ladra.

¿Mi número? Suelto lo primero que se me ocurre.

—¡T-sesenta y dos, señor!

—¿T-sesenta y dos? ¿Estás segura? —pregunta, desconcertado.

—¡Sí, señor, señor!

«¿Señor, señor? Ay, Dios, Cassie».

—¿Por qué no estás con tu unidad?

No espera a la respuesta, lo que me viene bien, ya que no se me ocurre nada. Da un paso adelante y me mira de arriba abajo: a todas luces, no llevo el uniforme reglamentario. Al oficial Alienígena no le gusta lo que ve.

—¿Dónde está tu chapa, soldado? ¿Y qué haces con un silenciador en el arma? ¿Qué es esto? —pregunta, tirando del abultado bolso de cuero en el que va Oso.

Me aparto, el bolso se abre, y el oficial me pilla.

—Es un oso de peluche, señor.

—¿Un qué?

Se me queda mirando a la cara, algo cambia en la suya cuando se le enciende la bombilla y se da cuenta de a quién está mirando. Su mano derecha vuela hacia la pistola, una idea estúpida: le bastaba con pegarme un puñetazo en mi cara de niña con oso de peluche. Dibujo un veloz arco con el silenciador, lo detengo a un par de centímetros de su atractiva cara infantil y disparo.

«Ya lo has hecho, Cassie, has perdido la única oportunidad que tenías. Y estabas tan cerca...».

No puedo dejar al oficial Alienígena donde ha caído. Quizá no reparen en toda la sangre con el caos de la batalla y, además, es casi invisible con las luces rojas giratorias, pero no se puede decir lo mismo del cadáver. ¿Qué voy a hacer con él?

Estoy cerca, muy cerca, y no pienso dejar que un tío muerto me aparte de Sammy. Lo agarro por los tobillos y lo arrastro hacia otro pasillo; doblo otra esquina y lo dejo allí. Pesa más de lo que parecía. Me tomo un momento para estirar el calambre de las lumbares antes de alejarme a toda prisa. Ahora, si alguien me detiene antes de llegar al búnker, el plan es decir lo que haga falta para evitar matar de nuevo. A no ser que me dejen sin alternativa. Si eso ocurre, mataré otra vez.

Evan tenía razón: cada vez es más fácil.

La habitación está repleta de niños, cientos de niños vestidos con monos idénticos. Sentados en grupos en una zona del tamaño del gimnasio de un instituto. Se han tranquilizado un poco. A lo mejor debería gritar el nombre de Sam o pedir prestado el megáfono del comandante Bob. Me abro camino entre los críos, levantando bien las botas para no pisar ningún dedito.

Hay tantas caras... Empiezan a mezclarse unas con otras. La habitación se expande, revienta las paredes y se alarga hasta el infinito, llena de miles de millones de rostros mirando hacia arriba. Pero ¿qué han hecho esos cabrones? En mi tienda lloraba por mí y por la estúpida vida que me habían arrebatado. Ahora suplico clemencia al infinito mar de rostros que me observan desde el suelo.

Sigo dando traspiés como un zombi cuando oigo una vocecita que dice mi nombre. Sale del grupo junto al que acabo de pasar; es curioso que él me haya reconocido a mí, y no yo a él. Me quedo quieta, no me vuelvo. Cierro los ojos, pero no consigo volverme.

—¿Cassie?

Bajo la cabeza. En la garganta tengo un nudo del tamaño de Texas. Entonces, me vuelvo y él está mirándome con una expresión de miedo, como si lo que estuviera viendo pudiera ser la gota que colma el vaso: una doble de su hermana caminando de puntillas por aquí, vestida como si fuera un soldado. Como si hubiese alcanzado el límite de la crueldad de los Otros.

Me arrodillo frente a mi hermano. Él no corre a mis brazos, se queda mirando mi rostro surcado de lágrimas y me toca las húmedas mejillas con los dedos. Me los pasa por la nariz, por la frente, por la barbilla, por los párpados.

—¿Cassie?

¿Puede? ¿Puede creérselo? Si el mundo rompe un millón una promesas, ¿se puede confiar en la un millón dos?

—Hola, Sams.

Él ladea un poco la cabeza. Debo de sonar rara con la lengua hinchada. Me pongo a abrir como puedo el cierre de la bolsa de cuero.

—Esto... Supuse que querrías que te lo devolviera.

Saco el viejo osito maltrecho y se lo ofrezco. Él frunce el ceño, sacude la cabeza y no intenta cogerlo: es como si me hubiera pegado un puñetazo en el estómago.

Entonces, mi hermano pequeño tira el osito al suelo de un manotazo y aplasta su cara contra mi pecho, y, debajo del tufo a sudor y a un jabón muy fuerte, distingo su olor, el olor de Sammy, el olor de mi hermano.

XII
POR KISTNER

81

El ojo verde me ha mirado, yo le he devuelto la mirada, y no recuerdo qué me ha arrancado del abismo entre el ojo parpadeante y lo que ha pasado después.

¿Mi primer recuerdo claro? Correr.

Vestíbulo, escaleras, sótano, primer rellano, segundo rellano.

Cuando llego al tercero, el impacto de la explosión se estrella contra mi espalda como un martillo de demolición que me lanza escaleras abajo, contra la puerta que da al refugio antiaéreo.

Por encima de mí, el hospital grita mientras se hace jirones. Así suena: como un ser vivo que chilla mientras lo destrozan. El crujido atronador de mortero y piedra al romperse. El chirrido de los clavos que saltan y el chillido de doscientas ventanas al estallar. El suelo se comba, se parte. Me lanzo de cabeza al pasillo de hormigón armado justo cuando el edificio que tengo encima se desintegra.

Las luces parpadean una vez y el pasillo se sume en la oscuridad. Nunca había estado en esta parte del complejo, pero no necesito las flechas luminiscentes para saber por dónde se va al búnker. Solo tengo que guiarme por los gritos de terror de los niños.

Pero, primero, no me vendría mal levantarme.

La caída me ha abierto todos los puntos; sangro profusamente por ambas heridas: el agujero de entrada de la bala de Hacha y el agujero de salida. Intento levantarme. Lo intento con todas mis fuerzas, pero las piernas no me sostienen. Me levanto a medias y vuelvo a caer, me da vueltas la cabeza y jadeo.

Un segundo estallido me derriba de nuevo. Consigo arrastrarme unos centímetros antes de que una tercera explosión me derribe otra vez. Maldita sea, ¿qué estás haciendo ahí arriba, Vosch?

«Si es demasiado tarde, no tendremos más remedio que llevar a cabo el plan de último recurso último recurso».

Bueno, supongo que acabo de resolver ese misterio: Vosch está volando en pedazos su propia base. Destruye la aldea para salvarla. Pero ¿para salvarla de qué? A no ser que no sea Vosch. Puede que Hacha y yo nos equivocáramos estrepitosamente: a lo mejor estoy arriesgando mi vida y la de Frijol por nada. Quizás el Campo Asilo sea lo que Vosch dice que es, y eso significa que Hacha se ha metido con la guardia baja en un campo de infestados. Hacha está muerta. Hacha, Dumbo, Bizcocho y la pequeña Tacita. Dios, ¿he vuelto a hacerlo? ¿He vuelto a huir cuando debería haberme quedado? ¿He dado media vuelta cuando debería haber luchado?

El siguiente estallido es el peor; lo tengo justo sobre mi cabeza. Me tapo la cabeza con los dos brazos mientras me llueven encima trozos de hormigón del tamaño de puños. Las contusiones por las bombas, el medicamento que todavía me corre por las venas, la pérdida de sangre, la oscuridad... Todo conspira para inmovilizarme. Oigo a alguien gritar a lo lejos... hasta que me doy cuenta de que soy yo.

«Tienes que levantarte. Tienes que levantarte. Tienes que cumplir la promesa que le hiciste a Sissy...».

No, a Sissy, no. Sissy está muerta. La abandonaste, apestoso saco de vómitos regurgitados.

Mierda, eso duele. El dolor de las heridas que sangran y el dolor de la vieja herida que no se cura.

Sissy, conmigo, en la oscuridad.

Veo que intenta llegar a mí en la oscuridad.

«Estoy aquí, Sissy, dame la mano».

Intento llegar a ella en la oscuridad.

82

Sissy se retira y vuelvo a estar solo.

Cuando llega el momento de dejar de huir de tu pasado, el momento de dar media vuelta y enfrentarte a lo que creías que no eras capaz de enfrentarte (el momento en que tu vida vacila entre rendirse y levantarse), cuando llega ese momento, y siempre llega, si no puedes levantarte y tampoco puedes rendirte, esto es lo que haces: te arrastras.

Me deslizo boca abajo por el suelo y llego al cruce del pasillo principal que recorre el complejo a todo lo largo. Necesito descansar. Dos minutos, nada más. Se encienden las luces de emergencia: ya sé dónde estoy. A la izquierda, la chimenea de ventilación; a la derecha, el centro de mando y el búnker.

Tictac. Mi pausa de dos minutos ha acabado. Me pongo de pie ayudándome de la pared: estoy a punto de desmayarme de dolor. Aunque consiga atrapar a Frijol sin que me atrapen a mí, ¿cómo voy a salir de aquí en estas condiciones?

Además, sinceramente, dudo que queden autobuses. O que quede Campo Asilo, ya puestos. Una vez que lo encuentre (si lo encuentro), ¿dónde leches vamos a ir?

Arrastro los pies por el pasillo procurando mantener una mano en la pared para no caerme. Más adelante oigo a alguien que grita a los niños en el búnker, pidiéndoles que se tranquilicen y se queden sentados, diciéndoles que no pasa nada y que están completamente a salvo.

Tictac. Justo antes de la última esquina, miro a la izquierda y veo algo hecho un ovillo contra la pared: un cuerpo humano.

Un cadáver.

Todavía no está frío y lleva un uniforme de teniente. Una bala de gran calibre disparada a quemarropa lo ha dejado sin la mitad de la cara.

No es un recluta, es uno de ellos. ¿Es que alguien más ha averiguado la verdad? Puede.

O quizás un recluta acelerado y de gatillo fácil lo ha confundido con un infestado y se lo ha cargado.

«Se acabó lo de esperar lo mejor, Parish».

Saco el arma de la pistolera del hombre muerto y me la meto en el bolsillo de la bata blanca. Después me cubro la cara con la mascarilla quirúrgica.

«¡Doctor Zombi, preséntese de inmediato en el búnker!».

Y ahí está, justo delante. Unos cuantos metros más y llego.

«Lo he conseguido, Frijol, estoy aquí. Solo espero que tú también estés».

Y es como si me hubiese escuchado, porque ahí está, caminando hacía mí con un (cuesta creerlo) osito de peluche en la mano.

Pero no está solo, hay alguien con él: un recluta de la edad de Dumbo con un uniforme que le queda grande, la gorra bien calada y la visera justo sobre los ojos, armado con un M16 que lleva una especie de tubo metálico unido al cañón.

No hay tiempo para pensarlo más: fingir con este me tomaría demasiado tiempo y dependería demasiado de la suerte, y la suerte ya no pinta nada aquí. Lo importante es ser duro.

Porque esta es la última guerra, y solo sobrevivirán los duros.

Por el paso que me salté del plan. Por Kistner.

Meto la mano en el bolsillo de la bata, me acerco más. Todavía no, todavía no. La herida me palpita en el costado. Tengo que derribarlo con el primer disparo.

Sí, es un niño.

Sí, es inocente.

Y sí, está muerto.

XIII
EL AGUJERO NEGRO

83

Desearía beber del dulce olor de Sammy para siempre, pero no puedo. Este sitio está repleto de soldados armados, algunos de ellos Silenciadores... Bueno, en cualquier caso, no se trata de preadolescentes, así que debo suponer que son Silenciadores. Conduzco a Sammy a una pared, dejando así a un grupo de críos entre nosotros y el guardia más cercano. Me agacho todo lo que puedo y susurro:

—¿Estás bien?

—Sabía que vendrías, Cassie —responde, asintiendo con la cabeza.

—Lo prometí, ¿no?

Lleva un medallón con forma de corazón colgado del cuello. ¿De dónde ha salido eso? Lo toco, y él se aparta un poco.

—¿Por qué vas vestida así? —me pregunta.

—Te lo explicaré después.

—Ahora eres un soldado, ¿no? ¿En qué pelotón estás? ¿Pelotón?

—En ninguno —respondo—. Soy mi propio pelotón.

—No puedes ser tu propio pelotón, Cassie —dice, frunciendo el ceño.

No es el momento de ponerse a discutir sobre esta ridiculez del pelotón. Examino la sala.

—Sam, vamos a salir de aquí.

—Lo sé, el comandante Bob dice que vamos a subir a un gran avión —contesta.

Entonces señala con la cabeza al comandante Bob y empieza a saludarlo con la mano.

Se la bajo rápidamente.

—¿En un gran avión? ¿Cuándo?

—Pronto —responde, encogiéndose de hombros. Ha recogido a Oso del suelo y lo está examinando, manoseándolo—. Le han arrancado la oreja —comenta en tono acusador, como si hubiese desatendido mis obligaciones.

—¿Esta noche? —le pregunto—. Sam, es importante. ¿Os vais esta noche?

—Es lo que ha dicho el comandante Bob. Dijo que están *evaculando* a todos los sujetos no esenciales.

—¿*Evaculando*? Ah, vale, que están evacuando a los niños.

Le doy vueltas y más vueltas a la cabeza tratando de analizar la situación. ¿Será esa la solución? ¿Entrar a bordo con los demás y tratar de huir cuando aterricemos, dondequiera que lo hagamos? Dios, ¿por qué tiré el mono blanco? Pero, aunque lo hubiese guardado y pudiera meterme en el avión, ese no era el plan.

«Habrá cápsulas de escape en algún punto de la base, seguramente cerca del centro de mando o del alojamiento de Vosch. Básicamente, son cohetes unipersonales preprogramados para dejarte a salvo en algún lugar alejado de la base. No me preguntes dónde. Sin embargo, las cápsulas son tu mejor opción. No utilizan tecnología humana, pero puedo explicarte cómo manejarlas. Eso si encuentras una, si los dos cabéis dentro y si vives lo suficiente como para encontrar una en la que quepáis».

Son muchos «si». A lo mejor debería pegarle una paliza a un crío de mi tamaño para quitarle el mono.

—¿Cuánto tiempo llevas aquí, Cassie? —pregunta Sam.

Creo que sospecha que lo he estado evitando, sobre todo porque he permitido que el oso perdiera la oreja.

—Más de lo que me gustaría —mascullo, y eso me ayuda a decidirme: no vamos a quedarnos aquí ni un minuto más de lo necesario y no vamos a subir a un vuelo solo de ida a Campo Asilo II. No pienso cambiar un campo de exterminio por otro.

Está jugando con la oreja desgarrada de Oso, aunque esa no es su primera herida, ni de lejos. He perdido la cuenta de las veces que mamá tuvo que remendarlo: tiene más puntos que Frankenstein. Me inclino para llamar la atención de Sammy, y entonces me mira y pregunta:

—¿Dónde está papi?

Muevo la boca, pero no me sale la voz. Ni siquiera había pensado en que tendría que contárselo, ni en cómo hacerlo.

—¿Papá? Bueno, está...

«No, Cassie, no lo compliques». No quiero que se derrumbe justo cuando nos preparamos para huir. Decido dejar vivir a papá un poco más.

—Nos está esperando en el Campo Pozo de Ceniza.

—¿Papá no está aquí? —pregunta, y empieza a temblarle el labio inferior.

—Papá está ocupado —respondo con la esperanza de callarlo, aunque me siento como una mierda—. Por eso me ha enviado a mí, para sacarte de aquí. Y eso es lo que estoy haciendo ahora mismo: sacarte de aquí.

—Pero ¿qué pasa con el avión? —pregunta cuando lo pongo de pie.

—Había *overbooking* —respondo, y él me mira con cara de desconcierto—. Vámonos.

Lo cojo de la mano y voy hacia el túnel con mi espalda de soldado bien recta y la cabeza alta, porque ir de puntillas hasta la salida más cercana, como si fuésemos Shaggy y Scooby, seguro que llama la atención. Incluso ladro órdenes a algunos niños por el camino. Si alguien intenta detenernos, no dispararé: explicaré que el niño está enfermo y que me lo llevo al médico antes de que se vomite encima y ponga pringados a los demás. Si no se tragan mi historia, entonces dispararé.

Y entonces salimos al túnel y, aunque parezca increíble, hay un médico que se dirige hacia a nosotros, con la cara medio tapada con una mascarilla quirúrgica. Abre mucho los ojos al vernos: ¡a la porra mi tapadera! Eso significa que, si nos detiene, tendré que matarlo. Al acercarnos, veo que se lleva la mano al bolsillo de la bata, y una alarma me suena dentro de la cabeza, la misma que se disparó en la tienda, detrás de los refrigeradores de la cerveza, antes de vaciar un cargador entero contra un soldado que llevaba un crucifijo.

Tengo la mitad de medio segundo para decidirlo.

Es la primera norma de la última guerra: no confíes en nadie.

Apunto con el silenciador a su pecho justo cuando saca la mano del bolsillo.

La mano con una pistola.

Pero yo llevo en la mía un fusil de asalto M16.

¿Cuánto es la mitad de la mitad de un segundo?

Lo bastante para que un niño que no conoce la primera norma se coloque entre la pistola y el fusil.

—¡Sammy! —grito, frenando el disparo.

Mi hermano pequeño se pone de puntillas, tira de la máscara del médico y se la quita.

No me habría gustado nada verme la cara cuando la mascarilla dejó al descubierto el rostro que se ocultaba detrás. Más delgado de lo que recuerdo. Más pálido. Con los ojos hundidos en las cuencas, un poco vidriosos, como si estuviese enfermo o herido, pero lo reconozco, sé de quién es la cara que se escondía tras la máscara. El problema es que no consigo procesarlo.

Aquí, en este lugar, mil años después y a millones de kilómetros de los pasillos del instituto George Barnard. Aquí, en las entrañas de la bestia, en el fondo del mundo, mirándome.

Benjamin Thomas Parish.

Y Casiopea Marie Sullivan, que vive una experiencia extracorpórea completa, que se ve viéndolo a él. La última vez que lo tuvo delante fue en el gimnasio del instituto, después de que se apagaran las luces, y solo le vio la nuca. A partir de entonces, solo lo ha visto en su cabeza, cuya parte racional era consciente de que Ben Parish estaba muerto, como todos los demás.

—¡Zombi! —grita Sammy—. Sabía que eras tú.

¿Zombi?

—¿Adónde lo llevas? —me pregunta Ben con voz grave.

No la recordaba tan grave: ¿me falla la memoria o la falsea para parecer mayor?

—Zombi, esta es Cassie —lo reprende Sam—. Ya sabes, Cassie.

—¿Cassie? —pregunta, como si jamás hubiera oído ese nombre.

—¿Zombi? —replico, porque la verdad es que jamás había oído ese nombre.

Me quito la gorra, esperando que eso lo ayude a reconocerme, pero me arrepiento de inmediato. Soy consciente del aspecto que debe de tener mi pelo.

—Íbamos al mismo instituto —digo mientras me paso a toda prisa los dedos por los rizos cortados—. Me sentaba delante de ti en química avanzada.

Ben sacude la cabeza como si estuviera quitándose las telarañas del cerebro.

—Te dije que vendría —interviene Sammy.

—Calla, Sam —lo regaño.

—¿Sam? —pregunta Ben.

—Ahora me llamo Frijol, Cassie —me informa mi hermano.

—Claro que sí —le digo, y me vuelvo hacia Ben—. ¿Conoces a mi hermano?

Ben asiente con cautela.

Todavía no acabo de comprender su actitud: no es que esperase que me recibiera con un abrazo o que me recordara de la clase de química, pero hay tensión en su voz y sigue con la pistola en la mano, junto al costado.

—¿Por qué vas vestido de médico? —pregunta Sammy.

Ben, de médico; yo, de soldado. Como dos niños jugando a disfrazarse. Un médico falso y un soldado falso intentando decidir si le volaban la tapa de los sesos al otro.

Esos primeros segundos entre Ben Parish y yo fueron muy raros.

—He venido a sacarte de aquí —le dice Ben a Sam, sin quitarme la vista de encima.

Sam me mira, ¿no era yo la que había ido a recogerlo? Está muy desconcertado.

—No te vas a llevar a mi hermano a ninguna parte —le digo a Ben.

—Es todo una mentira —suelta Ben—. Vosch es uno de ellos: nos están utilizando para acabar con los supervivientes, para matarnos entre nosotros...

—Ya lo sé —lo corto—. ¿Cómo lo sabes tú y qué tiene eso que ver con llevarse a Sam?

Mi reacción a su bombazo lo deja perplejo. Entonces lo entiendo: cree que me han adoctrinado, como a todos los demás del campo. Resulta tan ridículo que me echo a reír. Mientras me río como una idiota, entiendo otra cosa: a él tampoco le han lavado el cerebro.

Lo que significa que puedo confiar en él.

A no ser que esté jugando conmigo, que me haya dicho todo eso para que baje la guardia (y el arma) y pueda así librarse de mí y llevarse a Sam.

Lo que significa que no puedo confiar en él.

Tampoco puedo leerle la mente, pero, cuando me echo a reír, debe de estar pensando algo parecido a lo que pienso yo: «¿Por qué se ríe esta loca del pelo aplastado? ¿Porque he dicho algo obvio o porque cree que mi historia es una mierda?».

—Ya lo tengo —dice Sammy para negociar la paz—. ¡Podemos ir todos juntos!

—¿Sabes cómo salir de aquí? —le pregunto a Ben.

Sammy es más crédulo que yo, pero merece la pena explorar la idea. Encontrar las cápsulas de escape, si es que existen, siempre ha sido el punto más débil de mi plan de huida.

—Sí, ¿y tú?

—Conozco una ruta de escape, pero no la ruta para llegar a la ruta.

—¿La ruta a la ruta? Vale —dice, sonriendo. Tiene un aspecto horroroso, pero la sonrisa no le ha cambiado ni un ápice: ilumina el túnel como una bombilla de mil vatios—. Yo conozco la ruta y la ruta a la ruta. —Se mete la pistola en el bolsillo y me ofrece la mano vacía—. Vamos juntos.

Lo que me fastidia es no saber si habría aceptado esa mano si hubiera pertenecido a otra persona que no fuera Ben Parish.

84

Sammy descubre la sangre antes que yo.

—No es nada —gruñe Ben.

No es lo que me parece por su expresión: a juzgar por ella, es mucho más que nada.

—Es una historia muy larga, Frijol —dice Ben—; ya te la contaré después.

—¿Adónde vamos? —pregunto.

Tampoco es que nos dirijamos adonde sea muy deprisa. Ben avanza por el laberinto de pasillos arrastrando los pies como un zombi de verdad. La cara que recuerdo sigue ahí, pero se ha desteñido... Bueno, puede que la palabra no sea desteñirse, sino más bien concretarse en una versión más flaca, angulosa y dura de su antiguo rostro. Como si alguien hubiese extirpado las partes que no fueran absolutamente necesarias para conservar la esencia de Ben.

—¿En general? Lejos de aquí. Después del siguiente túnel, a la derecha. Conduce a una chimenea de ventilación que podemos...

—¡Espera! —exclamo, y lo sujeto por el brazo. Con la sorpresa de volver a verlo, se me había olvidado por completo—. El dispositivo de rastreo de Sammy.

—Se me había olvidado por completo —dice él al cabo de un segundo, tras reírse con pesar.

—¿El qué? —pregunta Sammy.

Hinco una rodilla en el suelo y le cojo una mano. Estamos a varios pasillos de distancia del búnker, pero la voz del comandante Bob sigue oyéndose a través del megáfono, resonando en las paredes de los túneles.

—Sams, tenemos que hacer una cosa, una cosa muy importante. La gente de aquí no es lo que dice ser.

—¿Quiénes son? —susurra.

—Mala gente, Sam, una gente muy mala.

—Infestados —interviene Ben—. La doctora Pam, los soldados, el comandante... Incluso el comandante. Todos son infestados. Nos engañaron, Frijol.

—¿El comandante también? —pregunta Sammy, con los ojos como platos.

—El comandante también —responde Ben—. Así que vamos a salir de aquí y vamos a reunirnos con Hacha —añade, y me pilla mirándolo, así que explica—: La chica no se llama así de verdad.

—No me digas —respondo, sacudiendo la cabeza.

Zombi, Frijol, Hacha. Será una cosa del ejército.

—Sam, nos mintieron sobre muchas cosas, sobre casi todo —le digo a mi hermano, y le suelto la mano para recorrerle la nuca con la punta de los dedos hasta que encuentro el bultito debajo de la piel—. Esta es una de sus mentiras, esta cosa que te pusieron. La utilizan para rastrearte, pero también la pueden usar para hacerte daño.

—Así que tenemos que sacártela, Frijol —le explica Ben mientras se agacha a mi lado.

Sam asiente, pero el labio inferior empieza a temblarle y se le llenan los ojos de lágrimas.

—Va... Vale...

—Pero tienes que quedarte muy callado y muy quieto —le advierto—. No puedes gritar, ni llorar, ni moverte. ¿Crees que serás capaz?

Él asiente otra vez con la cabeza, y una lágrima se le escapa y me cae en el antebrazo. Me levanto, y Ben y yo nos apartamos un poco para tener una breve reunión preoperatoria.

—Tenemos que utilizar esto —le digo, y le enseño el cuchillo de combate de veinticinco centímetros, procurando que Sammy no lo vea.

—Si tú lo dices —responde Sam con los ojos muy abiertos—. Aunque yo pensaba utilizar esto —añade, y se saca un bisturí del bolsillo de la bata blanca.

—Puede que el tuyo sea mejor.

—¿Quieres hacerlo tú?

—Debería, es mi hermano —respondo, pero la idea de cortar el cuello de Sammy me da repelús.

—Puedo hacerlo yo —se ofrece Ben—. Tú lo sujetas, y yo corto.

—Entonces, ¿no es un disfraz? ¿Te has sacado el título de doctor en medicina en la Universidad E.T .?

—Tú procura mantenerlo lo más quieto posible para que no le rebane nada importante —dice, esbozando una sonrisa forzada.

Los dos nos volvemos hacia Sam, que está sentado con la espalda pegada a la pared y se aprieta a Oso contra el pecho mientras nos observa con temor, primero al uno y después al otro.

—Si le haces daño, Parish, te clavo este cuchillo en el corazón —susurro a Ben.

—Nunca le haría daño —responde, mirándome con cara de sorpresa.

Me pongo a Sam en el regazo y lo tumbo boca abajo sobre mis piernas, con la barbilla colgándole del borde de mi muslo. Ben se arrodilla. Miro la mano que sostiene el bisturí. Está temblando.

—Estoy bien —susurra Ben—. De verdad, estoy bien. Que no se mueva.

—¡Cassie...! —gime Sammy.

—Chist, chist. Quédate muy quieto, lo hará deprisa —le digo—. Hazlo deprisa —le pido a Ben.

Sostengo la cabeza de Sam con ambas manos. Cuando se acerca la mano de Ben con el bisturí, Ben tiene un pulso de hierro.

—Oye, Frijol, ¿te parece bien si te quito primero el medallón? —pregunta Ben.

Sammy asiente, así que Ben abre el cierre. El metal le tintinea en la mano al sacarlo.

—¿Es tuyo? —le pregunto a Ben, sorprendida.

—De mi hermana.

Ben se mete la cadena en el bolsillo y, por la forma en que lo dice, sé que está muerta.

Aparto la vista. Hace treinta minutos le he reventado la cara a un tío, y ahora no soy capaz de mirar mientras alguien hace un corte diminuto. Sammy se sacude cuando la hoja le rasga la piel. Me muerde la pierna para no gritar. Me muerde con fuerza, así que tengo que emplear toda mi fuerza de voluntad para no moverme. Si me muevo, puede que Ben corte donde no debe.

—Deprisa —le pido con voz aguda y ahogada.

—¡Lo tengo! —dice Ben; el dispositivo se le ha quedado pegado en la punta del ensangrentado dedo corazón.

—Líbrate de él.

Ben se lo sacude de la mano y tapa la herida con una venda. Ha venido preparado. Yo, en cambio, me he presentado con un cuchillo de combate de veinticinco centímetros.

—Vale, ya está, Sam —gimo—, ya puedes dejar de morderme.

—¡Me duele, Cassie!

—Lo sé, lo sé —digo, y lo levanto para darle un gran abrazo—. Y has sido muy valiente.

—Lo sé —responde él, muy serio.

Ben me ofrece una mano y me ayuda a ponerme en pie. Tiene los dedos pegajosos por culpa de la sangre de mi hermano. Se guarda el bisturí en el bolsillo y saca la pistola.

—Será mejor que nos vayamos —dice con calma, como si fuéramos a perder un autobús.

Volvemos al pasillo. Llevo a Sammy pegado a mí. Al doblar la última esquina, Ben se para en seco y yo choco con su espalda. Los disparos de una docena de armas semiautomáticas rebotan en el túnel.

—Llegas tarde, Ben —oigo decir a una voz que me resulta familiar—. Te esperaba mucho antes.

Una voz muy grave, dura como el acero.

Pierdo a Sammy por segunda vez. Se lo lleva un soldado Silenciador, supongo que de vuelta al búnker, para evacuarlo con los otros niños. Otro Silenciador nos acompaña a Ben y a mí a la sala de ejecuciones. La sala con el espejo y el botón. La sala en la que cablean y electrocutan a los inocentes. La sala de la sangre y las mentiras. Parece apropiado.

—¿Sabéis por qué ganaremos esta guerra? —nos pregunta Vosch después de encerrarnos dentro—. ¿Sabéis por qué no podemos perder? Porque sabemos cómo pensáis. Llevamos seis mil años observándoos. Cuando se alzaron las pirámides en el desierto egipcio, os observábamos. Cuando César quemó la biblioteca de Alejandría, os observábamos. Cuando crucificasteis a aquel campesino judío del siglo I, os observábamos. Cuando Colón pisó el Nuevo Mundo, cuando luchasteis por liberar a millones de seres humanos de la esclavitud, cuando aprendisteis a dividir el átomo, cuando os aventurasteis por primera vez más allá de la atmósfera... ¿Qué hacíamos nosotros?

Ben no lo mira, ninguno de los dos lo miramos. Estamos sentados frente al espejo, contemplando fijamente nuestros reflejos en el cristal roto.

La habitación del otro lado está a oscuras.

—Nos observabais —digo.

Vosch está sentado frente al monitor, a unos treinta centímetros de mí. Al otro lado, Ben, y, detrás de nosotros, un Silenciador muy fornido.

—Estábamos aprendiendo vuestro modo de pensar. Ese es el secreto para la victoria, como el sargento Parish bien sabe: comprender cómo piensa el enemigo. La llegada de la nave nodriza no fue el principio, sino el principio del fin. Y aquí estáis, en asientos de primera fila para ver el desenlace, un anticipo del futuro. ¿Os gustaría ver el futuro? ¿Vuestro futuro? ¿Os gustaría ver el poso que queda al apurar la taza humana?

Vosch pulsa un botón del teclado, y las luces de la habitación del otro lado del espejo se encienden.

Hay un sillón; al lado, un Silenciador; y amarrado al sillón está mi hermano Sammy, con unos gruesos cables conectados a la cabeza.

—Este es el futuro —susurra Vosch—. El animal humano atado y su muerte al alcance de nuestra mano. Y cuando acabéis el trabajo que os hemos asignado, pulsaremos el botón para ejecutaros y pondremos fin a vuestra deplorable administración del planeta Tierra.

—¡No hace falta que lo hagas! —grito, y el Silenciador que tengo detrás me pone una mano en el hombro y aprieta con fuerza, pero no lo bastante para que no salte del asiento—. Solo tenéis que implantarnos y descargarnos en El País de las Maravillas. Eso os dirá todo lo que queráis saber, ¿no? No hace falta que lo mates...

—Cassie —dice Ben en voz baja—, lo va a matar de todos modos.

—No deberías prestarle atención, jovencita —dice Vosch—. Es débil, siempre ha sido débil. Tú has demostrado más agallas y decisión en unas horas que él en toda su lamentable existencia.

Vosch hace un gesto al Silenciador, que me empuja de nuevo hacia el sillón.

—Voy a «descargaros» —me dice después— y voy a matar al sargento Parish; pero puedes salvar al niño si me dices quién te ha ayudado a infiltrarte en la base.

—¿No lo sabrás al descargarme? —pregunto, mientras pienso: «¡Evan está vivo!». Después pienso: «No, a lo mejor no». Podría haber muerto con las bombas, vaporizado como todo lo que había en la superficie. Quizá Vosch, como yo, no sabe si Evan está vivo o muerto.

—Porque te ha ayudado alguien —sigue diciendo Vosch sin hacer caso de mi pregunta—. Y sospecho que ese alguien no es como el señor Parish, aquí presente. La persona o personas que te han ayudado son más como... Bueno, como yo. Alguien que sabría cómo vencer el programa de El País de las Maravillas ocultando los recuerdos reales, el mismo método que nosotros llevamos siglos empleando para ocultarnos de vosotros.

Sacudo la cabeza: no tengo ni idea de lo que me está hablando. ¿Recuerdos reales?

—Los pájaros son lo más habitual —dice Vosch mientras acaricia con aire distraído el botón que reza «EJECUTAR»—. Búhos. Durante la fase inicial, cuando nos introducíamos en vuestro interior, a menudo utilizábamos el recuerdo falso de un búho para que la futura madre no supiera nada.

—Odio los pájaros —susurro.

—La fauna indígena más útil del planeta —comenta Vosch, sonriendo—. Diversa. En su mayor parte considerada benigna. Tan omnipresente que resulta casi invisible. ¿Sabías que descienden de los dinosaurios? Es una ironía muy satisfactoria. Los dinosaurios hicieron sitio a los humanos, y ahora, con la ayuda de sus descendientes, vosotros nos haréis sitio a nosotros.

—¡No me ha ayudado nadie! —chillo para interrumpir su discurso—. ¡Lo he hecho yo sola!

—¿En serio? Entonces ¿cómo es posible que justo cuando tú matabas a la doctora Pam en el Hangar Uno, disparasen a dos de nuestros centinelas, destripasen a otro y arrojaran a un cuarto desde su puesto de vigilancia en la torre de vigilancia sur?

—Yo no sé nada de eso: yo solo he venido a por mi hermano.

—En realidad no hay esperanza, ¿lo sabes, verdad? —dice, y su rostro se oscurece—. Todas vuestras ensoñaciones y fantasías infantiles sobre vencernos... son inútiles.

Abro la boca y las palabras me salen solas, sin más.

—Que te den por culo.

Y él pulsa con fuerza el botón, como si lo odiara, como si el botón tuviera cara, una cara humana, la cara de la cucaracha consciente, y su dedo fuese la bota que la aplasta.

86

No sé qué hice primero... Creo que grité. Sé que también me zafé de las manos del Silenciador y me abalancé sobre Vosch con la intención de arrancarle los ojos. Sin embargo, no recuerdo qué fue antes: si el grito o abalanzarme. Ben me rodeó con los brazos para retenerme; sé que eso fue después del grito y de lo otro. Me abrazó y tiró de mí, porque estaba concentrada en Vosch y en mi odio. Ni siquiera miré a mi hermano a través del espejo, pero Ben había estado pendiente del monitor y vio la palabra que apareció en la pantalla cuando Vosch pulsó el botón de ejecutar:

«UY».

452

Me vuelvo rápidamente hacia el espejo y compruebo que Sammy sigue vivo; llorando a mares, pero vivo. A mi lado, Vosch se levanta tan deprisa que la silla vuela por la habitación y se estrella contra la pared.

—Se ha colado en el ordenador central y ha sobrescrito el programa —le ruge al Silenciador—. Después cortará la electricidad. Vigílalos —le grita al hombre que hay detrás de Sammy—. ¡Protege esa puerta! Que nadie se mueva de aquí hasta que vuelva.

Sale dando un portazo. Oímos el clic del cierre. No hay salida. O sí que la hay: la que utilicé la primera vez que me quedé atrapada en esta habitación. Miro hacia la rejilla. «Olvídalo, Cassie, sois Ben y tú contra dos Silenciadores, y Ben está herido. Ni se te ocurra».

No, somos Ben, Evan y yo contra los Silenciadores. Evan está vivo. Y si Evan está vivo, todavía no hemos llegado al final, no hemos apurado la taza humana. La bota no ha aplastado la cucaracha. Todavía.

Y entonces la veo aparecer entre las lamas de la rejilla y caer al suelo: es el cuerpo de una cucaracha de verdad, recién aplastada. La observo precipitarse a cámara lenta, tan despacio que percibo incluso cómo rebota ligeramente al darse contra el suelo.

«¿Quieres compararte con un insecto, Cassie?».

Vuelvo a mirar rápidamente la rejilla, y allí parpadea una sombra, como el revoloteo de las alas de una efímera.

Y susurro a Ben Parish:

—El que está con Sammy... es mío.

Sorprendido, Ben me susurra:

—¿Qué?

Clavo el codo en el estómago de nuestro Silenciador, y él, que estaba desprevenido, retrocede tambaleándose hasta quedar debajo de la rejilla, agitando los brazos para conservar el equilibrio. Entonces, la bala de Evan atraviesa su cerebro, que es muy humano, y lo mata al instante. Le quito el arma antes de que el Silenciador sin vida caiga al suelo, y tengo una oportunidad, un solo disparo a través del agujero que abrí antes. Si fallo, Sammy está muerto; de hecho, su Silenciador ya se está volviendo hacia él cuando yo me vuelvo hacia el Silenciador.

Sin embargo, he tenido un instructor excelente, uno de los mejores tiradores del mundo, incluso cuando el mundo tenía siete mil millones de personas.

No se parece demasiado a disparar a una lata en un poste.

En realidad, es mucho más sencillo: su cabeza está más cerca y es mucho más grande.

Sammy ya está a medio camino cuando el tío cae al suelo. Tiro de mi hermano para ayudarlo a pasar por el agujero. Ben nos mira, mira al Silenciador muerto, al otro Silenciador muerto, mira el arma que tengo en la mano. No sabe bien qué mirar. Yo miro la rejilla.

—¡Despejado! —le digo a Evan.

Él golpea una vez en el lateral de la rejilla. Al principio no lo entiendo, pero después me río.

«Vamos a establecer un código para cuando quieras acercarte en plan sigiloso pervertido. Si llamas una vez a la puerta, significa que quieres entrar».

—Sí, Evan —digo, riéndome con tantas ganas que empieza a dolerme la cara—, puedes entrar.

Estoy a punto de mearme de alivio, porque estamos todos vivos, pero, sobre todo, porque él lo está.

Salta a la habitación y aterriza de puntillas, como un gato. Estoy en sus brazos en lo que tarda en decir «te quiero», cosa que hace mientras me acaricia el pelo, susurra mi nombre y añade las palabras «mi efímera».

—¿Cómo nos has encontrado? —le pregunto.

Está conmigo de un modo tan absoluto, tan presente, que es como si viera sus deliciosos ojos de chocolate por primera vez, como si sintiera sus fuertes brazos y sus suaves labios por primera vez.

—Ha sido fácil, alguien entró antes y me dejó un rastro de sangre.

—¿Cassie?

Es Sammy, que está agarrado a Ben porque ahora mismo está más en la onda de Ben que en la de Cassie. «¿Quién es ese tío que ha salido del techo y qué le está haciendo a mi hermana?».

—Este debe de ser Sammy —dice Evan.

—Lo es —respondo—. Ah, y este es...

—Ben Parish —dice Ben.

—¿Ben Parish? —repite Evan, mirándome—. ¿Ese Ben Parish?

—Ben —digo, con la cara roja. Quiero reírme y esconderme debajo de la mesa, todo a la vez—. Este es Evan Walker.

—¿Es tu novio? —pregunta Sammy.

No sé qué responder: Ben se encuentra completamente perdido, Evan está a punto de echarse a reír y Sammy tiene muchísima curiosidad.

Es mi primer momento realmente incómodo en la guarida alienígena, y eso que no ha sido un camino de rosas.

—Es un amigo del instituto —mascullo.

Y Evan me corrige, puesto que está claro que he perdido la cabeza.

—En realidad, Sam, Ben es el amigo de Cassie del instituto.

—Ella no es mi amiga —dice Ben—. Quiero decir, bueno, supongo que la recuerdo un poco... —Entonces procesa las palabras de Evan—. ¿Cómo sabes quién soy?

—¡No lo sabe! —grito.

—Cassie me habló de ti —responde Evan, y le doy un codazo en las costillas, a lo que él responde con una cara que dice: «¿Qué pasa?».

—A lo mejor podemos dejar para luego la charla sobre por qué todo el mundo conoce a todo el mundo —le suplico a Evan—. Ahora mismo, ¿no creéis que sería buena idea largarse?

—Sí —dice Evan—, vamos. Estás herido —añade, mirando a Ben.

—Se me han saltado un par de puntos —responde Ben, encogiéndose de hombros—. No es nada.

Me guardo la pistola del Silenciador en la pistolera vacía, me doy cuenta de que Ben necesita un arma y me meto por el agujero para buscársela. Cuando vuelvo siguen todos ahí de pie, y Ben y Evan se sonríen... de forma muy sospechosa, en mi opinión.

—¿A qué estamos esperando? —pregunto en un tono un poco más duro de lo que pretendía. Llevo la silla hasta el cadáver del Silenciador y me acerco a la rejilla—. Evan, tú deberías ir delante.

—No vamos a salir por ahí —responde mientras saca una llave de tarjeta de la riñonera del Silenciador y la pasa por el cierre de la puerta. La luz se pone verde.

—¿Vamos a salir andando? ¿Sin más?

—Sin más.

Primero se asoma al pasillo, nos hace un gesto para que lo sigamos y salimos de la sala de ejecuciones. La puerta se cierra. El pasillo está tan silencioso que pone los pelos de punta: no hay ni un alma.

—Ha dicho que ibas a cortar la electricidad —susurro mientras saco la pistola.

Evan sostiene un objeto plateado que parece un teléfono con tapa.

—Lo voy a hacer. Ahora mismo.

Pulsa un botón, y el pasillo se sume en la oscuridad. No veo nada. Con la mano libre tiento el aire en busca de Sammy, pero encuentro a Ben. Él me aprieta la mano con fuerza antes de soltarla. Unos deditos me tiran de la pernera, así que los cojo en mi mano y me meto uno en la trabilla para el cinturón.

—Ben, agárrate a mí —dice Evan en voz baja—. Cassie, agárrate a Ben. No estamos lejos.

Creía que avanzaríamos muy despacio en esta especie de conga a oscuras, pero vamos deprisa, casi pisándonos los talones. Es probable que él sea capaz de ver en la oscuridad, otra característica felina. No tardamos en parar frente a una puerta. Al menos, creo que es una puerta. Es suave y no tiene la textura de las paredes de bloques. Alguien (será Evan) empuja la lisa superficie, y de allí sale una bocanada de aire fresco y limpio.

—¿Escaleras? —susurro.

Estoy completamente ciega y desorientada, pero creo que podrían ser las mismas escaleras por las que bajé cuando llegué aquí.

—A medio camino encontraréis algunos escombros —dice Evan—. Pero seguro que podéis meteros. Tened cuidado, quizás esté algo inestable. Cuando lleguéis arriba, id hacia el norte. ¿Sabéis por dónde está el norte?

—Sí —responde Ben—, o al menos sé cómo averiguarlo.

—¿Que quiere decir eso de «cuando lleguéis arriba»? —exijo saber—. ¿Es que no vienes con nosotros?

Noto su mano en mi mejilla y sé lo que significa, así que la aparto de un manotazo.

—Vienes con nosotros, Evan —le digo.

—Tengo que hacer una cosa.

—Eso es —respondo, buscándolo a tientas hasta que encuentro su mano y tiro de ella con fuerza—: Tienes que venir con nosotros.

—Te encontraré, Cassie. ¿Acaso no te he encontrado siempre? Te...

—No, Evan, no sabes si serás capaz de encontrarme.

—Cassie —insiste, y no me gusta cómo dice mi nombre: lo hace en voz demasiado baja, demasiado triste, se parece demasiado a una voz de despedida—. Me equivoqué al decirte que era las dos cosas y ninguna. No puedo serlo; ahora lo sé. Tengo que elegir.

—Espera un momento —dice Ben—. Cassie, ¿este tío es uno de ellos?

—Es complicado —respondo—; ya lo hablaremos después. —Entonces sujeto la mano de Evan entre las mías y me la llevo al pecho—. No vuelvas a abandonarme.

—Me abandonaste tú, ¿recuerdas?

Extiende los dedos sobre mi corazón como si lo sostuviera, como si le perteneciera, ese territorio por el que tanto ha luchado y que se ha ganado en justa batalla.

Me rindo.

¿Qué voy a hacer, apuntarle a la cabeza con una pistola? «Ha llegado hasta aquí —me digo—. Podrá con el resto del camino».

—¿Qué hay al norte? —pregunto mientras le aprieto los dedos.

—No lo sé, pero es el camino más corto al lugar más alejado.

—¿Más alejado de dónde?

—De aquí. Esperad al avión. Cuando el avión despegue, corred. Ben, ¿crees que podrás correr?

—Creo que sí.

—¿Deprisa?

—Sí —responde, aunque no parece demasiado seguro.

—Esperad al avión —susurra Evan—. No lo olvidéis.

Me besa con rabia en los labios y, de repente, la presencia de Evan desaparece de las escaleras. Noto el aliento de Ben en el cogote, cálido en comparación con el frío del ambiente.

—No entiendo lo que está pasando aquí —dice—, pero ¿quién es ese tío? Es un... ¿Qué es? ¿De dónde ha salido? ¿Y adónde va ahora?

—No estoy segura, pero diría que ha encontrado el arsenal.

«Alguien entró antes y me dejó un rastro de sangre».

«Dios mío, Evan, con razón no me lo has dicho».

—Va a volar este sitio en pedazos.

87

No es que subamos corriendo las escaleras hacia la libertad. Casi nos arrastramos por ellas, nos aferramos los unos a los otros: yo delante, Ben detrás, Sammy en medio. El espacio cerrado está repleto de partículas de polvo, así que no tardamos en empezar a toser y a resollar, en mi opinión lo bastante alto como para que nos oigan todos los Silenciadores en cinco kilómetros a la redonda. Avanzo por la oscuridad con una mano extendida frente a mí e informo en voz baja sobre nuestro progreso.

—¡Primer rellano!

Cien años después, llegamos al segundo. Estamos casi a medio camino del final, pero aún no nos hemos encontrado con los escombros sobre los que nos ha advertido Evan.

«Tengo que elegir».

Ahora que se ha ido y ya es demasiado tarde, se me han ocurrido un buen puñado de razones por las que no debería habernos abandonado. La mejor es esta:

«No te dará tiempo».

El Ojo tarda... ¿Cuánto? Un minuto o dos entre la activación y la detonación. Apenas lo suficiente para llegar a las puertas del arsenal.

«Vale, quieres ponerte en plan noble y sacrificarte para salvarnos, pero entonces no me digas cosas como "te encontraré"; eso implica que seguirás vivo para encontrarme después de desatar la bola de fuego verde del infierno».

A no ser que... Puede que los Ojos puedan activarse a distancia. A lo mejor la cosa plateada que lleva consigo...

«No. Si eso fuera una posibilidad, habría salido con nosotros y las habría hecho estallar a una distancia segura».

Maldita sea, cada vez que creo que empiezo a entender a Evan Walker, se me escapa. Es como si yo fuera ciega de nacimiento e intentara imaginarme un arcoíris. Si pasa lo que creo que va a pasar, ¿sentiré su muerte como él sintió la de Lauren, como un puñetazo en el corazón?

Cuando estamos a medio camino del tercer rellano, me golpeo la cabeza contra algo de piedra. Me vuelvo hacia Ben y le susurro:

—Voy a ver si puedo trepar por encima: puede que haya sitio para meterse por arriba.

Le paso mi fusil y me agarro bien con las dos manos. No he hecho demasiada escalada (vale, mi experiencia es nula), pero no puede ser tan difícil, ¿no?

Cuando estoy más o menos a un metro del suelo, una roca se desprende bajo mi pie, caigo desde arriba y me doy un buen golpe en la barbilla.

—Lo intentaré yo —dice Ben.

—No seas estúpido, estás herido.

—De todos modos, tendría que subir, Cassie.

Tiene razón, claro. Abrazo a Sammy mientras Ben escala el amasijo de hormigón y varillas de acero. Lo oigo gruñir cada vez que llega al siguiente asidero. Algo mojado me cae en la nariz. Sangre.

—¿Estás bien? —le pregunto.

—Ummm, define «bien».

—Bien significa que no te estás desangrando.

—Estoy bien.

«Es débil», dijo Vosch. Recuerdo la forma en que Ben se paseaba por los pasillos del instituto, meneando los anchos hombros, atravesando a la gente con el rayo mortífero de su sonrisa: era el amo del universo. Entonces jamás lo habría considerado débil. Pero el Ben Parish que conocía es muy distinto del Ben Parish que trepa por una pared irregular de piedras rotas y metal retorcido. El nuevo Ben Parish tiene los ojos de un animal herido. No sé qué le habrá pasado exactamente entre aquel día en el gimnasio y ahora, pero no cabe duda de que los Otros han tenido éxito al cribar a los débiles de los fuertes.

Los débiles han desaparecido.

Ahí es donde falla el plan maestro de Vosch: si no nos matas a todos a la vez, los que queden no serán los débiles.

Los que queden serán los fuertes, tal vez dañados, pero enteros, como las varillas de acero que antes armaban este hormigón.

Inundaciones, incendios, terremotos, enfermedades, hambre, traición, aislamiento, asesinato.

Lo que no te mata, te hace más fuerte. Más duro. Más sabio.

«Estás convirtiendo rejas de arado en espadas, Vosch. Nos estás rehaciendo».

«Nosotros somos la arcilla, y tú eres Miguel Ángel».

«Y nosotros seremos tu obra de arte».

—¿Y bien? —pregunto al cabo de varios minutos, viendo que Ben no baja, ni poco a poco ni de golpe.

—Creo... que hay... el sitio... justo —dice, con un hilo de voz—. Se alarga bastante, pero veo luz al final.

—¿Luz?

—Luz brillante, como de focos. Y...

—¿Y? ¿Y qué?

—Y este montón de hormigón no es demasiado estable; creo que empieza a desmoronarse bajo mis pies.

Me agacho frente a Sammy, le digo que se me suba encima y que me rodee el cuello con los brazos.

—Agárrate fuerte, Sam —le pido, y él me hace una llave de estrangulación—. Aaah —me quejo con un jadeo—, no tanto.

—No me sueltes, Cassie —me susurra al oído cuando empiezo a subir.

—No te soltaré, Sam.

Aprieta la cara contra mi espalda, absolutamente confiado en que no lo dejaré caer. Ha vivido cuatro ataques alienígenas, ha sufrido Dios sabe qué en la fábrica de la muerte de Vosch, pero mi hermano sigue confiando en que, de algún modo, todo saldrá bien.

«En realidad no hay esperanza, ¿lo sabes, verdad?», dijo Vosch. He oído antes esas palabras, con otra voz, mi voz, en la tienda del bosque, bajo el coche de la autopista: «Imposible, inútil, sin sentido».

Creía lo mismo que dijo Vosch.

En el búnker vi un mar infinito de rostros alzados. De haberme preguntado, ¿les habría dicho que no había esperanza, que nada tenía sentido? ¿O les habría dicho: «Subíos a mis hombros, no os soltaré»?

Subir la mano, agarrarse, impulsarse, poner el pie, descansar.

Subir, agarrarse, impulsarse, pie, descansar.

«Subíos a mis hombros, no os soltaré».

89

Ben me sujeta por las muñecas cuando estoy cerca de la cima de los escombros, pero le digo entre jadeos que suba a Sammy primero. No me queda energía para ese último paso, así que me quedo allí colgada, esperando a que Ben vuelva a sujetarme. Tira de mí para meterme por el estrecho hueco, una rendija entre el techo y lo alto de la colina. La oscuridad no es tan absoluta aquí arriba, y le veo el demacrado rostro, cubierto de polvo de hormigón y arañazos que ya han empezado a sangrarle.

—Todo recto —susurra—. Puede que a unos treinta metros.

No hay sitio para ponerse en pie ni sentarse: estamos tumbados boca abajo, casi nariz contra nariz.

—Cassie, no hay... nada. Todo el campo ha desaparecido. Simplemente ha... desaparecido.

Asiento con la cabeza; ya he visto muy de cerca lo que pueden hacer los Ojos.

—Tengo que descansar —le digo entre resuellos y, por algún motivo, me preocupa la calidad de mi aliento. ¿Cuándo fue la última vez que me cepillé los dientes?—. Sams, ¿estás bien?

—Sí.

—¿Y tú? —me pregunta Ben.

—Define bien.

—Es una definición muy cambiante —responde—. Han iluminado la zona, ahí fuera.

—¿El avión?

—Está ahí. Es grande, uno de esos enormes aviones de carga.

—Hay muchos niños.

Nos arrastramos hacia la barra de luz que se filtra a través de la grieta, entre las ruinas y la superficie. Cuesta avanzar. Sammy empieza a gemir. Tiene las manos desolladas y el cuerpo magullado por culpa de la piedra. Nos metemos por huecos tan angostos que nos rozamos la espalda contra el techo. En una ocasión me quedo atascada y Ben tarda varios minutos en sacarme. La luz hace retroceder la oscuridad, brilla con fuerza, con tanta que veo cada una de las partículas de polvo arremolinadas contra el telón negro.

—Tengo sed —gime Sammy.

—Ya casi estamos —le aseguro—. ¿No ves la luz?

Por la abertura contemplo todo el este de Death Valley (el mismo paisaje yermo del Campo Pozo de Ceniza multiplicado por diez), iluminado por los focos que cuelgan de los postes montados a toda prisa en las chimeneas que suministraban aire al complejo de abajo.

Y, sobre nosotros, el cielo nocturno salpicado de teledirigidos. Cientos de ellos flotan a trescientos metros de altura, inmóviles, mientras sus vientres grises reflejan la luz de los focos. Y, justo debajo, en el suelo, a mi derecha, un enorme avión espera, perpendicular a nosotros. Cuando despegue, pasará a nuestro lado.

—¿Han cargado ya a los...? —empiezo, pero Ben me corta con un siseo.

—Han arrancado los motores.

—¿Por dónde está el norte?

—A las dos en punto —dice, y me lo señala.

Se ha quedado pálido: su rostro no tiene color. La boca le cuelga un poco, como un perro jadeando. Cuando se inclina para mirar el avión, me doy cuenta de que tiene mojada la pechera de la camisa.

—¿Puedes correr? —pregunto.

—Tengo que hacerlo, así que sí.

—Cuando salgamos a campo abierto, súbete otra vez encima de mí, ¿vale? —le digo a Sam.

—Puedo correr, Cassie —protesta él—. Soy rápido.

—Lo llevaré yo —se ofrece Ben.

—No seas ridículo —respondo.

—No soy tan débil como parezco —insiste, probablemente pensando en Vosch.

—Claro que no, pero, si te caes con él, estamos todos muertos.

—Igual que si te pasa a ti.

—Es mi hermano: lo llevaré yo. Además, estás herido y...

Es lo único que logro decir. El resto queda ahogado en el rugido del enorme avión que se dirige hacia nosotros, acelerando.

—¡Ahora! —grita Ben, pero no lo oigo.

Tengo que leerle los labios.

90

Nos agachamos en la abertura, apoyados en las puntas de los dedos de las manos y de los pies. El aire frío vibra en sintonía con el estruendo ensordecedor del gran avión, que recorre el suelo compactado. Se pone a nuestro nivel cuando la rueda delantera se eleva, y es entonces cuando estalla la primera bomba.

Y yo pienso: «Estooo, un poco pronto, Evan».

El suelo se levanta, y salimos corriendo a toda prisa. Sammy me rebota en la espalda mientras, detrás de nosotros, el hueco de las escaleras parece derrumbarse en silencio, porque el rugido del avión eclipsa cualquier otro sonido. El rebufo de los motores me azota en el costado izquierdo y casi me hace caer. Ben me coge a tiempo y me empuja hacia delante.

Después salgo volando. La tierra se hincha como un balón y retrocede, y el suelo se abre con tanta fuerza que temo que se me hayan reventado los tímpanos. Por suerte para Sam, aterrizo boca abajo, aunque para mí no es tan afortunado, ya que el impacto me deja los pulmones vacíos, sin un mísero centímetro cúbico de aire. Noto que el peso de Sam desaparece y veo que Ben se lo echa al hombro. Después me levanto, pero me quedo atrás y pienso: «¿Débil?, ¡y una mierda! ¡Y una mierda!».

Ante nosotros, el suelo parece alargarse hasta el infinito. Y detrás, se lo traga un agujero negro, y el agujero nos persigue al expandirse, devorándolo todo a su paso. Un resbalón y se nos tragará también a nosotros, reducirá nuestros cuerpos a fragmentos microscópicos.

Oigo un grito agudo por encima de nuestras cabezas, y veo que un teledirigido se estrella contra el suelo a diez metros de nosotros. El impacto lo hace pedazos, lo convierte en una granada del tamaño de un Prius, y mil pedacitos de metralla afilados como cuchillas me destrozan la camisa caqui y se me clavan en la piel que tengo al aire.

La lluvia de teledirigidos sigue un ritmo. Primero, el grito de *banshee*. Después, la explosión cuando se estrellan contra el suelo, duro como una roca. A continuación, el estallido de escombros. Y nosotros esquivamos las gotas mortales, moviéndonos en zigzag por el paisaje baldío mientras el hambriento agujero negro lo consume y nos persigue.

También tengo otro problema: la rodilla. La vieja herida de cuando me derribó un Silenciador que se escondía en el bosque. Cada vez que piso suelo duro, un dolor punzante me sube por la pierna y me hace trastabillar, obligándome a reducir la marcha. Cada vez me quedo más atrás. Más que correr, tengo la sensación de caerme hacia delante, mientras alguien me golpea la rodilla con un mazo una y otra vez.

Una cicatriz aparece en la perfecta nada que tenemos delante. Viene hacia nosotros a toda prisa.

—¡Ben! —chillo, pero no me oye por culpa de los gritos, los estallidos y la ensordecedora implosión de doscientas toneladas de roca derrumbándose en el vacío creado por los Ojos.

La sombra borrosa que se dirige a nosotros se solidifica en una forma concreta, hasta que se convierte en un Humvee repleto de torretas para ametralladoras.

Qué cabrones más insistentes.

Ben ya lo ha visto, pero no tenemos elección: no podemos parar, no podemos dar media vuelta. «Al menos, el agujero también se los tragará a ellos», pienso.

Entonces, me caigo.

No sé bien por qué; no recuerdo la caída en sí. Estoy corriendo y, de repente, tengo la cara pegada al suelo y pienso: «¿De dónde ha salido esta pared?».

A lo mejor se me ha bloqueado la rodilla. A lo mejor he resbalado. El caso es que me he caído y noto que la tierra que tengo debajo chilla y grita mientras el agujero la desgarra, como una criatura devorada viva por un depredador hambriento.

Intento levantarme, pero el suelo no colabora, se comba debajo de mí y vuelvo a caer.

Ben y Sam están a varios metros, todavía de pie, y allí veo el Humvee, que aparece delante de ellos en el último segundo, quemando neumáticos. Apenas frena. La puerta se abre de golpe, y un crío escuchimizado alarga la mano hacia Ben.

Ben le lanza a Sammy. El crío mete a mi hermano dentro y, a continuación, da una buena palmada al lateral del vehículo, como diciendo: «¡Vamos, Parish, vamos!».

Y entonces, en vez de subirse al Humvee como una persona normal, Ben Parish da media vuelta y corre a por mí.

Agito los brazos para que se vaya: «No hay tiempo, no hay tiempo, no hay tiempo, no hay tiempo».

Noto el aliento de la bestia en las piernas desnudas (cálido, polvoriento, piedra y tierra pulverizadas) y, entonces, el suelo se abre entre Ben y yo, y el trozo de tierra en el que estoy tirada se desgaja y empieza a deslizarse hacia su boca sin luz.

Como consecuencia, yo también empiezo a deslizarme, alejándome de Ben, que, con mucho criterio, se ha tirado al suelo boca abajo al borde de la fisura para evitar cabalgar conmigo hacia el agujero negro. Las puntas de nuestros dedos se tocan, pero no puede sacarme tirando de mi meñique, así que, en el medio segundo que tiene para decidirse, se decide, me suelta el dedo y aprovecha su única oportunidad para agarrarme por la muñeca.

Le veo abrir la boca y echarse hacia atrás, tirando de mí, pero no oigo nada. No me suelta, se aferra a mi muñeca con ambas manos y gira como un lanzador de pesos para lanzarme hacia el Humvee. Creo que mis pies dejan de tocar el suelo.

Otra mano me coge del brazo y me mete dentro. Acabo a horcajadas sobre las piernas del chaval escuchimizado; sin embargo, ahora que lo tengo cerca, descubro que no es un chico, sino una chica de ojos oscuros con una reluciente melena lisa y negra. Detrás de ella, Ben salta con la intención de alcanzar la parte trasera del Humvee, pero no llego a ver si lo consigue: me estrello contra la puerta cuando el conductor da un volantazo a la izquierda para evitar un teledirigido que cae. Pisa el acelerador.

Aunque el agujero ya se ha zampado todas las luces, hace una noche despejada y no me cuesta distinguir el borde del pozo que nos persigue, la boca de la bestia abierta de par en par. El conductor, demasiado joven para tener permiso de conducir, hace girar el volante a un lado y a otro para evitar el torrente de teledirigidos que estallan a nuestro alrededor. Uno cae frente a nosotros, a poca distancia, y no hay tiempo para rodearlo, así que nos metemos en la explosión. El parabrisas se desintegra y nos baña en cristales.

Las ruedas traseras patinan, rebotamos y saltamos hacia delante, a pocos centímetros del agujero. Ya no puedo seguir mirándolo, así que miro hacia arriba.

Donde la nave nodriza navega, serena, por el cielo. Y, justo debajo, a lo lejos, junto al horizonte, cae otro teledirigido.

«No, no es un teledirigido. Brilla», pienso.

Debe de ser una estrella fugaz; su ardiente estela es como un cordón de plata que la conecta a los cielos.

—— 91 ——

Cuando amanece ya estamos a kilómetros de distancia, ocultos bajo un paso elevado de la autopista, y el niño de orejas grandes al que llaman Dumbo se ha arrodillado al lado de Ben para ponerle una venda limpia en la herida del costado. Ya se ha ocupado de mí y de Sammy: nos ha sacado metralla, nos ha limpiado las heridas, nos ha dado puntos y las ha vendado.

Me ha preguntado por lo que me había pasado en la pierna. Le he respondido que me disparó un tiburón. No reacciona. No parece confundido ni le hace gracia, ni nada. Como si el disparo de un tiburón fuese algo perfectamente natural después de la Llegada. Como cambiarte de nombre y ponerte «Dumbo». Cuando le he preguntado por su nombre real, me ha dicho que era... Dumbo.

Ben es Zombi, Sammy es Frijol, Dumbo es Dumbo. Después están Bizcocho, un crío de rostro dulce que no habla, aunque tal vez puede hacerlo, no lo sé; Tacita, una niña no mucho mayor que Sams que quizá tenga un problema grave, lo cual me preocupa, porque se pasa el día abrazada a un M16 con el cargador intacto.

Finalmente, la guapa de pelo oscuro se llama Hacha y es más o menos de mi edad, y no solo tiene una melena negra muy reluciente y muy lisa, sino también la piel perfecta de una modelo retocada con Photoshop, como las que aparecen en las portadas de las revistas de moda sonriéndote con arrogancia mientras haces cola en la caja del supermercado. Salvo que Hacha nunca sonríe, igual que Bizcocho nunca habla. Así que he decidido aferrarme a la posibilidad de que le falte algún diente.

Creo que hay algo entre Ben y ella, algo en el sentido de que parecen íntimos.

Se han pasado un buen rato hablando cuando hemos llegado aquí. No es que los haya estado espiando, ni mucho menos, pero me encontraba lo bastante cerca para oír las palabras «ajedrez», «círculo» y «sonrisa».

Entonces he oído a Ben preguntar:

—¿De dónde has sacado el Humvee?

—Tuvimos suerte: trasladaron parte del equipo y de los suministros a una zona de pruebas a unos dos *klicks* al oeste del campo. Supongo que para estar preparados para el bombardeo. Estaba protegido, pero Bizcocho y yo les llevábamos ventaja.

—No deberías haber vuelto, Hacha.

—De no haberlo hecho, ahora no estaríamos hablando.

—No me refiero a eso. Cuando viste que el campo estallaba, deberías haber vuelto a Dayton. Puede que seamos los únicos que conocen la verdad sobre la quinta ola: esto es más importante que yo.

—Tú volviste a por Frijol.

—Eso es distinto.

—Zombi, que tampoco eres tan estúpido —dice, como si Ben fuese estúpido, pero solo un poquito—. ¿Todavía no lo entiendes? En cuanto decidamos que una persona ya no importa, ellos habrán ganado.

Tengo que estar de acuerdo con la señorita Poros Microscópicos. Mientras mi hermano se sienta en mi regazo para que le dé calor. En el terreno elevado con vistas a la autopista abandonada. Bajo un cielo repleto de mil millones de estrellas. Me da igual lo que impliquen las estrellas sobre lo pequeños que somos. Cualquiera de nosotros, por pequeño, débil e insignificante que sea, importa.

Está a punto de amanecer, se nota que llega el día. El mundo contiene el aliento porque no hay nada que garantice que el sol vuelva a salir. Que hubiera un ayer no significa que haya un mañana.

¿Qué dijo Evan?

«Estamos aquí y después desaparecemos, y lo importante no es el tiempo que pasemos en este mundo, sino lo que hagamos con ese tiempo».

Y yo susurro:

—Efímera.

El nombre con el que me bautizó.

Había estado dentro de mí, Evan había estado dentro de mí y yo dentro de él, juntos en un espacio infinito, y no existía un lugar en el que yo acabara y él empezara.

Sammy se agita en mi regazo. Se había dormido, pero se acaba de despertar.

—Cassie, ¿por qué lloras?

—No lloro. Calla y vuelve a dormir.

—Estás llorando —insiste, y me pasa los nudillos por la mejilla.

Alguien se acerca. Es Ben. Me limpio las lágrimas a toda prisa, y él se sienta a mi lado con mucho cuidado, dejando escapar un gruñido de dolor. No nos miramos, contemplamos los movimientos espasmódicos de los teledirigidos que caen a lo lejos. Escuchamos el silbido del viento solitario a través de las ramas secas de los árboles.

Sentimos el frío del suelo helado que se filtra por las suelas de nuestros zapatos.

—Quería darte las gracias —me dice.

—¿Por qué?

—Me salvaste la vida.

—Y tú me levantaste cuando caí —respondo, encogiéndome de hombros—. Estamos en paz.

Tengo la cara cubierta de vendas, el pelo como un nido de pájaro, voy vestida como uno de los soldados de juguete de Sammy, pero Ben Parish se inclina sobre mí y me besa de todos modos. Un besito rápido, medio mejilla, medio boca.

—¿A qué viene eso? —pregunto con voz aguda, como la niña de antaño, la Cassie pecosa que yo era, la del pelo rizado y las rodillas nudosas, una chica corriente que compartía con él un autobús escolar amarillo corriente para pasar un día corriente.

En todas mis fantasías sobre nuestro primer beso (y he tenido unas seiscientas mil), nunca me había imaginado que sería así. Nuestro beso soñado requería luz de luna, o niebla, o luz de luna y niebla, una combinación muy misteriosa y romántica, al menos en el lugar adecuado. Niebla a la luz de la luna junto a un lago o un río tranquilo: romántico. Niebla a la luz de la luna en cualquier otro lugar, como un callejón estrecho: Jack el Destripador.

«¿Te acuerdas de los bebés?», le preguntaba en mis fantasías. Y Ben siempre respondía: «Sí, claro que sí. ¡Los bebés!».

—Oye, Ben, me preguntaba si recordarías... Íbamos en el mismo autobús al colegio, tú estabas hablando de tu hermana pequeña y yo te dije que Sammy también acababa de nacer, y me preguntaba si te acordarías de eso. Lo de que nacieran juntos. Bueno, juntos no, eso los convertiría en gemelos, ja, ja. Me refiero a que nacieran a la vez. No exactamente, pero con una semana de diferencia. Sammy y tu hermana. Los bebés.

—Perdona... ¿Bebés?

—Da igual, no tiene importancia.

—Ya no hay nada que no tenga importancia.

Estoy temblando. Debe de haberse dado cuenta, porque me echa un brazo por encima y nos quedamos así sentados un rato, yo abrazando a Sammy, Ben abrazándome a mí, y los tres juntos contemplando el sol que sale por el horizonte y arrasa la oscuridad con su estallido de luz dorada.

AGRADECIMIENTOS

Puede que escribir una novela sea una experiencia solitaria, pero el proceso hasta llegar al libro terminado no lo es, y sería una estupidez atribuirme todo el mérito. He contraído una enorme deuda con el equipo de Putnam por su inconmensurable entusiasmo, que no hizo más que intensificarse a medida que el proyecto crecía más allá de nuestras expectativas. Mil gracias a Don Weisberg, Jennifer Besser, Shanta Newlin, David Briggs, Jennifer Loja, Paula Sadler y Sarah Hughes.

En ocasiones llegué a pensar que mi editora, la invencible Arianne Lewin, había invocado a un espíritu demoniaco empeñado en conseguir mi destrucción creativa, ya que ponía a prueba mi resistencia, me llevaba hasta los borrosos límites de mi habilidad, como hacen todos los grandes editores. A lo largo de los múltiples borradores, de las interminables revisiones y de los incontables cambios, nunca flaqueó la fe de Ari en el manuscrito... y en mí.

Mi agente, Brian DeFiore, se merece una medalla (o, al menos, un sofisticado diploma elegantemente enmarcado) por ser un extraordinario gestor de mi angustia creativa. Brian pertenece a esa inusual estirpe de agentes que no vacila en meterse en el berenjenal que haga falta con su cliente; ha estado siempre dispuesto (aunque no diré que siempre deseoso de hacerlo) a escuchar, a echarme una mano y a leer la versión número cuatrocientos setenta y nueve de un manuscrito que no paraba de cambiar. Él nunca diría que es el mejor, pero yo sí: Brian, eres el mejor.

Gracias a Adam Schear por saber manejar como un experto los derechos internacionales de la novela, y un agradecimiento especial a Matthew Snyder, de CAA, por navegar por ese extraño, desconcertante y maravilloso mundo del cine, y emplear sus poderes místicos con una eficiencia pasmosa, antes incluso de que el libro estuviera acabado. Ojalá fuese yo la mitad de bueno como autor que él como agente.

La familia de un escritor tiene que soportar su propia carga durante la composición de un libro. Sinceramente, no sé cómo lo aguantaban algunas veces: las largas noches, los silencios malhumorados, las miradas perdidas, las respuestas distraídas a preguntas que, en realidad, no habían hecho. Debo dar las gracias de corazón a mi hijo, Jake, por ofrecerle a este anciano la perspectiva de un adolescente y, sobre todo, por la palabra «jefe» cuando más la necesitaba.

No hay nadie a quien deba más que a mi mujer, Sandy. La génesis de este libro fue una conversación a última hora de la noche, repleta de esa estimulante mezcla de hilaridad y miedo tan característica de muchas de nuestras conversaciones a última hora de la noche. Eso y un debate muy extraño mantenido unos meses después en el que comparábamos una invasión alienígena con el ataque de una momia. Ella es mi intrépida guía, mi mejor crítica, mi fan más rabiosa y mi más feroz defensora. También es mi mejor amiga.

Perdí a una querida amiga y compañera mientras escribía este libro, mi fiel perrita escritora Casey, que se enfrentaba a todos los ataques, corría por todas las playas y luchaba por ganar cada centímetro de terreno a mi lado. Te echaré de menos, Case.

ÚLTIMOS TÍTULOS DE LA COLECCIÓN

La quinta ola
Rick Yancey
www.laquintaola.es

Después de la primera ola... la Tierra queda a oscuras. Después de la segunda ola... solo huyen los afortunados. Después de la tercera ola... solo sobreviven los desafortunados. Después de la cuarta ola... ya no puedes confiar en nadie. En el amanecer de la quinta ola, Cassie está huyendo por un tramo desolado de autovía. Huye de ellos y sabe que la única opción para seguir con vida es seguir sola, sin confiar en nadie, hasta que se encuentra con Evan Walker. Es el momento de tomar una elección definitiva: confiar o perder la esperanza... abandonar o luchar.

Descubre el futuro de Cassie y sus compañeros en *El mar infinito*.

Olvidados
Michael Grant
www.sagaolvidados.com

En un abrir y cerrar de ojos, todos desaparecen. Olvidados. Excepto los jóvenes: adolescentes, niños, bebés. Pero no queda ni un solo adulto. No hay manera de saber lo que ha pasado, no hay forma de pedir ayuda. Hay que organizar un nuevo mundo y los chicos empiezan a sufrir transformaciones sospechosas. Se prepara una pelea y se acaba el tiempo: el día de tu cumpleaños desaparecerás... como todos los demás.

**Una lectura adictiva llena de suspense que continúa
en *Hambre, Mentiras, Plaga, Miedo*, y que acaba en *Luz*.**

Naturaleza salvaje
Megan Shepherd

Juliet ha sido menospreciada debido a las supuestas fechorías de su padre, mientras sigue pensando en un joven de la vida que dejó atrás. Sin embargo, está dispuesta a descubrir la verdad acerca del pasado de su familia, así que se alejará de Londres hacia una exótica isla tropical en busca de respuestas. Un viaje donde le aguardan numerosos peligros y un mundo de tinieblas: una naturaleza salvaje.

Un thriller gótico y oscuro inspirado en el clásico *La isla del doctor Moreau* que continúa en *Naturaleza oscura*.

Amanecer rojo
Pierce Brown

Ideas como libertad o igualdad murieron junto con la Tierra. Ahora, en Marte, el equilibrio se sustenta en un férreo sistema de castas representadas por colores, en el que los dorados son la élite gobernante. Pero Darrow no es un dorado, es un rojo: forjado en las entrañas del infierno, afilado por el odio, fortalecido por el amor. Para sobrevivir debe ocultar su verdad sin olvidar que cada muerte, cada paso en la batalla, es por la libertad

En un mundo de oscuridad, un rojo amanecerá dorado.

Divergente
Veronica Roth
www.sagadivergente.com

En el Chicago distópico de Beatrice Prior, la sociedad está dividida en cinco facciones, cada una de ellas se dedica a cultivar una virtud concreta: Verdad, Abnegación, Osadía, Cordialidad y Erudición. En una ceremonia anual, todos los chicos de dieciséis años deben decidir a qué facción dedicarán el resto de sus vidas. Entonces Beatrice deberá elegir entre quedarse con su familia... o ser quien realmente es. No puede tener ambas cosas.

Descubre el futuro de las facciones en *Insurgente*, *Leal* y *Cuatro*.

La última cazadora
Elizabeth May

Nadie crece en Escocia sin escuchar historias de hadas. Aileana Kameron dejó de creer en ellas hace tiempo, hasta que un hada mató a su madre. Entonces descubrió que existen de verdad. Ahora, Aileana vive a caballo entre dos mundos: de día, la alta sociedad de Edimburgo; de noche, el sangriento universo de las hadas. Por fuera, la apariencia de una bella heredera; por dentro, el ansia de venganza. Dos identidades y un único destino: el velo entre ambos mundos está a punto de rasgarse. Y ella es la última de su estirpe.

Volverás a creer en las hadas. Aprenderás a temerlas.

La voz del viento
Shannon Messenger

Vane Weston debería haber muerto en el terrible tornado que mató a sus padres. Sin embargo, él despertó sin recuerdos y con una imagen en el cerebro: una hermosa niña de pelo oscuro en medio de la tormenta. Audra es real, pero no humana: es una sílfide, un elemento de aire que puede caminar en el viento, traducir su voz y dominarlo para convertirlo en un arma. Pero también es una guardiana y ha jurado proteger a Vane. Cuando quienes provocaron el tornado vuelven a por él, Audra deberá enseñarle a controlar sus habilidades.

Sigue leyendo las aventuras de Vane en *El poder de la tormenta*.

Una noche en la luna
Cath Crowley

El último año de instituto acaba de terminar y Lucy se ha propuesto conocer a Sombra, el misterioso grafitero que pinta corazones mecidos por terremotos, mares decepcionados y pájaros atrapados en paredes de ladrillo; un chico del que podría enamorarse de verdad. Dylan está enamorado de Daisy, pero puede que dedicarse a tirarle huevos no fuera la mejor forma de demostrárselo. Jazz y Leo han empezado algo… Tres chicas. Tres chicos. Una sombra. Seis horas para ver la luz.

Una intensa y emocionante noche en la vida de seis chicos que están a punto de descubrir quiénes son y quiénes desean ser.

Querido Atticus
Karen Harrington

Seguro que nunca has conocido a nadie como Sarah Nelson. Mientras sus amigos se obsesionan con Harry Potter, ella pasa el tiempo escribiendo cartas a Atticus Finch. Recoge palabras problemáticas en su diario. Mantiene una gran amistad con Planta. Y no conoce a su madre, que se fue cuando ella tenía dos años. Desde entonces, Sarah se ha mudado de ciudad en ciudad con su problemático padre y nunca ha sentido un hogar. Pero todo cambia cuando Sarah elude la visita a los abuelos en vacaciones e inicia una investigación sobre el gran secreto de su familia.

En lugar del «típico verano aburrido de Sarah Nelson», este verano podría resultar… un verano extraordinario.